Christian Duverger

El ancla de arena

El ancla de arena

Primera edición: enero de 2016

D. R. © 2015, Christian Duverger

D. R. © 2016, derechos de edición mundiales en lengua castellana:
Penguin Random House Grupo Editorial, S. A. de C. V.
Blvd. Miguel de Cervantes Saavedra núm. 301, 1er piso,
colonia Granada, delegación Miguel Hidalgo, C.P. 11520,
México, D. F.

www.megustaleer.com.mx

D. R. © 2015, Penguin Random House, por el diseño de cubierta
D. R. © Barry Domínguez, por la fotografía del autor

Penguin Random House Grupo Editorial apoya la protección del *copyright*.
El *copyright* estimula la creatividad, defiende la diversidad en el ámbito de las ideas y el conocimiento,
promueve la libre expresión y favorece una cultura viva. Gracias por comprar una edición autorizada
de este libro y por respetar las leyes del Derecho de Autor y *copyright*. Al hacerlo está respaldando a los autores
y permitiendo que PRHGE continúe publicando libros para todos los lectores.

Queda prohibido bajo las sanciones establecidas por las leyes escanear, reproducir total o parcialmente esta
obra por cualquier medio o procedimiento así como la distribución de ejemplares
mediante alquiler o préstamo público sin previa autorización.
Si necesita fotocopiar o escanear algún fragmento de esta obra diríjase a CemPro
(Centro Mexicano de Protección y Fomento de los Derechos de Autor, http://www.cempro.org.mx).

ISBN: 978-607-31-3845-1

Impreso en México – *Printed in Mexico*

El papel utilizado para la impresión de este libro ha sido fabricado a partir de madera procedente
de bosques y plantaciones gestionadas con los más altos estándares ambientales, garantizando
una explotación de los recursos sostenible con el medio ambiente y beneficiosa para las personas.

Penguin
Random House
Grupo Editorial

A Joëlle, como siempre.

Tifis fue el audaz. Tifis fue el primero en desplegar sus velas sobre la vasta mar. Le dictó nuevas reglas a los vientos... En aquel entonces, el mundo estaba fraccionado. Los hombres vivían separados. Pero la nao tesaliense rompió con el orden establecido. Y redujo el mundo a no ser más que uno... Ahora, el océano está vencido. Y en todo sometido a las leyes de los hombres... Pronto llegará el siglo que verá ensancharse los límites del océano. Una inmensa tierra surgirá. Nuevos mundos se erguirán en el horizonte marino. Y entonces la tierra no acabará en Tule.

Séneca, *Medea*, Acto segundo,
Canto del Coro, c. 60 d.C.

La Española es maravilla... Esta es para desear y para nunca dejar.

Cristóbal Colón,
Carta a Santangel, 14 de marzo de 1493.

Veo ahora las sombras alargarse sobre mi vida. Del dolor que me abraza, ya no sé muy bien lo que le debo a los tormentos del alma o a las miserias del cuerpo. ¿Por qué cerrar los ojos ante la evidencia? Soy un impío. Toda mi vida he hecho trampa. Me mentí a mí mismo y abusé de la credulidad de mis semejantes. Mi único éxito respecto a mi conciencia fue el creer que era otro. Piedad. He ahí la palabra. Reclamo piedad. Imploro el perdón de los hombres para que me sea otorgada la indulgencia del cielo...

1.
Crimen en Santa Cruz

La noche es suave y perfumada. Se escuchan los grillos de los jardines del Alcázar. El aire ligero los envuelve en una apacible velada. Un cuerpo inerte está tendido en el suelo, la cabeza contra los adoquines. Un charco de sangre subtitula la escena: sin lugar a dudas, un asesinato.

El hombre que se acerca se llama Ricardo Luna Gómez. Llega solo, andando. Se inclina sobre el cuerpo, pone una rodilla al suelo, toma el pulso, constata la muerte. Tiene un gesto extraño: roza con extrema delicadeza el cabello de la mujer tendida bocabajo, como si el contacto con el dorso de su mano pudiese tener un efecto salvador. La víctima, los brazos en cruz, está vestida con un conjunto saco-pantalón azul gris de discreta elegancia. Un teléfono abulta el saco de la mujer. Como de rayo, el objeto pasa de un bolsillo a otro. Ricardo Luna es un oficial de policía de alto nivel. Está adscrito a la comisaría central de Sevilla desde hace seis años. Originario de Trujillo, en Extremadura, cursó su carrera en Madrid antes de ser transferido a Andalucía. Si se encuentra ahí, al pie de la víctima, es porque recibió un mensaje de alerta mientras se encontraba por casualidad cerca del lugar del drama. Su teléfono había sonado y había reconocido la voz familiar de la secretaria de la permanencia:

—Ricardo, tenemos un llamado en Santa Cruz. Deberías ir y echar un ojo antes de que llegue *Neandertal*. Tú ya me entiendes…

Se alista para estudiar las heridas de la mujer. La penumbra de la arcada que desemboca en la calle Agua, un estrecho camino que bordea la muralla del Alcázar, no facilita las cosas. Pero queda claro que la mujer ha sido asesinada.

Es entonces que escucha la sirena de un coche que se estaciona en la lejanía, en la periferia de ese barrio de Santa Cruz inaccesible para los automóviles. Ruidos de carreras, gritos. "Por ahí, por ahí". Tres hombres enmarcan como sombras chinas la mancha clara de la arcada.

—¡Ya está aquí! —exclama el jefe del pequeño grupo dirigiéndose a Ricardo Luna con tono de gran sorpresa.

—Acabo de llegar. Estaba de servicio durante el mitin. Pasaba por aquí de casualidad.

La central telefónica de la policía había grabado una llamada anónima a las 23:15 señalando la presencia de un cuerpo inerte en un callejón de Santa Cruz, esquina con las calles de Vida y Agua. A las 23:17, se había identificado el origen de la llamada: un gallego de vacaciones saliendo de un restaurante cercano. Se lanzaba una alerta. A las 23:23, Ricardo Luna estaba presente en la escena del crimen. Un paso delante de su jefe.

Doménico Miguelín es un hombre macizo, de espalda ancha, pero de muy pequeña talla. Los ojos negros, las cejas negras, la barba negra. Demasiado colérico, es unánimemente detestado por sus hombres, quienes lo llaman *Neandertal*. Le encantaría hacer reinar el terror en su entorno, pero a pesar de sus gritos su autoridad es poca. Hay que decir que tiene un don, un don para seguir las falsas pistas, sospechar de los inocentes y enredarse en caminos sin salida. Su ausencia de olfato, ya legendaria, llevaba a su equipo de triunfo en triunfo, puesto que bastaba con tomar el camino opuesto a las hipótesis de Miguelín para dar con los culpables. Encarnación de la prueba por lo absurdo, este hombre es una providencia. Se le escucha, se hace lo contrario de lo que pide y se halla la verdad.

—Espero que no haya tocado nada, ¿verdad? —rugió Miguelín.

—No, no. Por supuesto. Acabo de llegar, como le dije.

En la competencia entre los dos hombres, Ricardo tenía una ventaja: se había apoderado del teléfono de la víctima con la firme intención de explotar su contenido para su propia investigación.

Miguelín lleva a cabo las formalidades de rutina; fotos de la escena del crimen, toma de muestras, investigación de proximidad, levantamiento del cuerpo. Ricardo intenta obtener información de los vecinos. Claro está, nadie vio ni escuchó nada.

Para el equipo curtido y profesional, ese asesinato es una rutina, lo ordinario de su misa cotidiana maculada por la sangre del sacrificio. Los gestos de esos policías son rituales pero se creen en un juego de pistas. Lo lúdico acabó por expulsar al fervor. Ricardo siente, al contrario, ser invadido por una inmensa compasión. Vio el rostro de la víctima. Estaba resplandeciente. Matar a una bella mujer siempre es un crimen contra el espíritu.

—¿Te llevamos?

—No, gracias. Regresaré a pie. Vivo cerca.

Ricardo se va hacia la catedral y luego baja hacia el río, a lo largo de la Maestranza. Hace una llamada y luego espera un largo cuarto de hora a la sombra de un porche. Por fin se le abre. Entra. El policía sacó de su cama a uno de sus informantes, especialista en el reuso de teléfonos robados y experto en informática. Le entrega el iPhone que acaba de tomar de la víctima.

—Necesito recuperar todo lo que ha sido grabado en este teléfono, incluso de la tarjeta SIM. Las llamadas, los SMS, los mails, las citas, las fotos, las aplicaciones, todo, absolutamente todo. ¿Puedes ayudarme con eso ahora mismo?

El tono de Luna da a entender claramente que no es una pregunta, sino una orden. El policía le entrega a su informante una llave USB de mucha memoria.

—Me pones todo eso ahí. ¿De acuerdo?

*

A primera hora de la mañana, Miguelín había convocado a su equipo en su cubículo sin vista y sin encanto alguno. Bastante orgulloso de sí mismo, empieza:

—Nuestra clienta de anoche ha sido identificada.

—Gracias a sus papeles —se burla uno de sus adjuntos, chistoso e insolente.

—Sí, bueno, en fin… Efectivamente, llevaba sus papeles. Se trata de Philippine Andrade, una francesa nacida en Reims. Cuarenta años. Pudimos establecer que está casada con un anticuario de París que logramos contactar y que vendrá para identificar el cuerpo. Todavía no sabemos desde cuándo reside en Sevilla, puesto que aparentemente no se hospedaba en un hotel. Sin embargo, disponemos de alguna información: anoche asistió a una conferencia sobre El Greco en el Círculo Filantrópico. Luego, se tomó una copa en La Terraza cerca de catedral, sola, para después caminar hacia Santa Cruz, donde le perdemos la pista. La encontramos asesinada con quince cuchilladas en el vientre y el abdomen, de las cuales cuatro fueron mortales. El arma del crimen desapareció. La autopsia revela que la víctima fue previamente paralizada con un Taser: se ven claramente en su vientre los dos puntos de impacto de la descarga eléctrica. Eso explica que no haya ni gritado ni opuesto resistencia alguna. Ese *modus operandi* parece estar relacionado con la agresión de otra mujer hace un mes, igualmente apuñalada de frente, cerca de la estación de ferrocarril. Podríamos estar en presencia de un asesino serial…

Los hombres intercambian miradas cómplices: otras hipótesis estilo *Neandertal*, ¡una serie de dos! Ricardo se hace presente con voz neutra:

—¿Qué resultados dio el inventario de su bolso de mano?

—Una identificación todavía válida expedida en París, dos tarjetas de crédito, una de American Express, otra de la Société Générale, doscientos dieciocho euros, un portatarjetas con una decena de tarjetas de cliente fiel. Una tarjeta de miembro del Racing Club de París, del Polo de Bagatelle, del Club de Casa de Campo en La Romana de República Dominicana.

El inventario proseguía con una llave de apartamento de alta seguridad, un pañuelo de satín, un lápiz labial de crema de cacao, una toalla refrescante de Air France, dos bolígrafos comerciales, un estuche con tarjetas de presentación impresas en dos versiones: Philippine Andrade y Señora Andrade. Misma dirección: 7 Villa Varenne en el 7° distrito de París. Dos pares de lentes graduados. La carta del restaurante Río Grande, del otro lado del Guadalquivir. Un bloc virgen de notas del Hotel Astorga, en Aspen, Colorado.

—¿Y el teléfono celular? ¿Qué marca?

—No encontramos ningún teléfono celular en la víctima.

—Quiere decir que le quitaron su celular —pregunta Luna.

Miguelín sugiere, balbuceando un poco:

—Por el momento, todavía no sabemos si la víctima poseía un celular o no.

—Claro que sí —se irrita Luna—. Hoy todo el mundo tiene un celular.

Otra voz surge del grupo:

—La víctima hubiera podido tomar una foto comprometedora.

—¡Pero si se le quiere robar un celular a una mujer no es necesario apuñalarla! Basta con arrancarle el bolso. Eso no tiene sentido.

—Patrón, en cuanto a la pista del psicópata, ¿cuál es el hilo conductor?

El rostro de Miguelín enrojece. Muy mal augurio.

—No lo sé. El procedimiento clásico. Retomen el expediente de la estación de ferrocarril, comparen las autopsias... ustedes...

—Pero si la memoria no me falla —replica uno de sus adjuntos—, se trataba de una prostituta local. Y no parece ser el caso de nuestra clienta de esta noche, que es una turista de paso y una mujer de otro medio social.

Miguelín se torna hosco. No soportaba que se le contradijera. Como el ambiente empezaba a volverse irrespirable, cada quien se levantó. La reunión había terminado.

2.

El peaje de Biarritz

El walkie-talkie zumba.
—Ahí vienen. Pasan por el punto Charlie. *Timing* OK. Estarán aquí en tres minutos.

El comandante Malfart recibe la noticia con satisfacción. Todo está sucediendo como estaba previsto. Revisa una última vez sus notas, mira de nuevo la foto de las dos parejas. Está listo.

Los coches se deslizan por la noche, respetando escrupulosamente el límite de velocidad. Un Audi A4 metalizado y, justo atrás, un Mercedes modelo antiguo. Las ráfagas de lluvia transforman la autopista en un decorado de fin de mundo. Los vehículos atraviesan el puente de Behobia que marca la frontera entre España y Francia. Como flotando en la tormenta, un anuncio azul señala el peaje de Biarritz. El conductor del Audi decide no avanzar hacia la caseta de telepeaje situada a la derecha. Un semirremolque se encuentra inmovilizado en el acceso reservado a los camiones pesados. Quedan dos casetas de pago abiertas. Los dos coches llegan hasta ellas al mismo tiempo.

La banalidad del lugar se desmorona bruscamente; los ocupantes no sospechan nada. Todos los vidrios de los habitáculos vuelan en pedazos. Salidas de ninguna parte, unas armas apuntan a los pasajeros atados a sus cinturones de seguridad que ven, aterrados, al semirremolque colocarse delante de ellos para impedirles cualquier huida. Los ocupantes de los vehículos no tienen tiempo de reaccionar. Como en cámara rápida, el estallido de los proyectores perfora la noche; la escena mezcla ruidos metálicos de culatas, órdenes vociferadas, empujones, manos esposadas, hombres rudamente inmovilizados al suelo. Se escucha el arrastre de una barrera de púas detrás de los vehículos. Con maestría, el equipo del GIGN acaba de detener el convoy de ETA. Se instala un perímetro de seguridad que desvía a los automovilistas hacia las casetas de peaje de la derecha. La inspección de los vehículos empieza de inmediato.

El comandante Malfart tiene la sonrisa en los labios. El pitazo era bueno. La sección de operaciones antiterroristas había recibido información tan precisa que había generado dudas. La ETA debía transportar esa noche un "tesoro de guerra" para ponerlo en un lugar seguro en Chartres, en el corazón de la Beauce. Los servicios franceses, perfectamente informados, lo sabían todo: el tipo de vehículo, los números de las falsas placas, el itinerario, la hora del paso de los vehículos, la identidad de los cuatro militantes implicados en el transporte. Todo.

—Muy buena operación. Muy buena operación —se regocija Malfart.

Los especialistas de la inspección, en trajes de astronauta, ya se encuentran activos frente a los coches protegidos de la lluvia por el barroco techo ondulado del peaje. Buscan el botín, pero también los múltiples indicios de los que se alimenta la policía científica.

El equipo de intercepción espera un coctel droga-oro-dinero en efectivo. Los lingotes de oro son un clásico como depósitos en garantía para abrir cuentas bancarias en Luxemburgo. La cocaína colombiana, de manejo más delicado, genera inmensas ganancias: siempre formaba parte del arsenal de la ETA. En cuanto al efectivo, siempre en denominaciones de 500 euros, podía indistintamente ser auténtico o falso. El comandante Malfart había hecho apuestas mentalmente: ¿un millón, dos millones, tres millones de euros? Intentaba evaluar el botín pensando en la promoción que le daría a su carrera.

—Es curioso, mi comandante, no encontramos nada…

—¿Cómo que nada?

—No, nada. Sólo un asiento para bebé atrás del Audi y dos maletas con algunas pertenencias… Y a menos de ser adivinos, no podemos saber si los papeles de los vehículos son falsos. Ni la más mínima huella de algún tesoro de guerra: tarjetas de crédito personales y algunas decenas de billetes de 100 euros.

—Imposible. Todo esto es demasiado normal. Desarmen los coches.

El comandante Malfart frunce el ceño. Quizá se alegró demasiado pronto. Algo no anda bien. Recibe en pleno rostro lluvia lanzada por la borrasca. Como esas salpicaduras de mala mar que azotan, sumergen, anestesian.

Vemos entonces la silueta del súper policía encorvarse un poco, preso de la duda. Piensa que tuvo razón en ser prudente y no haber informado a los servicios españoles. ¡Habría quedado como tonto! Le da una patada de rabia a los vidrios rotos esparcidos en el piso. Más vale esperar un poco. Se controla.

Al cabo de un rato que le parece interminable, uno de sus hombres se acerca con un sobre. Un sobre cualquiera de papel kraft, cerrado.

—Lo encontramos sobre el asiento trasero del Audi.

Viéndolo de cerca, el formato del sobre no es tan estándar como podría parecer. Malfart se pone unos guantes y lo abre con prudencia. Saca un fajo de hojas amarillentas atiborradas de una escritura deslavada. En el colmo del estrés, el hombre en traje de cosmonauta que sirvió de mensajero espera impaciente el veredicto de su jefe.

—¿Pero qué rayos es esto? —gruñe Malfart, contrariado.

Guarda con nerviosismo las hojas en el sobre. La lluvia ha cesado. Se llevan a los etarras. Los coches detenidos son arrastrados. No se dignaron revelar su misterio. Y el comandante se halla ahora meditabundo con un grueso sobre entre las manos al que le da vueltas y vueltas compulsivas. Sabe que ese extraño botín no es de la incumbencia de los habituales expertos de la policía.

3.
Archivo General de Indias

La Casa Lonja, a unos metros del Alcázar, alberga el Archivo General de Indias. Es un edificio cuadrado de finales del siglo XVI que anuncia el clasicismo del siglo posterior. Un pequeño Escorial con mármol, losas negras y coloradas, amplias galerías y salas de lectura tras unas pesadas cortinas color granate. Y, sobre todo, centenares de miles de documentos que componen la memoria de la aventura de las Indias. Manuscritos, mapas y dibujos; calibrados, clasificados, etiquetados; ahí se encuentran yuxtapuestos cartas confidenciales, recibos aduanales, visitas eclesiásticas, contratos del derecho privado, reconocimientos de deudas y minutas de pleitos. El archivo de Indias nos permite descubrir en tiempo real el Río de la Plata con Juan Díaz de Solís, seguir las peripecias del sitio naval de México con Cortés, ver rodar la cabeza del virrey de Perú, Blasco Núñez Vela, decapitado por Gonzalo Pizarro en 1546. Gracias al archivo podemos saber el precio de las mulas en Jamaica en 1612, leer las páginas originales de crónicas famosas y encontrarnos con los planos del Palacio de Diego Colón en Santo Domingo. También podemos conformarnos con soñar, aturdidos por los olores de viejas tintas, al hojear con devoción los folios de la epopeya de las Indias. En este lunes 26 de mayo, esa memoria fosilizada tiene un rostro: el de Leticia Albornoz, la directora de la institución. Un rostro afable que Ricardo Luna gusta contemplar.

El policía conoce bien a Leticia. Tienen amigos en común y han compartido parrilladas en la residencia de un hombre de negocios de Itálica. Esa mañana, intencionalmente se vistió con un saco elegante y ahora le dirige su sonrisa más seductora.

Ricardo trabajó toda la noche del asesinato en el contenido del teléfono de la víctima. Apuntó algunos nombres como los de Alonso Olibri y Myrta Pitti, de las últimas llamadas; eso le dio varias pistas. Una de ellas lo condujo al Archivo General de Indias. Sin rodeos, saca una foto del bolsillo de su saco y se la muestra.

—Philippine Andrade, ¿la conoces?

—No.

Leticia es una mujer atractiva de pelo castaño, de eternos lentes con los que se empeña en hacer juego con su ropa. Hoy lleva un armazón rosa, en armonía con su blusa. Sin decir palabra, Ricardo busca su mirada tras los lentes que achican sus pupilas.

—¿Debería conocerla? —finge inquietarse.

—Quisiera saber si esta mujer vino últimamente a trabajar en los Archivos.

—Ah, creo que puedo conseguirte esa información —coquetea la directora.

—Y de paso, ¿conoces a un tal Alonso Olibri?

—Nunca he oído de él.

—¿Y de una tal Myrta Pitti?

—Sí, a ella sí que la conozco. Vino a presentarse. Es una historiadora especialista en los manuscritos del siglo XVI. Es italiana, trabaja en la Sorbona de París. Habla perfectamente una pila de idiomas. Está aquí desde hace aproximadamente tres semanas. Y no es la primera vez que viene a Sevilla. Es una adepta a las bibliotecas. De hecho, publicó un manuscrito muy interesante que encontró en la Biblioteca del Vaticano, en los archivos secretos.

—¿Y tú, también tienes archivos secretos? —se arriesga Ricardo. ¡Una palabra de ensueño!

—Sí y no. Tenemos un "Fondo reservado", hablando propiamente no es secreto, pero tampoco se encuentra abierto a la consulta.

Ricardo pone ojos como plato.

—¿Y qué escondes en esta sala secreta? ¿La historia de la Atlántida?, ¿el descubrimiento de América por los vikingos?, ¿el secreto de la transmutación del oro en cobre?

—¡No te burles! Pero es cierto que tuvimos que ocultar discretamente ciertos documentos que despertaban una curiosidad... digamos... extracientífica. Nuestra vocación consiste en ofrecer un servicio a los investigadores, a los historiadores serios. No estamos preparados para hacer frente a los aventureros o a los excéntricos. Así que tuvimos que imaginar un sistema de protección...

Interesado al máximo, y como buen investigador, Luna prosigue su interrogatorio. Había venido para hacer preguntas sobre una investigación criminal; helo aquí explorando los secretos del Archivo General de Indias.

—¿Y cuál es la naturaleza de ese fondo prohibido tan codiciado?

El policía habló con voz suave para formular su pregunta. También movió los hombros de derecha a izquierda en un gesto familiar.

—Hemos sustraído del fondo común...

A Leticia le divierte mantener un momento de suspenso para avivar la curiosidad de su visitante.

—...todo lo concerniente a los naufragios de galeones con el fin de evitar los cazadores de tesoros, y todo el expediente Cristóbal Colón.

—¿Cristóbal Colón?

—Sí, no tienes idea de la cantidad de iluminados que quiere consultar el certificado de bautizo del Descubridor, las cartas de amor que habría enviado a la reina Isabel, el inventario de los tesoros traídos del primer viaje...

Luna entiende la idea. Interrumpe a su amiga con tanta naturalidad que Leticia sonríe.

—Así que nunca muestras esos documentos...

—No. Nunca. Y por una sencilla razón: no los tenemos. Sobre Colón, casi no tenemos nada. Unas quince cartas, muy poco. Maquillamos nuestras lagunas manteniendo el misterio. Salvamos las apariencias. Somos custodios de expedientes vacíos. Alimentamos los sueños. Guardamos un mito. Colón es el prófugo más famoso de la historia. Se escapó de nuestros legajos.

—¿Y qué tal si volvemos a nuestro asunto? —insiste en decir el policía, que se habría quedado durante horas en *tête à tête* con la encantadora directora—. Empecemos con la señora Andrade.

Leticia toma su teléfono y llama al departamento *ad hoc*. Escucha con atención. Y luego dice "gracias".

—Se presentó hace tres días con una carta de recomendación de un profesor de la Universidad de Reims. Le expedimos una credencial de lector.

Para sus adentros, Ricardo Luna se extraña de que ningún indicio se haya encontrado entre sus papeles, ni en ella, ni en su bolso. Curioso.

—¿Y sobre qué trabaja, si no es indiscreción?

—Escogió un año en particular: el año de 1526. Está consultando el *Indiferente general* de 1526.

—¿Y qué sucede en particular, en 1526?

—Vázquez de Ayllón explora Florida. Cortés vuelve de Honduras para retomar el poder en México, y luego lo destituye el enviado del rey. Pizarro y Almagro firman su famoso pacto para reconquistar Perú... ¡Yo qué sé! A menos que se le pregunte, no podemos tener ni idea de lo que busca en realidad.

—Buscaba. Philippine Andrade fue asesinada anoche...

Un silencio invade brevemente la oficina de la directora con una mezcla de molestia y compasión.

—¡Pobre! —termina por murmurar Leticia.

—Por el momento, no sabemos nada sobre la víctima ni sobre el móvil de ese asesinato —prosigue Luna, acomodándose el saco—. ¿Y por el lado de Myrta Pitti?

Leticia abre desmesuradamente los ojos, incrédula.

—¿Se sospecha de que ella es la asesina?

Su oficina ya había visto desfilar malhechores y ladrones; pero un asesinato relacionado con viejas resmas de papel, ¡sí que era la primera vez!

Ricardo Luna se da cuenta de que tiene poco margen de maniobra. No puede tratar a esa joven mujer como culpable potencial. Pero necesita hablarle.

—Por favor, señálamela. De lejos. Discretamente. Me las arreglaré para hablar con ella fuera de aquí.

Caminaron por una galería, tipo pasillo de búnker, con luces artificiales demasiado intensas.

Llegaron a una sala de lectura reservada a los investigadores profesionales. Las mesas individuales son amplias y se encuentran bien dispuestas. Cinco o seis de entre ellas se benefician con la luz del día, acomodadas cerca de las ventanas que dan al norte. Los espacios de trabajo poseen lámparas horizontales con pantallas de metal laqueado, de lindo color verde botella. También se ve una lupa y varas de madera para darles vuelta a las hojas.

Ricardo, acostumbrado al desorden colectivo de una comisaría, a la promiscuidad, a la dependencia del acontecimiento, empieza a gustar de este ambiente. ¿Por qué tiene el sentimiento de que tal lugar permite dominar el tiempo? Leticia comenta lentamente:

—El sol nunca entra en este cuarto. Es nuestro enemigo jurado. El sol calienta, quema, reseca la tinta, hiere el papel.

¡El paraíso de un conservador de archivos es el infierno! Un mundo subterráneo, sumergido en la perpetua obscuridad. Lo negro conserva, mientras que la luz mata la memoria al devorar el alma del papel. Es una curiosa alquimia: los fotones colisionan con los átomos de cloro encargados de blanquear las fibras de los trapos que constituían inicialmente la materia prima del papel. Y éste se opaca, se amarillenta hasta un color ocre. Los bombardeos inducidos por la luz provocan rupturas en cadena en el corazón mismo de la materia. Es por ello que nuestras bodegas y nuestras salas de lectura utilizan luz fría. Escogemos focos de baja emisión calórica que, además, emiten pocos rayos ultravioletas. Es un mal menor.

"El hombre siempre ve a las bibliotecas como salvaguardias inmortales de la memoria, fortalezas construidas para la eternidad. Y se alarma, con justa razón, cada vez que una biblioteca arde. ¿Pero quién tiene conciencia de que el fin de la escritura se haya inscrito en la composición química de su soporte? El papel se enmohece, se pudre, se muere.

Leticia hace que Ricardo entre en la pequeña sala del vigilante, a quien saluda con un "Hola, Pedro".

—Mira, en la primera fila. Es ella —dice en voz baja al oído del policía.

Ricardo se queda mudo por la sorpresa; está frente a una mujer que desafía todos sus criterios de apreciación. Absolutamente atípica. Sublime, sin ser bella. Decidida, con aires de madona. Impresionante tras un aspecto anodino. Piensa para sí que le gusta mucho esta investigación.

4.
El profesor Castelnau

El hombre había hecho una cita con él por medio del sitio de internet de la Sorbona haciéndose pasar por un periodista australiano. Había inventado la recomendación de un investigador de la Universidad de La Trobe, de Melbourne, de quien había encontrado el nombre en el sitio de la universidad. Había conseguido la cita de manera bastante rápida.

El profesor Jacques Castelnau es un universitario curtido, de amplia experiencia en su profesión. Una veintena de libros en su activo. Cien tesis dirigidas. Fue elegido en la Sorbona a los veintinueve años, vale decir que siempre llevó la bandera de la universidad parisina. Es el más eminente especialista de la historia de América Latina, desde la Conquista española hasta las independencias del siglo XIX. Si bien ocupa una cátedra de archivología y de paleografía, en realidad se considera como simple historiador. Pero es mucho más que eso: es un sabio de nuestro tiempo, un erudito que hace accesibles los expedientes más complejos, un solitario capaz de mediatizar sus investigaciones.

Para tener acceso a su oficina, en la Sorbona histórica, en el corazón del Barrio Latino, hay que pasar por el filtro de los vigilantes, presentarse a una recepción atenta, luego seguir un pasillo a lo largo de la Capilla erigida por Soufflot y después dar con la escalera D1, rústica estructura de madera que podría pertenecer a una vieja mansión normanda. En el piso siguiente se accede a otra serie de pasillos que dan vuelta a espacios arbitrariamente divididos con el transcurso del tiempo. Hay que buscar la puerta S 127 (S por "ala Soufflot"). Hay que llamar a esa inmensa puerta de doble hoja: no hay timbre, ninguna placa nominativa, no hay un cartelito, ni rastro de alguna señal de reconocimiento; solamente la placa de cobre S 127. Si la puerta se abre, es que el profesor Castelnau está ahí; viene a abrir, en persona. Se entra directamente en el despacho artesonado. El profesor no tiene secretaria y, privilegio insigne, no comparte su oficina con ningún otro investigador. Castelnau pasa ahí sus días solo con sus libros, su computadora de 60 terabytes y un conmutador telefónico de última generación. Sus libros asaltan con singular alegría los cuatro metros disponibles hasta el techo. La biblioteca madre se encuentra invadida por pilas intrusivas, artículos encima de los volúmenes, diccionarios esparcidos, encuadernaciones amontonadas. Abiertos muy arriba en los muros, unos tragaluces hacen entrar en la oficina una cálida luz oblicua. Se infiere que la inmensa mesa de trabajo asaltada por los papeles es un mueble de época, vestigio elegante de una Sorbona multisecular. Única nota personal, un pequeño aparador de madera torneada lleva fotografías en blanco y negro. En una de ellas, algo fuera de foco, Jacques Castelnau, joven e hirsuto, aparece al lado de cuatro personas, entre las que se encuentra Bob Dylan. La mención "Ile de Wight, 1969" no deja la menor duda.

Ese lunes por la mañana, el hombre que penetra en la oficina del profesor Castelnau lleva puesto un traje azul y lleva un portafolio de buen gusto en la mano. Le tiende su tarjeta al universitario con algunas palabras de disculpa. Castelnau lee: "Dirección General de Seguridad Interna". La mención va acompañada con la Mariana tricolor que utilizan los funcionarios del Estado francés.

—¡Entonces no es Jeremy O'Brian, periodista australiano!

—Perdón por el subterfugio —dice el visitante con humildad—. Tengo a mi cargo la Dirección Antiterrorista del servicio de inteligencia francés. Muy pocas veces actuamos con nuestra verdadera identidad. Pero el asunto del que vengo a hablarle nos intriga. Gracias a un pitazo, hemos interceptado en territorio francés un comando de la ETA que transportaba, según nos habían dicho, un "tesoro de guerra". Sin embargo, no encontramos nada, excepto esto.

El hombre de la DGSI saca entonces un manojo de papeles amarillentos envuelto con papel cebolla con una etiqueta codificada.

—Nos gustaría saber lo que es —dice simplemente el espía jefe.

El profesor Castelnau pierde de pronto su natural soltura; se frota el lóbulo de la oreja derecha con su índice, gesto que su interlocutor interpreta como un gesto de perplejidad.

—Y yo quisiera saber si ya le ha mostrado ese documento a alguien más. Ya no es de mi edad el hacer peritajes de los peritajes de los demás, ¿me entiende?

El visitante sonríe: que el profesor quiera asegurarse de su monopolio es un excelente presagio.

—Fuera de nuestro departamento de policía, usted es el único en conocer la existencia de este documento. Me he encargado personalmente del caso y le garantizo un máximo de confidencialidad. Este caso es secreto e inédito.

Castelnau tiene el sentimiento de tratar con un profesional creíble. Su reserva previa se desvanece un poco. Pero no tiene muchas garantías. Porque la tarjeta puede perfectamente ser falsa. Pudiera estar hablando con un estafador, con un aventurero, con un ladrón. Pero también podría estar en presencia de un documento excepcional. La curiosidad vence la prudencia. Sabe que debería echar a este intempestivo visitante fuera de su oficina, pero dice:

—Haremos lo siguiente. Acepto echarle un ojo a su manuscrito. Le diré oralmente lo que opino, y en ningún caso apareceré en sus expedientes, ni como experto, ni como consultor, ni bajo ningún concepto. Nunca lo he visto y nunca he visto el manuscrito.

El hombre de la DGSI aprueba.

—¿Y cuándo piensa usted poder darme sus conclusiones? ¿Sería posible mañana por la tarde?

—No imaginará que voy a hojear su expediente sobre la esquina de esa mesa y darle el resultado de mi peritaje después de diez minutos de lectura. Usted no entiende. Me llevará probablemente dos semanas. O tres. Debo establecer si es un original o una copia, si el documento es conocido o no, si aparece en la lista de documentos robados de una institución oficial. Y, además, no garantizo alcanzar una identificación formal.

—En ese caso, me veo en la obligación de hacerle firmar un recibo que certifique que usted ha recibido ese documento en depósito. Yo... yo... no puedo confiárselo así, sin...

—Usted me ha entendido mal: yo no lo conozco y nunca he recibido un documento en depósito. Si renuncia a mi peritaje, lo cual es su derecho, puede llevarse de vuelta su preciado botín. Yo no soy quien está solicitando algo en este asunto. Pero tampoco nací ayer.

El hombre con el portafolio y de traje azul se levanta y deja el paquete sobre el escritorio del profesor Castelnau. No tiene muchas alternativas.

—Le enviará un correo electrónico a Jeremy O'Brian cuando tenga novedades.

Camina hacia la puerta:

—Gracias, profesor —le dice con una sonrisa de complicidad.

5.
Myrta Pitti

Esa noche, en casa, Ricardo prosiguió con la exploración del contenido del teléfono de Philippine Andrade. El asesinato había tenido lugar veinticuatro horas antes y la investigación todavía no había revelado nada determinante. De entre las descargas del iPhone, un expediente poco ordinario había llamado la atención del policía. Imprimió un par de centenares de fotografías en formato jpeg y luego guardó cuidadosamente la llave USB en la que estaba copiada la preciada memoria. Vivía en un departamento simpático del quinto piso de un inmueble de 1950 con bonita vista al campo del margen derecho del Guadalquivir. A lo lejos, veía el campanario del convento de San Isidro de Santiponce; al oeste, el valle descendía suavemente hacia los míticos puertos de tiempos del Descubrimiento: Palos y Moguer. Su interior era acorde con el personaje: moderno, liso y minimalista. Dos buenos canapés, tapizados con tela cruda, una mesa baja, una iluminación cosy, una mesa de comedor con una cubierta de vidrio para ocho personas, un cuadro de Cándido Bido, un artista dominicano falsamente naïf, conocido por pintar siempre soles rodeados de azul. Única concesión a la postmodernidad, una colección completa de la Encyclopædia Universalis ocupaba discretamente un ángulo de la sala. Como el policía vivía solo, se permitía el lujo de tener un estudio en el que había instalado su Mc Book Pro de 18 pulgadas, un escáner y un par de impresoras. Al contemplar la absoluta ausencia de expedientes y de papeles, se podía inferir que el policía era ordenado, o prudente; nada estaba tirado.

Ricardo examinaba con circunspección un manojo de hojas que reproducían fielmente un manuscrito antiguo. Con sus evanescencias, sus palideces, sus agujeros de gusanos, sus hojas deslavadas. Necesitaba que se le hiciera un peritaje a ese documento que lo intrigaba; quizá le sacaría algún indicio. Pensaba que podría pedirle ese favor a Myrta Pitti. ¿Pero cómo abordarla? ¿Sin más preámbulos, tendiendo su tarjeta de policía? ¿Hablando con ella a la salida de los artistas? ¿Haciendo una cita por teléfono? Pero se suponía que no debía tener su teléfono. En tiempos normales, no estaba seguro de haberse planteado tantas preguntas. Pero, ante esa mujer, se sentía torpe, refrenado, desconcertado… Su noche fue extraña. Sus sueños entrechocaban. Ahora ella lo desairaba, luego el encanto funcionaba. Durmió con la ventana abierta y el olor de las piedras calientes de la ciudad se reflejaba en el gran espejo de su cuarto.

En la oficina de Miguelín, la reunión del día siguiente es un desastre. Ricardo no menciona nada de su visita a los Archivos. Se conforma con reportar que ninguno de los informantes ha reconocido la foto de Philippine Andrade. *Neandertal* se muestra insistente. Habla de perfil psicótico, de *modus operandi*, del simbolismo del número 15 mientras que todavía no se sabe nada de la víctima. Nadie de su pequeño equipo toma en serio sus fantasías. El único punto concreto se resume a la llegada, el siguiente miércoles, de Robert Andrade, que vendrá para recuperar el cuerpo de la mujer asesinada. La policía aún no sabe en qué hotel se hospedó la víctima y no tiene ni la más mínima sombra de un inicio de pista.

—¿Qué le diremos mañana al marido? —se preocupa un policía.

—¡Que estamos tras la pista de un asesino en serie! —contesta Miguelín con la mayor cándida confianza.

Todos conocían el concepto que tenía su jefe de la investigación policiaca: esperar a que las investigaciones se resolvieran por sí mismas. Toda una filosofía de vida.

*

A las once de la mañana, después de haber acortado su reunión de trabajo, Ricardo Luna está de vuelta al Archivo General de Indias. Toma su lugar en la mesa situada detrás de Myrta Pitti. Como cualquier investigador, tuvo que depositar en un casillero su laptop, su teléfono y todo lo que se asemejaba a plumas y bolígrafos: para la buena preservación de los manuscritos, sólo pudo entrar con lápices y papel blanco. Convenció a Leticia Albornoz de dejarle consultar los expedientes correspondientes al año de 1526. Esos mismos que había pedido Philippine Andrade justo antes de morir. Le queda claro que no espera encontrar el mínimo indicio en esas hojas. Pero con ello tiene un sólido pretexto para situarse al lado de Myrta y establecer el contacto. Le envió un leve gesto con la cabeza al entrar en la sala. Un saludo discreto amenizado con media sonrisa de la que conoce el secreto. Creyó percibir de vuelta una breve inclinación de la cabeza bastante distante; pero tuvo tiempo para captar la mirada de la joven mujer que contradecía el control de la postura.

Ricardo debe seguir el juego durante al menos una hora. Así que abre el primero de los manojos que en Sevilla se llaman legajos, luego el segundo, y luego un tercero, que esparce sobre la mesa de trabajo. Y lo que ve lo petrifica: se siente totalmente extraño frente a lo que tiene ante los ojos. Se siente incapaz de reconocer una palabra siquiera; o incluso una sola letra. Hasta las cifras le son ilegibles. Ese sentimiento de extrañeza lo lanza a un abismo de dudas. ¿Es español lo que está escrito en esas hojas? ¿Cómo hacen entonces los historiadores para descifrarlo? Imagina las discusiones de eruditos sobre la grafía de tal o tal palabra. El debate aparece como potencialmente infinito. Llegó con una idea simple: un texto es una prueba. Desde hace un minuto, comprende que, en materia de historia, toda prueba es discutible. ¿Esa *u* no es una *v*? ¿Esa *o* no será más bien una *e*? ¿Esa tachadura es original? ¿Hay que rectificar esa fecha errónea? ¿Se deben publicar las faltas de ortografía? ¿Cómo asegurarse de la identidad del escribano? ¿Qué hacer con las firmas ilegibles?

Ricardo cae de las nubes. Esos textos le son absoluta y definitivamente incomprensibles. Está dividido. Por una parte, tiene un sentimiento de admiración por esos investigadores que aceptan leer miles de páginas cabalísticas para sacar una información que ocupará tres líneas en un libro. Y, por otra parte, se halla sumergido por un escepticismo visceral que echa abajo todas sus certezas sobre la memoria de la humanidad.

Piensa que debe recapacitar. No está ahí para filosofar sobre el sentido de la historia, sino para investigar un asesinato. No está ahí para dudar, sino para descubrir certezas.

Ricardo vuelve a la realidad; se concentra en su blanco: Myrta. La mira por detrás. Analiza lo que abarca su campo visual, la caída del cabello, la línea de fuga de los hombros, la curvatura de la espalda, el arqueo de la columna vertebral. Lo impacta una evidencia inesperada: la inmovilidad de la joven mujer. No necesita estar frente a ella para saber que su vitalidad se concentra en sus ojos que leen, traducen, memorizan. Dado que contempla el verso de una estatua, tiene todo el tiempo para escudriñarla. Está favorablemente impresionado. La imagen revela proporciones encantadoras. Pero ahora hay que pasar a las cosas serias. Entrar en contacto sin pasarse todo el día en ello.

Mientras que Ricardo, absorto en la contemplación, tergiversa sobre el método a adoptar, el azar toma el poder.

Myrta se levanta y, con una bella sonrisa, gira hacia su vecino de atrás.

—Perdón, ¿le importaría echarle un ojo a mi bolso? Sólo salgo un momento.

—Claro que no, claro que no.

Y Myrta deja la sala. Ricardo posee ahora la integralidad del objeto de sus deseos: el rostro, el cuerpo en movimiento y la voz. El conjunto es coherente, armónico: nada extravagante, un toque felino, todo a medias tintas. Si fuese escritor, el policía habría calificado a Myrta como "discreta beldad", pero como es un hombre prosaico y prudente, juzga que "no tiene nada de excepcional". Lo cual es cierto. Pero el conjunto nunca es la suma de las partes. El todo resulta de una alquimia propia. Y en el ejemplo de Myrta Pitti se está en presencia de un caso típico. Esta mujer es intrínsecamente bella sin que se pueda identificar el origen de su encanto. Cierto es que tiene ojos verdes, bastante originales; se le puede conceder un bello pelo castaño cortado al ras de los hombros; no se puede negar que su silueta, delgada, es elegante; su voz extraña, más bien de tono bajo para una mujer, puede llamar la atención; pero no toma ventaja ni de su baja espalda ni de su escote. Sus labios, finalmente, nada tienen que ver con la imagen carnosa de las mujeres con bótox.

Ricardo se interroga principalmente sobre el sentido de la misión que le ha sido confiada: están ambos solos en la sala de lectura. ¿Qué robo podría Myrta temer? ¿No sabe que están siendo observados por un vigilante de servicio tras el vidrio opaco de la pequeña oficina? ¿Y que hay cámaras por doquier? Sólo hay una posible hipótesis: esa puesta en escena es un pretexto para romper el turrón. De hecho, Myrta ya está entrando.

—Gracias por cuidar mis cosas. Pero si se sale con el bolso, hay que pasar por una doble inspección: a la salida y de nuevo a la entrada.

Una pausa. Una sonrisa.

—Tienen razón en ser prudentes —opina Ricardo, poniéndose inconscientemente la camiseta del defensor de las medidas de seguridad.

Evidentemente, no es lo que espera Myrta, quien ignora esa pálida réplica.

—Si no es indiscreción, ¿sobre qué está trabajando?

—Sobre el año de 1526 —confiesa Luna.

El rostro de Myrta se crispa de estupor.

—¿Usted también? ¿Pero qué carambas sucedió en 1526? Hay otra joven mujer que trabaja sobre el *Indiferente general* de ese año. ¿La conoce? ¿Están en la misma investigación?

Ricardo retoma confianza. Sonríe.

—Ésas son tres preguntas en una. Pero se las contesto: Sí, conozco a la señora Andrade. Sí, estoy en la misma investigación. Pero no tengo la más mínima idea de lo que sucedió en 1526.

Myrta suelta la carcajada. El policía prosigue:

—Casi son las dos de la tarde. ¿No quiere que la invite a comer?

Ricardo se está exponiendo; temerariamente tienta su suerte, pero lo hace con tanta naturalidad que Myrta puede dejarse convencer.

—Estimado señor, tengo dos razones para negarme: por una parte, nunca como a mediodía. Y, por otra, no tengo por costumbre dejarme ligar por desconocidos.

Exacto. Se precipitó en su afán. Ni siquiera se presentó.

—Perdón. Ricardo Luna, investigador.

—Myrta Pitti, investigadora.

El tono de la joven mujer es claramente burlón. Es entonces que resuenan tres sílabas que encantan a Ricardo, tres sílabas en francés que le rememoran emotivos recuerdos:

—¿*On y va*?

6.
Curaçao azul

Ricardo Luna lleva a Myrta Pitti a comer al lujoso hotel Alfonso XIII muy cercano. Es un viejo palacio rodeado por palmeras centenarias. Un edificio cuadrado plantado en medio de un jardín cuadrado. Hay que subir una buena docena de peldaños para hallarse en levitación en otro mundo. El de Maurice Dekobra, de Blaise Cendrars, de Ernest Hemingway. Un sueño orientalista. Uno se imagina mujeres con faldas charleston y peinado *à la garçonne* y hombres en frac tomando *alexandras.*

El falso mármol sube hasta el techo, vacilando entre el art déco y el mudéjar. Es un hotel de lujo frecuentado por turistas latinoamericanos; pero para Ricardo es una sala de embarque hacia la nostalgia. Copia fiel del original. Clon amaestrado de una época acabada. La de los barcos trasatlánticos. La del hombre que tenía tiempo, pues la vida es larga. Ricardo escolta a Myrta frente a los jardines y se coloca frente a ella. Decide, un poco a regañadientes, poner sin preámbulos las cartas sobre la mesa. Un poco a regañadientes porque está tentado a por lanzarse en una maniobra de seducción. Ganas no le faltan, pero no tiene tiempo para eso. La presa puede escapársele.

Después de las usuales banalidades intercambiadas durante el trayecto, Ricardo pasa al ataque. Un camarero delgado trajo las cartas pero ninguno de los dos fingió querer abrirlas. Saben que no están ahí para comer.

Antes de pedir, Ricardo saca una fotocopia de su maletín y se la da a Myrta.

—Esto es sobre lo que estoy trabajando.

Sonrisa. La joven mujer descubre una página manuscrita bastante extraña. La escritura es antigua. Muy antigua. Casi medieval por su grafía, con letras angulosas, mayúsculas bien cuidadas, líneas impecablemente horizontales. Como buena paleógrafa, Myrta da detalles de su primera impresión.

—Es una escritura de cancillería. El autor de la carta es un copista profesional. Mire esos minuciosos trazos, muy aplicados.

Myrta señala algunas líneas con el dedo.

—No me parece una grafía del siglo XVI.

Busca confirmación.

—¿Siglo XV? —inquiere escrutando la mirada de Ricardo.

—Lo escucho. Lo escucho.

Ricardo no sabe qué contestar. Si le dijeran que es persa o arameo, se dejaría convencer. Prosigue:

—¿No quiere que pidamos?

Myrta rechaza la sugerencia sacudiéndose el cabello, entre azul y buenas noches.

—Dígame: ¿estoy haciendo un examen o se supone que le estoy sirviendo de experta?

Falsamente escandalizada, prosigue:

—El asunto es extraño: es la primera vez que veo ese manuscrito y, al mismo tiempo, tengo la impresión de que no me es desconocido. Dígame la verdad, ¿de qué se trata?

—Le aconsejo el filete de res apenas asado.

—No, gracias. Sólo como pescado.

—No hay problema.

Ricardo llama al camarero y se ponen de acuerdo sobre un mero a la plancha y un solomillo asado con chalotas.

—¿Vino blanco o vino tinto?

—Gracias. Tomaré agua. Y mineral, para tener mi ración de CO_2.

Comensal difícil, piensa entonces el policía. O prudente, todavía no lo sabe.

Eso no le impide pedir una copa de Rioja para él.

Ricardo recapitula: en una mañana, ha recorrido ochenta por ciento del camino. Rompieron el turrón y Myrta le gusta.

—Tengo una pregunta —susurra la joven archivóloga, usando una litote de decoro, porque tiene tantas y tantas preguntas que hacerle, que Ricardo se encuentra amenazado de acoso—. Pareciera que la hoja que tengo entre las manos es huérfana. No tiene ni principio ni fin. Le falta la página anterior y la siguiente. ¿Las tiene?

—Exactamente. No sólo tengo las dos páginas que la enmarcan, sino unas doscientas más.

En ese momento, los ojos de Myrta se iluminan. Su curiosidad profesional ha tomado las riendas. La cocina del restaurante San Fernando le interesa menos que el extraño manuscrito. Ricardo ganó. Tendrá la información que busca.

*

La joven historiadora aceptó ir a su casa esa misma noche, para echarle un ojo a esa prueba de cargo. El policía le dijo lo menos posible, pero estuvo obligado a decirle parte de la verdad. Ahora Myrta Pitti sabe que él es policía y que está investigando el asesinato de Philippine Andrade. Ella sabe que siguió la pista de la víctima hasta la Casa Lonja. Sabe que tiene en su posesión la fotocopia de un manuscrito ligado a dicho asesinato. Con cierta dosis de cinismo, supo atraerla. Pero no dijo que quería colaborar.

Preparó un coctel, almendras tostadas y sushi. Se puso un blazer azul muy clásico y un pantalón de tela verde esmeralda muy vistoso. Lleva una camisa blanca de cuello abierto. La pila de hojas impresas está cuidadosamente dispuesta sobre la mesa baja.

Myrta toca. Ricardo ya no sabe muy bien si está de servicio o si este encuentro atañe a su vida privada. Abre y, al instante, opta por la segunda posibilidad. Porque Myrta, esa noche, es francamente bella. Partiendo del principio de que toda atracción es recíproca, decide dejar fluir la naturaleza.

—Buenas noches. Es muy amable al haber venido hasta aquí. ¿Puedo ofrecerle una copa?

—¿Por qué no? —declara Myrta, invalidando alegremente su perfil de bebedora de agua.

Ricardo trae un recipiente de vidrio que llena con hielos esféricos. Saca una coctelera del refrigerador, la sacude un minutito, para luego verter el contenido sobre las esferas de hielo. Un magnífico líquido azul transforma el recipiente en acuario. Con la ayuda de un cucharón de plata, llena dos vasos. Le ofrece uno a su invitada que lo recibe con agradable sorpresa.

—Si no es indiscreción, ¿qué se ha propuesto hacerme tomar?

—Blue Lagoon.

—¿Me ha tomado usted por *La Madone des Sleepings*? Hace casi cien años que ya nadie toma esa cosa. Sólo conozco ese coctel por la literatura de entre guerras.

—¡Entonces probemos!

—Siempre me he preguntado: ¿de dónde proviene ese color azul?

—Curaçao azul. Es un filtro de amor. *Curaçao* en portugués es el *corazón* de los españoles. Tener el alma en pena, tener el *blues*, es estar triste. Así que alguien, en los años veinte, inventó el coctel del corazón azul para sanar todas las penas de amor. Se zambulle uno en el lago del olvido para salir de nuevo a la superficie, reanimado.

—Pero dígame, ¿es policía o poeta? ¿Hace rato, no me contó cualquier tontería?

—Sí soy policía...

Ricardo saborea el efecto.

—He aquí el objeto del delito —añade Ricardo mostrando las hojas impresas.

Myrta toma su tiempo para tomar un trago de Blue Lagoon, un sushi; luego, otro trago de Blue Lagoon y un segundo sushi. Le gusta bastante el apartamento del policía. El lugar le inspira confianza. Como reclama una verdadera mesa para poder extender los documentos, Ricardo la hace pasar a su estudio y sin vacilar la instala en su mesa de trabajo. Tiene conciencia de que se conocen desde hace menos de doce horas. Pero todo le parece tan natural, tan evidente. Se sienta en un sillón y se vuelca en la contemplación de Myrta Pitti escrutando palabras, dando vueltas a las páginas, dividiendo el manuscrito en paquetes de diferentes tamaños, avanzando en la lectura, reculando, volviendo sobre un detalle. No tiene ni idea del tiempo que esto tomará. Llena los vasos de Blue Lagoon. Le lleva a Myrta el plato de sushi, picotea almendras. Asiste a un ritual silencioso. La ventana está abierta y el espacio venido del exterior parece invadir la habitación; el tiempo se contrae, el fervor es palpable.

Al cabo de una larga hora de concentración, Myrta tiene una certeza. ¡Tiene ante los ojos el documento que está buscando desde hace años! ¿Qué prodigio llevó este manuscrito a las manos de ese policía de corazón azul?

Ahora necesita tiempo. A la vez para estudiar el "manuscrito Luna" y para investigar su procedencia. Los papeles se invertirán; de ahora en adelante, Myrta llevará la pesquisa. En el fondo, piensa ella, un historiador siempre es un investigador; tiene la misma profesión que la de un oficial de policía.

—Creo saber de qué se trata.

La joven mujer rompe el silencio, segura del efecto. Pero Ricardo no se deja sorprender. Espera lo que Myrta va a agregar.

—Pero tendría que verificar algunas cosas. ¿Podría tener una copia de este documento?

Ricardo tiene una sonrisa franca.

—¡Ni lo piense! Es un documento decomisado y por el momento relacionado con un asesinato. Es *top secret*. En cambio estoy a sus órdenes si desea volver a estudiarlo aquí por la noche. Vamos, a noches en que no esté de guardia. Mañana, por ejemplo, sería perfecto.

Myrta está enganchada. Quiere seguir en la estela de Ricardo, quien milagrosamente le da acceso a ese documento alucinante. Simétricamente, Ricardo es prisionero del buen parecer de su invitada de una noche. Sabe que ella sabe. Apuntó correctamente: se está perfilando un asunto gordo. Cada uno de los actores de esa partida de póker piensa dominar al otro. Así que Luna está más que sorprendido al escuchar a Myrta anunciarle que desgraciadamente debe volver a París al día siguiente. ¿Por qué esa huida precipitada? Explica que es la asistente del profesor Castelnau, eminencia de la Sorbona, quien le pidió regresar a París cuanto antes. Sólo se va por unos días y volverá a contactarlo cuando regrese. Ricardo, perturbado, balancea el busto de izquierda a derecha. Su presa se le escapa. Demasiado bonito para ser cierto. Se esfuerza por sonreír.

—Pero, ¿me va a dejar así, en la incertidumbre? ¿De qué habla el manuscrito? ¿Podría tener tanta importancia como para que se haya matado por él?

—Cambio la información por la receta del Blue Lagoon.

Siempre esa propensión por la ironía. La negociación es surrealista y Ricardo se da gusto ofreciendo detalles:

—Un volumen de tequila, un volumen de vodka, un volumen de curaçao azul y tres volúmenes de jugo de toronja fresca. ¡Fresca! Porque el jugo de toronja enlatada echa a perder el color del curaçao.

—¡Es una copia del *Diario de a bordo* de Cristóbal Colón! La bitácora de su Primer Viaje.

Myrta sale con un movimiento de cadera alegremente erótico.

7.
Robert Andrade

Robert Andrade llegó a Sevilla con rostro de viudo inconsolable. Acompañado por *Neandertal*, fue al depósito de cadáveres a reconocer el cuerpo de su mujer y luego se dirigió a la comisaría.

Andrade es alto y delgado, de unos cuarenta años, de rostro anguloso y rasgos juveniles. Sus gruesos lentes traicionan su miopía. Su cuerpo, algo lento, algo torpe, no refleja una gran práctica del deporte, pero es apasionado por la vela deportiva y es buen regatista. Tiene gestos mesurados; su palabra, calculada, no lo vuelve nunca cálido. Habla muy correctamente el español; de hecho, cada año viaja a la República Dominicana.

Aceptó ayudar a la policía española respondiendo a un interrogatorio en toda forma. Esa entrevista de dos horas echó cierta luz sobre la personalidad de la víctima. Philippine Pereire, por su apellido de soltera, heredera de una familia de empresarios y banqueros, había hecho estudios de historia del arte que la llevaron a cruzarse en el camino del anticuario Robert Andrade. Después de su boda, entró al negocio de su marido y se especializó en los libros antiguos, adquiriendo cierta reputación. Dos hijos nacieron de su unión. Los esposos se habían casado bajo el régimen de separación de bienes y Robert Andrade no tenía ningún interés en ver desaparecer a su esposa.

El anticuario confirmó que su mujer poseía un iPhone, del que comunicó el número. La policía verificó: el aparato había dejado de emitir alrededor de media hora después del asesinato. Informó de la dirección del apartamento de dos habitaciones que Philippine había alquilado por internet cerca del barrio de Santa Cruz. Las llaves encontradas en la víctima correspondían a dicho apartamento. El equipo enviado al lugar no encontró nada sospechoso: ropa casual, un neceser, una credencial de lector del Archivo General de Indias, las llaves del apartamento de París. Un boleto de avión de vuelta para París. Nada de droga. Nada de tranquilizantes. Un libro francés sobre el buró llevaba un marcador: Philippine aparentemente leía *La aduana de Mar*, de Jean d'Ormesson, en una edición en español. No se encontró ni carta de amenazas ni rastro de alguna preocupación en particular. La maleta no vaciada estaba abierta de par en par a mitad del cuarto. Había un suéter tirado sobre una silla y pantuflas al pie de la cama.

La imagen tranquilizadora de esa habitación del primer piso, abierta sobre los árboles de una plazoleta, contradecía la violencia del crimen. El único punto de extrañeza se debía a la ausencia de una computadora portátil o una tablet. Philippine vivía seguramente en la era digital. Su marido confirmó que comúnmente se llevaba de viaje una pequeña laptop de la cual fue incapaz de nombrar la marca. Indicó que poseía igualmente un ordenador de escritorio en su domicilio de París, en la villa Varenne.

Para aminorar la apremiante atmósfera del interrogatorio, Ricardo intentó que Robert Andrade hablara de su profesión. Pero el hombre no estaba de humor para eso. Sintió una rebelión interna. Tenía una mujer a quien enterrar y sus dos hijos, de doce y ocho años, habían perdido a su madre. Firmó su declaración y recibió la documentación necesaria para el transporte del féretro de su esposa. A su salida, se veía agobiado. Una patrulla pasó a recogerlo. *Neandertal* meneaba la cabeza. La audiencia del marido reforzaba en él la idea de un crimen aleatorio, de un crimen de un maniaco cometido al azar. Ricardo pidió ver a su superior y ambos hombres se encerraron en la oficina del jefe de policía, a la que todo el mundo llamaba la "caverna". Ricardo salió media hora después con una amplia sonrisa.

El avión de Iberia IB 5471 con destino a París despegó del aeropuerto de San Pablo a las 18:05. Tres filas atrás de Robert Andrade estaba sentada Myrta Pitti, la mirada perdida en sus pensamientos.

8.
En la Sorbona

Querida Myrta, gracias por haber venido tan rápidamente. ¿Tuvo un buen viaje?

El profesor Castelnau está acomodado en su sillón, con mirada maliciosa. Los revestimientos de madera de su oficina le confieren a la escena una falsa impresión de ceremonia. Ostenta una sonrisa irónica que Myrta no le ha visto nunca. Como la de un niño listo para hacerle alguna jugarreta a un adulto.

—¿Está cómodamente sentada? Me alegro, porque lo que tengo que mostrarle es como para caerse de la silla.

De un cajón, saca un par de guantes de cirujano, de látex transparente.

—Póngase esto, Myrta. Tendrá que manipular una antigüedad.

La joven mujer obedece, sonriendo, acostumbrada al comportamiento algo excéntrico de su profesor. ¿Qué le va a mostrar? ¿El segundo volumen de la *Poética* de Aristóteles? ¿Una carta de amor de san Agustín? ¿El testamento de Nostradamus? Castelnau abre con llave un cajón y saca un gran sobre beige que le tiende, ansioso, a Myrta.

—¡Abra! ¡Abra!

Al profesor Castelnau le gustaba repetir sus interjecciones, sus preguntas, sus órdenes. Decía "Pase, pase", "Adelante, adelante", "Vamos, vamos", "Dígame, dígame". Sus estudiantes se divertían de lo lindo al imitarlo.

Intrigada, la asistente desliza el contenido del sobre sobre la mesa del escritorio. Castelnau observa con deleite su reacción. Empieza por darle vuelta a las páginas. Las tres primeras contienen caracteres muy deslavados; la cuarta, en cambio, está mejor conservada. Myrta entrecierra los ojos: ve desfilar una escritura ligeramente ladeada, vigorosa, poco legible. Castelnau le da una lupa. Identifica palabras sueltas: "La Gomera", "gobernario", "mar adelante". De pronto, se estremece. Reconoce claramente el nombre de Alfonso Pinzón. Se pone a hojear el manuscrito con frenesí. Descubre una grafía cambiante. Unas veces, las palabras se expanden, se estiran como retenidas a distancia por una respiración secreta, jalonadas por finales de rayas diagonales; otras, las letras se aglutinan, casi sin cesura, apretujadas unas contra otras, trazadas por un imperioso impulso hasta formar un misterioso precipitado disimulando el sentido de las palabras. El papel se encuentra literalmente invadido. Ni un lugar desperdiciado. Ni un resquicio en blanco al final de la línea. Ningún espacio entre los párrafos. Las únicas rupturas perceptibles provienen de las modificaciones gráficas que dan ritmo al texto: se percibe que el cuaderno registró la efeméride de humores cambiantes. Las páginas a veces son tensas, apresuradas, esqueléticas, a veces elocuentes, desenvueltas, líricas…

Un cuaderno de bitácora. Un cuaderno en el que se habría ahorrado el papel porque el autor no tenía idea de la duración del viaje. Un cuaderno cuya escritura huele a marejadas, a angustias y a maravillas.

Myrta cruza su mirada con la de Castelnau. Él le sonríe tranquilamente y sus ojos chispean. No se oye ni una mosca volar en la vieja Sorbona bruscamente tomada por el soplo de mar adentro.

Myrta no lo puede creer. Alza la mirada suplicante hacia su profesor para implorar una explicación racional. Para que le diga que no es una alucinación. Para que disuelva el sortilegio.

—Sí, es la bitácora del primer viaje de Colón. Pero en una versión excepcional: ¡la autógrafa!

—Pero esto es de locos. Este documento está perdido desde 1493. Colón lo entregó al rey Fernando de Aragón a su regreso a España y nunca pudo recuperarlo. El rey hizo caso omiso frente a todas sus solicitudes. Desde hace mucho tiempo, los historiadores cerraron el caso: admitieron que el original del *Diario de a bordo* había desaparecido para siempre jamás. ¿Por qué truco de magia está en sus manos?

—En sus manos por el momento, mi querida Myrta —rectifica Castelnau, bien acomodado en su sillón.

—Creo que todo esto amerita una explicación —se atreve a decir Myrta Pitti, medio en broma, medio en serio.

—Seguramente —le concede el profesor.

Y, con la mayor naturalidad y sin la menor reserva, cuenta la historia del hombre de traje azul. ETA, vigilancia, retenes, tesoro de guerra, Chartres. Un misterioso comprador y testigos enclaustrados en su silencio.

—Vino a pedirme un peritaje bajo estricta promesa de secreto. Fui, como usted, incrédulo y suspicaz antes de aceptar la evidencia. Una gran parte del manuscrito, casi noventa hojas, parece ser de puño y letra de Colón. Mi intuición me lleva a pensar que el documento es original. Pero este asunto es de tal importancia que quería conocer su opinión. Entenderá ahora por qué quería verla lo antes posible…

Myrta permanece muda. Doblemente estupefacta. Después de la adrenalina de Sevilla, el estupor de la Sorbona. Se siente flotar entre vértigo y exaltación.

—Gracias por la confianza que me concede —murmura.

La asistente clava su mirada en la de su profesor y vuelve a sumergirse en las páginas del manuscrito. Su ojo se adentra más allá de las letras. Sus dedos enguantados palpan la superficie del papel como para asegurarse de la realidad de dicha aparición. Pasan varios minutos, en silencio. Con un gesto que podría ser sacerdotal, levanta el manuscrito y presenta la primera página a la luz.

—Ve lo mismo que yo, ¿no? —pregunta el profesor, devorando a su asistente con los ojos—. La marca de agua es buena. Corresponde a la época.

En la transparencia del papel, Myrta efectivamente intuye una mano rematada por una estrella. Un contorno de mano ligeramente abierta, como surgida de la pared de una cueva paleolítica y plasmada ahí, como un mensaje subliminal: signo de saludo, de complicidad. A menos que se trate de una invitación a detenerse en el camino: ¡Alto ahí!

La italiana toma la palabra.

—Tiene toda la apariencia de un original de la época. Podemos eliminar la falsificación, clásica o moderna. El manuscrito es antiguo y auténtico. Pero de ahí a decir que ante nuestros ojos tenemos la grafía de Colón…

—Mi querida Myrta, le llevo tres días de ventaja que aproveché, como bien podrá imaginarse. Leí todo el texto, a menudo difícil de descifrar, debo confesarlo. Muchas partes son oscuras. Pero, a primera vista, el contenido es coherente con lo que sabemos. Además, estudié la grafía, comparándola con las pocas cartas que Cristóbal le escribió a su hijo Diego. También es congruente.

El profesor pondera de inmediato su aseveración, algo alarmado por su propia audacia:

—Claro está, todo esto es muy superficial y reclama una investigación más amplia. ¡Pero *a priori* es creíble!

Myrta decide que es tiempo de pasar al ataque.

—Ya que está sentado, yo también tengo que revelarle algo.

—Cuénteme, cuénteme.

Castelnau toma una regla de su escritorio y la agita en el aire con un discreto movimiento, como si fuera el ritmo de sus pulsaciones cardiacas.

—Yo también encontré el *Diario de a bordo* de Colón...

Hace una pausa. El profesor Castelnau frunce el ceño, incrédulo.

—Pero eso es imposible. Ahí está, ante sus ojos. Ante nuestros ojos.

—Lo que tuve entre manos anteayer por la noche en Sevilla es otra versión. Tiene dos escrituras diferentes. Creo que se trata del "manuscrito a dos manos" que estoy rastreando desde hace más de dos años, la copia inicial de la que se deriva todo lo que sabemos del primer viaje.

—¿Descubrió el "manuscrito a dos manos"? ¿Anteayer? ¿Al mismo tiempo que esta versión autógrafa nos ha caído de quién sabe dónde para aparecer en mi escritorio? El asunto se complica.

Con un puntapié, el profesor aleja su sillón del escritorio para interponer distancia con el asunto. Se cruza de brazos, desconcertado.

Myrta mantiene un largo silencio, reteniendo la respiración para potenciar su efecto.

—A decir verdad, hasta ahora sólo he visto una fotocopia del manuscrito. Pero para hacer una fotocopia, se necesita un original. Así que el original reapareció.

Y la asistente cuenta la irrupción del policía español en su bien ordenada vida. Resume:

—Ese hombre pensaba que un documento, quizá robado, podía explicar el asesinato de una mujer que trabajaba en el Archivo General de Indias. Me escuchó como testigo y me enseñó los originales en papel del manuscrito fotografiado: es la copia "oficial" del *Diario de a bordo* de Colón, la que los reyes católicos habían sustituido en lugar del original colombino.

—¿Y se lo dijo a su poli? —se atraganta al decirlo Castelnau.

Myrta no iba a contarle de Ricardo, de su blazer, de su impulso conquistador y de su Blue Lagoon. ¿Debe mentir? Debería, pero en cambio, dice:

—¡Sí!

Un "¡Sí!" salido de lo más profundo de su ser. Un "¡Sí!" como llamado de auxilio.

—¡Pero está completamente loca, querida! Dese cuenta que alrededor de ese manuscrito hay un embrollo de primera. Me dice que están asesinando para poseerlo y usted…

—No. No dije eso. Pareciera que existe una relación entre el asesinato de una mujer, entre paréntesis, muerta de quince puñaladas, y el manuscrito de Colón. Pero no sé nada más. La única evidencia es que la mujer asesinada en Sevilla hace algunos días poseía una copia digital del manuscrito.

—¡Y eso no le preocupa! No quisiera asustarla, pero lo que me está diciendo cambia profundamente la naturaleza del asunto. En contra de nuestra voluntad somos parte de una historia que se está volviendo preocupante. Estamos ahora mismo en el ojo del huracán.

Aunque perturbada, Myrta se defiende.

—Hice un trato. El policía pondrá a mi disposición una copia del manuscrito para que lo autentifique. ¡Vamos, entiéndame! Es una oportunidad que no puede rechazarse. Usted sucumbió a la misma curiosidad haciendo un peritaje a ese botín de la ETA.

—Es cierto, es cierto. Pero ahora hay muertos en nuestro camino.

—Un muerto, corrige Myrta.

—¿Y de casualidad sabe cómo se llama la mujer asesinada? —pregunta Castelnau, repentinamente intuitivo.

—Philippine Andrade. Una francesa.

Ese nombre paraliza al profesor, quien enmudece algunos segundos. Se sobrepone y se esfuerza por adoptar un tono paternal.

—No es imposible, mi querida Myrta, que pueda verse amenazada. Vuelva a tomar contacto con su policía español y negocie urgentemente que la protejan.

—¿Piensa que corro peligro? —palidece Myrta, aunque dubitativa.

La pregunta queda en suspenso. Castelnau cambia bruscamente de tema.

—Desde un punto de vista científico, reconozcamos que el cúmulo de circunstancias es prodigioso: en paralelo, podremos estudiar dos textos clave de la historia de América. Comparar el original con la copia. ¡Vaya vértigo!

El profesor escribe unas palabras en su computadora, consulta su pantalla. Parece proceder a una verificación. Su mirada vuelve a posarse sobre Myrta.

—Pero debe confesar que resulta extraño que ambos asuntos sean concomitantes. ¡Dos versiones perdidas de un mismo manuscrito que surgen a la luz del día al mismo tiempo y que llegan, las dos, hasta nosotros! ¡En dos lugares distintos y por diferentes vías!

—Ni que me lo diga. Es más que extraño.

—En nada tiene que ver la casualidad. Es lo que me preocupa.

En ese preciso instante, la asistente tiene el sentimiento de que Castelnau sabe más de lo que quisiera decir. Tras la cortesía y su dominio del verbo, la mirada se vuelve más oblicua. Myrta observa que no se rasca el lóbulo de la oreja que siempre es el gesto de sus vacilaciones.

El profesor colocó el manuscrito en su sobre, cerró el cajón con llave. Se dirige a su asistente.

—Bueno. Debemos mutuamente digerir nuestra sorpresa. Podríamos vernos mañana por la mañana, digamos a las once, para establecer un plan de ataque. Cuídese mucho. Adiós, Myrta. Hasta mañana.

La italiana sale de la oficina del profesor, pensativa. Con notable precipitación, Castelnau se pone a buscar en una pila de papeles espectacularmente desordenada un minúsculo pedazo de hoja con un número telefónico. Toma el teléfono y marca el número inscrito en el papel.

*

Myrta camina por los pasillos de la Sorbona, algo aturdida. Quizá se tomó demasiado a la ligera entrar en el juego del policía sevillano. Pero está inscrito en su naturaleza. No se trata, a su edad, de deplorar quién es. A la ligera, sí, o por estar enamorada. Eso es, pecó por sentimentalismo. Eso también se le parece. Se dejó engatusar, es cierto. Por flaqueza, por deseo, es lo mismo, piensa. Lo que más le divierte es que las decisiones lógicas y racionales que debe tomar con toda urgencia coinciden con lo que le podrían dictar su instinto o sus pulsiones. Objetivos: volver a Sevilla, encontrarse con Ricardo Luna, ir a su casa para estudiar el manuscrito, averiguar ese asunto del asesinato y hacer que el policía hable.

Tomando los laberínticos pasillos, Myrta decide salir por la rue des Écoles, un acceso reservado a los portadores de un gafete específico. Pronto está en la calle, frente al pequeño parque de la Abadía de Cluny, uno de los rarísimos vestigios medievales de París. Y ahí, al pie de la pequeña escalera de la entrada de honor de la Sorbona, se detiene, petrificada. En un banco del parque, sonriente y elegante, la espera Ricardo Luna.

9.
Frente a frente

Myrta es quien da el primer paso. Con un firme movimiento de cabello, se dirige hacia el policía español.

—¡Dios mío! ¿Qué hace aquí?

¿Cómo interpretar el tono de la mujer? ¿Molestia? ¿Sorpresa? ¿Simpatía? A decir verdad, Ricardo Luna no se encuentra a sus anchas. Obtuvo de su jefe, *Neandertal*, ser comisionado para viajar a Francia, oficialmente para llevar a cabo un peritaje de la computadora de Philippine en el domicilio conyugal de los Andrade. Pero no para espiar a Myrta.

—¿Yo le di ganas de visitar el Barrio Latino?

—Exactamente. La estaba esperando.

Myrta suelta una carcajada por respuesta.

—¿Y cómo sabía que saldría por aquí? Hay cinco puertas de entrada a la Sorbona.

—Magia del GPS. Conozco a alguien que inventó un programita que permite localizar ciertos teléfonos portátiles. Usted me entiende. La vía judicial es larga; los operadores telefónicos cobran las perlas de la virgen y nunca se está seguro del grado de confidencialidad del procedimiento. Así que aprendimos a arreglárnosla. En todo caso, yo tengo mi método. Mucho más barato que la vigilancia clásica. Mucho más eficaz. Mucho más discreto.

—¡Tanto le importo que es capaz de cometer tales atropellos prohibidos por la moral!

—No podía resolverme a perderla. ¿Quién me garantizaba que volvería a verme?

Hay tal candidez en esa confesión que Myrta se queda de palo. La voz pausada y cálida de Ricardo le confiere dulzura a ese momento. El sol de mayo incita a la joven italiana a pactar.

Dice: "Atravesemos". Tiende el brazo para tomarle la mano. Se retracta. Aprieta los codos. Juega a ser guía intelectual:

—Siempre soy prudente al atravesar la calle des Écoles. Aquí mismo fue atropellado Roland Barthes.

Una pausa.

—No llevaba identificación. Se tardaron tres días en identificarlo. Un horror.

Myrta se siente un poco ridícula al intentar darle clases a un oscuro policía de Sevilla que no puede prestar interés en anécdotas de Saint-Germain-des-Prés. Pero está buscando una postura. En su fuero interno, la situacion la incomoda. ¿De hecho, quién es ese hombre que se permite entrar en su vida con un manuscrito perdido desde hace cinco siglos, bajo el brazo?

En los minutos siguientes, toman una callejuela que desemboca en la plaza de la Sorbona. Se instalan a la mesa de un café, frente a frente. A espaldas de Myrta, una librería que desde hace más de un siglo vende exclusivamente libros de filosofía. Por encima de sus cabezas, la suave sombra de una sombrilla de tela y la bóveda de la capilla de Santa Úrsula que se negó a casarse con Atila…

Le toca a él dar explicaciones, piensa Myrta.

El primero que hable pierde, piensa Ricardo.

Se miran sin saber qué decir. ¿Quién romperá el hielo?

Primero hay que despejar el terreno sentimental. ¿Están casados? ¿Divorciados? ¿Hay amantes celosas? ¿Amantes invasores? ¿Hijos?

Myrta se lanza. Tuvo dos compañeros que, cada uno, la dejaron. Uno y otro después de seis años de vida en común. El primero se casó con una hija del profesor Castelnau, el segundo se fue con una violinista, una concertista que tiene su agenda llena con años de antelación. Ante su incapacidad por quedarse con un hombre, decidió vivir sola. Desde hace cinco meses es soltera. No dice que se siente feliz de serlo. Se conforma con exponer la realidad con un tono neutro e indiferente que no engaña al espía.

Después del acto de denigración, me va a tocar una función de autopromoción, piensa Ricardo.

Y acierta. Declara su edad: treinta y seis años. Explica con desconcertante candidez que es rica. Dice "No tengo apuro". Tono grave y serio. Prosigue con el mismo tema para confesar que perdió a sus padres a la edad de veintidós años. En las Islas Granadinas, en Canouan. El pequeño Cessna nunca pudo alcanzar la suficiente velocidad para despegar. Dejó tierra al final de la pista, recorrió seiscientos metros a ras del agua, golpeó una ola, para luego hundirse bruscamente en el Caribe, a unos diez metros de profundidad. Su padre era un industrial de Turín que fabricaba rodamientos, cremalleras de dirección, trenes de aterrizaje, deflectores, aletas de turbina, vaya, toda una gama de productos aeronáuticos. Ni ella ni su hermano tenían vocación industrial. Vendieron los activos a Snecma, una empresa francesa de aquel entonces. Pero a título personal, Myrta conservó una boyante patente de turbina que explotaba Rolls Royce y que le aseguraba confortables regalías. En cambio, su hermano Claudio, que se había vuelto director de orquesta, heredó la colección de cuadros de la familia: Giovanni Segantini, Gustave Moreau, Théodore Chassériau, Francisco Hayez, Vincenzo Camuccini, Cabanel, Gérôme. Las obras estaban colgadas en una villa que dominaba el lago de Como, no muy lejos del antiguo Museo de Giovio. Los simbolistas lidiaban con los *pompiers* de estilo kitsch. El padre de Myrta adoraba las escenas de la mitología clásica: Jasón y el Vellocino de oro, Orfeo y Eurídice, la guerra de Troya, Medusa y las Gorgonas, Cronos devorando a sus hijos. En un registro más erótico, también estaba una Eva en el Paraíso terrestre y una Venus saliendo de las olas.

—Una colección es como una biblioteca. Ello obliga a ser sedentario. Yo tenía el gen del nomadismo.

Myrta le da a Ricardo gran cantidad de detalles sobre sus gustos artísticos, sus viajes, sus vagabundeos, sus correrías, sus lecturas. Le explica por qué no tiene televisión en casa. Vive entre Milán, París y Madrid: ¿es inestable?

—Estoy en casa en todas partes —dice Myrta.

Ricardo observa que no dice nada sobre su trabajo, sobre sus investigaciones y sus libros. Sólo habla de su vida interna, y se revela con desconcertante naturalidad. El tiempo se contrae a su alrededor. Ricardo se siente aspirado en ese torbellino de intimidad. La cabeza le da vueltas. Para retomar el equilibrio, mueve sus hombros de izquierda a derecha.

Ella no sonríe. Suelta algunas confidencias sin dramatizar, pero con la mirada perdida, más allá del tiempo, lejos del Boulevard Saint-Michel. No ve al camarero que se acerca con un café y lo pone sobre la mesa.

Ricardo deja desfilar los recuerdos de Myrta. Siente que se aleja. Al mismo tiempo, sus propios recuerdos lo asaltan. Mientras que unos momentos antes se sentían tan cercanos, ahora ambos parten por su lado, tragados por sus vidas anteriores.

La magia del lugar interviene *in extremis*. El sonoro combate de dos gorriones disputándose una joven hembra, esa ráfaga de chillidos surgidos de una improbable partitura, los saca de sus pensamientos. Myrta vuelve a pisar tierra. A su vez, Ricardo relata su historia.

—Yo estuve casado —le confía con voz oscura y sensual— con una francesa que conocí en París. Me pregunto si no la conocí aquí mismo, en esta plazoleta tan confidencial, tan intimista. La había convencido de vivir conmigo en Madrid. Nos amamos con locura. El mundo podría derrumbarse, estábamos bien, juntos, autosuficientes, protegidos de la adversidad. Vivíamos de nuestro amor. Me transmitió su pasión íntima por los muebles antiguos. Había encontrado un trabajito en una galería de arte contemporáneo en la calle del Doctor Fourquet… El prototipo mismo de trabajo que lo deja a uno morirse de hambre. Pagada por comisión en caso de venta. Ningún fijo, ninguna protección social. Sin embargo, una noche, convenció a un cliente para que comprara un Tàpies a precio de oro. Por esa negociación, recibió una suma que nos pareció astronómica. Durante algún tiempo, pudimos pagarnos restaurantes de lujo o viajes temáticos tipo *trekking* en Bután, pesca del salmón en Alaska o buceo en Cebú…

—Perdón, perdón —Myrta había adquirido los tics de su profesor—, caminar, bucear, lo entiendo. ¿Pero pescar? ¿Su mujer pescaba?

—Sí, pescaba. Vamos, nunca sola. Cuando yo pescaba, ella también pescaba. ¿Por qué? —pregunta Ricardo—. ¿Las mujeres no deberían pescar?

Myrta se preocupa porque ahora teme que Ricardo le pida acompañarlo a la pesca. Aceptaría acostarse con él, caminar, esquiar, viajar con él, pero le inquieta la imagen estática de un pescador esperando horas a que hipotéticamente pique un pez. ¡No siente ninguna vocación por preparar los cebos y las carnadas!

Afortunadamente para Ricardo, ella prosigue la investigación.

—¿Y la caza? ¿Es usted cazador? ¿Safari en Kenia, caimán en Guyana, becada en Irlanda, jabalí en las Landas?

Y ahí, Ricardo entiende. No quiere perder a Myrta por un asunto de escopeta o de pesca deportiva. Por supuesto, es cazador. En sus ratos libres. Pero es un pasatiempo marginal. Lo sacrifica de inmediato.

—No, nada de caza.

—Es mejor así. Mi ex era cazador. No guardo buenos recuerdos de aquello.

Se olvidan los salmones de Alaska y Ricardo nunca ha tenido una escopeta en las manos. Había comenzado con un tono de confidencia. Ahora debe ser prudente. Pero ya que empezó con el relato de sus amores, está condenado a proseguir. De hecho, Myrta reclama el final de la historia.

—Lo interrumpí con mis cuentos de caza y de pesca. Volvamos a sus amores.

—Sucedió lo que hubiera podido ser un feliz acontecimiento. Laura, así se llamaba, se embarazó. Nos casamos. Nuestro amor estaba maduro. Queríamos que fuese por toda la vida. El embarazo siguió su camino relativamente bien. Pero el bebé nació con una malformación. No era viable; murió unos días más tarde. Era un niño. Y empezamos a despedazarnos. Cada quien veía en el otro al responsable del drama. Era difícil saber si ese niño anormal era fruto de los genes de uno o del otro o el resultado de un accidente durante el embarazo. ¿Qué accidente? Al eludir sus responsabilidades, los médicos acreditaban la tesis de una malformación de origen genético que ninguno de nosotros quería asumir. Nuestra pareja quedó destrozada. Ya no quise tener hijos. Nunca he vuelto a amar a otras mujeres.

Le quedaba claro a Myrta. Amaba a ese hombre porque era frágil y porque aceptaba mostrarse tal cual. Era humano, es decir, trágico. Eso le convenía.

Son dos amantes que se levantan, que caminan hacia una callejuela del 6º distrito. Sin exteriorizar su pacto amoroso, abriéndose paso, discretos y anónimos, en la ironía de la vida. Llegan a una cochera pintada de azul. Entran. Se adivina que otrora hubo un patio al fondo de ese pasadizo para recibir automóviles. Pero el lugar ha sido modificado y, al final del pasadizo, un enorme espejo refleja la imagen de los visitantes. Una puerta, al fondo a la derecha. Myrta vive aquí. El patio le pertenece. Alguien, hace unos cuarenta años, logró expulsar a los coches y el patio se convirtió en un pequeño jardín privado, absolutamente encantador. A través de tres ventanas, la sala da hacia ese pedazo de verdor salpicado de flores blancas.

Ricardo se muestra admirativo. En realidad, está más emocionado que admirativo. Porque ese apartamento le parece ser el arquetipo divino del nido de amor. A la vez urbano y campirano. Huele a perfume de transgresión, como el de los pabellones de caza que antaño servían para los amores clandestinos. Al mismo tiempo, una gran serenidad lo invade. Ahí se siente protegido. Protegido de los ruidos de la calle, protegido del paso del tiempo.

Sin decir palabra, Myrta mira a Ricardo descubrir su interior. Está bastante satisfecha por la sorpresa que le reservó. Frente al jardín, un muro entero acoge un cuadro; un solo cuadro, ¡pero vaya cuadro! Es un estudio en el que los grises se combinan con los ocres, los sepias, los carmines, los bermellones. Se percibe el rostro de un hombre en toda su plenitud retratado en matices y difuminados. Un condotiero italiano del siglo XV. A la derecha, el rostro se presenta de perfil, girado hacia el exterior del cuadro; al centro, el mismo es visto de tres cuartos; a la izquierda, aparece de frente. Los espacios pintados componen una especie de desplegado tan erudito como estético, dando la impresión de que el hombre gira la cabeza y que el artista le toma el movimiento al vuelo.

—¡Una gran obra! ¡Magistral!

Es el veredicto de Ricardo, inapelable.

—¿Ya vio? ¡Es extraordinario! —aprueba Myrta.

Porque el misterio del cuadro consiste en que el rostro de frente no es el desarrollo del perfil. El rostro intermediario logra transformar imperceptiblemente la identidad del hombre retratado. Sea cual sea el sentido de la lectura, del perfil hacia el frente o del frente hacia el perfil, el cambio de perspectiva hace que se descubra otro hombre. ¡Otro rostro, sin embargo compuesto por los mismos trazos!

—Pienso que no es un estudio, sino un cuadro de un genio, concebido desde un principio para plasmar ese misterio de la dualidad humana. La obra pertenecía a la colección de mi padre. Es el único cuadro que quise conservar. Pintura al temple sobre madera. Le ha sido atribuido a Piero Borghese. Borghese porque nació en Borgo. Pero se le conoce bajo varias identidades, Piero di Benedetto, Piero de Franceschi, Piero della Francesca.

—¿Piero della Francesca?

La mirada de Ricardo es de asombro.

—Sí. Es un hombre tan misterioso como su cuadro. Se ignora su fecha de nacimiento, y su verdadero nombre es un secreto. Se dice que los archivos eclesiásticos de Borgo de Sansepulcro se quemaron... Pero una cosa es sin embargo segura: murió en Borgo. Y nunca adivinarás en qué fecha...

Ricardo nota que Myrta pasó al tuteo. En el fondo, eso le importa más que la fecha de fallecimiento de Piero della Francesca.

—El 12 de octubre de 1492. ¡El día del descubrimiento de América! Murió sin saber de la duplicación del mundo.

10.
Cristóbal Colón

En la gran cama de Myrta intercambiaron sus cuerpos con pasión. Se volvieron el centro del mundo, los dueños del tiempo. El amanecer los sorprendió entrelazados. Ricardo recuerda haber entrado en estado de ingravidez al contacto con la piel de Myrta. Una piel morena, aventurada y conquistadora que descargaba efluvios de ternura. Y Myrta descansaba de espaldas, temblorosa aún por la violencia de sus abrazos. Violencia no era la palabra; ardor sería la más adecuada. Sí, ardor: la intimidad llevada a su punto de fusión, el deseo atizado hasta la incandescencia.

—Quizá tenga ahora la posibilidad de solicitar un favor...

Ricardo giró hacia Myrta, con mirada aduladora y media sonrisa en los labios. ¿Y ahora qué me va a pedir?, piensa la italiana. ¿A tal punto es insaciable?

Ricardo prosigue, con calma:

—Quisiera poder conocer la historia de Colón.

Una pausa.

—Porque él es el culpable, vamos.

Señala el cuerpo desnudo de Myrta.

—Él fue quien fungió de alcahuete... ¿Y de qué va ese cuento de manuscritos que desaparecen y reaparecen?

—Estamos frente a una larga, muy larga historia —suspira Myrta.

—De acuerdo. Adelante. Entonces: capítulo 1, el nacimiento.

Myrta suelta la carcajada. Una risa verdadera de buen humor.

—Creo más bien que empezaré por el preámbulo.

Se sacude el pelo. A Ricardo le parece bella. Y escucha con el corazón apretujado la voz algo baja de tono de la joven mujer dando inicio a un sorprendente relato.

—De Cristóbal Colón, no sabemos nada, o casi nada. Y Colón tiene mucho cuidado en mantener el misterio. Oculta cuidadosamente sus orígenes, su nombre, su vida privada, su vida pública. Tiene dos hijos e incluso ellos ignoran todo de su pasado. No tiene vida familiar, no tiene amigos, no tiene confidentes. El círculo de sus allegados está restringido a algunos eclesiásticos a los que controla por el secreto de confesión. No se le conoce casa. Vive con unos o con otros, cambiando constantemente de ciudad, cabalgando su famosa mula. Se le ve frecuentar varios conventos; le brindan refugio los cartujos de Las Cuevas, cerca de Sevilla, los dominicos de Salamanca, los franciscanos de La Rábida, de Segovia o de Valladolid. Pero pide no aparecer en ningún registro. Como si fuera un tránsfuga perseguido por quién sabe qué amenaza, por quién sabe qué cohorte de acreedores. Los historiadores se arrancan el cabello.

En realidad trabajamos sobre un mito que tardó cuatrocientos años en edificarse y que, en el fondo, sólo tomó cuerpo en el siglo XIX con la celebración del cuarto centenario del descubrimiento de América, en 1892. Vimos entonces a los países del continente americano, desde entonces casi todos independientes, buscarse un padre fundador, un ancestro común. Fue conmovedor. Desde Canadá hasta Tierra del Fuego surgió un fervor colombino absolutamente inédito. Hubo que afirmar la silueta indecisa, colmar las lagunas biográficas, imaginar un retrato halagador. Lo que estaba en juego era de suma importancia: había que conseguir transformar una sombra evanescente en un héroe de la modernidad; había que ponerle carne a un simple nombre escrito en un contrato. Transformar el azar de las corrientes marítimas en voluntad humana. Transmutar una operación bajamente comercial en epopeya espiritual.

Myrta tomó aire. Estaba entusiasmada por su tema y no le quitaba la mirada a un Ricardo subyugado.

—En eso estamos. Todo ese universo de creencias inventado pieza por pieza con singular alegría a finales del siglo XIX sigue en pie. Y de ahí que la tarea del historiador se vea aún más complicada. Pues no sólo hay que buscar la verdad en los textos del siglo XV y del XVI, sino también deshacer las ideas preconcebidas que se fueron amalgamando durante el siglo XIX y que interfieren con nuestra percepción de la realidad.

La joven mujer se ha lanzado. Al policía le hubiera gustado hacerle algunas preguntas, pero Myrta prosigue.

—Es justo decir que las incertidumbres que envuelven a la persona misma de Colón favorecieron las interpretaciones más diversas, que van desde la hipótesis descabellada hasta una recuperación perfectamente orquestada. En esta última categoría, las maniobras más conocidas son aquellas de Italia y del Vaticano, por cierto bastante paralelas.

—¿El Vaticano?

Los ojos de Ricardo revelan una sincera sorpresa.

—¿Por qué pudo interesarse el Vaticano en las hazañas de un tosco navegante?

—¡Desengáñate! El papado estuvo implicado desde los orígenes en el Descubrimiento. En 1493, el "azar" quiso que el Papa fuese español. Como se le conoce con el nombre de Alejandro Borgia, se le cree italiano. Pero los Borgia en realidad se apellidan Borja. Son aragoneses, originarios de Valencia. Alejandro VI es un sobrino del Papa Calixto III, el primer Borgia. Nacido en Xàtiva, en la campiña valenciana, Roderic de Borja es electo al trono de San Pedro el 11 de agosto de 1492, ocho días después de la salida de la expedición de Colón. No queda descartado que haya comprado el voto de ciertos cardenales. Poco después del regreso del Descubridor, el 3 de mayo de 1493, redacta la bula que le otorgará las tierras recientemente descubiertas… a España. Lo que tiene por consecuencia enemistar Castilla con Portugal. La disputa por América es inmediata.

"Pero te estaba hablando sobre todo de las intrigas del siglo XIX. Figúrate que por poco canonizan a Colón. Es una historia que dio mucho de qué hablar y que dio luz a una voluminosa literatura. El asunto dio comienzo algún tiempo después de las independencias de las antiguas colonias españolas. Electo Papa en 1846, Pío IX, quien había estado de servicio en Chile, quiere darle a América Latina un gran santo. En cuanto a santidad, el continente da poco de qué hablar. Hay un solo nombre americano inscrito en el frontón de la ejemplaridad: santa Rosa de Lima, una joven peruana de origen español nacida en el seno de una familia numerosa, enfermiza desde temprana edad, adepta a las mortificaciones extremas. Una trayectoria dominada por el masoquismo, pero abocada al servicio a los demás y marcada por sanaciones milagrosas. A Pío IX, santa Rosa le parece poco representativa de América Latina. Su vida de dolor pudo haber tenido lugar en cualquier parte del mundo. El Papa quiere un sabor local, simbólico. Se le proponen algunos mártires muertos por los indios: no los quiere de ninguna manera; algunos mestizos ejemplares en su vida de sumisión: no está entusiasmado. Se le sugieren algunos nombres de prelados, probablemente con muchos méritos: no, no es lo que quiere. Quiere a Cristóbal Colón, el Genio, el Descubridor, el Apóstol que multiplicó el número de cristianos sobre la faz de la Tierra. Le encarga un informe preliminar al conde Roselly de Lorgues. Éste elabora un edificante retrato de Colón, idealizado a ultranza. El Papa prosigue con su iniciativa y Roselly es nombrado "Postulador de la Causa ante la Sagrada Congregación de los Ritos". La campaña de canonización está en su apogeo. Pero las gestiones se dan de frente con una dificultad jurídica de importancia: ¡no hay Obispo del Lugar!

—¿Qué significa eso? —pregunta Ricardo, perplejo.

—Las reglas de la Curia romana que enmarcan los procesos de canonización fueron fijadas por Urbano VIII, en el siglo XVII. Prevén un informe del Obispo del Lugar, es decir, el obispo del lugar de nacimiento o del lugar de fallecimiento del candidato a la santidad. Y es ese informe, fundamentado en una investigación de notoriedad, el que debe mencionar los caracteres de santidad susceptibles de ser anotados, así como la lista de milagros realizados. Pero, en el caso de Colón, no hay Obispo del Lugar: nadie sabe dónde nació, y ningún documento eclesiástico reporta su muerte. Cual perpetuo ausente, no pertenece a ninguna parroquia, a ninguna diócesis.

En el cuarto de Myrta, Colón toma cuerpo en el momento mismo en que escapa a la persecución jurídica. Ricardo ve a un marinero de pie en el puente de su carabela, los ojos a medio cerrar por el sol. Navegante por la eternidad. Nómada desdeñando el sedentarismo. Incansable fugitivo de un mundo prosaico. Entregándose en cuerpo y alma a la embriaguez de la mar abierta.

Myrta retoma.

—En eso, Pío IX muere. Estamos en 1878. Una fuerte presión acosa a su sucesor, León XIII. Partidarios y oponentes a la canonización libran una batalla por medio de escritos. Un Vice Postulador italiano es nombrado como refuerzo, el caballero Joseph Baldi. En 1884, el francés Léon Bloy publica *El revelador del globo*, apasionado alegato lírico a favor de la beatificación de Cristóbal Colón. Como sigue sin haber Obispo del Lugar, el clan procolombino insiste en introducir la causa ante la Congregación de los Ritos por "vía de excepción" en nombre de la universalidad de la misión de Colón. Hay ahora que ir a marchas forzadas. La conmemoración del cuarto centenario del primer viaje se acerca. Sin embargo, los abogados del diablo toman la palabra. Dos argumentos van a sacudir al Vaticano: el Navegante vivió en concubinato con Beatriz Enríquez de Arana, su amante de Córdoba, y con ella tuvo un hijo natural, Fernando. Además, en las Indias tuvo un comportamiento de esclavista que le valió volver a España encadenado. Mancha imperdonable para un santo. Por esas dos razones, la iglesia no le dará seguimiento al proyecto de canonización del Descubridor; la iniciativa quedará suspendida en 1892. Pero esa versión oficial disimula otra realidad: Colón es una leyenda. Escapa a la historia. ¿Puede canonizarse a una sombra?

—Y decías que Italia también había lanzado una operación de promoción colombina para festejar 1892.

—Es cierto —retoma Myrta—. Pero es una historia con innumerables vertientes. En resumen, toda la leyenda que se creó alrededor de Cristóbal Colón se forjó durante el siglo XIX y nos proviene de Italia: la juventud genovesa, los peritajes de la Universidad de Salamanca, el episodio del huevo, la falsa salida de Granada a lomo de mula, Isabel la Católica empeñando sus joyas para ayudar al bello Cristóbal, las misteriosas apostillas sobre el *Libro de las profecías*, todos esos famosos sainetes nacen del rocío matutino en una conjunción de inventos más románticos los unos que los otros. Los italianos trabajan como locos: muchos documentos emergen en el transcurso del siglo y la comisión nombrada para celebrar la gloria de Cristóbal Colón publicará a partir de 1892 gran cantidad de información sobre los Colombo de Génova. Gracias a una lujosa *Raccolta colombiana* en catorce volúmenes, sabemos que Cristóforo es el hijo de un modesto fabricante de paños llamado Doménico. Se le considera también más sencillamente como cardador de lana o, a veces, en una versión adornada, tejedor de seda. Su madre se llama Suzanna di Fontanarossa, igualmente hija de tejedores. Se les conocen cinco hijos: Cristóforo, Bartolomeo, Bionchinetta, a quien desposará un vendedor de quesos, Pellegrino, quien también parece llevar el nombre de Giovanni y, por fin, Giacomo, el más joven. Los archivos notariales y eclesiásticos de Génova permitieron identificar la casa en la que habitan. Hacia 1450, la familia Colombo vive en el este de la ciudad, calle dell'Olivella, afuera de las murallas, en un ambiente campirano. Alquilan una casa con jardín perteneciente al monasterio de Santo Stefano, administrado por los benedictinos. Hoy en día, en Génova, se muestra la casa natal de Cristóforo Colombo cerca de la Porta Soprana. No estoy segura de que sea la misma. Pero he ahí que, en 1455, Domenico y su familia desaparecen de todos los registros genoveses.

Ricardo se sorprende:

—Los Colombo no tienen más que una furtiva aparición en la historia. Todo eso parece bastante fantasmagórico...

—Y sin hablar —prosigue Myrta—, que le siguen quince años de silencio. Finalmente, en 1470, vemos al padre salir de la cárcel. El acta de liberación no nos cuenta gran cosa. La familia reaparece en Savona algunos meses después. Domenico sigue siendo tejedor; firma algunos pagarés para la compra de lana marroquí. Se menciona a su hijo Cristóforo por última vez en un acta notarial de Savona en 1473. Última señal de vida, Domenico está en Génova en 1483 donde firma un contrato de alquiler de una casa de Santo Stefano. Se ignora tanto su lugar como su fecha de fallecimiento.

—Uno se siente algo perdido entre tantas idas y venidas entre Génova y Savona. Pero hay algo que me intriga sobremanera: ¿cómo se inserta el lugar de la mar en esa vida de tejedores? Tengo la imagen de un mundo medieval bastante compartimentado: los comerciantes viven con los comerciantes en el barrio de los comerciantes; los marineros viven con los marineros en el barrio de los marineros... ¿Cómo puede ser que un tejedor se convierta en marinero?

—Justamente. Pusiste el dedo en la llaga. Si se quiere creer en un Colombo tejedor, no puede convertírsele en marinero.

Ricardo se alegra de que su intuición sea validada. Myrta prosigue:

—Los dos intentos imaginados para darle unos antecedentes marítimos al Colombo de Génova son fantasiosos. Unos lo describen como capitán de navío del rey René de Anjou en lucha contra los aragoneses. Existiría una carta de puño y letra de Colón narrando dicha hazaña. Pero es imposible: de hecho, los acontecimientos descritos tienen lugar en 1472-1473, fechas en las que Cristóbal se encuentra en Savona. O le damos fe a un Colombo tejedor en la costa de Liguria y la carta es apócrifa, o le damos fe a un Colón navegante desde su juventud y debemos abandonar toda la historia del tejedor genovés. Agrego —dice Myrta con un destello de malicia en los ojos— que el genovés habría, de ser así, apostado en contra de su patria, puesto que los genoveses eran en ese entonces aliados de los aragoneses contra René de Anjou.

"En cuanto a Colón con pasado de pirata, nació de un rumor. Cuenta la leyenda que nuestro Descubridor habría hecho equipo en su juventud con un tal Coulon, corsario francés, y que un día ambos habrían atacado cuatro galeras venecianas en la costa de Lisboa. Combate titánico. Todos los navíos ardieron en llamas. El joven Cristóbal se lanza al agua helada. Sólo se habría salvado gracias a su excepcional fuerza física, recorriendo más de dos leguas en altamar aferrado a un remo. Habría alcanzado finalmente la costa a nado y decidido quedarse a vivir en Portugal.

—¡Tu historia es como de película!

Se divierte mucho Ricardo al escuchar a su amiga. Le encanta entrar en los arcanos de la historia. Myrta intenta mantenerse concentrada.

—Observemos una vez más que este aventurero de los mares sigue siendo aquí el enemigo de su supuesta patria. ¡Porque, en la verdadera batalla del Cabo de San Vicente, el famoso capitán francés Guillaume de Casenove llamado Coulon se enfrentó a la flota genovesa! ¡Si Colón está combatiendo ese día al lado del francés significa que es un enemigo de Génova!

—O quizá sea un mercenario.

—Puede ser. ¡Pero olvidémonos entonces del tejedor esforzado que está tomando clases nocturnas para poder leer a Tolomeo en idioma original!

—¡De acuerdo! ¿Pero por qué tanto esfuerzo para acreditar la historia de un Colombo genovés?

—Por supuesto que hay una explicación, pero implica un gran salto hacia atrás, una zambullida en el siglo XV…

—Bueno, interrumpe Ricardo. Propongo algo: nos duchamos, tomamos un desayuno para recuperarnos de nuestra noche de amor y después me sigues explicando los vericuetos de la historia del descubrimiento de América.

Myrta abandona la cama muy a su pesar. Le hubiera gustado hacer el amor eternamente.

Pero es cierto que ya salió el sol y que se muere de hambre.

Ricardo Luna está en un sueño. El apartamento de Myrta le gusta muchísimo y el cuerpo de Myrta aún más. Conserva en su piel el olor de sus abrazos. Ya no quiere desprenderse de la joven mujer de quien ha descubierto la infinita sensualidad. Pero ahora viene la prueba en vivo del desayuno. Como jugando, decide que si por desgracia ella decide tomar café, la dejaría de inmediato: a él, que no toma más que té negro, le da francamente horror un café por la mañana. Si no hay huevo en el refrigerador, también la dejaría de inmediato: sería un pésimo presagio para él, que no puede vivir sin su omelete de la mañana.

—¿Te preparo un café? —le pregunta.

"Era una de dos, piensa. Fui demasiado perentorio".

Pregunta:

—¿Un té, a lo mejor?

—Ah no, lo siento; no hay té en esta casa, ennegrece los dientes.

—Creo que me voy a preparar unos huevos.

—¿Sabes qué? No me dio tiempo de hacer las compras. Pienso que el refrigerador está vacío.

Ricardo está atrapado en su propia trampa. Pero el refrigerador no está completamente vacío. Ricardo encuentra un pan completo en rebanadas y una mermelada de naranja… hecha en Sevilla. No ejecutará sus amenazas. Con el olor del pan tostado, bebe un extraño brebaje a base de salvia y de jugo de nopal. La etiqueta describe la bebida vitaminada, verde, algo babosa, "rica en omega 3 y antioxidantes". No sabía que los humanos se oxidaran. Myrta le dio un vuelco a su vida de solterón maniático.

11.

Los marranos

Ricardo toma asiento en un sillón amable con las lumbares. Un sillón hecho para sentarse y no para decorar un catálogo. El policía se apropia poco a poco del marco vital de Myrta. Se pone a sus anchas. La joven mujer se sienta frente a él. Todavía es temprano. Les queda una hora sólo para ellos.

—Mi querida, estábamos en la exploración de los secretos de la historia y te estaba interrogando sobre el origen del Descubridor. En definitiva, ¿genovés o no?

—El trasfondo del problema es sencillo. La insistencia sobre el origen genovés permite eliminar la hipótesis de un Cristóbal Colón judío. Si es genovés no puede ser judío. Su origen de Liguria es un pasaporte de cristiandad. Porque en Génova, en aquel momento, no hay comunidad judía. Hay comunidades judías en otros lugares de Italia, como en Venecia o en Toscana, pero no en Génova. Queda bien claro que toda la estrategia desplegada en Italia en el siglo XIX coincide con el movimiento favorable a la canonización de Colón. Para convertir al Navegante en santo es necesario que sea católico. Pero de ninguna manera es seguro. Los textos del siglo XVI distan mucho de ser explícitos.

—Siento que tengo algunas lagunas. Ilumíname.

—Para comprender la cuestión judía en la España del siglo XV, hay que tener presentes dos fechas: 1480 y 1492. En 1480 es la creación del primer tribunal de la Inquisición en Castilla; 1492 corresponde a la expulsión de todos los judíos de España. Ambos acontecimientos tienen su origen en la decisión personal de Isabel la Católica. Depositaria de un poder real mal asentado, la joven reina quiere cimentar la unidad de España con el cristianismo y convertirlo en religión de Estado. Se lanza entonces en una política de persecución en contra de los judíos de su reino, reactivando el Tribunal del Santo Oficio de la Inquisición creado por santo Domingo doscientos cincuenta años antes para luchar contra la herejía cátara del sur de Francia. La reina Isabel obtiene del Papa de entonces la autorización para nombrar ella misma a los inquisidores. Convierte así a la Inquisición en una herramienta abiertamente política y explícitamente dirigida contra el judaísmo.

—Pero eso sigue siendo incomprensible. En la escuela nos enseñan que toda la aristocracia de la península ibérica estaba ligada al mundo hebraico y que los judíos representaban para Castilla y Aragón una ventaja intelectual, financiera y comercial incomparable. ¿Por qué escupen contra el viento?

—Es cierto: los intereses de los grandes de España y de los judíos estaban mezclados. Y las alianzas entre cristianos y judíos eran frecuentes. Alfonso Enríquez, nombrado almirante de Castilla en 1405, era hijo de judía, Paloma bat Gedaliah. Las dos grandes familias andaluzas, la del duque de Medina-Sidonia y del duque de Medinaceli, son de ascendencia judaica; la primera se apellida Guzmán y la segunda, de la Cerda. De igual modo, el corazón de la casa del duque de Alba es una familia judía, los Álvarez de Toledo: el primer duque de Alba, García, dicho sea de paso casado con una hija del segundo almirante de Castilla, tomó el partido de Isabel la Católica contra su rival, la Beltraneja. El entorno mismo de la reina es fuertemente judaico, lo mismo que el de su amiga íntima y confidente Beatriz de Bobadilla o de su consejero en finanzas Luis de Santangel. La élite intelectual es judía, los médicos son judíos, los impresores son judíos. De hecho, esa colusión es antigua. ¿No has leído *La judía de Toledo*, de Lope de Vega?

Ricardo tiene un gesto de negación con la cabeza.

—¡Y es un autor español! —sonríe Myrta—. La obra narra los amores medievales del rey Alfonso VIII de Castilla: es el abuelo de san Luis. Ese héroe de la Reconquista, vencedor de los almohades en Las Navas de Tolosa, se enamora de Raquel, una judía de Toledo de tórrida belleza y vive con ella un amor perfecto durante siete años... Oficialmente, el asunto terminó trágicamente: la esposa legítima, es decir, la reina titular, manda asesinar a su rival. Pero porque es su rival, no porque sea judía.

—Entonces —resume Ricardo—, a partir de 1480 la persecución de los judíos está en pleno apogeo.

—En realidad, comenzó antes, en 1391 para ser precisos. Se vive entonces la primera oleada de conversiones forzadas. Pero, a partir de 1483, aparece en escena el terrible Tomás de Torquemada. Cuando ese dominico es nombrado Gran Inquisidor, las hogueras empiezan a arder. Ironía de la historia, Torquemada proviene por línea paterna de una familia de "nuevos cristianos". Pero, sabes, en aquella época, presionados para dar pruebas de su nueva fe, los nuevos conversos fácilmente caían en el fanatismo.

—¿Y los judíos? ¿Qué hacen? ¿Se van? Si entiendo bien, bajo presión, todos los judíos de España se convierten al marranismo.

—Exactamente. Unos sacerdotes recién convertidos fabrican masivamente falsos certificados de bautizo. Es altamente hipócrita. Al mismo tiempo, Isabel prosigue con su sueño de pureza de sangre al sitiar los últimos reductos musulmanes. Rodeados por los 80,000 soldados de Fernando de Aragón, Málaga cae en 1487. Le siguen Baza y Almería. Boabdil se encierra en Granada con los últimos sobrevivientes nazaríes: 50,000 hombres amontonados y desesperados. La resistencia no será eterna. Isabel y Fernando se hacen dueños de Granada el 2 de enero de 1492. El último bastión moro cae después de un sitio de nueve meses. El éxodo vacía la ciudad y el campo. ¿Será por esa euforia de la reconquista territorial que pone fin a ocho siglos de presencia musulmana que Isabel decide terminar de una vez por todas con los judíos de España? El 31 de marzo de 1492 mientras que todavía se encuentran en el campamento de Santa Fe, al pie de la alcazaba, los reyes promulgan el Edicto de Granada que ordena a los judíos escoger entre el exilio o la conversión. Se les confiere cuatro meses para salir del territorio; pueden vender sus bienes, pero no tienen derecho a llevarse ni oro, ni plata ni la más mínima moneda.

—Debió ser horrible. Tuvieron que malvenderlo todo a precios irrisorios.

Ricardo se imagina los barcos tomados por asalto, las extorsiones de los traficantes, las fortunas cambiando de manos, las esperanzas puestas en hipotéticas letras de cambio, las últimas salmodias en las sinagogas, los caminos de polvo, el sentimiento de despojo.

Retoma:

—Estoy consciente de que resulta difícil contar con estadísticas precisas de esos tiempos remotos. ¿Tenemos alguna idea de cuántos se fueron al exilio y de cuántos pagaron el precio de una conversión forzada?

—Se estima en 100,000 las personas de la diáspora sefardí. Y probablemente otras 30,000 escogieron recibir el bautizo.

—Me imagino que los caminos del exilio llevaron hasta los Países Bajos.

Myrta opina, pero corrige.

—No solamente. Se registra una notable emigración en Aquitania y en Languedoc. Otros parten hacia Alemania o

Inglaterra, se van a Mantua, a Verona o a Ancona. La elección del Magreb y del imperio otomano, de hecho muy socorrida, será mucho más arriesgada. El paso por Portugal será un desastre; los judíos se verán alcanzados, cinco años más tarde, por la ola de la persecución. La reina Isabel obtiene sin embargo unos cuantos botines de guerra: por ejemplo, el gran rabino de Castilla, Abraham Senior, originario de Segovia, recibió solemnemente el bautizo el 15 de junio de 1492 en el monasterio de Guadalupe. Con el nombre de Fernando Núñez Coronel ocupó un lugar en el Consejo real. Pero la presión aumentaba en contra de los marranos. Después de 1492, se volvió extremadamente peligroso judaizar en secreto. En 1499, un nuevo edicto condenaba a la pena de muerte a todo judío arrestado en territorio español. Las iras de Torquemada, redactor del edicto de expulsión, habían logrado su objetivo.

—Entiendo el asunto. Si Colón es judío, no lo gritará a voz en cuello. De ninguna manera puede confesarlo. Pero es probable que haya tenido que enfrentar insinuaciones o rumores.

—Sí. Pero al mismo tiempo, frente a una adversidad de orden religioso, puede hallar apoyos en la comunidad de los marranos, es decir, en toda la esfera del poder y en gran parte del clero.

—¿Ah sí? ¿El clero también?

—Por supuesto. Las órdenes mendicantes reclutan a muchos conversos. La gran ventaja consiste en que se cambia de nombre. Se olvidan los patronímicos judíos y uno se vuelve hermano Ramón de Oropesa, hermano Bernardino de Valencia o hermano Marco de Toledo. Ahí reside de hecho el secreto del alto grado de cultura y de competencias de los franciscanos y de los dominicos. Hasta el clero secular se ve invadido por los marranos. El famoso cronista Andrés Bernáldez, el cura del pueblo de Los Palacios, cercano a Sevilla, quien fuera amigo de Colón, se apellida en realidad Medina. Y su vida es un enigma. Todas las pruebas de su existencia desaparecieron. También hubo obispos conversos —añade Myrta, persuasiva.

Ricardo, sin embargo, pone cara dubitativa.

—¿Quieres algunos nombres? Juan Arias Dávila, nacido de padres judíos, será obispo de Segovia hasta su muerte en 1497. Pero tendrá que desenterrar secretamente los ataúdes de sus padres porque en 1490 la Inquisición quería quemar las osamentas en la hoguera de la herejía. Hernando de Talavera, nacido como Álvarez de Toledo, proveniente de una poderosa familia judía que ya he mencionado, es un jerónimo que llevará la mitra de Ávila; será el primer obispo de Granada después de la caída del reino nazarí. En realidad, la lista es larga. Créeme. La potencial red de ayuda mutua es impresionante. Pero dicha solidaridad es condenada al secreto después de 1492.

El teléfono celular de Ricardo los saca bruscamente del siglo XV.

—Sí, señor director.

Una pausa.

—Sí, señor director.

Una pausa. Ricardo tiene un gesto explícito que desmiente su tono respetuoso. Myrta suelta la carcajada. Los tórtolos todavía están planeando sobre su nubecita.

—Por supuesto, señor director. Cuente conmigo.

El policía cuelga.

—Es *Neandertal*. Se preocupa por el avance de la investigación.

—¿Quién es *Neandertal*?

—Ah, es cierto, no has sido presentada. Es mi *chief*. Llamada desde Sevilla.

Ricardo añade, resignado:

—Tiene razón. Hay que trabajar.

12.
Mandato judicial internacional

Robert Andrade vive en un lugar privilegiado: un inmueble al fondo de una cerrada, rodeada por jardines, en el corazón del 7º distrito de París, en el barrio de las embajadas. Un barrio pétreo. Compuesto por fachadas de piedra tallada, sin panadería, sin tienda de comestibles, ni café de la esquina, ni vendedor de periódicos. Una suerte de exposición de arquitectura permanente muy anclada en su estetismo estático.

Ricardo Luna sube al tercer piso y toca a la puerta de la derecha a la hora acordada. Andrade abre con gestos rígidos y cara de apocalipsis. La entrada es una amplia galería que da acceso a varias habitaciones. Andrade hace pasar a Ricardo a un saloncito, más bien elegante, amueblado al estilo minimalista. El policía esperaba visitar una especie de museo heteróclito como lo son habitualmente los domicilios de los anticuarios que acumulan cuadros, espejos, relojes, lámparas de cristal, candelabros, retratos de falsos ancestros, consolas, mesas y mesitas, escritorios, sillones y poltronas… Aquí, nada de eso. Una sorprendente discreción y buen gusto. Una luz oblicua anima la habitación. A través de la ventana entreabierta se adivina la cima de un árbol.

Ricardo empieza en francés:

—Siento mucho importunarlo en su luto. Vengo a cumplir con el mandato judicial internacional del que ha sido informado, ¿verdad?

Andrade hace un gesto de aprobación.

—Desearía empezar por examinar la computadora de su difunta esposa.

Sin mostrar ninguna reacción perceptible, el anticuario lleva al emisario de la policía española hasta un despacho que da a un cubo de luz, en el que está un escritorio sin un solo papel.

"Lo dejó todo limpio", piensa Ricardo. "No encontraré nada".

—Éste es el despacho de mi mujer.

Es básicamente una biblioteca. A Ricardo no le toma mucho tiempo descubrir que se trata de una biblioteca temática basada en la historia del libro. Registros de impresos en todos los idiomas, análisis bibliofílicos, catálogos de subastas, inventarios de bibliotecas públicas y privadas. Destacan preciosos facsímiles y algunas ediciones muy antiguas: la príncipes de *Pantagruel* de Alcofribas Nasier con su bello frontispicio negro y rojo, la segunda colección de las *Fábulas* de La Fontaine publicada en París en 1678, la *Historia verdadera* de Bernal Díaz del Castillo en su edición original de Madrid, sin fecha, una traducción alemana de La Biblia por Lutero. Sobre la mesa desierta flota un teclado del ordenador conectado a un CPU antediluviano.

Ricardo enciende el aparato y despide cortésmente a su anfitrión.

—Me tardaré más de una hora. Entienda, tendré que llenar todos los formularios.

Y el español despliega algunas hojas con membrete del ministerio público para darle credibilidad a su gestión.

Philippine Andrade a todas luces no era una experta en informática. Utilizaba un sistema operativo definitivamente obsoleto y requería muy poco de las modestas capacidades de su computadora. La exploración es rápida. Claro está que Ricardo ya posee los datos del teléfono de la víctima. Ha leído sus mails. Ya sabe que Philippine era la amante de un tal

Alonso Olibri Mora, un anticuario madrileño especializado en bienes de gran lujo: muebles firmados, grandes pintores de los siglos XVII y XVIII, libros raros, esculturas de mármol excepcionales. La memoria de la computadora que no estaba sincronizada con su iPhone no ofrece revelaciones determinantes. Philippine vivía una vida tranquila, no tenía conflictos con sus vecinos, no militaba en ningún partido político. Tenía tres buenas amigas que monopolizaban lo esencial de una correspondencia doméstica en la que se hablaba sobre todo de la salud de los niños, de sus problemas escolares o de sus hazañas deportivas.

Vida rutinaria, juzga Ricardo.

En realidad, el policía se concentra sobre todo en el famoso manuscrito. El objeto del delito hace su entrada en la vida de Philippine sólo tres semanas antes de su asesinato. Es un archivo bastante pesado del que no existe rastro de descarga. El archivo no circuló por mail ni por medio de una plataforma especializada. Es probable que el original se encontrara en una llave USB. Lo que presupone que alguien le haya entregado a la señora Andrade ese documento en mano propia. El escaneo del manuscrito es de gran calidad. Escáner de tambor, infiere Ricardo. Hecho con equipo de profesionales. No el tipo de impresora multifuncional que se tiene en casa. Al azar de sus mensajes enviados, Ricardo descubre el rastro de posibles ausencias de Philippine. El envío de mensajes queda suspendido en varias ocasiones: en lugar de escribir desde la computadora, Philippine a todas luces utilizó su laptop o su teléfono para sus contactos cotidianos. Con ello se pueden deducir las fechas de sus viajes. El indicio funciona perfectamente para su desplazamiento a Sevilla durante el cual la computadora de escritorio permanece apagada. Cruzando la información de la correspondencia intercambiada con la agencia de alquiler de Sevilla y los silencios de la computadora de escritorio, Ricardo deduce que Philippine dejó París cinco días antes de llegar a Sevilla. ¿Dónde estaba? De igual manera, el manuscrito Colón entra en su computadora después de una semana de ausencia. Si se lograra saber dónde se encontraba antes de ese día clave, se podría entonces conocer el origen del manuscrito. Olibri sería un buen candidato, pero Philippine era prudente. Ninguna mención del preciado documento permite relacionarlo con el anticuario de Madrid. Su correspondencia amorosa sigue siendo una correspondencia amorosa, como siempre algo remilgada, algo melosa.

Ricardo prosigue con una verificación sencilla: la de las intrusiones. Una rápida mirada a la arborescencia del sistema muestra que el ordenador fue encendido varias veces durante las ausencias de Philippine. Incluso desde su muerte. Todo acusa al marido, quien probablemente esté al pendiente del adulterio de su esposa. Ricardo toma nota de las fechas de las intrusiones no imputables a Philippine. Tendrá que verificar la presencia en París de Robert Andrade en esos días.

Ricardo saca un disco duro y graba por seguridad el contenido del ordenador de Philippine. Su teléfono celular suena. La pantalla indica "número desconocido". Ricardo duda en contestar.

—Estoy estrenando. ¡La primera llamada es importante!

El español, tomado por sorpresa, balbucea algunas banalidades.

—¿No te molesto?
—No, no…
—Castelnau desapareció.

Ricardo la interrumpe.

—¿Y quién es Castelnau?
—Ah, sí, perdón. Con tantas emociones, no tuvimos tiempo para hablar de él. Jacques Castelnau es el profesor del que soy asistente. Lo fui a ver ayer a la Sorbona cuando

apareciste a la salida de clases. Tenía que verlo hoy. Como no está en su oficina, lo llamé a su casa. Me contestó su mujer, me dijo que se había ausentado algunos días y que estaba en un "viaje no previsto". Son sus palabras.

—Francamente, me hacen falta unos elementos para entender lo que está sucediendo. ¿Lo hablamos esta noche? ¿Sí nos veremos para la cena?

—Eso y más, si hay afinidad.

Myrta interrumpe. Ricardo adivina su sonrisa. El disco duro dócilmente terminó su trabajo y el policía llama a Robert Andrade en el apartamento.

—Ahora tengo que echarle un ojo a su ordenador. ¿Tendría la amabilidad de llevarme?

—¿Debo entender con ello que soy sospechoso?

—No. De ninguna manera. Son procedimientos normales, verificaciones de rutina. Pero supongo que desea, tanto como nosotros, descubrir la identidad del asesino de su esposa.

¿Qué podía contestar Andrade? De mala gana lleva al policía sevillano a su despacho. La habitación es bastante grande, austera, invadida por una inmensa mesa de trabajo. La mirada de Ricardo se clava en ese mueble inusual y lo identifica con certeza: una mesa de caza. Un mueble destinado a presentar y destazar las presas después de las batidas. Aún conserva el mármol original, rojo para ocultar la sangre de la carnicería. ¿Cuántos jabalíes, ciervos y venados fueron aquí despellejados, vaciados, cortados, tallados, troceados? ¿Qué puede impulsar a un conocedor a utilizar tal mesa como escritorio? Escribir sobre la sangre de los animales, colocar su teclado sobre el mármol de masacres.

Ricardo se reserva sus impresiones. La mesa reboza de papeles de toda índole, facturas, revistas, volantes, carpetas de colores, hojas sueltas.

"Una puesta en escena", piensa Ricardo. "Ayer, la mesa estaba vacía".

En este despacho hay una televisión frente a un sillón desvencijado. El hombre está acostumbrado a la pereza. Ricardo aborda el ordenador y se instala en la silla del escritorio. No mira otra cosa que no sea ese increíble mármol de Campan, rojo oscuro con venas granates, suave al tacto, inquietante.

Robert Andrade se acerca al policía. Una pregunta le ronda la cabeza.

—¿No necesita una contraseña para entrar en la computadora?

Ricardo exhibe una sonrisa.

—Sí, por supuesto. ¿Sería tan amable en comunicármela?

El anticuario garabatea una serie de letras en un trozo de papel. Palidece. Queda claro que le teme a la prueba informática.

—Tranquilícese. Soy policía, no inspector de Hacienda —bromea Ricardo.

Pero lo que ve enseguida lo deja boquiabierto.

13.
El bibliotecario del Vaticano

Lo están esperando.

El profesor Castelnau inclina levemente la cabeza. Hizo cita discreta con el director de los archivos secretos del Vaticano. Para ello utilizó un teléfono directo, cuasi clandestino, no conectado al conmutador de la Sorbona, y cuyo número no figura en ningún directorio. Vestigio de una vieja línea analógica que nunca fue suprimida, dicha conexión no es conocida más que por su usuario potencial: él mismo. Se apersona en la entrada del Viale Vaticano, al norte de la muralla cubierta de pinos parasol en la que una poterna da acceso a los museos. Pasa por un filtro de seguridad y murmura un nombre.

Un hombre con sotana y cinturón de seda negra abotonado a la izquierda avanza hacia él con una sonrisa franca. El padre Ladislaw Wiezienski es uno de sus antiguos alumnos. Salido del gran seminario de Cracovia, ese rubio de mirada aguda hizo un doctorado en París sobre el teatro evangelizador de los franciscanos en el México del siglo XVI. Se convirtió en uno de los mejores paleógrafos del Vaticano y desde hace seis años dirige un seminario de desciframiento de escrituras medievales en una sala que da a la Cortile del Belvedere.

El encuentro entre los dos hombres es cálido. Se ahorran las frases obligadas sobre el clima. Se saltan el "¿Tuvo buen viaje?", "Mucho gusto en volverlo a ver". En complicidad y con buen ánimo, la conversación entra de golpe en los temas de actualidad. Intercambian noticias institucionales.

Rodeando el Patio de la Piña, el profesor y el archivista entran en el ala de Bramante para evitar el control de seguridad de la Torre de los Cuatro Vientos. Wiezienski abre una puerta discreta que da hacia una cámara. Hay que esperar un minuto para abrir la siguiente puerta. Llegan entonces a la enorme sala abovedada de la Biblioteca Apostólica. Ventanas a la izquierda, muralla de libros a la derecha. El plafón mezcla los oros, los blancos, los beige, los ocres, reenviando esos cálidos colores sobre los bancos de madera que trazan innumerables perpendiculares sobre la línea de fuga de la galería. Los dos hombres atraviesan en silencio la gran sala de lectura.

—Desde el 2010 —comenta el archivista— todo está repleto de cámaras, de chips y de sensores. No se puede desplazar un solo libro sin autorización. El sistema emite instantáneamente una alarma. Pero no sólo nos hemos dedicado a la técnica y a la seguridad. También hemos cuidado el patrimonio: la Sala Sixtina está restaurada y ha sido reabierta. ¿La quiere ver?

Castelnau acepta. Un pasillo más adelante, el profesor descubre una maravilla de estética bizantina con sus baldosas a cuadros, sus pilares rectangulares, sus bóvedas sembradas de cruces azules que compiten con los amarillos y los rojos.

—La sala estaba abandonada y cerrada desde hace tiempo. Ahora se encuentra abierta a las visitas y está inscrita en el circuito de los museos del Vaticano. Pasemos a mi oficina, si gusta.

El padre Wiezienski desliza una tarjeta ante un lector invisible y empuja la puerta.

—Claro que mis ventanas dan al estacionamiento, pero estoy situado justo frente al Sur. ¿Qué quiere? Me gusta la luz de Roma y el calor del Sur.

Castelnau pide instalarse ante la pantalla de un ordenador. Y sin contarle nada como preámbulo a su ex alumno, saca una llave USB de su bolsillo y pone en pantalla el escaneo de la primera página del manuscrito que le entregó el emisario de los servicios secretos franceses.

—¿Esto le suena?

El archivista mira con atención la pantalla, el rostro impasible.

—No. Veamos la siguiente página.

Los caracteres deslavados se incrustan en el monitor de 18 pulgadas sin despertar la más mínima reacción.

—La tinta es muy, muy pálida. La lectura es prácticamente imposible.

El sacerdote transfiere el expediente a Photoshop para hacer variar los contrastes.

—Así está mejor. Pero apenas estoy descubriendo este manuscrito. Todo me es desconocido. ¿De qué se trata?

Castelnau no se da por vencido. Hace que el documento desfile por páginas dobles y se detiene al azar en el folio 33. El padre Wiezienski se queda de piedra. Toma el ratón y a su vez hace desfilar el texto. Las letras van y vienen, se agrandan, se encogen, saltan de una página a otra. El zoom permite entrar en la tinta, descubrir el trazo de la pluma, las vacilaciones del escribano.

—Sí. Conozco este texto caótico. Creo haber visto el original hace como tres meses. Pero…

El archivista tiene una duda. Con el cursor, pasa a las páginas del final, vuelve al principio, hojea lentamente las diez primeras páginas y luego las diez últimas. Nueva zambullida a mitad del documento. El zoom va y viene.

—Un momento.

El padre sale del cuarto dejando al profesor Castelnau algo desconcertado. Tres minutos más tarde, el eclesiástico vuelve con un disco externo, lo conecta y busca una carpeta. Le da clic a Misión Salamanca, va directamente al folio 33, recorre la pantalla, recula dos páginas, y luego dos más. Y ahí, triunfal, Ladislaw Wiezienski hace aparecer sucesivamente el folio 33 del manuscrito de Castelnau y el 31 del documento en su posesión.

—Es el mismo. Ya entendí.

El polaco le indica un asiento al profesor Castelnau, quien sabe que no le falta esperar mucho para llegar hasta el fondo del asunto.

El hombre del Vaticano inicia su relato.

—Hace algunos meses, fui contactado por correo por el superior del convento de San Esteban de Salamanca que, como bien sabe, es una institución dominicana.

—Magnífica fachada. Famoso monasterio.

—Me pedía venir para hacerle un peritaje a un manuscrito antiguo recientemente descubierto en los archivos del convento.

Castelnau se esfuerza por conservar la inmovilidad y el silencio. Porque bien sabe que los religiosos fueron expulsados de sus establecimientos por el gobierno anticlerical español en 1835 y que la biblioteca original —un tesoro— fue transferida y dispersada. Parecía imposible descubrir hoy en día un manuscrito antiguo en San Esteban de Salamanca. A menos que éste haya sido ocultado intencionalmente, por ejemplo para protegerlo de la brutalidad de los ejércitos napoleónicos que ocuparon el convento a principios del siglo XIX.

Wiezienski prosigue.

—Se lo comunicó a mis superiores y como debía dirigir un retiro espiritual en Burgos, se acordó que de paso iría a Salamanca para ver el documento. El día previsto, me presento en San Esteban y ahí me toca presenciar una puesta en escena poco convincente. Me reciben el superior y el bibliotecario de manera muy afable; hablamos de esto y de aquello y luego me llevan a un pequeño cuarto moderno donde se encuentra el manuscrito. Lo descubro flanqueado por dos personas claramente extrañas a la comunidad jugando el papel de guardaespaldas. Me presentan a los dos hombres como investigadores, historiadores de la España antigua. Les entrego mi tarjeta y no recibo nada a cambio. Entonces el malestar toma sus fueros. Todo intento de conversación fracasa. Reclamo la historia del descubrimiento del manuscrito: ninguna respuesta. Rostro impávido de los dos civiles, vacilaciones del superior, tartamudeo del bibliotecario. La duda surge. ¿Qué se supone que debería estar haciendo? Llevar a cabo un peritaje… ¿por cuenta de quién?

"Le toca actuar, padre", me dice el superior, incomodado.

"Les informo a mis anfitriones que me tardaré una hora más o menos: nadie se mueve. Entiendo entonces que no estamos en confianza. ¿En qué asunto me dejé llevar? Explico que debo fotografiar *in extenso* el documento para analizarlo en el laboratorio del Vaticano. Murmuraciones de decepción. Sin embargo, pongo manos a la obra y me tomo todo el tiempo para fotografiar el manuscrito con buenas condiciones de iluminación. Al darle vueltas a las páginas, tras pedir unos guantes de látex, descubro que el manuscrito está incompleto. Faltan el principio y el final. Ningún título, ninguna firma. La escritura es totalmente atípica. Pareciera que varias manos han intervenido. Honestamente, no me siento con ánimos para interesarme por el contenido del manuscrito. El ambiente no me inspira. Me siento espiado, escudriñado, acorralado. Sólo tengo ganas de una cosa: salir lo antes posible de esa trampa. Verifico las fotos, una tras otra. Vuelvo a tomar una que considero defectuosa. Y entonces doy mi veredicto:

—Pienso que se trata de un documento del siglo XVI. Pero no tengo la más mínima idea de su contenido por lo indescifrable de la escritura. Necesitaré tiempo para ver claro. Pero a primera vista, no se trata de un documento eclesiástico. No encuentro ninguna de las fórmulas rituales en uso en la iglesia de Castilla del siglo XVI. Me inclinaría más bien por una selección de cartas profanas o por notas dispersas.

Intercepto una mirada cruzada del bibliotecario con uno de los dos hombres que parece montar guardia alrededor del documento. Veo entonces al hermano bibliotecario envalentonarse y formular la única pregunta que parece tener alguna importancia en ese momento.

—¿Pero el manuscrito es auténtico o se trata de una copia?

—¿Una copia de qué? ¿Qué quiere decir?

El hermano se sonroja, vacilando.

—Vamos... ¿es antiguo?

—Ésa es mi impresión. Pero ello no garantiza que sea un original. Unas copias pueden ser antiguas. Como no soy capaz de pronunciarme sobre la naturaleza del documento, también soy incapaz de estimar su importancia. Pero, de todos modos, un manuscrito incompleto pierde mucho de su valor.

—Y el grupito se fue satisfecho —resume Castelnau.

—Exactamente. ¡Extraña actitud, en verdad!

—No tanto como pudiera creerlo. Perdón... Lo dejo terminar.

—Salí con el superior. Intenté presionarlo en su despacho. Mantenía la versión de un manuscrito descubierto en una caja olvidada. Pero logré sacarle los nombres de los dos civiles que asistían a la escena. En lugar de profesores, uno era el hermano del bibliotecario y el otro uno de sus amigos, editor.

—Y el bibliotecario es vasco —remata Castelnau como conclusión.

Estupor del padre Wiezienski. Sonrisa del profesor Castelnau.

—Se lo voy a contar.

14.
Disimulación

Ricardo vuelve al apartamento de Myrta sumamente excitado. A pesar de regresar a pie por la calle de Grenelle y darle la vuelta al jardín de Luxemburgo para cambiarse las ideas, regresa con el cerebro a punto de ebullición. Myrta abre colgándose a su cuello, como una niña. Ricardo intenta iniciar la conversación.

—Día instructivo. Tengo algunas revelaciones que hacerte.

Pero Myrta ni ganas tiene de escuchar hablar de Andrade. Quiere hacer el amor al instante. Ricardo no se niega. Suben hacia la cama, flotando en su pequeña nube. La deflagración del deseo los transporta más allá de los territorios ya explorados. Les parece inventar gestos inéditos, crear por ellos mismos caricias ignoradas por todos. Los cuerpos ruedan y se tambalean encima de la ola primordial, salpicados por el placer. Descubren lánguidos vértigos al alcance de la mano, se pierden en voluptuosas esperas, acechan la explosión de la carne.

Recobran la respiración sin sentir la necesidad de hablar.

—Tengo sed —suspira Ricardo.

—Yo también —responde Myrta.

Se instalan en el jardín para tomar el aperitivo. Luz de finales del día. Sutil felicidad de un remanso de paz. Myrta, que toma poco, compró un *single malt* de quince años de edad para Ricardo. También encontró en el Bon Marché cabezas de ajo dulce confitadas, nueces de Brasil y anchoas a la Provenzal.

—Estoy bien y te amo —susurra Myrta desde su sillón de mimbre.

—Quizá sea el momento de hacer un resumen —responde Ricardo con tono falsamente aplicado—. Digamos para empezar que probablemente exista un vínculo entre la reaparición del manuscrito de Colón y el asesinato de la señora Andrade.

Myrta se estremece, como en una obra de teatro.

—Vivo en constante peligro. Soy la próxima en la lista, ¿es eso?

—La otra certeza es que el asunto gira alrededor de dos personas: Andrade y un tal Olibri. Pero lo más interesante reside en un detalle más que perturbador. Después de ser llamado a Sevilla, la noche de su regreso a París, Andrade se precipitó sobre su ordenador y borró un centenar de archivos.

—¿Cómo lo sabes? —pregunta displicente Myrta, bebiendo sorbos de su Campari. Si los borró, ¿cómo se pueden encontrar?

—Nunca se borra todo en un ordenador. El aparato guarda en su memoria la totalidad de las conexiones de internet, los correos recibidos y los enviados, la más mínima modificación de archivo, una coma en lugar de un punto, por ejemplo, y *a fortiori* los archivos enviados a la papelera de reciclaje. El sistema lo conserva todo, absolutamente todo, como la fecha y la hora, incluso los segundos en que se vació la papelera con el detalle de los archivos supuestamente borrados. Se pueden encontrar las horas de conexión, los sitios consultados, los archivos que han sido abiertos... un ordenador es una memoria prácticamente infalible.

Myrta abandona poco a poco su eufórica levitación para interesarse en la informática contemporánea. Ondea su cabello con gracia naturalmente erótica. Ricardo ve brillar sus ojos verdes, llenos de arena y de ardientes picoteos.

Cae la noche, suave y tranquila, apaciguando el fuego de los abrazos.

Ricardo brinda detalles de su investigación.

—El ordenador de Andrade fue apagado dos días antes del asesinato de su mujer y luego encendido tres días después de su muerte. Intervalo: cinco días.

—Pudo estar viendo la televisión y leer sus correos en su iPhone. Eso no lo incrimina.

—Más de lo que pudieras creer. Porque Andrade es un jugador de bridge.

—¿Y eso qué?

Myrta se muestra sorprendida.

—Que cuando está en casa, se conecta instintivamente a Bridge on line. Juega alrededor de una hora y cuarto, hora y media, todos los días que Dios le da. De hecho utiliza un pseudónimo bastante chistoso: Trafi.

—¿Por "traficante"?

—Es probable, pero bastante increíble.

—Así que la noche del asesinato, Trafi no se conecta…

—Por lo menos, no desde su domicilio.

—Hum, hum… Ya veo.

—Y, además, viene la ráfaga de supresiones *post mortem*. Andrade limpia de arriba abajo su ordenador y tira, tira, tira a la basura con fiebre compulsiva. Se instala ante su pantalla a las 21:35 a su regreso de Sevilla y lo apaga todo casi a las cinco de la mañana. Afortunadamente, sus conocimientos en informática son limitados. No sabe que, en realidad, un ordenador no borra nada realmente, y se conforma con suprimir los vínculos entre los archivos. Ignora que su furor por disimular es en vano.

—Perdón, querido, ¿pero es realmente imposible borrar un disco duro?

—No es imposible. Pero hay que reescribir sistemáticamente sobre las partes eliminadas y rehacer dicha operación siete u ocho veces consecutivas. Entonces sí, se logra descorazonar a los espías. Sólo un puñado de profesionales en el mundo es capaz de destruir pruebas informáticas.

—Basta con romper el ordenador, ¿no?

—Tampoco es tan sencillo. Hay que abrir la carcasa, retirar el disco duro y romperlo en mil pedazos. Y dispersar los fragmentos, porque todavía es posible volver a pegarlos.

—Así que si te confío mi laptop, lo sabrás todo sobre mi vida...

—No la necesito, mi amor, leo en tus pensamientos...

Ricardo le agrega un chorrito de Perrier a su *single malt* y resume la situación para Myrta.

—Robert Andrade sabía del adulterio de su mujer con Olibri y le seguía de cerca la pista del manuscrito que se le encontró a Philippine. De éste tenía una copia en sus archivos, seguramente robada a su mujer sin que ella lo supiera. Aunque el asunto no se haya confirmado al cien por ciento, pienso que el original del manuscrito se encuentra en Madrid, con nuestro amigo Olibri. También siento que Andrade estaba intrigando para comprar el manuscrito. Pero el asunto es confuso ya que en sus mails se presenta una vez como comprador, otra como vendedor. Y sus interlocutores son muchos; tenemos a un panameño o a un colombiano, no queda claro, un italiano, dos españoles, un estadounidense. La correspondencia borrada gira enteramente alrededor de las negociaciones sobre el manuscrito. Con un corresponsal español habla incluso de una entrega que tendría lugar en Chartres. Los circuitos financieros implicados se parecen mucho a las sofisticadas operaciones de blanqueo de dinero. El hombre es sorprendente. Intenta ocultar sus actos al utilizar tres direcciones electrónicas diferentes. Un Andrade.net que parece ser el mail de su oficina, un gmail.fr y un yahoo.be que sugiere que parte de sus negocios se encuentra instalada en Bélgica. ¡Pero conserva la misma contraseña en las tres direcciones!

—¿Copiaste los archivos y los correos borrados?

—Sí. Porque tenemos que comprobar muchas cosas. La única certeza es que Andrade está implicado hasta el cuello en este asunto y que el asesinato de su mujer no es cosa del azar.

—Creo —dice Myrta— que ha llegado el momento de hacerte una confidencia.

Un brutal sentimiento de pánico atraviesa por los ojos de Ricardo. ¿Y si hubiera sido manipulado por esa joven mujer de cuya existencia lo ignoraba todo la semana pasada? Myrta lo tranquiliza con una mirada aunada a una sonrisa matadora.

—Desde anteayer, ya no sólo hay *un* manuscrito, sino *dos*.

—¿Quieres decir que andan por ahí un original y una copia...?

—No. Aparentemente, dos originales. Dos manuscritos distintos. Dos versiones diferentes del *Diario de a bordo* de Colón.

—Creo que todo esto me está rebasando.

—En pocas palabras, ésta es la historia. A su regreso a España en 1493, Colón les entrega a los Reyes Católicos el original de su bitácora. El rey Fernando manda hacer una copia por dos escribanos, quienes transcriben cada uno la mitad del documento sin conocer la otra mitad. El rey guarda el original y le restituye al Descubridor la copia llamada "a dos manos". El original y la copia se consideraban definitivamente perdidos hasta el asesinato de Philippine Andrade. Lo que tenía en su posesión, y que subrepticiamente pude ver en tu casa, es el "manuscrito a dos manos", la copia de 1493. Pero, fantástica sorpresa, el original autógrafo también acaba de aparecer.

Y Myrta narra lo que no había podido contarle a Ricardo teniendo en cuenta la urgencia de los sentimientos: su entrevista en la Sorbona con Castelnau. Myrta relata la detención de los coches de la ETA, la implicación de los servicios secretos franceses, el mítico *Diario de a bordo* saliendo como por encanto de un cajón del escritorio del profesor...

—Ya entiendo mejor. Con la luz que me acabas de proporcionar, voy a meterme de nuevo en los datos del ordenador de Andrade. Pero dame más detalles sobre ese profesor que pareces apreciar mucho, pero que hoy te dejó plantada.

—¿Castelnau?

—Sí.

—¡Es un personaje curioso! Si le pides que dibuje un círculo, tenderá más bien a escribir $x^2 + y^2 = 1$. Figúrate que le encanta utilizar el calendario revolucionario inventado por Fabre d'Églantine en 1793; fecha sus cartas el 18 de brumario, el 9 de ventoso o el 3 de floreal. Pero al mismo tiempo asiste a misa todos los 21 de enero, aniversario de la decapitación de Luis XVI. ¡Es un ultrarrepublicano monárquico, un anticlerical católico! Tiene una cultura increíble pero de una extrema complejidad psicológica.

—¿Y cómo interpretas su desaparición?

—Está seguramente relacionada con nuestra conversación de ayer. Le revelé la aparición en escena de "tu" manuscrito y todo el caso Andrade. Tengo el sentimiento de que le dio miedo.

—¿Tanto como para desaparecer del mapa?

—No, no lo creo. Pero debe estar investigando. No es un hombre de no entender.

—Nosotros también vamos a desenmarañar esa madeja —observa el policía—. Mucho me temo que nos queda bastante camino por recorrer.

El retrato de Piero della Francesca los ve darse infinitos besos. La escena es encantadora.

*

Ricardo llevó a Myrta a cenar en una terraza en avenida de Breteuil. Compartieron una fina cena que le hizo dudar a la italiana de su vocación vegetariana. Afinaron su plan de ataque. Las estrellas lentamente se alzaban por atrás del domo de Los Inválidos.

15.
Las capitulaciones de Santa Fe

Pantalón blanco, blazer azul marino, Ricardo entrega dos boletos en el mostrador. El español viaja ligero de equipaje. Myrta, pantalón blanco, saco azul, insistió en llevar una maleta grande. Ricardo le hace notar en son de broma:

—Hay una regla conocida entre la tripulación llamada "principio de Jakobson": "Sea cual sea el tamaño de tu maleta, siempre te hará falta algo". Esa regla se confirma a cada viaje.

Myrta sacude la cabeza, apiadándose.

—Eso es sexismo ordinario. Las mujeres son previsoras, eso es todo.

Embarcan en un avión de Iberia medio lleno.

Se decidieron la noche anterior. Ricardo insistía absolutamente en interrogar a Olibri en Madrid tomándolo por sorpresa. Como Myrta tenía un apartamento en la capital española, bastaba con comprar dos boletos de avión. El policía lo hizo a primera hora. El vuelo de mediodía les permitía ser operativos toda la tarde.

—No te esperes un palacio. En Madrid, apenas tengo un apartamentito. En el 6º piso. Y el elevador es aleatorio.

Ricardo no se atreve a decirle que está más interesado en su cuerpo que en la superficie de su apartamento.

—Ya que no hay nadie en los asientos de al lado, quizá podríamos aprovechar para perfeccionar mi formación a marchas forzadas que gustosa me ofreces sobre tu amigo Colón.

—De acuerdo. ¿Dónde nos quedamos, entre dos arrebatos?

—Entendí que había sombras en el panorama y que dichas sombras alimentaban muchos debates en torno a la biografía del Descubridor. Yo tengo una sencilla pregunta, pragmática: ¿cuál es el documento más antiguo en el que se menciona a Cristóbal Colón? ¿Cuándo aparece con ese nombre por primera vez?

—Se puede intentar contestar a dicha pregunta. Pero pongámonos bien de acuerdo: tomamos a los documentos por orden de aparición. Por ejemplo, una carta fechada en 1493, perdida, pero publicada en 1515, se considera como un documento de 1515. ¿Estamos de acuerdo?

—Eso es. En caso de desaparición del presunto original, la única fecha válida es aquella de la copia.

—Si tomamos el problema por fechas de aparición de las pruebas, el primer documento que menciona a Cristóbal Colón data del 17 de abril de 1492: son las famosas "Capitulaciones de Santa Fe", es decir, el contrato firmado entre los reyes de Castilla y Aragón y un llamado Cristóbal Colón, hasta entonces alguien desconocido. Ese contrato es el que le confiere un marco jurídico al descubrimiento de América.

—¿Estamos seguros de que disponemos de un manuscrito auténtico? —interrumpe Ricardo.

—Ese contrato inicial tuvo tres originales: uno para Colón, uno para el reino de Castilla y León, otro para el reino de Aragón. Poseemos el original de Fernando que nunca dejó los archivos del reino de Aragón. Pero el ejemplar de Isabel la Católica nunca fue registrado en los documentos oficiales de Castilla. ¿Por qué? ¡Otro misterio! El ejemplar original de Colón está perdido; pero obsesionado por la idea de que podrían robarle ese pergamino que garantizaba su fortuna, no dejó de hacer copias legalizadas que diseminó por todas partes. Conocemos una copia hecha en 1495 en La Isabela, durante su segundo viaje. Más tarde, en 1498, Colón manda hacer por un notario jurado una copia de todos los documentos jurídicos en su posesión; las "Capitulaciones" se encuentran entre ellos, naturalmente, y en primera fila. Dicha recopilación, redactada en papel, es conocida con el nombre de *Libro de privilegios*. Colón lo deposita en un cofre del convento de Santa María de las Cuevas administrado por los cartujos, en la periferia de Sevilla. Hoy en día se encuentra en el Archivo General de Indias. Más tarde, siempre obsesionado por un posible riesgo de despojo, Colón manda hacer cuatro nuevas copias de su *Libro de privilegios* en 1502, tres sobre pergamino, una sobre papel.

—Es un obsesionado del complot —juzga el policía.

—Y quizá no esté del todo equivocado. Por medio de bajas maniobras, numerosas almas caritativas se esfuerzan por promover su desgracia. La destrucción de las pruebas del contrato de Santa Fe le convendría bien a muchos.

—Perdón, te interrumpí. Así que cuatro nuevas copias del *Libro de privilegios*.

—Conozco dos de ellas. Una ha sido comprada por la municipalidad de Génova en 1821: y sigue ahí, a un lado del violín de Paganini. La otra está en París; el documento habría sido traído de Italia por Bonaparte. Honestamente, tenemos una conjunción de pruebas que nos permite hablar con toda seguridad. La verdad es que el contrato de Cristóbal Colón es asombroso desde todos los puntos de vista. Es un texto algo breve que cabe en una página: cinco párrafos compactos, precedidos por una introducción. Pero esa sencilla página va más allá del entendimiento. La forma del contrato en sí misma es inhabitual. Incluso si comprendemos que la versión final es el resultado de una negociación bilateral, sólo se está expresando una de las partes. Los dos soberanos aceptan unilateralmente las exorbitantes pretensiones formuladas por un desconocido sin pasado, sin título, sin antecedentes.

Myrta hurga en el portafolio del que nunca se separa y saca un delgado expediente.

—Es mi expediente Colón. Siempre es útil.

Lo hojea y saca un facsímil que le pasa con toda la naturalidad del mundo a su amante.

—Mira. Lee.

Ricardo busca la mirada de Myrta para saber si está bromeando o no. Sonríe, enigmática.

—Mi querida Myrta, sabes muy bien que sólo hay diez personas en el mundo que pueden leer esos caracteres venidos de otro planeta.

Una risa sonora invade el cuarto. La italiana se retracta:

—Era para que admiraras. Una belleza, ¿no?

Vuelve a meterse en su expediente y saca una transcripción impresa de las "Capitulaciones". Ricardo siente que está volviendo a territorio conocido.

> Las cosas suplicadas y que Vuestras Altezas dan y otorgan a don Cristobal de Colon en alguna satisfaccion de lo que ha descubierto en las Mares Oceanas y del viaje que ahora con la ayuda de Dios ha de hacer por ellas en servicio de Vuestras Altezas son las que se siguen.

—Tengo una pregunta antes de eso, señora profesora. ¿Dónde, en el texto original, aparece el nombre de Cristóbal Colón?

Myrta le enseña el final de la primera línea del facsímil del manuscrito.

—¿Dónde?

—¡Ahí!

Ricardo queda sorprendido.

—Yo veo una especie de X, una especie de p, una o, con un trazo horizontal arriba, luego una n, una a y una l. ¿Cuándo aparece Cristóbal?

—El escribano maneja una abreviatura. Por Christo, utilizó tres letras griegas, una khi, un rhô y un omicrón; el trazo muestra que se trata de una abreviatura: las dos primeras letras de la palabra y la última.

—No me digas... ¿El escribano español escribe en griego?

—No. Bueno, sí. Pero sólo para esta abreviatura...

Ricardo comprende por qué no comprende: hay que ser un iniciado.

—¿Y *-nal* por *-bal*?

—Lo que se parece a nuestra *n* de hoy es una *u* en el siglo XV. De hecho se escribe Cristoual, que se convertirá en Cristoval, con "v", y luego en Cristóbal.

—Fin de la primera lección de paleografía. Volvamos al meollo del debate.

—Recapitulemos, si es que me permites ese juego de palabras: estamos el 17 de abril de 1492, más de tres meses *antes* de la salida de Colón, y el contrato dice: "En recompensa por lo que Cristobal Colon *ha descubierto* en las Mares Oceanas". La mar océana es el nombre del Atlántico en aquella época. La expresión "las mares océanas" ya es perturbadora; ello parece indicar que más allá de la mar océana ya conocida existe otra, desconocida, más lejana. Pero el estupor nace en el tiempo del verbo: *ha descubierto*. Lo lógico sería un tiempo futuro, ¿no te parece?

—¡Sí y no! —responde Ricardo.

Myrta se queda de una pieza, sorprendida de que su efecto de sorpresa se viniera a pique. Pero el español prosigue.

—Finalmente, eso convierte el asunto en algo más lógico. Colón les proporciona a los reyes de España las pruebas de que ya ha descubierto la futura América y obtiene apoyo económico para oficializar un descubrimiento que entonces puede ser acompañado por un montaje jurídico...

y financiero. ¿Por qué los reyes se habrían comprometido con una vaga promesa de marinero?

—Comparto totalmente tu opinión, pero concédeme que no es lo que cuentan los libros.

Sin desanimarse, Myrta prosigue:

—Pasemos al párrafo siguiente. Veamos cuál es la primera "cosa" concedida.

> Primeramente, que Vuestras Altezas, como Señores que son de las dichas Mares Oceanas, hacen desde ahora al dicho don Cristobal Colon su almirante en todas aquellas islas y tierras firmes que por su mano o industria se descubriran o ganaran en las dichas Mares Oceanas para durante su vida y, después de él muerto, a sus herederos y sucesores de uno en otro perpetuamente, con todas aquellas preeminencias y prerrogativas pertenecientes a tal oficio y segun que don Alfonso Enriquez, *quondam*, Almirante Mayor de Castilla, y los otros sus predecesores en el dicho oficio lo tenian en sus distritos.

"Luego viene una mención para cerrar ese "capítulo": "Place a Sus Altezas". Firmado: Johan de Coloma.

Sin respirar, Myrta prosigue con su comentario del texto.

—Todo, absolutamente todo de este párrafo es aberrante. ¿Cómo pueden los soberanos españoles decirse "señores que son de las dichas mares océanas" cuando el Atlántico es, en 1492, de hecho y de derecho, un mar portugués? Para poner fin a su guerra interna y fratricida, Castilla y Portugal firmaron en 1479 el Tratado de Alcazovas. Éste confirmaba el abandono de las pretensiones territoriales de Portugal sobre Castilla a cambio del abandono de las pretensiones marítimas de España sobre el Atlántico, a excepción de la ruta de las Canarias que permanecía accesible a la flota hispánica.

Y para recibir la consagración internacional, ese tratado fue sometido para su aprobación al Papa Sixto IV, quien firmó la bula en 1481 para ratificar los derechos marítimos de Portugal que para aquel entonces ya había iniciado el descubrimiento de la costa africana.

—Las "Capitulaciones de Santa Fe" son entonces una declaración de guerra a Portugal...

—Si se quiere. ¡Una declaración secreta! Pero sobre todo, el contrato no posee ninguna validez intrínseca, puesto que los reyes de España no tienen la capacidad jurídica para firmarlo. Y luego viene el asunto del título: almirante de las mares océanas.

—Eso no me contraría. Colón es ante todo un marinero. Convertirse en almirante parecería ser la consagración lógica.

—Al contrario, es de lo más ilógico, socialmente hablando. Almirante de Castilla es un título de la más alta nobleza de Castilla. ¡Vaya pretensión de ese Colón salido de la nada el querer equipararse a los más grandes de España! ¿Por qué los soberanos aceptan esa petición de Colón? ¡Es un misterio! Además, Colón reclama un título hereditario: quiere fundar una dinastía. Vaya que tenía argumentos para lanzarse en una petición de tal especie. ¿Qué habría a cambio? ¿Cuál es la presión? Pero eso no es todo.

Myrta es inagotable.

—Un almirante, normalmente, tiene autoridad sobre mares, flotas, marineros, sobre soldados embarcados. Sin embargo, pareciera que se le concedió a Colón la autoridad sobre las islas y las tierras firmes, es decir, sobre el continente americano. Por lo tanto, una autoridad sobre los habitantes de dichos territorios por descubrir: es poco habitual, y exorbitante para un almirante. Pero el segundo párrafo nos aclara:

Otrosi, que Vuestras Altezas hacen al dicho don Cristobal su Visorey y Gobernador General en todas las dichas tierras firmes e islas que, como dicho es, el descubriere o ganare en las dichas mares; y que, para el regimiento de cada una y cualquiera de ellas, haga el elección de tres personas para cada oficio y que Vuestras Altezas tomen y escojan uno, el que mas fuere su servicio; y asi seran mejor regidas las tierras que Nuestro Señor le dejara hallar y ganar a servicio de Vuestras Altezas. Place a Sus Altezas. Firmado: Johan de Coloma.

—Virrey, ¿es una función que ya existe o que es creada para Colón? El Cristóbal Colón almirante de las mares océanas es parte de la leyenda. Pero rara vez se le llama virrey. ¿Me equivoco? —pregunta Ricardo.

—Es lo que te digo: nos invade el estupor. La regencia de los mares es ya de por sí un privilegio considerable por todos los derechos de tráfico que se puedan imaginar. Y agregarle la autoridad sobre los territorios por descubrir transforma al desconocido Colón en un verdadero potentado. Y el título de virrey, por encima de todo, nos deja boquiabiertos. No hay precedentes en Castilla, y mucho menos en Castilla y Aragón reunidos. La petición de Colón es más que asombrosa. Estamos frente a un virrey salido de la nada. Antes del 17 de abril de 1492, ni un solo documento menciona a ese Cristóbal Colón. ¿Quién es en verdad? ¿Qué as tiene bajo la manga para obtener tales concesiones? ¿Y bajo qué nombre se ha ocultado hasta entonces?

—Es lo que iba a decirte. En la policía, si no encontramos a una persona en nuestros archivos, es que la estamos buscando con el nombre equivocado.

—Precisamente. Volveremos a hablar de eso. Permanezcamos, si así lo deseas, en las "Capitulaciones". Hay un tercer párrafo sorprendente:

Item, que de todas y cualesquiera mercaderias, siquiera sean perlas, piedras preciosas, oro, plata, especieria y otras cualesquiera cosas y mercaderias de cualquier especie, nombre y manera que sean que se compraren, trocaren, hallaren, ganaren y hubieren dentro en los limites del dicho Almirantazgo, que desde ahora Vuestras Altezas hacen merced al dicho don Cristobal y quieren que haya y lleve para si la decima parte de todo ello, quitadas las costas todas que se hicieren en ello, por manera que de lo que quedare limpio y libre haya y tome la dicha decima parte para si mismo y haga de ella a su voluntad, quedando las otras nueve partes para Vuestras Altezas. Place a Sus Altezas. Firmado: Johan de Coloma.

Myrta está extasiada:

—Ese pedazo de papel vale una fortuna. ¿Te das cuenta, Ricardo mío?

Dice "Ricardo mío" con tranquilidad segura, con desenfado de princesa.

—Diez por ciento de todo el tráfico comercial con América es una verdadera mina de oro.

—Pero podría leerse de otra manera —refunfuña el policía, quizá sorprendido de verse anexado tan rápidamente—. Cierto es que, en términos de flujo, es probablemente un buen negocio. Un décimo de diez toneladas de oro siempre será una tonelada de oro. No es cualquier cosa. Pero en términos de porcentaje, es poco.

Myrta agita la cabeza:

—Vamos...

—No, es poco. Noventa por ciento de los beneficios netos para la Corona y diez por ciento para Colón no es un contrato comercial común. Hasta me parece curiosamente desequilibrado. En aquella época, ¿cual es el impuesto máximo cobrado sobre los beneficios comerciales?

—Es el quinto real, la quinta parte del botín.

—¡Te lo digo! El contrato normal habría sido de ochenta por ciento de los beneficios para el emprendedor que toma todos los riesgos y que vive la aventura con el sudor de su frente y veinte por ciento para el rey, quien se conforma con firmar sin levantarse del trono. Aquí, con Colón, más bien pareciera tratarse de un derecho de autor. Recibe regalías por su descubrimiento.

Myrta repite, pensativa:

—Un derecho de autor. Diez por ciento...

—En el fondo —prosigue Ricardo— ese tercer párrafo explica los dos primeros.

En silencio, Myrta escudriña la mirada del policía.

—Imagino dos escenarios —retoma Ricardo—: uno en el que Colón es un hombre ávido de dinero y los soberanos son, simétricamente, unos tacaños. La Corona, por lucro, no quiere ceder. Ante la imposibilidad de obtener un contrato comercial clásico 80-20, Colón se habría hecho pagar, por defecto, con prestigio, honor, gloria, poder, unos bienes sin mayor costo para un rey. El delirio del almirantazgo y del virreinato oculta, de hecho, un muy buen negocio para Isabel y Fernando. Y Colón piensa para sí que se consolará con el volumen de los flujos.

—¿O bien? —cuestiona Myrta, interesada.

—O bien, Colón no es un hombre interesado en el dinero... —Myrta suelta la carcajada—, pero es un hombre de poder, un orgulloso con sed de reconocimiento público. Entonces pide explícitamente un derecho de autor, de diez por ciento, para que todo el mundo entienda de una vez y por todas que no es un vulgar negociante ni un comerciante de poca monta, sino un artista, un inventor. Y en compensación, le sopla sus deseos a su negociador: el poder, la celebridad, la posteridad. Poco le importa convertirse en el hombre más rico de España. Quiere volverse símbolo, mito. Acceder al panteón de los grandes hombres.

—Finalmente —objeta Myrta— los dos escenarios son idénticos, excepto que uno se produce por defecto, y en el otro por voluntad. Pero olvidas que quizá haya una tercera hipótesis: la nuestra.

La italiana se desliza suavemente hacia el español y le pone una mano sobre el muslo.

—El amor. Lo irracional. La locura de la pasión. Muchos autores tuvieron esa idea. Colón se habría convertido en el amante de la reina, totalmente abandonada por Fernando, mujeriego insaciable. Amor sincero o manipulado, nada sabemos al respecto. Colón debe tener mucha labia y conversación, y está seguro de sí mismo. Tiene enorme influencia sobre la reina; la hace soñar con historias de viajes lejanos; sabe transformar su propia vida en una epopeya, se viste con el traje del héroe, da muestras de una piedad que no le es natural. Se mete en el papel del caballero andante, atento, indispensable. Quizá incluso la haga reír, colmo de la seducción de buena ley. Es seguro que desde mediados del año de 1491, Cristóbal Colón vive en Santa Fe, ese campo militar instalado bajo las murallas de Granada y que terminó siendo una verdadera ciudad. Pero una ciudad-campamento de la que la promiscuidad no está ausente. Es más fácil abrir la entrada de una tienda que recorrer de incógnito los pasillos de un castillo. De la ocasión quizá nazca la tentación. Mientras que los soldados del rey rodeaban a los moros, Colón le puso sitio al corazón de Isabel. Y la reina, que acaba de cumplir los cuarenta años, no ha perdido toda su fogosidad. Así, no puede excluirse que la reina haya sucumbido a los encantos del navegante y que se hayan convertido en amantes. Las "Capitulaciones" serían, en este caso, la traducción de las debilidades de una Isabel bajo influencia, accediendo a todos los deseos del hombre de su corazón. O, en una versión más voluntarista, cristalizarían las represalias de una mujer engañada nombrando explícitamente a su amante virrey para vengarse de su voluble marido.

—A esa versión romántica no le falta atractivo, además de que puede superponerse con mi segunda hipótesis. Pero no combina con la primera.

Pegados hombro con hombro, Myrta y Ricardo concluyen con alegría:

—Hay algo estupendo en nuestro diálogo: la historia termina por disolverse en la universal pasta humana. En este episodio del descubrimiento de América no hay más competencia que entre explicaciones pasionales: el amor, el orgullo, la avidez por la ganancia, el hambre de notoriedad, la sed de venganza, el deseo de eternidad.

—Por pura curiosidad, ¿qué contienen los dos últimos párrafos de las famosas "Capitulaciones"?

—El cuarto coloca al contrato fuera del derecho común. Prevé que en caso de conflicto comercial o financiero con un tercero, el único juez reconocido sea Cristóbal Colón en persona. Con la bendición de los soberanos, Colón es juez y parte en el conjunto de sus futuras posesiones trasatlánticas.

—Almirante, virrey, gobernador, juez supremo... Es mucho.

—En cuanto al quinto y último "capítulo", nos vuelven a colocar en los asuntos de comercio. El texto autoriza a Colón a ser armador de sus propias expediciones, pero con una participación limitada a "la ochena parte de todo lo que se gastare en el armazón", lo que lo autoriza a percibir la octava parte de los beneficios de la expedición. Queda especificado que no existe limitación en el número de expediciones involucradas.

—Por fin, una marca de racionalidad. Esta vez, los reyes no se atreven a contradecir el principio de libre comercio e imponer su monopolio. Pero obligan a Colón a mantenerse como socio minoritario y restringen sus inversiones futuras a un 12.5 por ciento. Ello demuestra que la monarquía se repliega ante el poder del capitalismo naciente.

Ricardo hace una pausa.

—¿Colón firma el documento?

—No. El texto constituye una especie de diálogo entre los soberanos y un notario que anota sus voluntades. Ese notario, lo conocemos bien. Se trata de Juan de Coloma, un catalán, un converso que estuvo al servicio del padre de Fernando. Sólo hay tres firmas abajo del documento: la del notario aragonés y las de los monarcas: *Yo el Rey* y *Yo la Reina*. Colón no firma. Ni su representante. Y ningún escribano representa Castilla. En ese mes de abril de 1492, *xpoval colon* sólo es un nombre sobre un papel. Un simple nombre. Once letras que bruscamente arrancan a un hombre del ruido de las olas, del furor del océano, de la obscuridad de los tripulantes. Quizá un seudónimo portador de una nueva vida. Un nombre de guerra que para siempre disimula un pasado cuidadosamente ocultado. De 1492 a 1506, fecha de su muerte, Colón no dirá nada sobre su vida anterior. Nada. Nunca nada. Sus contemporáneos ignorarán siempre todo sobre su vida privada. Sólo hasta bastante más tarde un relato más o menos coherente empezará a constituirse. La primera crónica publicada es la de Oviedo, en 1535; luego vendrá la *Historia de las Indias* de Gómara, publicada en Zaragoza en 1552. Más tarde, en Venecia, en 1571, aparecerá en condiciones no dilucidadas una biografía de Colón que se le atribuye a su hijo natural, Fernando, traducida al italiano. La crónica de Las Casas que nos proporciona noventa por ciento de nuestra información colombina fue escrita a mediados del siglo XVI, pero no se conocerá antes del siglo XIX. Asimismo, el cronista Bernáldez, quien muere en 1513, dejará un manuscrito que sólo será publicado en 1856. ¡El hombre Colón dio pie a una historia legendaria!

—Dime, Myrta, todo eso suena muy bonito, sí. Pero hay algo que me molesta en ese asunto del contrato: el notario, el apoderado de los reyes católicos, ¿por qué lleva el mismo apellido que nuestro Descubridor? La *coloma* de los catalanes es la paloma de los castellanos. Colombo, Colomb, Colón, Coloma, ¡vaya coincidencia tan perturbadora! ¿No hay una clave del misterio?

—¿Piensas que estamos en el corazón de un asunto de familia, que Cristóbal Colón se apellida Coloma, que es catalán y que su hermano Johan, secretario-banquero del rey de Aragón, le arregla el negocio del siglo consiguiéndole unas capitulaciones de ensueño? Tu historia de favoritismo familiar elimina la bella historia de amor con la reina: ya no hay misterio, sino mercantilismo.

—Mercantilismo de clan. No es una configuración histórica desconocida.

—De verdad que tienes el don para despoetizarlo todo.

El avión aterrizó en Barajas. Los pasajeros desembarcan. Ricardo toma a Myrta por la cintura. El día promete ser bello.

16.
Alonso Olibri

Con vista al magnífico Paseo de Recoletos, el apartamento de Myrta está idealmente situado en el corazón de Madrid. El sol de la tarde se abre paso entre la cima de los árboles para dar vida a un apartamento de dos piezas recientemente remodelado: un cuarto, una sala comedor con una cocina integrada. Aquí no hay cuadros en los muros, sino esculturas semimonumentales entre las ventanas y en la entrada. Ricardo duda en definirlas como abstractas, pero tampoco son figurativas. Sin embargo, se adivinan cuerpos humanos rectangularizados, piernas estilizadas, tronco sin brazos, figuras estiradas, jugando con el equilibrio estático y la simetría horizontal.

—Polietileno y pintura metalizada —comenta Myrta—. Mi último compañero me las regaló. Y me las quedé porque me gustan mucho.

Ricardo se envalentona.

—¿No es demasiado difícil vivir con las marcas de una ausencia?

—No busco olvidar el pasado. No he sido desdichada en mis vidas de pareja. ¡Los hombres fueron los que me abandonaron, yo no fui quien los dejó! No sufro con su recuerdo. Quizá por ser historiadora soy naturalmente más propensa a la continuidad que a la ruptura.

Lo que no decía Myrta es que las esculturas de Recoletos no sólo le hablaban del pasado. Tenían vida propia. Ocupaban el espacio como seres familiares, se reenviaban sus reflejos vívidos: la pátina del bronce, el brillo del platino, el verde gris del cobre, el ocre del oro pulido. Lo metálico se transformaba en orgánico.

Al principio sorprendido, Ricardo empieza a apreciar. Gracias a esos fetiches de otra galaxia, ese apartamento *a priori* banal toma una dimensión algo mágica, atemporal, subconsciente. Sí, le gusta. Y descubre algo evidente. En el fondo, ama a Myrta y ama lo que ella ama.

—¿Plan de batalla? —pregunta la italiana—. No hay tiempo que perder, me parece.

—Propuesta A: vamos sin más rodeos. Le enseño mi placa de policía y lo interrogo beneficiándome de la sorpresa.

—Y a mí, ¿cómo me presentas?

El equipo se había formado espontáneamente. Sus vidas se habían fusionado. Así, la investigación se volvía una obra en común. Había sin embargo que ingeniar un artilugio para la presentación.

—Como mi asistente.

—Va por el plan A.

—¿Notaste lo malicioso que es el azar? La tienda de Olibri se sitúa cerca de los "Jardines del Descubrimiento" y del metro Colón.

—La historia es monomaniaca.

La pareja está a pie de obra. La tienda del anticuario no está situada en la calle más bella del barrio chic de Salamanca, pero está estratégicamente ubicada en la esquina de dos calles perpendiculares.

—Si la suerte nos acompaña, ahí está.

La suerte los acompaña. Olibri está solo, sentado a una mesa de trabajo de ébano, con incrustaciones de cobre, de estilo Boulle-Napoleón III.

—¿El señor Alonso Olibri Mora?

—Sí. ¿En qué puedo servirles?

Ricardo le da la mano a su interlocutor.

—Ricardo Luna Gómez, comisario de policía de Sevilla. La señora Myrta Moreno Rodríguez, que dirige la Brigada de Investigación Científica.

Ricardo enseña una placa de identificación que le da a la escena una falsa apariencia de película policiaca. Inicia la conversación con firmeza.

—No sé si lo sepa, pero la señora Philippine Andrade fue asesinada en Sevilla hace cinco días, el domingo pasado para ser exacto. El análisis de las comunicaciones telefónicas nos ha llevado hasta usted.

Olibri palidece. Asiente con un murmuro compungido:

—Lo sé. Su marido me lo informó. Perdón, necesito sentarme. Vengan.

Su turbación parece sincera. El trío toma lugar alrededor de la mesa Boulle. A petición del anticuario, Ricardo da algunos detalles; las quince cuchilladas le provocan un espasmo al anticuario.

—¡Qué horror!

—¿Podría hablarnos de su relación con la difunta?

—Teníamos una relación…, vamos a decir íntima. Pero estaba casada. Tenía dos hijos. Nuestro amorío era discreto, de hecho clandestino.

Myrta se pregunta *in petto*, bruscamente. ¿Y con los niños qué hizo Andrade? No estaban presentes durante la pesquisa…

Olibri prosigue.

—Lo ocultábamos con el pretexto de un coloquio o de una mesa redonda, de un congreso profesional. Como todas las parejas adúlteras de la creación.

—¿Desde cuándo tenían una relación?

—Tres años aproximadamente. Todo empezó en Republica Dominicana. Con motivo de un torneo de golf, los Andrade me habían invitado a su casa de La Romana. Una quinta tropical, a la sombra de las palmas, donde se llevaba una falsa vida campestre, entre calor, playa y ocio. De hecho, no nos conocíamos muy bien. Con Andrade, yo tenía una relación de negocios y, hasta este momento, no había conocido a su esposa Philippine. Pero la simpatía con ella fue inmediata y mutua. Un día, Robert salió temprano para ir a Santo Domingo a jugar una competencia de bridge por equipos. Así empezó mi relación con su esposa.

Myrta entra en la conversación.

—¿Qué tipo de mujer era Philippine? ¿Cosechaba hombres? ¿Buscaba aventuras?

—De ninguna manera. Se proyectaba en la figura de una ama de casa respetable, hogareña, madre atenta, tierna con sus hijos. Pero estaba abandonada por su esposo. Colmé un vacío, un poco por casualidad.

—¿Tenía otros amantes?

Olibri se ruborizó.

— No era coleccionista —respondió, incómodo, después de unos segundos.

—¿Robert Andrade estaba al tanto?

—No lo creo. Éramos muy prudentes.

Ricardo cabecea como signo de negación.

—Le enviaba palabras de amor por mail. No es el tipo de definición de prudencia que puede tener un policía.

Alonso Olibri se sonroja.

—Creo que siempre borraba sus correos después de haberlos enviado.

—Así que, según usted, Andrade no sospechaba nada.

—Lo espero de todo corazón. Porque mantenía relaciones de amistad y profesionales con el marido de Philippine. Nos comprábamos mutuamente algunos objetos.

—¿Qué quiere decir? —interviene Myrta para confirmar el hecho de que no estaba simplemente de adorno.

—Le vendía un objeto y luego se lo compraba, para de nuevo revendérselo y así sucesivamente. Si partíamos de cien, el mismo objeto podía alcanzar doscientos cincuenta tres años más tarde. Y Andrade hacía lo mismo conmigo, en sentido contrario.

A Ricardo y Myrta se les saltan los ojos.

—¿Cuál es el interés en dicha práctica?

—Se aumenta el volumen de negocios, lo cual es un elemento que incrementa el valor de la empresa.

—¡Pero es totalmente artificial!

—Pero hoy en día lo artificial se volvió realidad. La capitalización del Nasdaq alcanza un tercio de la Bolsa de Valores de Nueva York que, sin embargo, integra el valor inmobiliario de la vieja economía industrial. El mundo se ha vuelto virtual.

Myrta mira a Ricardo. Olibri no tiene el discurso de un culpable. O, más bien, dicha seguridad en disertar sobre la marcha de la economía del mundo es la firma de un sorprendente control de sí mismo.

—Perdón por volver a nuestro muy prosaico asunto: estamos buscando al asesino de Philippine Andrade. Me encuentro en la obligación de hacerle algunas preguntas para ayudarnos a esclarecer este asesinato. Empecemos con usted, si no tiene inconveniente. ¿Dónde estaba el domingo pasado?

—En casa, en mi apartamento, en El Viso.

—Seguramente que tiene una coartada...

—No. Estaba solo en casa. Soy divorciado y retomé una vida de soltero.

—Más le valdría poder probar que no estaba en Sevilla la noche del crimen.

—No. En verdad no veo qué podría ofrecerle como coartada.

—¿No recibió llamadas durante el día? ¿Usted tampoco llamó?

—Sí.

—Eso ya lo verificaremos.

Ese diálogo sólo era un condicionamiento. Ricardo había identificado perfectamente las llamadas de Olibri, las del fatal domingo, así como las de los días anteriores. Pero el verdadero interrogatorio faltaba por venir; y tenía que ver con el manuscrito Colón…

Myrta le tiende a Olibri una fotocopia de un folio del valioso documento.

—¿Conoce usted ese manuscrito?

Olibri contempla la página cubierta de caracteres indescifrables, se toma un tiempo para la reflexión, no encuentra escapatoria y decide revelar la verdad.

—Sí. Lo compré hace pocas semanas a un mercader panameño. Se me vendió como el original del *Diario de a bordo* del primer viaje de Colón. Envié la mitad de la suma que se me reclamada a una cuenta *off-shore* de Anguila para tener el derecho de consultar el original. Efectivamente recibí el documento aquí, a esta dirección, por entrega de DHL, proveniente de Phoenix, Arizona. Con la indicación: "Documento papel. Sin valor declarado".

Myrta se estremece.

—Vaya locura.

Olibri prosigue.

—El precio solicitado era extrañamente bajo, y no había para mí más que dos explicaciones. O el manuscrito había sido robado y, por lo tanto, debía escapar al mercado, o se trataba de un documento falso y era una estafa. En un primer tiempo, le pedí a Philippine investigar en Sevilla para saber si existía en el medio de los curadores una alerta sobre un eventual robo y para saber si había un registro de la Biblioteca Colombina en el que podría figurar la descripción del manuscrito.

—Usted desconfiaba —resume Ricardo.

—Más que eso. Pero negocios son negocios. Luego de dudar mucho, terminé por llamar a dos conocidos míos para proponerles comprar el manuscrito. Y Fred Morrison, uno de ellos, me dio su consentimiento en Nueva York. Hicimos una transacción. Le vendí el manuscrito duplicando mi precio de compra.

—¿Cuándo?

—Anteayer.

Cae un silencio de plomo. Olibri se quiebra bruscamente.

—Tienen que entenderme. Tuve el sentimiento de que Philippine, a quien adoraba, había sido asesinada por mi culpa, por culpa del manuscrito. Así que decidí deshacerme de él inmediatamente. Ya no podía verlo ni tocarlo. El saber que lo conservaba me tenía como poseído. El *Diario* de Colón se había transformado en asesino. Quise hacer justicia. Me separé de él. Lo reenvié del otro lado del Atlántico. Para aligerar mi culpabilidad.

—¿Le pagó la otra mitad del precio de compra a su vendedor después de haber recibido el manuscrito?

—Sí, pero no de inmediato.

—¿Cuándo?, ¿antes o después del asesinato de la señora Andrade?

—Después.

Ricardo y Myrta intercambian una mirada de complicidad. Olibri se justifica.

—Es lógico. Esperaba la información que debía proporcionarme Philippine.

—Pero cuando se enteró del asesinato —prosigue el policía— pensó que quizá habría una relación causa-efecto. ¿Recibió un recordatorio invitándolo a pagar lo que debía?

—Sí. Pero de ningún modo era una amenaza. Era más bien del tipo: "¿Entonces, cuál es su decisión?"

Sin dar aviso, Ricardo cambia su ángulo de ataque.

—¿Piensa que Robert Andrade sea capaz de asesinar a su mujer?, ¿por celos?

—No. De ninguna manera.

La respuesta es clara como el agua.

—No. Es un hombre culto, cuerdo, afable, cortés...

Olibri cree conveniente bromear.

—De todos modos, ¡un hombre celoso más bien asesinaría a su rival!

Ricardo se levanta para terminar con la entrevista. Mira admirado el mobiliario que la tienda exhibe. Olibri posee muebles excepcionales. El policía le hace un cumplido por un escritorio Luis XVI, le pregunta sobre un libro antiguo colocado en un atril, un antifonario del siglo XV. La mano de Ricardo palpa las maderas, acaricia los mármoles, toca los bronces. Desde un pesado marco dorado, un Papa bonachón presencia la escena con su inmóvil postura.

—Magnífico. Lo felicito.

El policía concluye:

—Me daría mucho gusto que me diera los datos de su vendedor panameño y de su comprador neoyorquino.

Olibri se sienta en su escritorio y obedece. Busca la información en la pantalla de su Mac y le entrega una hoja de papel al policía. Myrta tiembla ligeramente. La temperatura cayó de repente. A menos de que sea por el contragolpe de la decepción.

Disimular. He ahí mi palabra clave. Disimular mis bajezas, mis pulsiones. Borrar las huellas de ese otro yo mismo que envilece al que tenía sed de grandeza. Realzar la parte pública de mi vida para así mejor callar la íntima, la inconfesable. Construirme una máscara, jugar con las apariencias, marcar las cartas, sembrar engaños, he ahí lo que supe hacer. Borrar las huellas, borrar las huellas: ésa fue mi obsesión. Ahora debo confesar. Las sombras se vuelven imprecisas; la noche, pronto ya, caerá. Sí te maté, mi querida Felipina, es porque sabías. Sabías quién era yo. Sabías de qué era capaz. Conocías mi secreto. Tu mirada me aterrorizaba y disolvía mis sentimientos. Entonces te alcé la mano. Y tu soplo que se escapaba me liberaba. Y tu sangre que corría me apaciguaba. ¡Maldito sea por esa infamia!

17.
Clase de cocina

¡Lomo de rape con setas!

—¿Y por qué no?

Ricardo y Myrta están indecisos. ¿Culpable, no culpable? Olibri podía perfectamente haber sido el autor intelectual del asesinato. Al dar un repaso mental de la entrevista, no recuerdan que hubiera negado los hechos con insistencia. Como evidencia, el anticuario de alguna manera había esgrimido su no participación. Pero las evidencias pueden en ocasiones ser engañosas. ¿El manuscrito había caldeado a tal punto los ánimos para suscitar una verdadera guerra entre traficantes? ¿Era razonable, en el siglo XXI, morir por Colón?

Fue al pasar por una tienda de productos congelados que a Ricardo bruscamente le vino a la mente la idea de cocinar.

—Voy a prepararnos una cena de enamorados.

Myrta lo abraza.

—Me enseñarás.

Con su reputación de sólo comer pastas, nunca había manifestado el más mínimo interés por la cocina. ¿Vocación tardía o deseo piadoso?

Al caminar hacia el Paseo de Recoletos deciden perseguir al manuscrito en su loca carrera. Ya que se había ido de nuevo allende el Atlántico, irían allende el Atlántico. El apartamento de Myrta se convierte en Cuartel General Operativo. Ricardo se pone al tanto de la situación con su superior. Se entera que la laptop de Philippine todavía no ha sido hallada y que la investigación no ha avanzado mucho en su vertiente sevillana. Luna explica que está espulgando los archivos de los ordenadores de Andrade pero no dice nada de Olibri. Está un paso adelante. Por su parte, Myrta llama a Morrison al National Museum of the American Indian y gracias a la diferencia de horario la comunican con su oficina. Las coordenadas proporcionadas por Olibri tenían una precisión perfecta. Se acuerda una cita para el martes próximo. De inmediato, Myrta reserva dos billetes para Nueva York.

—Salida mañana a las 12:40 —le anuncia Myrta con un destello malicioso en la mirada.

—Por pura curiosidad, ¿qué le dijiste a Morrison para conseguir una cita?

—Es un colega. Lo conocí hace dos años en un congreso en Denver, Colorado. Le dije que estaba de paso por Nueva York dos días y que me daría gusto verlo de nuevo.

—¿Y funcionó? ¡Vaya poder de seducción! En cambio, mucho me temo que nunca encontremos al vendedor. Falso nombre, falsos números de teléfono, falsa dirección. Lo del paquete DHL fue genial. "Contenido del envío: Documento papel. Valor de aduana declarado: Ninguno". ¿Quién podría alarmarse ante un sobre cualquiera que sólo contiene papel?

—¿Y crees que el propietario habría entregado la totalidad del manuscrito habiendo recibido sólo la mitad del pago?

—Sí. Eso permite suponer que el manuscrito ha sido robado. El verdadero peligro para un ladrón es conservar el fruto de su hurto. Y Olibri, por su parte, sabe perfectamente con qué clase de individuos está tratando: lo paga todo, constante y sonante, o es asesinado. Quizá no haya sido tan puntual como debió serlo. Probablemente contaba con el dinero de Morrison para pagar el saldo a su vendedor.

—Y por medio de los bancos, ¿no es posible dar con el rastro de la transacción?

—Dudo mucho que podamos movilizar los servicios especializados, es decir, la artillería pesada, para tan nimio asunto. ¡Sea lo que sea, no me imagino a nuestro anticuario depositar ese tipo de beneficios en su cuenta bancaria! Esconde los fajos de billetes en el cajón de su escritorio. O en el armazón de la bañera. Vamos, ni idea de dónde. Mira, el fin del secreto bancario decretado por Suiza obliga a los grandes comerciantes como Olibri a reinventar los escondites a domicilio.

Ricardo abraza a Myrta.

—Podemos elegir: ¿amor como aperitivo o como digestivo?

—Como aperitivo, por supuesto.

Myrta lleva al policía al cuarto. Una esencia de cuarto exclusivamente consagrada al sueño, o al amor. Una cama cuadrada, dos burós con altas lámparas, dos sillas de respaldo curvo para recibir la ropa. Nada más. Muros unidos. Un vestidor y un baño moderno con acabados grises, blancos y aluminio. Myrta desnuda, deslizándose ya en las sábanas blancas. Ricardo se embarca para el viaje. Inician una carrera contra el tiempo. Precipitados por el deseo, sus cuerpos se fusionan, se encienden, se consumen. El pico del placer dilata la eternidad. No necesitan querer que esos instantes duren infinitamente: les parecen infinitos. Viven su presente como un futuro, propulsados en la ingravidez de la vida. Solos en el mundo, el uno para el otro. Su abrazo se relaja, se rozan, sus manos se posan al azar de sus cuerpos. Se buscan un poco más, y luego entrecruzan sus miradas, acostados de lado, voluptuosamente, eufóricos y ligeros.

La cocina que da a la estancia es acogedora. Ricardo está cocinando mientras que Myrta dispone una mesa íntima: mantel blanco, copas de cristal, platos cuadrados de porcelana blanca, cubiertos finos. Myrta finge interesarse por la cocina de su enamorado.

—Para el rape... ¿cuánto tiempo de cocción?

Ricardo niega con la cabeza.

—Se cocina con el ojo y con la nariz, no con un minutero. Cuando huele bien, está cocido. El ojo da su aprobación. La noción misma de tiempo de cocción es abstracta. Depende de la naturaleza del producto, de la temperatura de la sartén, de la calidad del agua...

—Ya entendí. ¡No te compraré libros de cocina para tu cumpleaños!

Ricardo encontró unas botellas abandonadas en una alacena, acostadas respetuosamente. Saca un vino de la Mancha del que nunca había escuchado hablar.

—Vamos a probarlo...

Sin pensarlo, el policía imagina acompañar el pescado con una salsa al vino tinto. Con gesto experto, vierte un vaso de vino en la sartén, echa una cucharada de harina, agrega sal y pimienta y deja todo a fuego lento. Myrta se acerca.

—Me pasarás la receta.

—No hay receta. La cocción hará que se evaporen el agua y el alcohol contenidos en el vino y concentrará los jugos y los taninos. Es todo.

—Las setas huelen bien.

Pasan a la mesa, se deleitan. Brindan por su amor. Myrta debe prometer contar lo que sigue de la historia de Colón esta noche, sobre la almohada. Sin embargo, una pregunta le ronda la cabeza.

—Mi amor, aclárame una duda. ¿Cómo vas a justificar tu ausencia en tu trabajo? ¿Estás autorizado a salir de España?

—Tengo dos semanas de vacaciones pendientes. Y horas extra de trabajo nocturno, compensaciones por estar de servicio en días feriados, cosas así. Logré que *Neandertal* me permitiera agregar ese saldo de vacaciones a mi misión oficial en París.

Dos semanas no son muchas para una historia de amor. La eternidad se encogía. Pero era un respiro, una esperanza.

—De acuerdo. Eso significa que allá no eres policía. Harás turismo.

—Exactamente. Nada me impide viajar durante mis vacaciones.

Ricardo y Myrta comparten una suerte de embriaguez que la mujer le atribuye a los efluvios mezclados de las setas y del vino tinto, mientras que él la atribuye a una plenitud sensual. Ricardo se acurruca en su almohada con un suspiro de satisfacción.

18.

La gran vuelta

La cama parece patio de recreo. Ricardo muere de la risa con las cómicas improvisaciones de Myrta lanzada en inenarrables imitaciones. Después de haberse carcajeado más de diez minutos, recobran algo de seriedad. Los vapores del vino se disipan.

Ricardo se informa.

—¿Crees estar apta para proseguir con tu relato sobre Colón?

—Podemos intentarlo.

La luz del cuarto es suave y se presta a la complicidad. La ventana abierta tras las cortinas cerradas deja filtrar el rumor de la vida urbana. Ricardo se lanza.

—Dejamos a nuestro Colón en Granada en 1492, cuando firma un jugoso contrato de almirante-virrey de las Indias. En ese momento, ¿qué edad tiene?

—No sabemos nada al respecto. Los diversos autores proponen como su año de nacimiento fechas que van de 1436 hasta 1456. ¡Estamos en el corazón de lo hipotético-deductivo de amplio espectro! Ni siquiera con los archivos de Génova vemos claro. Tomemos un estimado promedio: tiene entre cuarenta y cinco y cincuenta años.

—¡Qué! ¡Cincuenta años! Me lo imaginaba mucho más joven. Eso quiere decir que tuvo una vida anterior.

—Sí. Es seguro.

—Entonces mi pregunta es: ¿qué hizo antes de 1492?

—Para saberlo, dependemos casi exclusivamente de dos fuentes. En primer lugar, tenemos la biografía de Cristóbal que habría sido escrita por su segundo hijo, Fernando, entre 1536 y 1539, fecha de su muerte. Como el original ha desaparecido y que versión disponible es una traducción veneciana de 1571 que ya te he mencionado, hay que tener presente que se trata de un documento tardío publicado sesenta y cinco años después de la muerte del Descubridor.

—Efectivamente, si me pusiera a contar la heroica historia de mi bisabuelo, no habría muchos testigos que pudieran contradecirme.

—Ése es exactamente el problema. La otra fuente es, por supuesto, el ineludible Bartolomé de las Casas, quien escribe su gigantesca y polémica *Historia de las Indias* entre 1552 y 1566. Muere ese mismo año, prohibiendo cualquier uso de su texto en los próximos cuarenta años.

—Tiempo suficiente para que desaparezcan todos los testigos —juzga Ricardo como buen policía.

—Así que no tenemos certeza alguna sobre los hechos relatados. Sin embargo, tenemos presunciones. A decir de Las Casas, Colón vive en Lisboa a partir de 1471; en ese entonces es "súbdito del rey de Portugal". Su hermano Bartolomé, navegante y dibujante de mapas marítimos, también reside ahí. En una fecha que permanece indeterminada, Cristóbal se casa con una "doncella de sangre noble" que conoció en la iglesia, una tal Filipa o Felippa Moñiz, hija de un tal Bartolomeu Moñiz Perestrelo, navegante portugués, descubridor del archipiélago de Madeira y primer gobernador de la isla de Porto Santo. Colón parte a vivir con su mujer a dicha isla, al norte de Madeira, en la propiedad de su familia política. De su unión nace un hijo que más tarde conoceremos como Diego. ¿Qué hace Cristóbal en aquella época? Navega. Se pasa la vida en barcos.

"Hacia el norte, toma rumbo a la *Ultima Thule* y reconoce Islandia, quizá Groenlandia. También acompaña hacia el sur la lenta progresión de la marina lusitana a lo largo de las costas africanas, al interior del Golfo de Guinea. Fundación del fuerte de San Jorge, en la Mino de Oro (Ghana) en 1481: Colón está presente. Exploración de las desembocaduras del río Congo en 1484: Colón también está presente. Se vuelve experto en navegación en alta mar. De vuelta del Congo, le somete al rey Juan II su proyecto de navegación trasatlántica. El rey intenta robarle la idea y envía en vano dos carabelas en la ruta indicada por Colón. El navegante, furioso, decide entonces ir a vender su proyecto a los soberanos españoles y, ya viudo, pasa a Castilla en 1485 con su hijo tomado de la mano. Fin del episodio portugués.

Ricardo Luna escucha, pensativo. A medida del relato, le pone imágenes a las palabras de Myrta. Oye el embate de las olas sobre los cascos, el rechinido de las cuerdas, los cambios de humor de las velas desventadas. Huele las miasmas de los pantanos, la pestilencia de las bodegas. Ve el asombro, la esperanza, la fatiga impresos en los rostros de los marineros, los grandes árboles de la costa doblados por el calor, las humaredas de los pueblos suspendidas en el cielo plateado. Barcos siguiendo rumbos desconocidos, persiguiendo espejismos nacidos de la esperanza.

Soñó. Ahora vuelve a ser atento y racional.

—Siento varias cosas. Ese ambiente portugués nos aleja mucho del Colón genovés, cardador y tejedor. Se tiene la impresión de un torpe collage: una infancia y una adolescencia en Liguria que huelen a callejuelas oscuras traspasadas a una vida portuguesa de adulto, llevada por el mar y el grito de las gaviotas. Y en esa competencia entre las dos biografías, la parte portuguesa parece ser más creíble, más fuerte, más convincente…

—Te dejas convencer por unas sombras: una esposa fantasmagórica que termina por morir misteriosamente, embarques africanos bajo secreto de Estado, un hermano cartógrafo que no ha firmado ningún planisferio, un suegro fallecido más de veinte años antes de la boda de su hija. Ni una sola acta auténtica, ni un contrato matrimonial, ninguna huella de dote, ningún registro de nacimiento o de bautizo para Diego, ni un título de propiedad, ningún recibo de alquiler, ni una deuda por pagar, ni una carta a un familiar, ni firma en alguna lista de pasajeros. Parece ser un hoyo negro.

—Sin embargo, percibo un trasfondo en ese episodio portugués, un trasfondo que revelaría una autenticidad reprimida.

Myrta se acerca al policía y la da un beso ceremonioso en la frente.

—Me gustas mucho.

La sirena de una ambulancia se inmiscuye en la conversación para luego desvanecerse en la noche madrileña.

—Entiendes bien las cosas. A pesar de la pantalla de humo desplegada por los hagiógrafos, hay algunos argumentos a favor del Colón portugués —continúa ella—. Todos los escritos que poseemos del Descubridor están redactados en castellano. Pero queda claro que no es su lengua materna. Escribe en un español bastante vacilante, empleando un vocabulario repleto de giros ortográficos tomados del portugués. Por ejemplo, cuando le escribe a su hijo Diego, escribe en castellano; pero lo llama *muy caro filho*, "mi querido hijo". Escribe *filho*, que es la grafía portuguesa, y no *hijo*, que sería la palabra en español que esperaríamos. De hecho, se ha escrito más de un libro sobre los préstamos lingüísticos de Colón al portugués, a veces forzando los hechos, porque en aquella época el portugués y el gallego, idiomas gemelos, son muy cercanos al castellano; por lo que sea, se observan particularidades lexicales y fonéticas reconocibles en Colón.

—Pregunta incidental, por pura curiosidad: ¿Colón no le escribe a su hijo en italiano o en dialecto genovés? ¡Es sorprendente!

—No, Colón nunca ha escrito algo en italiano. Quizá, a lo mucho, una nota en un libro, sin que se pueda asegurar si fue de su puño y letra. Conocemos incluso una carta que le remitió al embajador de Génova en España: ¡está redactada en español! Vamos, en ese español aproximativo e inimitable, característico de Colón. Dicho sea de paso, ese detalle lingüístico no favorece la tesis de un Colón genovés. ¿Cómo puede un hombre olvidar su idioma materno después de haberlo practicado durante treinta años?

—Argumento de peso, estoy de acuerdo. ¿Existen otros de tanto peso?

—¡Su manera de navegar!

Ricardo queda pasmado.

—¿No me digas que se podría definir la nacionalidad de un marinero por su manera de navegar?

Myrta está bastante segura de sí misma.

—En ese contexto, sí. En materia de navegación, en el siglo XV, hay dos escuelas: la mediterránea y la portuguesa. La navegación en el Mediterráneo recurre más bien al cabotaje. Normalmente se sigue la costa; cuando de lanzarse a travesías se trata, se siguen rutas de temporadas, tradicionales, basadas en el conocimiento de los vientos. Se navega a vista, ayudándose del cielo y de las estrellas. Valdría más decir que se navega por intuición. Un número muy importante de navíos son galeras, con fuerte inercia. Cuando los barcos de Génova y de Venecia salieron de las Columnas de Hércules para seguir la ruta de Flandes y de Inglaterra, siguieron navegando como en el Mediterráneo, a vista, en cabotaje. Muy diferente es la navegación en alta mar de los portugueses. Fortalecidos por su monopolio sobre la ruta de África, debieron inventar un método para avanzar por la costa del Cabo Bojador. La cuestión es técnica. Primer problema: tan fácil es bajar hacia el Golfo de Guinea como difícil es volver a causa de las corrientes contrarias.

"Segundo problema: en el ecuador, las fuerzas se invierten. Después de las costas de Gabón, las naves lusas se enfrentaban a una violenta corriente venida del sur, la corriente de Benguela, que les impedía progresar; era imposible alcanzar la punta sur de África por medio del cabotaje. Los portugueses, con inteligencia y maestría, hallaron una solución a esas dos dificultades: la *volta*. Para subir de Guinea hacia Portugal, la "pequeña vuelta" consistía en dejarse llevar sin titubeos hacia el oeste, en alta mar, para aprovechar corrientes y vientos portadores que permitían rodear por el oeste el anticiclón de las Azores. Una vez llegados a una latitud suficientemente nórdica, las naves se dejaban llevar hacia el este por el Gulf Stream para volver a Portugal. La "gran vuelta" consistía en el mismo principio pero aplicado al hemisferio sur. En lugar de bajar siguiendo la costa africana, una vez pasadas las islas de Cabo Verde, los barcos se aventuraban directamente en alta mar tomando el rumbo sudoeste. La circulación de los vientos y de las corrientes se encargaba del resto. ¡Los temores ancestrales habían sido vencidos, la física del globo terráqueo descifrada! La *volta* en alta mar lleva en sí el descubrimiento de América. Lanzándose hacia el oeste mar adentro, Colón utiliza una técnica de navegación exclusiva de los portugueses.

—¿Pero por ello Colón es portugués? Tu observación simplemente prueba que fue formado en la escuela portuguesa, lo cual no contradice lo que sabemos de su estancia en Portugal. Ahí aprendió todos esos secretos.

—No todo puede quedar reducido a la técnica. La navegación es un asunto de predisposición anímica, de ambiente, de cultura. No estoy segura de que un genovés haya tenido la preparación moral para hacer la gran vuelta alrededor del Atlántico. Y persiste una pregunta: ¿cómo un genovés se las habría arreglado para embarcarse en un barco portugués justo cuando todas las flotas libran una despiadada competencia? Se temía tanto a los espías como a los corsarios. Yo pienso que, para subirse a un barco portugués, había que ser portugués.

—Se había casado con una portuguesa. Se había integrado.

—Quizá —contesta Myrta con una sonrisa—, pero no estoy segura de que sea un muy buen argumento. Su matrimonio con Filipa Moñiz, de ser cierto, revela probablemente raíces portuguesas más antiguas de lo que pretende la historia oficial. ¿Cómo un extranjero recién llegado podría casarse con una mujer perteneciente a una familia local acomodada? En la Edad Media, las comunidades son endogámicas: uno se casa en su medio y las uniones se acuerdan entre las familias. Ese matrimonio de un ligur con una joven portuguesa sería un contraejemplo absoluto, una notoria excepción. Hay gato encerrado. El cuento del flechazo entre dos jóvenes que se habrían conocido en la misa del domingo es una leyenda romántica.

—¿No crees en el amor? —pregunta pérfidamente Ricardo.

—¡Sí! Pero el matrimonio por amor en la Edad Media, ni en sueños. El matrimonio es una institución social, una alianza entre familias, no un compromiso entre dos individuos. De hecho, puede haber otro indicio de los antecedentes portugueses de Colón.

El español escucha. ¿Y ahora, qué va a oír?

—Después de haber descubierto América, Colón vuelve a casa. De camino de regreso de ese primer viaje, ¿qué hace? Se detiene en las Azores. Desembarca en Santa María. ¡En tierras portuguesas! Se trata de un acto increíble. De una violación de los tratados vigentes. De una provocación sin igual. Desde 1479, los barcos españoles no tienen el derecho de utilizar las rutas marítimas de los portugueses, exceptuando la de las Canarias. Oficialmente, Colón explicará que necesita agua, víveres y lastre para terminar su viaje; hace un llamado a la solidaridad de la gente de mar. ¿Pero, es ésa la razón? Luego, persiste y cumple: a su llegada a las costas ibéricas, en vez de dirigirse a un puerto español como era de esperarse puesto que es financiado por los reyes de España, ¡llega a Portugal y entra en la bahía de Lisboa! Una vez más, da una explicación tomada de los pelos: una tormenta tan repentina como violenta lo habría obligado a encontrar un refugio de emergencia. Y la casualidad quiso que fuera Lisboa. Ahí, quebrador de paz, en vez de pasar inadvertido y de implorar para su descargo la inclemencia del cielo, Colón proclama su descubrimiento; se dirige al convento de Santa María de Virtudes para entrevistarse con el rey Juan II de Portugal, a quien le ofrece la primicia de su relato.

"Más tarde tiene una entrevista privada con la reina Leonor en el monasterio de San Antonio de Castanheira. De no creerse. Esos acontecimientos se mantienen inexplicados; pero si se admite que Colón es un portugués que se habría pasado al servicio de España, se entiende mejor dicha decisión. Recordando bruscamente sus raíces, intenta negociar su descubrimiento con el rey Juan II, quien, aparentemente, se niega a pujar y no quiere sacrificar un pájaro en mano por un ciento volando; no cambiará el buen negocio de África y la promesa de las Indias por el espejismo todavía incierto de las islas occidentales.

—Es, en efecto, desconcertante. Toda una novela: el héroe que traiciona, el rey que echa al traidor, la reina llamada al rescate, el barco incautado a mitad del Tajo, el vaivén de los embajadores, las misivas secretas de los espías...

—Existe todavía otro detalle perturbador.

Myrta detalla sus dudas metódicamente y con delectación. Prosigue:

—Es el texto de Bernáldez, que indica que Colón no salió de las Canarias, posesiones españolas, sino de las islas de Cabo Verde, posesiones portuguesas. En aquella época, en 1492, las islas de Cabo Verde no eran accesibles para los barcos españoles. ¿Está siguiendo Colón una ruta portuguesa que ya ha explorado? En ese caso, ¿por qué no ha sido acosado por la marina lusitana? ¿Y por qué el cronista de los reyes católicos le confía ese detalle a la posteridad?

—Voy a pensar en todos esos misterios. Pero el hecho de que Colón sea portugués no me impedirá dormir.

En este punto, se besan como dos colegiales traviesos. A través de las cortinas cerradas, un anuncio luminoso emite un obstinado destello rojo, como un faro del fin del mundo.

19.
El misterioso piloto

De lejos, parecía una verdadera disputa. Pero era un simulacro académico, una contienda de oratoria. "No, insisto", "De ninguna manera", "Dame ese gusto, acepta", "Dame ese gusto, déjame pagar", "De verdad", "Ni hablar de eso", "Por favor", "No, no", "Sí".

Myrta había comprado dos boletos en *business class* a Nueva York con su tarjeta de crédito y tenía la intención de regalarle el suyo a Ricardo. El policía se negaba a aceptar el obsequio, y protestaba. Siguió una viva discusión. Myrta pudo demostrar dos cosas: que ella tenía los dineros y que la búsqueda del manuscrito debía desligarse de la investigación policiaca que, por el momento, giraba alrededor de un crimen. Los fondos de la tarjeta de crédito provenían de las regalías de Rolls Royce: no había por qué preocuparse; el manuscrito era asunto suyo; conducía su vida profesional, cristalizaba su sueño. El gobierno español no había comisionado a Ricardo para encontrar el *Diario de a bordo* de Colón. Así que ella pagaría todos los gastos relativos a esa búsqueda. Ya que de ahora en adelante eran dos, ella pagaría por los dos. Ricardo se dejó convencer. ¿Cómo resistirse a los ojos verdes de Myrta?

El policía viste un saco de lino beige y un pantalón de tela azul turquesa que no deja de llamar la atención. Con pantalones negros, Myrta es radiante; su cabello de medio largo cae sobre una chamarra entallada que realza su cintura y le confiere una silueta longilínea. Ofrecen la imagen de una pareja de veraneo salida de una novela de Hemingway. Un observador imparcial diría que hacen juego.

El embarque comienza. El teléfono de Myrta suena. La pantalla muestra un número que no conoce. Sin embargo, toma la llamada.

—Habla Jacques Castelnau. ¿Cómo está? Mire, acabo de volver de Roma donde dilucidé parte del misterio de mi manuscrito. Pero ayer por la tarde, vaya sorpresa que me llevé. Más que una sorpresa. Figúrese que el manuscrito que estaba en el cajón de mi escritorio desapareció. Y estoy hablando del original…

Myrta no lo puede creer. Escucha al profesor Castelnau proseguir su relato, en estado de *shock*.

—Y, hasta donde yo sé, sólo tres personas conocían la existencia de ese documento: quien me lo entregó, usted y yo.

Myrta toma la palabra.

—Sí, en teoría. Pero el agente de la policía secreta pudo haber sido espiado él mismo. Podríamos imaginar una fuga de información al interior de la DGSI. También podríamos pensar que dicha desaparición se encuentra relacionada con su muy discreto viaje a Roma.

El silencio de Castelnau del otro lado de la línea indica claramente que no había pensado en esa hipótesis.

—¿Qué hará? —retoma Myrta.

—Pensándolo bien, nada. Al menos por ahora. Porque me siento mal con quien me dejó el encargo. No puedo difundir la información. No puedo hablar del asunto con la policía. Técnicamente, yo mismo puedo ser acusado de haberme apropiado el manuscrito. Es complicado. Y para colmo de males, mi corresponsal de la DGSI me acaba de llamar de nuevo para conocer el avance de mi peritaje.

—¿Y qué dice el servicio de seguridad de la Sorbona?, ¿no tiene indicios? ¿Hubo algún allanamiento?

—No. Dice que el contrato de mantenimiento del sistema de vigilancia se está renegociando porque la compañía actual no ha demostrado suficiente profesionalismo. Como sabe que no será recontratada, no está muy dispuesta a cooperar.

—Sea lo que sea, estamos frente a una operación de profesionales. Los que ordenaron el robo debieron prepararlo con sumo cuidado. Dudo mucho que se les haya pasado dejar huella alguna.

—Para serle franco, mi querida Myrta, me encuentro entre dos estados de ánimo: la contrariedad y la serenidad. Mi instinto no está alerta. No puedo creer en una desaparición definitiva. Pero, objetivamente, estoy muy contrariado.

—Mire, voy a pensar en la situación. Si tengo alguna idea, lo llamo.

Myrta cuelga. Ricardo le lanza una mirada interrogante. Imitando al policía español, le suelta con ironía:

—Es mi *chief*.

Ricardo sonríe. Myrta prosigue.

—El profesor Castelnau me acaba de informar, uno: que había desaparecido para ir a Roma y, dos: que le han robado el original del *Diario de a bordo* de su oficina durante su viaje a Italia. Quería que lo reconfortara. Pero ése es su problema. Él fue, como mayorcito que es, quien aceptó ese encargo bastante estorboso. Evidentemente, en el plano intelectual, da rabia ver desaparecer tan rápidamente un documento de tanta valía.

—Ni tan perdido para todo el mundo —murmura Ricardo, más bien en tono misterioso.

Myrta lo mira balanceando los hombros de izquierda a derecha.

—¿Qué quieres decir con eso?

—Hay varias explicaciones posibles. Ya sea que los servicios secretos franceses hayan recuperado el manuscrito prematuramente, ya sea que Castelnau lo haya escondido en una caja fuerte y haga creer en un robo para evitar cualquier presión, ya sea que… lo robaste tú misma para tener el privilegio de estudiarlo con toda tranquilidad.

Ricardo recibe un manotazo en el hombro. Se besan.

—Llegando a Nueva York puedes enviarle un mail para tranquilizarlo. Aconséjale que no le diga nada a nadie.

Toman asiento delante del avión, cerca de las ventanillas de babor. Es una cabina de *business class* de estilo antiguo, con sillones gemelos hechos para los enamorados.

—¡Qué felicidad! Nos tocó un avión no modernizado. Hoy, en nombre de la preservación de la intimidad, la tendencia separa los vecinos con paneles aislantes.

La italiana se muestra alegre. Tiene ganas de sentir a Ricardo cerca. Él le toma la mano con una mezcla de ternura y de vigor totalmente masculino.

—¿No estarás en contra de la idea de verme proseguir con mi interrogatorio? —pregunta en el modo *interro-negativo* del que tanto gusta.

Y, sin esperar la respuesta, regresa la conversación sobre la vida de Cristóbal Colón.

—Todo lo que me dices hace dudar, así que me gustaría darme una idea más precisa sobre varios puntos. Por ejemplo, ¿es posible admitir que Colón ya atravesó la mar oceánica antes de firmar las capitulaciones?

—No es absolutamente imposible. Si Colón ha navegado en barcos portugueses durante las exploraciones africanas de los años 1480, lo cual es muy plausible, necesariamente tuvo que recurrir a la gran vuelta, lo que en términos técnicos llamamos "la desviación occidental". Nada excluye que, empujado por un viento más fuerte que de costumbre, un barco algún día haya llegado a las costas de Brasil. ¿Tuvo o no algún contacto con las poblaciones indígenas? Nada sabemos al respecto. Pero, técnicamente, Colón pudo conocer la existencia de nuevas tierras. Eso abarcaría la punta de Brasil y dicho descubrimiento fortuito, inducido por el modo operativo de la *volta*, debería haber tenido lugar antes de 1485, fecha en la que Colón emigra a Castilla. Las fechas no vuelven la cosa imposible, ya que en 1487 el propio Bartolomé Díaz pasa por el "cabo de las Tempestades", el futuro cabo de Buena Esperanza. Observación incidental, según Las Casas, Bartolomé Colón, el hermano de Cristóbal, habría sido parte de dicha hazaña marítima que diez años más tarde abrirá la ruta de las Indias a Vasco de Gama. A defecto de haber participado en persona en el descubrimiento de Brasil, pudo haber estado al tanto. Colón vive sin lugar a dudas en un ambiente en el que circula la información náutica.

Ricardo sonríe.

—Es fácil imaginar lo que podría ser la confidencia de un marinero borracho.

—Y tienes toda la razón en decirlo. Tras Colón se perfila la silueta de un misterioso piloto que le habría revelado el secreto de la ruta a seguir para llegar a América. ¡Don Cristóbal no sería el descubridor del Nuevo Mundo, sino simplemente el primero en haber obtenido un derecho de propiedad sobre esas nuevas tierras!

—En lo que aprendemos en la escuela, vemos a un Cristóbal Colón muy sabio, muy intelectual, intercambiando cartas con la crema y nata de las élites cultas, experto en mapas marítimos, lector de Tolomeo y de Plinio, en pocas palabras, un gran erudito. Y he aquí que me lo describes como un marinero de su época, finalmente bastante ordinario, que aprendió más en los puertos que en los libros. Si a eso le añades su lado de usurpador, queda claro que su estatua se está tambaleando. ¿Dónde está la verdad?

—La crítica no necesariamente lleva a la verdad. Pero permite tomar distancias con los episodios legendarios. En el caso preciso de Colón, todo gira alrededor del asunto del piloto.

—Perdón por interrumpirte. Pero antes de abordar esa historia que parece importarte mucho, tengo preguntas de algunas cosas que ignoro. En el siglo XV, ¿realmente se creía que la Tierra era plana?

—Es una farsa. Desde Pitágoras, el mundo sabe que le Tierra es redonda. Es lo que enseña Platón un siglo más tarde. Aristóteles probaba la redondez de la Tierra por la observación de la Luna: la media Luna es producto de la interposición del globo terráqueo en el haz luminoso que alumbra la Luna. Tolomeo, en el siglo II de nuestra era, supo calcular la circunferencia de la Tierra, que estimó en 180,000 estadios.

—¿Y en kilómetros de hoy?

—33,333.33 —dice Myrta, riendo—. Redondeé la cifra. ¿Te parece bien? Está un poco por debajo de los 40,000 que se le calcula hoy. Pero no tanto. Incluso la iglesia medieval, a la que se tachó de ignorante —dice Myrta con ironía—, sabe que la Tierra es redonda. ¡El *Terrarum Orbis* del obispo Isidoro de Sevilla es del siglo VI! Y, más cerca de nosotros, tenemos al *Imago Mundi* del cardenal Pierre d'Ailly, canciller de la Universidad de París; el globo terráqueo que dibuja en 1410 se parece a nuestras representaciones modernas: representó el ecuador, los trópicos y los círculos polares.

—Otra pregunta de lego: las Indias… ¿Pensaban realmente los europeos que al final del mar océano estaban las Indias?

—Pregunta aparentemente más compleja, pero a la que se puede contestar simplemente: sí. En 1492, nadie tiene una opinión muy definida sobre dicha cuestión, pero la idea de una ruta de acceso a las Indias por el oeste no queda rechazada en principio. Lo que está en causa es la factibilidad de tal travesía.

—Gracias. Me queda claro. Pasemos a la intrigante historia del famoso piloto.

—No es una historia que habría que tomarse a la ligera como lo hicieron numerosos autores del siglo XX.

Myrta se pone seria, con un tono de confidencialidad natural que obliga a escucharla.

—Digamos para empezar que todos los cronistas del siglo XVI mencionan el hecho. Oviedo, Gómara, Las Casas y Garcilaso de la Vega son explícitos: para descubrir el Nuevo Mundo, Colón sólo explotó una información que le habría sido transmitida por un piloto experimentado que habría muerto en su casa de Porto Santo. La nacionalidad del agonizante es incierta para Oviedo: andaluz, portugués o vasco. Sin embargo, Garcilaso se atreve a ponerle nombre a ese piloto: Alonso Sánchez de Huelva. La versión del hijo de Colón es más retorcida. Contesta a la acusación que pesa sobre su padre; concede que, antes de 1492, hubo tres expediciones lanzadas hacia el oeste a partir de la isla de Tercera en las Azores, pero que todas ellas fueron infructuosas y que los pilotos que se habían hecho a la alta mar "de 120 o 130" leguas murieron sin haber encontrado nada. Deduce entonces que la historia del piloto propuesta por Oviedo "consta ser fábula y vanidad".

Las Casas, prolífico en este respecto, considera probable el descubrimiento de La Española por un barco portugués arrastrado por la tormenta y juzga que el testimonio del piloto pudo decidir a Colón a lanzarse en la aventura. Después de haber analizado varias hipótesis, termina su discurso con una anotación edificante: "Esto al menos me parece que sin alguna duda podemos creer: que, cuando él se determinó, tan cierto iba de descubrir lo que descubrió y hallar lo que halló, como si dentro de una cámara, con su propia llave, lo tuviera".

—El héroe va cayendo a pedazos en minutos: el ilustre Descubridor se convierte en hábil manipulador. Y tú, la especialista, ¿qué opinas de este asunto?

—El contexto es más bien favorable a un descubrimiento portugués accidental. Hay que mencionar que los navegantes portugueses descubrieron en el curso del siglo XV, en el Atlántico, dos archipiélagos lejanos: Azores y Madeira. Es lógico pensar que intentan saber si hay otras islas más lejos. En Madeira, como en las Azores, se tienen indicios de presencia humana más al oeste del océano; un día, se trata de maderos tallados por la mano del hombre echados a la playa; al otro día, las aguas traen los cadáveres de dos amerindios de cabello lacio todavía no putrefactos. Llaman la atención vestigios vegetales que sólo pueden tener un origen exótico: troncos de mangle calcinados por el sol, bambús gigantes, semillas desconocidas. Todo ello genera un apetito por saber. Pero armar un barco cuesta caro, muy caro, y volver con las manos vacías genera dolorosas pérdidas. El deseo por explorar se ve refrenado por la inmensidad de los mares.

"El piloto que llega para morir a casa de Colón en Madeira —llamémoslo Alonso, puesto que así se le conoce— logró doblemente su expedición: supo ir hasta La Española pero, sobre todo, supo volver vivo. La hazaña reside en el viaje de vuelta, porque los barcos no pueden regresar por el mismo camino; en aquella época, no se sabe navegar contra el viento. La carabela de Alonso debió ser arrastrada de las costas de La Española por vientos providenciales del sur y tomó, en contra de su voluntad, la autopista del Gulf Stream que lo llevó de regreso a Madeira sin mayor esfuerzo. Ése es el secreto que el piloto Alonso le entrega a Colón: para volver, hay que esperar vientos del sur y lanzarse directamente hacia el norte; luego, dejar que la naturaleza actúe.

—Describes bastante bien la escena. Se le puede tomar de dos maneras: Colón recoge piadosamente las confesiones de un moribundo o Colón le arranca el secreto al piloto, capaz todavía de beberse algunas botellas de aguardiente. Sea lo que fuere, la sorpresiva muerte de Alonso le conviene muy bien a los negocios de Cristóbal.

—Creo que la historia del piloto es cierta por una sencilla razón:

Myrta deja que el suspenso fluya y Ricardo la mira a los ojos.

—Las "Capitulaciones de Santa Fe".

El español no entiende bien a dónde quiere llegar Myrta pero, sin arriesgar ninguna reflexión, espera el oráculo.

—Los reyes católicos aceptan el trato porque Colón exhibió una prueba. Supongamos que Colón, de buena labia, les explica a los soberanos que ya ha descubierto América y los invita a creer en su palabra. ¿Habría obtenido su contrato? Poco probable. En cambio, si Colón se presenta como el autor del descubrimiento y lo prueba, el asunto pinta diferente. Así, Colón posee una prueba. Una prueba que le dio Alonso. O que hurtó, el resultado es el mismo. ¿Imaginas cuál podría ser esa prueba?

—La prueba debe ser transportable y, por lo tanto, de tamaño pequeño. Debe suscitar la codicia; sólo veo al oro poder jugar ese papel. La prueba es entonces de oro. Debe ser, finalmente, un objeto desconocido, extraño, imposible de imaginar en Europa: una joya, por ejemplo.

—Eso es: una joya taína.

Myrta quisiera echarse a los brazos de su cómplice y experimentar la fusión del cuerpo y del alma.

—El piloto Alonso necesariamente comprendió el beneficio que podría obtener por su descubrimiento. Pero para ello tenía que probarlo.

—¿Qué cambió por la o las joyas de oro?

—Su daga. Es lo que siempre pedirán los amerindios durante los primeros contactos: hierro. Clavos que pican. Cuchillos que cortan.

Para Ricardo, la imagen de Colón se desmorona. Jugando con sabias disimulaciones, el Descubridor se vuelve un maestro oportunista. Sin embargo, el enigma de las capitulaciones se resuelve: Colón logra su contrato porque sabe dónde quiere ir y prueba que ya ha estado ahí. Mentira imposible de poner en duda ante la evidencia de los objetos venidos de otra parte.

—Pero entonces, en esas condiciones, ¿debemos dudar del Colón erudito, calculando la distancia por recorrer para llegar a las Indias, invocando los escritos de Tolomeo?

—Sí. Se llegó incluso a decir que los escritos de Marino de Tiro le eran familiares, ¡un geógrafo griego de finales del siglo I! Y se le atribuye una correspondencia con un sabio de su época, el astrónomo y médico florentino Paolo Toscanelli, que habría dibujado el primer mapa del Atlántico indicando la ruta de las Indias occidentales. A mi entender, toda esa insistencia sobre la inserción de Colón en el círculo de eruditos europeos no es más que un cortafuego hábilmente desplegado para contrarrestar el rumor del piloto predescubridor. Para torcerle el cuello a esa inconfesable interpretación de los acontecimientos, había que probar que Cristóbal Colón era capaz, él solo, de descubrir América. Y entonces que se había preparado intelectualmente para dicho descubrimiento. Pero los hechos no resisten el análisis. Las dos supuestas cartas de Toscanelli a Colón son pura superchería. Firmadas por un tal "Paolo, físico", fueron escritas en latín en Florencia en 1474. En los escritos de Cristóbal que llegarán a manos de sus hijos y luego a Las Casas solamente existe una traducción en castellano. De los originales jamás se ha encontrado huella alguna. La falsificación esta vez es más que burda.

Myrta se detiene por un momento, se levanta para tomar su maletín en el compartimiento, busca un libro, lo hojea con destreza y encuentra el documento que busca en pocos minutos.

—Leo el principio de una de las cartas, dice girando hacia Ricardo:

> Veo el noble y gran deseo tuyo de querer pasar a la tierra donde nacen las especias, por lo cual en respuesta de tu carta, te envío la copia de otra, que hace tiempo escribí a un amigo mío, familiar del serenísimo Rey de Portugal, antes de las guerras de Castilla, en respuesta de otra que por comisión de su Alteza me escribió sobre el dicho caso, y te envío otro tal mapa de navegación, semejante al que yo le envié, con el cual serás satisfecho de tu demanda.

¿Quién es Cristóbal Colón en 1474 para tener la dirección de Toscanelli, escribirle y recibir una respuesta? ¿En nombre de qué amistad el astrónomo florentino le envía gratuitamente un "mapa de navegación" para ir "adonde nacen las especias"? Un mapa marítimo valía una fortuna en aquellos tiempos y no era el tipo de objetos que circulaba libremente. Los secretos de la navegación eran celosamente guardados. Además, el astrónomo florentino nunca salió de su ciudad natal y está en duda que haya tenido la más mínima competencia en navegación en alta mar. Y para ser francos, nadie en 1474 pensaba en ir por especias a las Indias por el oeste. En la mente de los hijos de Colón, había que acreditar la cultura científica de su padre, aunque fuese pagando el precio de una falsificación. Pero resulta incomprensible que en el siglo XIX haya habido defensores de la autenticidad de tales cartas.

—En el fondo, el almirante de los mares océanos es un falsificador que no inventó nada...

—No diría tanto. Colón comprende algo esencial: la simetría del mundo.

—¿La simetría del mundo?

—Sí, la simetría de los dos hemisferios. Comprende que lo que sabe del Atlántico sur también funciona para el

Atlántico norte: los vientos y las corrientes forman un vasto anillo tanto en el norte como en el sur del ecuador. La gran vuelta tiene su pendiente en la mar océana: se parte de las Canarias y se vuelve por las Azores. Colón seguramente debió hacer la conexión entre su experiencia como marinero en África y el globo dibujado por Pierre d'Ailly. La biblioteca colombina de Sevilla que guarda gran parte de la biblioteca que reunió Fernando, el hijo natural de Colón, conserva un ejemplar de la *Imago Mundi*, claramente anotado de puño y letra de Cristóbal mismo. Estamos seguros de que Colón poseía cuatro libros, éste entre ellos. Y el planisferio de Pierre d'Ailly, por muy esquemático que sea, contiene la idea de simetría de las antípodas: el geógrafo-astrónomo trasladó al hemisferio sur las distancias que observó entre la línea equinoccial y el trópico de Cáncer y entre el trópico y el círculo polar ártico. Así, por deducción, el antiguo canciller de la Sorbona postula por la existencia de la Antártida mucho antes de que sea descubierta.

—Eso te lleva a pensar que Colón validó intelectualmente el testimonio del piloto.

—Eso es lo que le da tanta confianza. No sólo posee datos empíricos, sino comprende la lógica del viaje que está por emprender. En pocas palabras, expulsa el azar de su vida de marinero. Pero sin el testimonio del piloto, te apuesto dos contra uno que no habría entendido el sistema de las corrientes del Atlántico norte.

—El secreto del piloto, que muere en el momento ideal, se convierte en el secreto de Colón.

—Claro está, Cristóbal no puede revelar nada. Las condiciones en las que obtuvo las confidencias del piloto Alonso son oscuras; la muerte en su casa nos lleva a dudar de la bondad del Descubridor. Así que callará ese episodio. Por otro lado, hablar de la simetría del mundo equivaldría a entregar las llaves de la navegación en el Atlántico a todos los marineros de los puertos del mundo. Colón se lanza entonces en una disertación, poco impactante a decir verdad, defendiendo la posibilidad del acceso a las Indias por la ruta occidental. De ahí esos cuentos incomprensibles y contradictorios en los que el marinero juega con el esoterismo de la milla florentina, de la legua castellana, del grado de Alfraganus y del estadio de Alejandría. A final de cuentas, sabe que en su haber tiene una ventaja que evitará explicar. En el fondo de su bolsillo tiene la prueba.

20.
Nombre ficticio

Es la hora de la comida. La azafata se acerca con cortesía para preparar la mesa.
—Señora, ¿qué desea tomar?
—Agua, por favor. Sin gas.
—¿Y usted, señor?
Por un momento, bajo el dictado de una pulsión mimética, Ricardo está tentado a imitar a su compañera, por ósmosis, por sintonía. Pero se rebela a tiempo.
—Para mí, champaña para acompañar mis camarones y una copa de burdeos para el pato.
Terminado el servicio, aprovechando el ambiente de complicidad, Ricardo vuelve con sus preguntas, preocupado por la zanja abriéndose entre la leyenda y la historia a cada respuesta de la investigadora.
—Ya me has hablado del contexto de la expulsión de los judíos. Pero no fuimos hasta el fondo de la discusión y me quedé en la incertidumbre. En definitiva, ¿Colón era judío o no? ¿Cuál es tu opinión?
—El primer argumento que apoyaría la tesis del judaísmo de Colón es la cortina de humo que envuelve la historia de su nacimiento en la biografía escrita por su hijo Fernando. Los dos primeros capítulos constituyen una conjunción de contradicciones en una apoteosis de mala fe. Fernando no dice nada porque no sabe nada; y aunque lo supiera, no podría decir nada. Helo aquí entonces inventándose míticos ancestros de la Roma imperial, haciendo de su

padre la personificación misma de la Santa Trinidad por medio de la figura de la paloma, criticando lo que otros hayan podido decir sobre sus orígenes sin aportar él mismo la más mínima aclaración.

—Y a propósito de Génova, ¿qué posición toma?

Myrta vuelve a tomar el libro que había sacado tiempo atrás para comentar la supuesta carta de Toscanelli. Busca por un momento en los anexos al final del volumen.

—Aquí está. Lo tengo. Te leo. Capítulo 1.

> Algunos, que en cierta manera piensan oscurecer su fama, dicen que fue de Nervi, otros de Cugureo, y otros de Bugiasco, que todos son lugarcillos cercanos a la ciudad de Génova y de su misma ribera; y otros, que quieren ensalzarlo más, dicen que era de Savona y otros que genovés; y quienes van más lejos, le hacen ser de Piacenza en cuya ciudad hay algunas personas honradas de su familia y sepulcros con armas y epitafios de Colombo, porque éste era, en efecto, el apellido usado por sus mayores. Si bien él, conforme a la patria adonde fue a residir y a comenzar nuevo estado, limó el vocablo… y así se llamó Colon.

—El hijo sugiere claramente un origen lombardo citando Piacenza como cuna de la familia. ¡Niega implícitamente el origen ligur del Descubridor considerándolo no conforme con su fama!

—Creo que toda esa perorata de introducción está ahí para enredar las cosas, echar una cortina de humo, lanzar a la posteridad por una falsa pista. Sin embargo, unas páginas más adelante, Fernando Colón cita una parte de una carta de su padre que parece echar abajo el esfuerzo por disimular. En esa carta, de la que hemos perdido la huella, Colón habría escrito:

> Yo no soy el primer Almirante de mi familia. Pónganme pues el nombre que quisieren, que al fin David, rey sapientísimo, fue guarda de ovejas y después fue hecho rey de Jerusalén, y yo siervo soy de aquel mismo que le puso a él en tal estado.

—Colón dice ser un adorador del dios de los judíos —hace notar Ricardo, asombrado.

—Te habrás dado cuenta de que emplea una perífrasis para evitar pronunciar el nombre de Dios.

—Es posible que alguien haya "judaizado" el documento después de la muerte de Fernando en 1539 —se atreve a decir Ricardo.

—Perfectamente —acepta Myrta—. La lógica quisiera que jamás Colón revelase explícitamente sus orígenes judíos. Pero, por otro lado, el postulado genovés es difícil de sostener por falta de evidencia. La perpetuada incertidumbre es mucho más protectora.

—¿Y si volviéramos al apellido *Colon*? ¿Qué se oculta tras ese extraño patronímico?

—Tenemos una certeza: el patronímico Colon, con una ene, no significa nada en el castellano de esa época y no existe en el patrimonio español. Les reyes católicos aceptan que Cristóbal haga uso de ese apellido inédito y validan ese invento. En la bula que firma en 1493, el Papa Alejandro VI escribe en el texto latín "Christoforus Colon". No latiniza el apellido Colon, probablemente porque aparece como intraducible. Sin embargo, en un documento editado simultáneamente, que parece haber sido publicado en Barcelona —la famosa carta a Santangel—, vemos a un Christoforo Colom. Una versión latina del opúsculo sale a la luz simultáneamente en 1493 en Roma y el patronímico del Descubridor tampoco está latinizado; es Colom, con una eme.

—Disculpa si te interrumpo, pero todo lo que se ha dicho sobre el hecho de que Colón sería el arquetipo del colono, del primer colonizador, ¿será puro azar ese perturbador parentesco fonético?

—Proviene de una interpretación tardía... ¡y francesa! En realidad, la palabra *colon*, en el sentido de "colonizador", sólo entra en el idioma francés a partir del siglo XIX. Antes, designaba a un campesino, un agricultor, como el latín *colonus*. En 1492, la palabra española equivalente *colono* es inusitada.

—Cuesta trabajo ver a un Colón como labrador atado a su parcela: el simbolismo del apellido se viene abajo totalmente.

—Ya que estamos dándole un repaso a las lenguas europeas —prosigue Myrta—, observemos que, al mismo tiempo, los italianos empiezan a llamar al nuevo almirante de los mares océanos Cristoforo Colombo, particularmente por un cortesano de incierto estatus que terminará siendo cronista oficial de los reyes católicos, Pedro Mártir de Anglería, de origen milanés. Éste es el primero en italianizar al Descubridor al atribuirle raíces en Liguria. Pero sorprendentemente, en las versiones latinas de sus obras, traduce Colombo por Colonus y no por Colombus.

—Eso nos da cuatro grafías —resume Ricardo—: Colón, Colonus, Colom, Colombo.

—Es correcto. La primera no significa nada; la segunda lo convierte en labrador. En cuanto a las dos últimas, designan a la paloma, respectivamente en catalán y en italiano. La primera hipótesis es que Cristóbal forjó su apellido castellano, a partir del nombre de la paloma pero desligando su patronímico de toda referencia inmediata al pájaro. *Colon*, en efecto, está fonéticamente alejado de las palabras *palomo/paloma*.

—¿Quieres decir con ello que existe una doble estrategia? Escoge un apellido inédito, neutro, sin connotación particular en español, ya que no significa nada. Y, al mismo tiempo, conserva una referencia subrepticia con la paloma.

Myrta aprueba, suscitando una interrogante en Ricardo. La italiana se explica:

—Cuando el ambiente se volvió opresivo a finales del siglo XV, la mayoría de los judíos sefardíes cambió de apellido y a menudo tradujo su apellido hebreo al español. Era bastante fácil y más discreto. Taieb se volvió Bueno; Zeitun, Olivo; Haddad, Herrero. Zarfati, que significa "francés", se mudó a Francisco. Lo hicieron para los patronímicos, pero también para los nombres; de esa época nos provienen los Regina por Malika, Benedicto por Baruch, Luz por Nora, Rocío por Atalia, etcétera. Los nombres de origen germánico se transforman con el mismo proceso: Wasserman se hispaniza en Del Río, Greenberg en Monteverde, los Blumen se vuelven Flores y los Schumacher, Zapatero. Podríamos pensar que Colón pudo haber hecho lo mismo: pudo traducir su apellido judío.

—¿Y cuál habría sido su apellido en una vida anterior?

—Jonás. Como el profeta. Como el Jonás de la ballena. Yônah en hebreo.

—¿Jonás quiere decir paloma? —pregunta Ricardo, incrédulo.

—Sí, sí —confirma Myrta.

—En este caso, las grafías del catalán, del francés y del italiano (Colom, Colomb, Colombo) traicionan el secreto.

—Excepto que no estamos seguros de que Isabel la Católica hablara hebreo con fluidez. En cambio, el uso posterior de la grafía catalana por cronistas tan prudentes como el español Gonzalo Fernández de Oviedo o el portugués Joao de Barros no puede ser inocente. Una *eme* en lugar de una *ene* permite escribir en filigrana "Colón, de su verdadero apellido, Jonás". Discreta manera de regresar Colón a su judaísmo. Observemos que los franceses cultivan la misma ambigüedad desde el siglo XVI: al optar por la grafía Colomb, se refieren a la idea de la paloma al tiempo que sugieren una lectura fonética en la que la be final es muda y se convierte en calco del Colón hispánico.

—Así que si queremos encontrar la pista del Colón de antes de las capitulaciones tenemos que buscarlo bajo el apellido Jonás —se anima Ricardo.

—O Yunes, que es su forma hispanizada. Sería una pista. Sería divertido ver a dónde nos lleva. Pero hay otras interpretaciones posibles. Una es particularmente sabrosa y fue explotada con mucho talento por el escritor cubano Alejo Carpentier en su libro *El arpa y la sombra*. ¿Por qué todos los italianos utilizan el apellido Colombo? Por ironía. Y la paternidad de la expresión se le adjudicaría a Pietro Martire, con el que ya nos hemos cruzado. Ese milanés de buena familia fue introducido a la corte de los reyes católicos en 1487 por el embajador de Castilla en Roma, quien lo contrató como preceptor de sus hijos. Simpatiza con la pareja real de la que ya no se separará y, por ende, participa en todas las batallas contra el último reino moro de Andalucía. Es un observador nato; todo lo ve, lo entiende todo y alimenta a sus amigos de las altas esferas con cartas profusas; en ellas muestra un sentido de la escritura bastante bello. Pero, lo habrás comprendido, mi querido Ricardo, es un chismoso. Construye su información escuchando tras las puertas y se regodea maliciosamente esparciendo rumores.

—Estoy esperando la caída —se impacienta Ricardo.

—Ya viene, ya viene. En sus funciones como cortesano, Martire habría sido testigo de la relación amorosa de la reina con Cristóbal. Habría notado que éste la llamaba en la intimidad *colomba mía*. Pero el afectuoso apodo se escuchaba con tanta frecuencia que la Corte, o Pedro Mártir solo, terminó por llamar al pretendiente *Colombo*. El tórtolo y la tórtola. Colombo sólo sería un mote. El alias del bello desconocido que habría suspirado de amor por Isabel, su encantadora paloma. Y, de boca en boca, todos los italianos de la red de Mártir utilizaron la palabra Colombo con toda su carga de burla inicial.

Ricardo ríe con franqueza, bonachón.

—Sin ninguna seriedad. Divertido, pero sin ninguna seriedad. Invento de escritor.

—¡Quizá! ¿Pero cómo hablar de alguien que no da su nombre sino gracias a un apodo? Cristóbal se convierte en "el tórtolo".

—¿Tienes algo de más seriedad?

—Veo que las historias de amor no te interesan —finge molestarse Myrta.

Ricardo vuelve a un tono serio.

—Independientemente del posible apellido secreto, ¿tenemos otros indicios de un Colón judío o converso?

—Sin caer en los polémicos ardides que a veces generó esta cuestión, puede constatarse que, en el *Diario de a bordo* que nos ha transmitido Las Casas, hay expresiones o detalles sorprendentes. En el preámbulo, Colón presenta su misión a las Indias como una suerte de expulsión concomitante de la expulsión de los judíos.

Myrta vuelve a su libro para buscar una cita.

> Así que, después de haber echado fuera todos los judíos de todos vuestros reinos y señoríos, en el mismo mes de Enero mandaron vuestras Altezas a mí que con armada suficiente me fuese a las dichas partidas de India.

El Descubridor da la impresión de ser echado como sus otros correligionarios pero con una puesta en escena que salva las apariencias. Pero eso sí, escribe que recibió la orden de dejar España. La fecha de su partida parece confirmar la hipótesis de una expulsión. Colón izará las velas el 3 de agosto de 1492, pero indica que todos los tripulantes estaban a bordo la víspera. Pero, ¿qué representa esa fecha del 2 de agosto? El fin del ultimátum lanzado por el edicto de Granada; el término de los cuatro fatídicos meses que los judíos tenían para hacer sus maletas.

Myrta retoma la respiración mientras que Ricardo, tardíamente convertido, toma de un solo trago un vaso grande de agua mineral. Ella prosigue:

—Tomemos el asunto desde el punto de vista racional. ¿Por qué Colón escoge precisamente esa fecha, precisamente esa hora, para lanzarse en esa aventura? Objetivamente, es el peor momento para hacerlo. Hay decenas de miles de judíos por salir que se aglutinan en los puertos. No hay ni un barco disponible, ni una tripulación que no haya sido requisada ya; las últimas reservas de víveres se negocian a precios de oro. Las autoridades de la policía están alertas. Se inspeccionan los barcos para verificar que los judíos no se llevan su oro disimulado en los pañoles. ¡Es un horror!

—Sí, me imagino la confusión.

—Y ése sería el instante preciso, el caótico fin del ultimátum, que escogería Colón para partir. No escoge: tiene que partir. Y de los noventa "voluntarios" que lo acompañan, la gran mayoría tampoco tuvo otra alternativa. La noche del 2 de agosto están felices de estar a bordo, en seguridad en los barcos de la expedición.

A lo largo del relato de Colón —prosigue Myrta— nos encontramos con expresiones extrañas de parte de un cristiano: llama a Dios "El Eterno" o "El Eterno Creador"; les explica a los reyes católicos que el oro de las islas podrá servir para conquistar "la Casa Sancta", lo cual es una formulación hebraica del Templo de Jerusalén. El domingo 3 de marzo de 1493, en camino de regreso, un sorpresivo huracán rasga las velas de La Niña; corriendo gran peligro, los tripulantes imploran la clemencia y Colón anota que los hombres "hicieron todos voto de ayunar el primer sábado que llegasen, a pan y agua". Sorprendente celebración del Sabbat por parte de marineros supuestamente católicos.

—En efecto, es desconcertante —apunta Ricardo.

Myrta, hasta ahí segura de sí misma, se pone a dudar.

—Me pregunto si no habrá también un elemento psicológico detectable en la actitud misma de Colón.

—Después del quisquilloso análisis de la grafía de los manuscritos, lancémonos a la alta psicología. ¡Pero cuidado con eso!

Ricardo no estaba listo para escucharlo todo; no era hombre de atender elucubraciones.

—Te cuento mi idea —se aventura Myrta con precaución—. En todo el *Diario de a bordo*, Colón no cesa de nombrar los lugares que descubre. No sólo las islas, sino también todos los elementos del paisaje: las bahías, las ensenadas, las montañas, los ríos, los cabos, los promontorios. Da la impresión de querer crear el mundo que descubre usando la magia de la palabra. ¿No se estará tomando por el Dios de la Biblia?

—Dios dice: "Que se haga la luz". Y se hizo la luz. Dios llamó a la luz "día" y a las tinieblas "noche".

—Tomemos un ejemplo al azar: la navegación del 11 de enero de 1493. Éstos son los nombres que le da al paisaje: río de Gracia, cabo Belprado, monte de Plata, cabo del Ángel, punta del Hierro, punta Seca, cabo Redondo, cabo Francés, cabo del Buen Tiempo, cabo Tajado. Cada página despliega su lote de inventos toponímicos de inagotable inspiración. Te dejo el cabo del Elefante, el cabo de Padre e Hijo y el cabo del Enamorado. Creo que la obsesión de Colón por nombrar las cosas es un rasgo de su cultura. Parte del postulado filosófico de que las cosas sólo existen por su nombre y que quien se los pone, las crea y, por ende, las posee. Colón se toma por creador de un mundo que, sin embargo, empezó a existir sin él. En ello puede identificarse una poderosa reminiscencia bíblica.

—Me parece interesante el argumento. Pero presupone una formación filosófica superior por parte de Colón. Despliega una estrategia previamente establecida.

—Los exploradores cristianos también nombran sus descubrimientos; pero utilizan otra técnica. La referencia es siempre el calendario de la iglesia. Si un barco descubre una bahía un 3 de mayo, se llamará la bahía de la Cruz; un cabo descubierto el 4 de octubre será el cabo de San Francisco; un río descubierto el 25 de marzo se convertirá en el río de la Concepción, etcétera. No es el caso con Colón. Tiene su propio sistema de referencias; él lo diseña, lo decide, lo domina; se comporta como creador por derecho divino.

Una azafata se acerca, amable.

—¿No necesitan nada? —pregunta, con sonrisa profesional.

—Todo está bien, gracias.

Myrta estaba a punto de retomar su relato cuando un anuncio del comandante informó que se podían ver las Azores a la izquierda del aparato.

—Todo esto nos ha desconcentrado —comenta Ricardo—. ¿En qué nos quedamos?

—Hablábamos del posible judaísmo de Colón. Iba a darte algunos indicios suplementarios.

—De acuerdo. Te escucho.

—La tradición quiere que Cristóbal haya escrito un libro compuesto por citas de la Biblia anunciando el descubrimiento de tierras desconocidas. Es el famoso *Libro de las profecías*. Lo tuve en mis manos. Lo conservan en tu tierra, en Sevilla. Pude constatar que no es un escrito de Colón, no hay ni una sola línea autógrafa, solamente algunas anotaciones marginales. Es una especie de pedido que habría hecho, así lo parece, después del primer viaje para darle un giro profético a su descubrimiento. Ahí cita a los profetas judíos, Isaías en particular. Al hacerlo, da la impresión de reivindicar una filiación religiosa y cultural; de manera innegable quiere mostrar una formación hebraica.

"Los otros dos indicios son más tenues. Algunos autores hicieron notar que en las cartas escritas a su hijo Diego, el Almirante había plasmado un signo arriba de la mención "mi hijo". En ese signo, algunos reconocieron las letras hebraicas bet y hai, que serían las iniciales de Beezrat Haschem o de Baruch Haschem, "Gracias a Dios" o "Alabado sea el Señor". En él vieron un signo de reconocimiento secreto que Colón emplearía con su hijo para incitarlo a recordar su judaísmo.

Ricardo solicita verlo.

—Ahorita te lo enseño.

Myrta se levanta, vuelve a buscar en su maletín y presenta el facsímil de una carta de Cristóbal a su hijo en que aparece el misterioso signo gráfico. Ricardo ve una especie de pequeño garabato que podría ser una rúbrica. Dos óvalos sobrepuestos separados por un trazo horizontal.

—Estoy algo decepcionado. No veo nada de hebreo en la forma de ese glifo. Habría que admitir que está en hebreo codificado, transformado para no ser reconocido. ¿No es ir demasiado lejos?

Myrta lo reconoce con gusto. Esa rúbrica puede tener otra explicación.

—De ahí llegamos entonces a la famosa firma —lanza Myrta.

Sorpresa de Ricardo. Esa firma de Colón, la conoce de vista. Nunca entendió el interés que tantos criptólogos le habían profesado. Myrta, diestra con sus documentos, encuentra una reproducción.

—Aquí está.

.S.
.S. A .S.
X M Y
XPO FERENS

—Abajo, yo leo Christoferens, ahora que sé leer las tres primeras letras.

—Sí. "El que lleva a Cristo".

—¿Cómo ver en esto una firma judía?

—Sin embargo, sería un símbolo cabalístico que suscitó innumerables interpretaciones. Las tres eses en triángulo, los dobles puntos, esas siglas esotéricas: SAS, XMY, todos esos elementos son palancas para la imaginación. La idea sería la siguiente: tras la lectura cristiana de esa firma se disimularía una firma judía. A grandes rasgos, las letras podrían leerse de izquierda a derecha y tendrían un sentido cristiano, mientras que leídas de derecha a izquierda tomarían una dimensión hebraica.

—¡Vaya complicación!

Ricardo se desdice al comprender que le quitó la palabra a Myrta.

—Perdón. ¡Termina! Te daré mi interpretación después.

—En un sentido latino, tendríamos Sanctus, Sanctus Altissimus Sanctus, referencia al Dios tres veces santo, y luego XMY correspondería a "Jesús, María, José", invocación tradicional en la iglesia católica.

Ante los ojos algo asombrados de Ricardo, Myrta detalla:

—X por Christus, M por María, Y por Yosephus.

—¿Y por qué no? ¿Y en el sentido inverso?

—Yehovah Moleh Chesed. "Dios, ten piedad". Y el SAS, Shaday Adonai Shaday, " Señor Dios Señor".

—Entiendo la idea. Se puede ir muy lejos con ese tipo de interpretaciones. Podemos adjuntar la lectura en columna, de arriba abajo, de abajo arriba. Considerar que las letras corresponden al griego, al latín, a cifras. Es una partida sin árbitro; se puede decir todo sin nunca probar nada.

Ricardo reflexiona.

—Te diré lo que siento. Lo que tengo ante los ojos lo es todo menos una firma. Una firma tiene por objetivo el autentificar un escrito, desplegando un grafismo en el que se inscribe la personalidad del firmante. Cual huella digital es única, no reproducible por otra mano. Da el nombre pero, más allá de eso, delinea el retrato psicológico de quien lleva ese nombre. Pero ahí, ante nuestros ojos, ¿qué tenemos? Una serie de letras mayúsculas aisladas, sin relación entre ellas, trazadas sin estilo. Reproducibles, estandarizadas, sin vida, sin personalidad. ¿Acaso hemos visto ya alguna firma en letras mayúsculas? Si lo es, sería una firma de un iletrado o de un niño. Pero te lo digo, no es una firma, porque puede ser ejecutada por cualquiera. Tengo una pregunta: ¿Colón nunca agrega una rúbrica suplementaria?

—No. A veces tenemos escrito *el almirant* bajo el monograma S-SAS-XMY. En minúsculas de parvulario. La ausencia de la e en *almirante* ha generado interpretaciones descabelladas. Pero ese agregado, de trazo torpe, no es de la misma mano que el resto del texto. ¡Es más, ni de la misma mano, ni de la misma época! Para mí, la mención "el almirante" es más bien un añadido tardío, puesto en el siglo XIX.

—En la práctica —observa Ricardo—, como cualquiera puede firmar en su lugar, Colón quizá nunca haya firmado nada en toda su vida.

—Se considera que cuatro o cinco letras conocidas son de su puño y letra. Las otras habrían sido dictadas… o son falsificaciones.

—Con una firma así, ¡te puedo fabricar falsificaciones por montones! Y cuando le escribe a su hijo Diego, ¿también firma "el almirante"?

—No, las cartas escritas a Diego, todas con fecha de 1504-1505, sólo llevan el monograma. Pero en una de esas cartas, Colón le explica a su hijo que la artrosis le prohíbe escribir, al menos durante el día. Ello puede dar a entender que fueron dictadas.

—Estoy en un abismo de perplejidad —suelta Ricardo—. El misterio se vuelve más impenetrable. Porque a pesar de la creencia, no poseemos ninguna firma de Colón.

—Ésa es la constatación a la que quería llevarte. Toda firma reproducible por un tercero no lo es. Colón es un hombre que se esconde, un disimulador enfermizo, una pesadilla propia del historiador.

Llevada por su tema, Myrta habría podido hablar durante horas, pero Ricardo se queda dormido. Se acurruca a su lado, la cabeza sobre su hombro.

21.
Carnegie Hall

Dos horas de cola para entrar a territorio estadounidense, ¡es excesivo!
Al policía español no se le bajaba el enojo por la espera generada por las formalidades migratorias en el aeropuerto JFK. Estuvieron acorralados en una fila, por detrás de un chino o de un coreano cuya situación migratoria presentaba claramente un problema. Cuando éste fue llevado a la zona de tránsito bajo fuerte escolta, hacía ya casi media hora que esperaban su turno.

—Relájate —no dejaba de repetirle Myrta.

Ricardo estaba muy contrariado, ausente, encerrado. Las torres de Manhattan no lo ablandaron. En realidad, le dolía en su alma de policía el haber tenido que someterse a la ley de otros policías. Ya no era él quien veía los toros desde la barrera.

Al español le volvió la sonrisa en la recepción del Library Hotel. Un decorado jocoso de ladrillo, mezcla de falsa iglesia inglesa y de biblioteca estilo 1920. Su cuarto da a Madison Avenue. En el mismo piso, una pequeña terraza se abre a las palpitaciones de la ciudad. A una cuadra se encuentra la Public Library de Nueva York, misma que le dio su nombre al hotel. Las colecciones contienen el único ejemplar impreso conocido de la "carta a Santangel" en su edición original, descuidada, con su famosa errata: la *caravela* se convirtió en *calavera*. Mientras que Ricardo se refresca, Myrta baja a la recepción e inicia una larga negociación con el conserje.

Lo ve hacer varias llamadas telefónicas. La italiana espera, estoica, antes de soltar una sonrisa de satisfacción. Cabeceos y apretones de mano.

Le anuncia a su compañero:

—Esta noche es noche de sorpresa.

Ricardo se deja llevar sin parpadear. Pero deja escapar su sorpresa cuando Myrta le indica al taxista.

—Carnegie Hall.

—Me llevas a un concierto…

—Sí. Pudo ser de los Beach Boys, pero es Brahms-Schubert.

En la esquina de la 57ª calle y de la 7ª avenida se alza el decorado pseudoflorentino de la mítica sala de conciertos. Andrew Carnegie fue un magnate del acero. Sus fábricas debieron producir la mitad de los rieles de la red ferroviaria estadounidense, además de durmientes de puentes y vigas metálicas por centenares de miles. Equivale a decir que vivió en el acero toda su vida. Pero cuando decide erigir esta sala de conciertos a finales del siglo XIX, se esmera por no ponerle más que tabique y piedra sillar. Ni una sola huella de elemento metálico. Esta construcción es una antítesis de la vida de Carnegie, quizá un antídoto al ruido y al furor de sus plantas de acero.

Ricardo contempla la fachada de tabique color ocre, vagamente inspirada por el Renacimiento italiano, aplastada por los sesenta pisos de la torre aledaña. Myrta recupera sus entradas y penetran a la imponente sala salvada de las inmobiliarias por Isaac Stern. Esa inmensidad genera una impresión de sobriedad y de discreción casi íntima. Myrta encontró buenos asientos, en el centro de la luneta. Le tiende el programa a Ricardo.

—Ésta es la sorpresa. La casualidad quiso que fuera mi hermano el que dirigiera esta noche.

Ricardo lee: Orquesta sinfónica del Teatro de la Fenice, Venecia. Bajo la dirección de Claudio Pitti. Franz Schubert,

Sinfonía n° 2 en si bemol mayor; Ernest Chausson, *Concierto para violín, piano y cuarteto de cuerdas en re mayor*, op. 21; Johannes Brahms, *Concierto para piano y orquesta n° 2 en si bemol mayor*. Su cultura melómana es imperfecta, pero su curiosidad es infinita. Escucha a Myrta comentar el programa. Pero lo esencial está en otra parte. Sin decírselo, ella le presenta a su familia.

—Claudio vive en Venecia, lo cual es una especie de sueño. Después de la temporada de ópera, organiza una gira anual con la orquesta de la Fenice. Dará dos conciertos en Nueva York, esta noche y mañana, con dos programas diferentes, porque hay dos solistas increíbles que debe hacer resaltar por turno. Son húngaros geniales, los hermanos Kodály: oficialmente, József es violinista y Kazmér pianista. Pero son gemelos. Que se parecen como dos gotas de agua. El rumor dice que invierten los papeles y que secretamente pasan de un instrumento a otro, sin dejar de fingir una permanente batalla de egos. Pero mi hermano maneja muy bien la situación. Hoy ofrece un concierto para piano de Brahms para Kazmér. Mañana ofrecerá el concierto para violín, así pondrá en escena el virtuosismo de József. Pero creo que ni él mismo sabe siempre quién está tocando. Los gemelos lo tomaron a broma: tenían derecho cada uno a una página en el programa, pero habían publicado dos veces la misma foto. ¿De József o de Kazmér?

La *Sinfonía n° 2* de Schubert raramente es interpretada. Presenta varias particularidades: primero, es la obra sinfónica más redonda pero la más corta del repertorio clásico, apenas treinta y cuatro minutos; segundo, Schubert la compuso a los dieciocho años, pero sólo fue interpretada más de cincuenta años después de su muerte; y por último, los melómanos saben que el tercer movimiento es una inserción en tono menor dentro de una obra en tono mayor. Moralejas: la alegría es de corta duración, el valor debe esperar en número de años y las reglas están hechas para ser eficazmente transgredidas. La obra de Chausson, creada en 1892, entusiasma a la pareja. Claudio Pitti duplicó los pupitres del cuarteto para crear un octeto. Con los dos solistas, son diez músicos en escena que libran dos duelos: piano contra violín, y solista contra orquesta. El resultado que obtiene el director quita el aliento; los hermanos Kodály, con jubilosos ataques, se muestran sutiles y combativos; llevados por la complicidad, le dan un toque de sacralidad a los trinos y a los arpegios profanos. Y la orquesta se defiende con brío. El entreacto libera una multitud encantada.

Después del entreacto, es el turno del *Concierto para piano* de Brahms, danzante y potente. Claudio dirige sin batuta y sin partitura, pero señala las entradas con una precisión que levanta la orquesta. Se le ve de espaldas, con sus mechones castaños en desorden, más bien bajo, eficaz, sin ningún manierismo en su postura. En el momento del saludo, muestra una verdadera sonrisa de liberación salida del fondo mismo de su ser. Da gusto verlo. Y con sus dos solistas gemelos, erguidos como postes, herméticos a cualquier fervor, obtiene un triunfo. En el encore, la orquesta ofrece una variación sinfónica de la *Sonnerie de Sainte Geneviève-du-Mont de Marin Marais* de la que Claudio era el autor. Por encima del obstinado bajo de la campana interpretada por el violoncelo suben arabescos, florituras y delicadas modulaciones tocados por las cuerdas mientras que los oboes, los fagotes y las flautas mezclan sus alientos para forjar acordes alucinantes. Una *Fenice* irreconocible.

—Bueno, ¿tienes la intención de ir a saludar a tu hermano en su camerino?

—No. Nos vemos dos veces al año, solamente dos veces: en Navidad y por el aniversario de la muerte de nuestros padres. Es un pacto. Cualquier otra tentativa sería tomada como un atentado a la vida privada del otro.

Pensándolo bien, a Ricardo le parecía una actitud pertinente. Le era difícil a Myrta decir: "Claudio, te presento a X con quien me acuesto desde hace una semana" o cualquier otra fórmula rebuscada que vendría a ser lo mismo. Había que admitir lo extraño del fulgor de sus sentimientos.

22.
Colombus Circle

Programa: Central Park. Deambulación amorosa. Myrta le anuncia el plan: dejar tiempo al tiempo.

El taxi los deja en Columbus Circle. Ahí viene a dar la doble calzada de North Broadway para cruzar la calle 59 que marca la colindancia sur de Central Park. Esa vasta glorieta mantiene un tamaño humano, pese a que la estatua del Navegante parece estar algo perdida en medio del intenso tránsito. Se encuentra colocada sobre una alta columna rostral, sostenida por un pedestal de mármol de Carrara en el centro de una zona peatonal delimitada por una fuente circular. Don Cristóbal está encaramado en la cima, con el cabello sobresaliendo de su legendario gorro, inmortalizado en una extraña postura de danzante de *minué*, la mano izquierda sobre la cadera, el brazo derecho tendido a lo largo del cuerpo. Está vestido con un pesado abrigo copiado de un modelo de toga plisada que jamás debió existir ni en Roma, ni en Atenas ni en Nínive. Con la mano derecha sostiene la barra de un timón imaginario mientras que una cuerda enrollada parece esconderse tras sus pies.

—¿Tienes alguna idea de la fecha de construcción de ese monumento?

—Presiento que existe una relación con la celebración del cuarto centenario del Descubrimiento de América. Entonces diría que 1892...

—Eso mismo.

—Y quizá me darás la nacionalidad del escultor que realizó esta composición...

—Adivino que es italiano.

—Eso mismo. Como ésta, hubo centenares de estatuas de Colón erigidas en 1892 por todo el mundo, a menudo sobre altas columnas, a menudo en el centro de glorietas, como aquí. El Descubridor, que no tiene rostro, tuvo todas las personificaciones posibles e imaginables, desde un joven galán hasta un anciano canoso, cabeza con o sin sombrero, cabello lacio o flotando en el viento. Casi siempre fue representado de pie, pero el catálogo de las obras completas integra sin embargo representaciones en las que el navegante está sentado, como en La Rábida, en la que un Colón joven parece descansar sobre un montón de piedras.

Tomados de la cintura, Myrta y Ricardo llegan al zócalo de la estatua y se agregan a algunas parejas de enamorados sentadas en los escalones. Brilla el sol, la mañana es bella. Un músico improvisado ofrece algunos acordes de guitarra a los pájaros.

—Seguramente conoces la estatua de Barcelona.

—Sí, ya veo: Colón extiende el brazo…

—… en la cima de una columna muy alta. Inicialmente, apuntaba al Occidente, que es la dirección simbólica de su ruta. Pero así apuntaba al corazón de la ciudad y tierra adentro. Muchos se preguntaron por qué. Entonces se decidió que Colón ejecutara un giro de 180° en la cima de su columna. Hoy en día, muestra la dirección del mar, ¡pero hacia al este! ¡Dilema corneliano si los hay!

—La iconografía de Colón no es fácil de encontrar. Poner un ancla es contradecir la idea del viaje. ¿Un cabrestante? Un símbolo marino banal, sin relación con el Descubrimiento. ¿Un globo terráqueo? Más bien para Magallanes. ¿Un pergamino? Eso equivaldría a transformarlo en notario.

—Tienes razón. También tenemos a la cruz o a las manos levantadas hacia el cielo en los escultores católicos; la espada en los no creyentes; las manos sobre la cabeza de una joven indígena de senos desnudos para los partidarios del erotismo.

Myrta prosigue:

—También de esa época, a finales del siglo XIX, son los Paseo Colón, Avenida Colón, Parque Colón, Glorieta Colón de los países hispánicos. Aquí hicieron lo mismo: la construcción de la estatua de Cristóbal en la esquina de Central Park llevó a rebautizar la 9ª Avenida "Colombus Avenue" más allá del Colombus Circle.

Toman por los caminos de altas arboledas de Central Park. El aire es suave. Hay corredores repletos de sensores, niños con triciclos, un cazador de mariposas, turistas fotografiando cada hoja de árbol con sus teléfonos. ¡Apenas han recorrido doscientos metros quedan de frente con otra estatua de Christopher Colombus! ¡Frente a Shakespeare!

—Es una obsesión —dice Ricardo sorprendido.

—¡Eso es exactamente! Es una copia en bronce del Monumento a Colón de Madrid. Era el regalo internacional de moda en 1892. ¡Los países se ofrecían mutuamente estatuas de Cristóbal Colón!

Al bajar las escaleras de la fuente Bethesda, llegan a orillas del lago, le dan la vuelta y se instalan en el Boathouse mágicamente ubicado al borde del agua, bajo los frondosos árboles. Consiguen una mesa cerca del lago. Myrta pide de oficio el menú obligado del brunch neoyorquino: huevos Benedict sobre tostadas al salmón. El camarero vuelve diez minutos después con dos inmensos platos ovales en el que los huevos cubiertos de salsa holandesa están rodeados por un alud de papas, guisantes salteados y champiñones dorados. En caso de que la salsa holandesa llegase a faltar, el camarero deposita una salsera llena sobre la mesa. Contundente a morir. Ricardo ya se está deleitando.

—Estoy feliz contigo —susurra Myrta parpadeando los ojos en el sol de Central Park.

Ricardo le toma la mano. Su escapada amorosa es un paréntesis. ¿Será por eso que se sienten como en levitación? ¿Cómo se dará la vuelta a la vida normal? Hablan de literatura, de música, de viaje. Descubren todo lo que comparten: no ver televisión, relegar el deporte, trabajar tarde y levantarse tarde, dudar de la política. Aprenden a conocerse.

Están dando un paseo digestivo por Central Park. Myrta propone bruscamente darle un objetivo.

—¿No querrías ver a tu amigo en el Metropolitan? Está a la vuelta de la esquina.

—¿Mi amigo del Metropolitan?

—Tu amigo Cristóbal.

—¿También tiene sus aposentos en el Metropolitan Museum of Art? ¡Tiene el don de la ubicuidad!

—Sólo existen tres cuadros del siglo XVI susceptibles de haber representado a Cristóbal Colón. Todos póstumos. Uno de ellos está en el Metropolitan…

—Entonces, vamos.

El monumental museo forma un enclave en Central Park y da a la Quinta Avenida. El cuadro está ahí, en la sala del Renacimiento italiano. Hay una pequeña banca al centro de la pieza. Ricardo y Myrta se sientan.

El autor del retrato es un artista conocido bajo el nombre de Sebastiano del Piombo, que fue guardián de los sellos del Papado.

El cuadro fue conocido durante mucho tiempo con el título de *Retrato de hombre* antes de que una extraña inscripción bastante torpe lo identifique como *Colombus*. El hombre del cuadro, de tez rojiza, narigón, tiene ojos globulosos y labios delgados que desmienten el aspecto bonachón de la mirada. Un imponente sombrero de terciopelo negro, más bien de estilo flamenco, retiene una amplia cabellera rizada color castaño. El traje es el de un burgués opulento. El hombre tiene la mano izquierda abierta sobre el corazón de la que resaltan unos dedos finos y largos. Vista de tres cuartos, la mano derecha se apoya en el brazo de un sillón. La figura, congelada, sobresale de un falso cielo color azul-gris. El hombre no lleva ni joyas ni sonrisa. Myrta susurra.

—Los conservadores del museo de aquí dicen que el cuadro fue pintado en 1519 como lo indica la inscripción. Otros especialistas proponen 1531. Pero la verdadera pregunta es: ¿se trata realmente de Cristóbal Colón?

—Yo veo más bien un comerciante veneciano. Esa mano sobre el corazón es realmente extraña…

—Yo creo que no es ni el retrato de un almirante, ni el retrato de un español, ni el retrato de Colón. Ni un solo detalle evoca al mar; no se ve ni la sombra de un decorado que indique algún rango jerárquico.

—Se va al archivo de falsas pistas —concluye Ricardo.

—Hay que resolver un enigma, además. Si no existe retrato alguno hecho en vida del Descubridor, ¿cuáles son los elementos sobre los que pudieron apoyarse los artistas encargados de hacer un retrato póstumo? ¿Quién podría haber sido el informante de Sebastiano del Piombo en el Vaticano, en el mejor de los casos trece años después de la muerte de Colón o, en el peor, veintisiete años más tarde?

Myrta y Ricardo prosiguen con su diálogo a media voz.

—¿Dónde se encuentran los otros dos cuadros que supuestamente representan al Almirante? —pregunta el policía.

—Uno está en Génova, en el Museo del Mar, el otro en Como, en el Museo Giovio.

—¡Vaya casualidad, en Italia! ¡Excelente! ¡Iremos a verlo! Será un bonito pretexto de viaje temático…

Myrta le da una palmada a Ricardo. Se levantan para luego buscar una salida en el laberinto de salas encastradas unas en otras, al infinito.

—En resumidas cuentas, no existe ninguna representación fiable de Colón. Él en vida, nadie fue tentado por pintarlo…

—La pintura es un mercado. O pagas para tener tu retrato o nadie se ocupa de tu posteridad. Colón a todas luces no quiso que lo retrataran. Seguimos ignorando el porqué.

—Conclusión: la verdad está perdida para siempre jamás.

—Sí. El imaginario sustituyó la realidad, distribuyendo cartas tan marcadas como alteradas. ¿Cuál podría ser la razón para creer en la veracidad de una representación en lugar de otra? El hilo conductor se rompió. Te cuento una anécdota. En ocasión del cuarto centenario del Descubrimiento, hubo una miríada de exposiciones. Y la ciudad de Chicago, con algo de retraso, organizó en 1893 una exhibición para Christopher Columbus. Se expusieron setenta y un retratos del Almirante, pinturas y grabados mezclados. El catálogo es impresionante. Los retratos son todos diferentes. Hubo desde las golas del siglo XVII hasta los bigotes galos, pasando por las barbas puntiagudas y los sombreros con plumas... Se vieron pocos marineros de alta mar, pero sí sacerdotes, trovadores, burgueses decimonónicos, cortesanos anacrónicos, emperadores griegos. ¡Un condensado de libre inspiración y de pura invención artística!

Atraviesan la Quinta Avenida, le echan un ojo al Guggenheim, deambulan un poco por Park Avenue. Ricardo finge querer comprar un saco, mira algunas vitrinas, compara precios, renuncia. Myrta se deja tentar por macarrones franceses. La vida les parece ligera. La temperatura es ideal. Están felices de estar juntos en Nueva York.

¿Hubieran podido adivinar que el entreacto sería tan corto?

23.
Una isla a la luz de la Luna

Por encima de las estelas de luz de Madison Avenue, en su cuarto de caoba y satín blanco, se reanuda el diálogo entre Myrta y el policía. Ricardo no es cliente fácil. No deja nada al azar, rechaza el compromiso de la incertidumbre, quiere ir hasta el fondo de las cosas. Su maestro de noche debe aplicarse.

—A pesar de todo, ¿se logra seguirle la huella a nuestro Cristóbal Colón después de las "Capitulaciones de Santa Fe"?

—Difícilmente. En lo esencial, poseemos dos documentos posteriores. Uno es una carta de aceptación de la reina a una solicitud anexa introducida por Colón: desearía que su joven hijo Diego sea paje del infante Juan. Se ha dicho que la reina no podía negarle nada a Colón. Diego será paje. Y el otro es una orden real dirigida a las autoridades de Palos para que se pongan a disposición de Colón para ayudarlo en la organización de su expedición. Una historia algo confusa de impuestos no pagados y de carabelas requisadas.

—Después, así me lo imagino, la historia se desarrolla según el escenario archiconocido. Todos conocemos la historia de las tres carabelas, La Pinta y La Niña de los hermanos Pinzón y la Santa María fletada por Colón.

Myrta desengaña a Ricardo.

—Sería demasiado fácil. En realidad, sólo hay dos carabelas, La Pinta y La Niña. Las carabelas son barcos de pequeño tonelaje cuyo modesto tamaño las vuelve en principio maniobrables. La tercera embarcación que Colón escoge como nave almirante es una nao, un barco pesado de transporte con gran inercia. Puede pensarse que no tuvo de dónde más escoger. Curiosamente, ese barco que se encontraba en Palos de casualidad no tiene nombre. O, al menos, Colón no quiere mencionarlo. Otra curiosidad colombina. En 1535, en Oviedo, se volverá La Gallega. Sólo hasta 1571, en la biografía veneciana del Descubridor, tomará el nombre de Santa María.

—¡Otra vez los italianos! —sonríe Ricardo.

—De las discusiones preparatorias que Colón tuvo con sus asociados, Martín Alonso Pinzón, su hermano Vicente Yáñez y Juan de la Cosa, propietario de La Gallega, no sabemos nada. El contexto no se presta mucho a la negociación. Colón sólo puede reunir poco abastecimiento. Se le ha reprochado hacer previsiones demasiado apretadas porque se habría equivocado en las distancias por recorrer y por ende sobre la duración previsible del viaje. En realidad, si no llenó sus bodegas, es porque ya no hay nada que comprar, ni un barril, ni un tonel. No se percibe gran euforia alrededor de la expedición de Colón. El hombre es considerado un extranjero en los puertos de la Niebla y su viaje de exploración da miedo. Nadie quiere ser parte de él. Además del riesgo por lo desconocido se añade el riesgo de sufrir un ataque por parte de los portugueses, ya que la aventura, fuera de toda ruta conocida, está además fuera de la ley: rompe el monopolio lusitano. De hecho, los navegantes de los tres barcos serán extremadamente heterogéneos. Cristóbal enroló a quien pudo, incluyendo algunos reclusos. Noventa hombres en total. No hay sacerdote a bordo; por lo tanto, no habrá misa para celebrar el descubrimiento de América.

—De hecho, es materia de asombro. Quizá los reyes católicos no exigieron la presencia de un eclesiástico porque no creyeron en la empresa.

—Por el momento, la cristianización puede esperar. Pero, por seguridad, ¡los soberanos designaron un agente del fisco! El 3 de agosto de 1492, pues, los tres barcos pasan la barra de Saltés y siguen la ruta, clásica en ese entonces, de las Canarias. Colón sabe dónde va, eso es seguro: después de la escala de la Gomera, irá en línea recta hacia el oeste; seguirá el paralelo veintiocho dejándose llevar por las corrientes. También sabe lo que encontrará: una realidad que nada tiene que ver con las soñadas Indias. La prueba reside en las baratijas que compra para hacer trueque con los autóctonos: cuentas de vidrio de baja calidad, clavos, agujas, cascabeles. ¿Se habría equipado con tal mercancía si estaba seguro de encontrarse con los embajadores del Gran Kan? Pero toda su vida insistirá en hacer creer que descubrió las Indias por la gran decepción que las nuevas tierras engendrarían.

—El argumento de las baratijas es pertinente.

—El hecho de que no se lleve ropa alguna como moneda de cambio deja suponer que sabe que los indios viven desnudos. Nada de sedas, nada de camisas bordadas, ni la más mínima túnica. La sorpresa fueron los gorros rojos de fieltro que llevaban los marineros: ¡tuvieron muchísimo éxito!

—Prosigamos…

—Ya desde los primeros días, el ambiente no es de lo mejor. El timón de La Pinta, al mando de Alonso Pinzón, se avería. Una primera vez. Luego, una segunda vez. Colón sospecha algún sabotaje. El propietario de La Pinta a todas luces no deseaba exponer su barco a las desconocidas olas del mar océano. Por si fuera poco, le hace saber a Colón que su carabela está haciendo agua y que habrá que hacerla reparar en las Canarias. Cristóbal considera seriamente encontrar otro barco y cambiar de socio. Vano intento. No hay barcos disponibles en las Canarias. Todas las embarcaciones están ocupadas por el éxodo masivo de los judíos de España que buscan llegar a tierras de exilio en el Mediterráneo. Poniendo al mal tiempo buena cara, Colón decide conservar La Pinta y hacerla reparar. En la Gran Canaria, también manda cambiar el velamen de La Niña y cambia sus velas latinas por velas romanas. Las velas latinas son velas triangulares hechas para remontar los vientos. Las velas redondas o romanas son velas que se hinchan con viento trasero y son generalmente poco maniobrables. En ello hay que ver un indicio. Colón sabe que no tendrá que lidiar con el viento; sabe que se dejará llevar, que irá a América con viento trasero y que volverá de la misma manera.

"Pero el desacuerdo con Alonso Pinzón, perceptible desde un principio, no mejorará al paso del tiempo. Todos esos preparativos de último minuto en las Canarias tomaron un mes. Será entonces sólo hasta el 6 de septiembre que los tres barcos salen de la Gomera y navegan hacia el oeste. Salida en falso. Corre el rumor de que unas carabelas portuguesas están patrullando en las cercanías y, durante tres días, Colón duda en alejarse de las Canarias. Habiéndose cerciorado de que la vía estaba libre, se lanza finalmente el domingo 9 de septiembre.

—En las películas, siempre muestran a las carabelas navegando juntas, en un magnífico *pas de trois*. Me imagino que no fue así en realidad.

—Por supuesto que no. Se la pasan esperándose la una a la otra. Y Colón debió instalar un fanal en la proa para que los barcos no se perdiesen en la noche.

"La travesía del mar océano durará treinta y tres días. Treinta y tres días de esperanza y de desesperanza. Noches sin sueño atormentadas por la angustia, jornadas entorpecidas de monotonía, viaje sin escapatoria, agua hedionda y carne saladísima. Los tripulantes escudriñan los pájaros en el cielo, buscan signos que anuncien la esperada tierra. Un día, los hombres suben un cangrejo enganchado a unas algas y Colón ve una señal de próxima llegada. El *Diario de a bordo* anota las recriminaciones de los marineros aburridos.

Pinzón quiere abandonar la partida. La fiebre por el oro apacigua las mentes. El Almirante arrulla a sus hombres con promesas gratuitas. Colón dice que está inscribiendo en sus libretas distancias recorridas inferiores a la realidad para no preocupar a sus hombres. Pero es posible que haya tenido una idea bastante clara de la previsible duración de su viaje. Invariablemente, prosigue su ruta hacia al oeste. El 7 de octubre, unos días antes de desembarcar en las costas americanas, decide tomar el rumbo oeste-sur-oeste; esa desviación le evitará llegar a Florida y traerá, el 12 de octubre, los barcos a la vista de las islas Bahamas.

"La víspera de la llegada tiene lugar un psicodrama. Para azuzar la esperanza de los hombres, Colón había ofrecido una prima de diez mil maravedíes, una pequeña fortuna ofrecida por los soberanos, que debería ser entregada al primer marinero que viera tierra. Un joven grumete llamado Rodrigo de Triana fue el primero en dar la alarma. Eran las dos de la mañana. La Pinta, la más veloz de las carabelas, navegaba a la cabeza y el joven estaba de guardia como vigía. Pero Colón, como mal perdedor, hará valer que la noche anterior, hacia las diez de la noche, había percibido una luz en el horizonte, "una lumbre, como una candelilla que se alzaba y bajaba", y que por lo tanto él era quien había visto tierra primero. Rodrigo de Triana nunca percibirá su renta y la historia quiere que más tarde haya intentado asesinar a Colón por ese acto de mala fe. Otras fuentes dicen que Rodrigo de Triana, asqueado, se convirtió al islam y se fue a Marruecos para unirse a los moros expulsados de Granada para llevar a cabo una guerrilla marítima en el Mediterráneo.

"Lo que ve la cuadrilla colombina por la mañana del 12 de octubre provoca la más viva decepción. Una tierra baja de vegetación escasa, una playa de arena blanca y hombres desnudos como únicos habitantes. Por una vez, los historiadores están de acuerdo en considerar que la primera tierra encontrada por el Almirante es la isla de Guanahani, que bautizará con el nombre de San Salvador. Situada en la franja oriental del archipiélago de las Bahamas, en el paralelo 24, la isla es conocida con el nombre de Watling Island. Los barcos de la expedición hallan un paso por el arrecife coralino y fondean en una bahía minúscula apta para anclar. El Almirante sube a una barca acompañado por los otros dos capitanes, Martín Alonso Pinzón y su hermano Vicente Yáñes. Sobre la arena, Colón despliega los estandartes que había mandado bordar con las iniciales de los dos reyes, una *efe* y una *i* coronadas. El notario levanta el acta de toma de posesión. Los habitantes del lugar envían un comité de recepción bastante persuasivo: treinta jóvenes guerreros con pinturas de guerra armados con lanzas. "Me pareció que era gente muy pobre de todo; ellos andaban todos desnudos como su madre los parió y también las mujeres". El desengaño es inmenso para los tripulantes. Sin embargo, un primer contacto se establece con un fondo de mutua desconfianza. A cambio de la bisutería de vidrio, los indígenas ofrecen cotorras: eso no es lo que los aventureros esperaban. Los barcos se aprovisionan de agua, embarcan algunas frutas y salen a explorar esa nueva tierra con la ayuda de seis indios que tomaron a bordo. Colón explorará Rum Cay y una isla vecina que nombra Santa María de la Concepción. Siguiendo hacia el oeste, da con Long Island que llama Fernandina en honor al rey Fernando. Para que nadie tenga celos, a la siguiente la nombrará Isabela (Crooked Island). El 25 de octubre, terminó la exploración del archipiélago de las Bahamas y se dirige hacia el sur para una corta travesía que lo lleva a descubrir la punta oriental de Cuba, a la que nombra Juana. Colón la identifica de inmediato con Cipango, el nombre que lleva Japón en los escritos de Marco Polo. Persiste en vender el espejismo de la India. Recorriendo la costa cubana, explora todos los lugares de fondeo, de Gibara a Baracoa. Luego, la armada atraviesa un brazo de mar y alcanza la punta noroccidental de la isla de Haití que Cristóbal bautizará como La Española. De paso, identifica la isla de la Tortuga, "tan grande como la Gran Canaria". La Española es en realidad la tierra que está buscando. Es, en todo caso, la tierra que fue reconocida por el piloto que le transmitió su información. Explora meticulosamente el litoral de dicha isla. Le dedica un mes: parece buscar algo preciso, un lugar, un sitio. Incansablemente, navega en cabotaje. Alonso Pinzón decide irse por su lado y huye en su barco La Pinta, prosiguiendo en solitario la exploración de la costa de La Española hacia el este. El Almirante envía exploradores al corazón de la isla en busca de oro, de especias, de piedras preciosas. Colón no localiza ningún banco de perlas. Los grandes árboles del interior no producen ni canela, ni nuez moscada, ni clavo, sino flores olorosas que embriagan y encantan. ¿Cómo exportar esa fugacidad de la felicidad? ¿Cómo contarle a la reina la suavidad del clima, el susurro de las palmeras, la transparencia de los fondos marinos? ¿Qué valen esas secretas emociones con respecto a las riquezas desvanecidas, a las esperanzas frustradas, a las penas padecidas? Claro, hay oro, pero tan poquito: algunas joyas, algunas placas amartilladas de poco gramaje. Casi nada en la báscula. El oro es un vocablo, un rezo, un conjuro.

"Mientras que Colón se tarda inexplicablemente en la costa norte de Haití, sobreviene un accidente. La noche del 25 de diciembre, la Santa María, empujada por los vientos o las corrientes, encalla. Al llegar demasiado cerca de la costa, se encastra en el arrecife coralino y todos los esfuerzos para ponerla a flote son en vano. No queda más que salvar a los hombres y descargar el navío, lo cual se hace al día siguiente con la amistosa ayuda del cacique Guacanagari, quien envía indios en ayuda. En realidad, ese naufragio es una catástrofe porque es imposible volver con noventa a bordo de las dos pequeñas carabelas restantes. Colón decide entonces dejar en el lugar a treinta y nueve hombres, esperando que sobrevivan. Con la madera del barco, manda construir una especie de fuerte que llamará La Navidad por el día en que tuvo lugar el naufragio. Con un gesto irrisorio, les deja a los hombres una pequeña reserva de galletas, algunas arrobas de trigo, alguna herramienta, y luego los abandona a su suerte. Así que fue en la angustia que se festejó el fin del año de 1492. Lograron alcanzar las nuevas tierras, pero el camino de regreso se presenta más que incierto.

"Colón está solo con La Niña. El 6 de enero, sin embargo, Pinzón vuelve por donde se fue y reanuda contacto con el Almirante. Bien que mal, los dos capitanes deciden navegar juntos para explorar el este de la isla. Entran en la mágica bahía de Samana, a la que llamarán el Golfo de las Flechas; son muy mal recibidos por los autóctonos. En tierra, los españoles deben entrar en combate. El enfrentamiento resulta con un muerto y, por primera vez, corre la sangre india.

"Los vientos cambian al sur: son los vientos favorables que el piloto anónimo le había recomendado esperar. El Almirante renuncia a explorar Puerto Rico y decide tomar el camino de regreso el 16 de enero, rumbo noreste. Muy rápidamente, los dos navíos hallan las corrientes portadoras que les harán atravesar el Mar de los Sargazos para llevarlos hacia las costas europeas.

"Sin embargo, la travesía no será fácil, ya que los barcos la inician en mal estado; sufrieron de una expedición muy larga; hacen agua. Colón maldice a los calafateadores de Palos que hicieron trampa con el espesor de la capa de pez. Las dos carabelas se enfrentan a una tormenta del 12 al 14 de febrero. Es aquí cuando se inscribe la escala de Colón en las Azores, en la isla de Santa María. El viento no había amainando cuando se echa a la mar para el último tramo. Para no perder el beneficio moral de su descubrimiento, tira al mar dos botellas que contienen copias de la famosa carta anunciando su victoria, llamada "carta a Santangel". Es de notar que La Pinta de Alonso Pinzón siguió su camino. De hecho, llegará antes que La Niña de Colón al puerto de Bayona, en Galicia. El armador les escribirá a los reyes católicos para relatar el éxito de la expedición, pero éstos le ordenarán esperar la llegada del Almirante y de encontrarse con él en Palos. Así se hizo. Después de la escala en las Azores vendrá para Colón la sorprendente escala en Lisboa. Luego, el viernes 15 de marzo, se halla en la barra de Saltés que pasa con marea creciente a mediodía. Llega a Palos siete meses y medio después de su partida. El descubrimiento de América le tomó 225 días. El libro de bitácora de Colón se detiene bruscamente ese mismo día y, de la recepción en Palos, no disponemos de ningún testimonio de puño y letra del Almirante. Martín Alonso Pinzón no está ahí para compartir la gloria del Descubridor: desembarcará en su puerto de atraque un día después. Demasiado tarde. Colón le roba el estrellato. Al día siguiente de su llegada, Pinzón, el cacique de Palos, muere bruscamente en su casa: ¿por rabia?, ¿por paludismo?, ¿por deshidratación? La historia quiso creer que había muerto por agotamiento a consecuencia de ese largo viaje. Pero algunas voces disidentes no excluyen que Cristóbal Colón quiso castigarlo por su desobediencia y hacerlo desaparecer para apropiarse de los beneficios del triunfo de esa primera travesía.

—El pinzón y la paloma, ya son muchos nombres de pájaros. No es una Armada, es una pajarera.

—Son sobre todo pájaros vulnerables. A los halcones que dejan el nido natal se los comerán de un solo bocado.

24.
Fred Morrison

Myrta y Ricardo se presentan a las 10:30 en el National Museum of the American Indian de Nueva York, cerca de Wall Street. El edificio, construido a principios del siglo anterior, se alza al borde de Battery Park, en el Bajo Manhattan. Monumento clasificado, la antigua aduana del puerto de Nueva York se mantuvo desocupada durante lustros. En 1994 se instaló ahí una dependencia del Museo Etnográfico de la Smithsonian Institution de Washington. Ahí es donde trabaja Frederic Stanley Morrison. Una joven mujer de la recepción propone acompañar a los visitantes hasta la oficina del director, "difícil de encontrar". De hecho, inician una larga caminata desde la magnífica rotonda de la planta baja maravillosamente restaurada. Ascensor oculto, pasillos bruscamente compartimentados, laberinto de estrechos pasajes. Llegan a una sala de reuniones que deben atravesar y un jovial personaje los recibe en la puerta de una luminosa oficina. Su guía se retira con una sonrisa discreta. Morrison y Myrta se dan un beso.

—Bienvenida a Nueva York. Pasen.

El curador del museo es un hombre de unos cincuenta años, con vientre de bebedor de cerveza, calvo y lampiño. Lleva una camisa blanca perfectamente planchada, un pantalón de tela, un cinturón con hebilla de plata y botines de tacón. Medio vaquero, medio Wall Street.

"Por cierto, es la primera vez que conozco a un etnólogo sin barba", piensa Ricardo.

Antes que nada, Morrison quiere mostrarles algo: la vista desde su oficina. Abre una ventana que da al Battery Park y, asomándose un poco hacia la izquierda, se distingue la estatua de La Libertad. A decir verdad, se ve sobre todo el embarcadero de los transbordadores que en los días de buen clima atraviesan el Hudson para llegar al pie de la estatua. Pero esa proximidad le encanta al etnólogo. Trabaja alumbrado por la antorcha de la madona solar de Bartholdi.

La oficina de Morrison es amplia y acogedora. Myrta, sin fallar, presenta a Ricardo como su compañero, eminente especialista de la historia del Descubrimiento. Cuenta la película de los acontecimientos y explica sin cortapisas que está en busca del *Diario de a bordo.*

—¡Figúrense, lo acabo de revender a un coleccionista mexicano!

Alentado por la mirada de Myrta, Morrison cuenta.

—Conozco a Alonso Olibri desde hace varios años. Ya he tenido la oportunidad de comprarle algunos objetos. Debo decirles que navego con doble bandera; no sólo dirijo la parte neoyorquina del National Museum of the American Indian, también soy el presidente del comité de adquisiciones del museo y ya le he comprado a Olibri una piel pintada de finales del siglo XVIII que se encontraba en España desde hacía siglo y medio y una muy interesante colección de vasijas navajo de principios del siglo XIX. Cuando me ofreció el manuscrito de Colón hace ya algunos días, aproveché la oportunidad. Me envió una copia escaneada del manuscrito y debo decir que quedé convencido. Acepté de inmediato el precio relativamente elevado que pedía por él. Lo consideré correcto dada la importancia histórica del documento. También pensé que era una oportunidad excepcional para nuestra institución adquirir ese manuscrito que bruscamente salía de la nada para llegar al mercado. Cierto es que el certificado de autenticidad no provenía de un especialista de primera línea, pero el documento tenía, como se dice en español, "muy buena pinta". Así que me lancé. Le hice un depósito de un millón de dólares a Olibri para cerrar nuestro trato y asegurarme de la transacción. Por supuesto, tengo un *board* que debo consultar para toda compra; así que entré en contacto con varios eminentes miembros de dicho comité para hablarles del asunto. Y, resumiendo, tuve la sensación de que no obtendría la autorización de dicho comité.

Fred Morrison hace una pausa. Evalúa a sus interlocutores, quienes no pierden palabra alguna de su relato.

—Debo decirles que nuestra institución está consagrada a la salvaguarda de la memoria de los indios americanos; es una suerte de obra de resarcimiento cuya dimensión simbólica es importante. El consejo de administración de la institución se compone por lo tanto de representantes de diversas etnias autóctonas. Tenemos delegados pawnees, cherokees, apaches, cheyennes, hopis, comanches, winnebagos, yaquis y más todavía; también tenemos a dos mexicanos, uno representando a los mayas y el otro a los nahuas. Para Canadá tenemos a un hurón, un iroqués, un ojibwa. Hay evidentemente miembros de derecho y representantes del mundo de los negocios que nos ayudan a desarrollar la institución como una empresa muy transparente. El comité de compras, como se podrán imaginar, emana de nuestro consejo de administración, aunque lo integran también nuestros principales mecenas, públicos y privados.

Morrison asume el tono de la confidencia, bajando la voz con gesto ligeramente teatral.

—No les mentiré si les digo que me enfrenté a una fuerte reticencia ante la idea de comprar el manuscrito de Cristóbal Colón. Saben que desde 1992, fecha de la celebración del quinto centenario del descubrimiento de América, se constituyó un movimiento indigenista hostil a Colón. Considera al Navegante no como el hombre que vinculó dos mundos que hasta entonces se ignoraban, sino como el agente de destrucción de las culturas autóctonas. El 12 de octubre de 2004 un puñado de activistas arremetió contra el Monumento a Colón en el Golfo Triste situado en un discreto lugar de la Plaza Venezuela, en Caracas. La estatua fue desmantelada y luego arrastrada por la calle al son de consignas hostiles a la colonización. El comandante Chávez les siguió la corriente y, en junio de 2009, hizo que se retirara la última estatua del Descubridor que existía en Caracas, en el parque de El Calvario. Ya lanzado, rebautizó la Avenida Colón. Fue imitado en Argentina, donde la gran estatua de Cristóbal Colón que se hallaba detrás del palacio presidencial, la Casa Rosada, fue removida de su zócalo en 2013 por órdenes de Cristina Kirchner. La presidente tuvo sin embargo que renunciar parcialmente a su proyecto de expulsión, habida cuenta de las protestas de la colonia italo-argentina que había obsequiado esa estatua a la ciudad de Buenos Aires. La justicia decidió efectivamente que Cristóbal debía ser reinstalado en el perímetro administrativo de la ciudad y no en La Plata, que debía servirle como nueva tierra de acogida. La presidente argentina debió igualmente enfrentar a los partidarios de la historia real que no deseaban que los políticos reescribieran el pasado a su conveniencia al estilo orweliano.

Sin haberme enfrentado a una oposición organizada de manera tan radical, tuve el sentimiento de que, al hacer la propuesta oficial de adquisición del manuscrito de Colón a mi comité de compras, se corría el riesgo de abrir una discusión que hubiera podido ser perjudicial al buen entendimiento entre nuestro grupo directivo. Asumí entonces la anulación de la compra. En la práctica, me puse en contacto con la administradora de los fondos del empresario mexicano Carlos Platino, al que seguramente conocen, para proponerle la transacción. Beatriz Santamaría se mostró sumamente interesada y decidió en veinticuatro horas comprar el manuscrito a la institución que represento. Para alimentar nuestros fondos de adquisición, le agregué al precio de cesión un margen sustancial de ganancia. Esa bonificación permitirá enriquecer nuestras colecciones para beneficio de la memoria indígena. Para nosotros, el asunto está cerrado. Desde ayer, el manuscrito del *Diario de a bordo* es propiedad de Platino; ya recibí el depósito que cierra el trato.

Por un impulso profesional, Ricardo no puede dejar de intervenir.

—Si no es indiscreción, ¿qué certificado de autenticidad le ha sido presentado?

—Se trata de un peritaje, bastante corto por cierto, de dos hojas hecho por uno de nuestros colegas de la Universidad de Phoenix, Arizona.

Myrta cabecea. Toma la palabra.

—En verdad, como bien sabes, mi estimado Fred, estoy trabajando desde hace varios años sobre los escritos de Cristóbal Colón y encontré algunas pistas. Así que estoy interesada en primer lugar por la reaparición de la "Bitácora a dos manos". Por lo que estaría más que agradecida si pudiera conocer el peritaje de ese especialista de Phoenix. También me interesaría ver la fecha en la que lo realizó.

Morrison gira hacia su colega italiana y le pregunta:

—¿Crees que se trate de una falsificación?

—No, precisamente. Creo que ese manuscrito es auténtico; pero me gustaría entender las condiciones de su reaparición. Y también intento reunir los elementos que permitan reconstruir el contexto de su resurgimiento después de quinientos años desaparecido. Desde Sevilla, le estamos siguiendo la pista a ese manuscrito, lo cual nos llevó hasta aquí, a Nueva York. Pero la vida anterior del documento me interesa sobremanera.

Morrison se acercó a su escritorio, abrió un expediente y sacó el documento solicitado.

—Toma, es para ti; ¡es una copia! A decir verdad, es un certificado algo extraño, pero Karpov se declara claramente a favor de la autenticidad.

—Ah, sí, Karpov, sí, sí, claro. Es más un arqueólogo que un historiador del papel, pero es competente. Oye, muchas gracias; estudiaré todo esto con detenimiento.

La conversación prosigue durante más de quince minutos sobre otros temas de actualidad: se rememora a John Chalendar, el gran etnólogo de los hopis, quien acaba de fallecer; se habla de la próxima reunión de la Asociación de Historia y Arqueología Americana. Morrisson les propone a sus visitantes mostrarles las últimas adquisiciones del museo: una macana iroqués del siglo XVII, una canoa de corteza de abedul proveniente del lago Erie, unas túnicas bordadas, un tocado de plumas de los indios Pieds-Noirs. Fred los acompaña hasta la entrada, los saluda efusivamente. Myrta y Ricardo salen a la calle y se topan con el toro de Wall Street exhibiendo su enorme trasero y con el par bien colgado.

Ricardo se preocupa.

—¿Por qué no le pediste los datos del comprador mexicano? ¿No piensas seguir la pista hasta el final?

—Por supuesto que sí. Pero se trata de Platino. Todo el mundo lo conoce.

—Perdón. Ignoraba que en tu teléfono celular guardas los números de todos los multimillonarios del planeta.

—Sería inútil; no es conveniente tratar directamente con ellos. En cambio, conozco bien a todos los responsables de las fundaciones culturales de Platino: su museo y su biblioteca, una verdadera mina para el estudio del México del siglo XIX. Me voy a poner en contacto con ellos. Pero mientras, te invito a comer.

—¿Aquí? ¿En Wall Street?

—No, cerca de Madison Square.

Myrta teclea la pantalla de su teléfono para pedir un taxi que los deje en la esquina de la Quinta Avenida y Broadway, la única diagonal de Manhattan. Frente a un inmueble como hoja de cuchillo, Eataly es todo un concepto: una embajada gastronómica de Italia. El conjunto reúne restaurantes, cafés y tiendas de productos italianos, entre chics y bohemios. A la vez italiano y resueltamente neoyorquino. Myrta elige comer pastas en un restaurante de renombre. La gente se agolpa. Hay que esperar de pie, picando rebanadas de *provolone* con una copa de *prosecco*.

Ricardo bromea:

—¡Es el único restaurante de Nueva York en el que no se habla español!

Entre *fusilli* con alcachofas y *fetuccini* al gratín, deciden viajar a México al día siguiente. Brindan a sus amores. Myrta levanta su vaso de San Pelegrino.

25.
El hospital de Cortés

Ahora te haré descubrir un extraño lugar.
Myrta no dice más. Llegan a un cruce cualquiera. Fachadas sin gracia de los años cincuenta, ventanas con marcos metálicos, tiendas modestas, multitudes caminando. Recorren un barrio popular al son de las bandas de moda. Se tiene la impresión de atravesar una urbanización moderna: nada de eso. El barrio data del periodo prehispánico. En aquella época, México era una isla conectada a tierra firme por tres calzadas principales, al norte, al sur y al oeste. Ricardo y Myrta pisan en realidad el suelo del centro histórico de Tenochtitlan, la antigua capital azteca. Ante ellos, una ambulancia desaparece por un pasillo abierto en la fachada.

—Vamos a seguirla —dice Myrta.

Otras dos ambulancias se estacionan en ese pasillo cubierto que es claramente la entrada de un hospital.

—Entremos.

Myrta abre una puerta doble, avanza unos pasos. Lo que los espera es extraordinario. Dejaron atrás el rumor de la ciudad para entrar de lleno en el siglo XVI. El portal de ambulancias desemboca en una máquina del tiempo. Están bajo los arcos de un elegante palacio de dos pisos, edificado alrededor de dos patios cuadrados. Hecha toda de piedra volcánica roja, la construcción es homogénea. Una amplia escalinata con dos voladizos da acceso al piso superior. Unos altos árboles de hojas oscuras, quizá laureles de India, transforman lo que podría ser un claustro en un jardín exuberante.

En las galerías del piso, anidadas bajo los tirantes de las vigas del techo, unas pinturas del siglo XVI resistieron los embates del clima y las veleidades del encalado. Unos retratos de hombres y mujeres alternan con escudos de iconografía religiosa. Unos pájaros fantásticos picotean granadas. Unas flores aztecas despliegan sus pétalos en guirnaldas barrocas. Corren a lo largo de los muros unos arabescos en tonos grises realzados por el carmín de la cochinilla que se alimenta del nopal.

—¿Dónde estamos? —pregunta Ricardo maravillado, intrigado.

—En el hospital de Cortés. Su fundación fue decidida por el conquistador poco después de la caída de Tenochtitlan, en 1524. En el lugar preciso de su encuentro con el soberano azteca Motecuzoma, el nuevo amo de México quiso construir... un hospital. No un moridero como los que se conocían en aquella época en Occidente, no un lugar de encierro para los enfermos contagiosos a imagen de los leprosaríos de la Edad Media, sino verdaderamente un hospital en el que se curan los pacientes. Podría pensarse que dicha idea germinó en la mente de Cortés como un acto de expiación. Para exorcizar el choque microbiano. Para remediar las enfermedades que los españoles habían traído a los indígenas.

—Quizá era más fácil curar las heridas del cuerpo que los dolores del alma —sugiere Ricardo.

—Como sea, Hernán Cortés concibió para tal fin esta estructura de doble patio; como ocupaba el lugar de un templo prehispánico de doble santuario, el conquistador decidió construir dos edificios adosados, copiando estructuralmente la arquitectura prehispánica. El milagro es que el hospital fundado en los años siguientes a la Conquista permanece como hospital; en cinco siglos, nunca dejó de funcionar. A lo largo del tiempo, se dejó invadir por la sedimentación vertical de la ciudad. Se dejó fagocitar. Pero esos edificios que lo acorralaron, rodearon, tapiaron, finalmente lo protegieron. La obra de Cortés permanece intacta.

Menudo trabajo le cuesta a Ricardo reencontrarse con el sol de la calle, el tránsito vehicular y las indescifrables carreras de los peatones. Gustoso se habría quedado un poco más en 1524 imaginando a los canteros indígenas construir las bóvedas del hospital. Myrta le muestra también una iglesia que ocupa un antiguo juego de pelota precolombino, una monumental cabeza de serpiente emplumada que servía de ángulo a un palacio del siglo XVII. Poco más allá, un águila prehispánica vuela con ángeles bíblicos sobre el tímpano de una modesta capilla. Su deambular los lleva de palacio en palacio hasta la plaza central, el zócalo.

La catedral colinda con el gran templo de los aztecas. Hoy, en unos cuantos cientos de metros, el visitante puede recorrer las baldosas de los patios del Templo Mayor y al minuto siguiente caminar por las naves de la catedral. El tiempo se concentra en unas cuantas hectáreas. De la mano, Myrta lleva a Ricardo al santuario.

—Ven. Te mostraré algo que quizá jamás hayas visto.

Se acercan a una capilla lateral y alrededor de un pedestal de estatua descubren una composición vanguardista: miles y miles de candados dispuestos en una cascada surrealista.

—Antaño —explica Myrta— había aquí una estatua dedicada a san Ramón Nonato, el fundador de la orden de los mercedarios. Ramón, que vivía en el siglo XIII, se había especializado en la negociación de los rescates que reclamaban los grupos islámicos dedicados al secuestro de cristianos. Un día se había ofrecido como garantía en lugar de una cautiva cristiana que había logrado liberar. Encerrado en su celda, logró que su guardián se convirtiera al hablarle durante la noche. Éste fue reemplazado. Al día siguiente, el nuevo celador anunció que se había convertido al cristianismo a su vez. El jefe musulmán decidió entonces coser los labios de Ramón para impedir que utilizase su talento oratorio y su poder de convicción. Desde ese día, se invoca a san Ramón para acallar los rumores y las maledicencias. Todos los candados que ves son exvotos dejados ahí para agradecerle a Ramón sus intercesiones.

—Veo que la maledicencia echó a perder más de una vida.

—Pero aquí lo interesante es que la estatua de san Ramón fue retirada por las autoridades de la catedral hace como diez años. Quizá a la iglesia le repugnaba alentar esa práctica algo fetichista. Pero, lo estás viendo con tus propios ojos, desde hace diez años los fieles persisten en venir a depositar candados en el pedestal sin estatua. Ello prueba la existencia del poder de los lugares. El culto del que tenemos aquí la prueba fehaciente es lo contrario a la idolatría; es una veneración abstracta que no requiere estatua alguna para ejercerse.

Salen de la catedral bajo un aguacero que los precipita en el taxi más cercano. Estamos en temporada de lluvias y el chubasco durará toda la tarde. Deciden volver a su hotel, el Ambassador de Chapultepec.

26.
El paraíso terrenal

Cae la noche sobre la Ciudad de México. Las luces de la capital van ocupando poco a poco el territorio del antiguo lago de Tenochtitlan, desbordando en oleadas sobre los flancos de las montañas. Desde lo alto del piso 21 de su hotel rascacielos, Myrta y Ricardo pueden observar la tomografía de la inmensa ciudad. Los faros amarillos y las luces rojas corriendo en sentido contrario cristalizan la imagen de flujos vitales que irrigan los diversos órganos de la capital: la avenida Reforma, adaptación tropical de los Campos Elíseos parisinos; la interminable avenida Insurgentes cuyo extraño trazo diagonal rompe la cuadrícula de los barrios; la rectilínea Tlalpan, autopista urbana del siglo XXI sobrepuesta a una calzada prehispánica volando hacia el sur. Entre esas arterias circula una multitud de vasos capilares de indescifrable trayectoria. Se intuyen rodeos de obstáculos naturales pero también huellas de origen más antrópico: plazas cuadradas, estadios elipsoidales, arenas circulares.

El ventanal deja entrever al pie del hotel la masa oscura del bosque de Chapultepec, pulmón verde de la gran metrópolis.

Myrta y Ricardo se instalan en los dos sillones colocados cerca de la ventana cuyo doble vidrio los aísla del ruido de la ciudad. El policía cumple con el rito vespertino de la Cuba Libre.

—Mi querida Myrta, me gustaría saber algo: al término de su viaje, Colón llega a Palos, su puerto de partida. ¿Cuál es el ambiente en el momento de su regreso? ¿Es festejado o desembarca en el anonimato? Cuesta trabajo imaginar la escena.

—Ese Nuevo Mundo, que todavía no tiene nombre, es difícilmente concebible para los habitantes de la península ibérica. En un puerto, es natural que los barcos entren y salgan. Es de una banalidad total. En el caso preciso de Colón, es notable el hecho de que vuelve tras perder casi la mitad de su tripulación: treinta y nueve de noventa hombres. Poco le vale decir que dejó esos hombres en una playa de ensueño en medio de pájaros multicolores, nadie le cree. La tasa de pérdidas de la expedición no hace de él un héroe.

—Pero al prever esa dificultad, quizá el Almirante eligió dejar en La Navidad a hombres sin relaciones familiares: solteros, aventureros, seres al margen de la ley…

—Es posible. Además, ninguno de los treinta y nueve hombres abandonados era originario de Palos. Pero pierde una nave de tres; eso da mala impresión. Y, sobre todo, Colón no tiene ningún tesoro que exhibir. Sólo diez indios sobrevivieron al viaje, de los cuales cuatro no tardarán en morir. Es una prueba insuficiente para montar todo un espectáculo. ¿Para qué vendría la multitud a extasiarse ante los despojos de dos iguanas y de un caimán? ¿Para qué echar las campanas al vuelo por una pajarera con papagayos o por unas conchas recogidas en la playa? En el mejor de los casos, creo que Colón desembarca ante la indiferencia general y, en el peor, ante la hostilidad latente. La tradición que describe el regreso del Descubridor en medio de una alegría desbordante es seguramente un invento del siglo XIX. Una dudosa hagiografía.

—Así que la marcha triunfal de Colón hacia Barcelona, en la que los escuderos deben apartar a la multitud para abrirle paso, es una mentira de la historia.

—Al menos un ensueño, una fantasía romántica. Hay sobre todo un desfase con las expectativas que ha suscitado.

Prometió Asia, "el fabuloso metal que Cipango madura en sus lejanas minas", como dice el poeta. Se le escucha alabar el encanto de atolones inabordables de corales que despedazan barcos.

—¿Y qué dirán los reyes? ¿No están también ellos decepcionados?

—¡Ah! Estamos ahí frente al enigma de Cristóbal Colón. La reina Isabel organizará para su protegido una grandiosa recepción. El 20 de abril de 1493, en Barcelona, el navegante es recibido con fasto. Ante la Corte, se le invita a sentarse, con la cabeza cubierta, entre el rey y la reina, honor jamás compartido por cortesano alguno. Colón exhibe los seis indios sobrevivientes, cubiertos de plumas y de oro. Ofrece a los soberanos algunos collares, algunos objetos esculpidos en hueso de manatí, espátulas vomitivas e inhaladores de droga, un remo con mango grabado. El Almirante despliega una hamaca. La pajarera de papagayos sonoriza la sala del trono. Se nota el asombro de Fernando, luego su decepción. Pero Isabel está eufórica.

—Eso confirma que está enamorada...

—Colón le entrega en mano propia una carta anunciando el descubrimiento. En forma muy resumida, el Almirante enumera las islas encontradas, describe los paisajes, se aventura a narrar las costumbres de los indígenas. El rey le reclama su bitácora; Colón no la volverá a ver. Todo el mundo se arrodilla para escuchar un Te Deum de victoria y de reconocimiento ante la mirada atenta del embajador de Portugal, de discreta presencia en la sala. Para España, empiezan las dificultades diplomáticas.

—¿Los soberanos cumplen cabalmente con sus compromisos hacia Colón?

—Sé que eso te va a sorprender, pero la respuesta es: sí. Cristóbal recibe la confirmación de sus títulos de almirante de los Mares océanos, de virrey y de juez supremo. Y para dejar en claro su entrada al clan del poder, recibe escudos de nobleza. Y lo que sigue es alucinante.

—¿Por qué?

—La reina Isabel le otorga a Colón un blasón "partido", es decir, dividido en cuatro cuarteles. Y en las dos particiones superiores aparecen, a la izquierda, un castillo, a la derecha un león: son las armas de Castilla y de la provincia de León, nada más ni nada menos que las armas de la familia real. Colón, el desconocido, el extranjero, el plebeyo, se vuelve miembro de pleno derecho de la familia reinante. Algo nunca antes visto. La reina sustituye el derecho de sangre por su antojo. Adiós al linaje, bienvenido lo arbitrario.

Ricardo se rasca la garganta. La sorpresa lo vuelve atónito.

—No había reparado en ese detalle —se atreve a decir tímidamente.

—Pero no es un detalle —corrige Myrta—. Es una enormidad.

Recobrando la confianza, Ricardo duda en voz alta:

—Ver para creer.

Myrta se divierte sobreactuando.

—Dicho y hecho. Tus deseos son órdenes.

Se conecta a su iPad, teclea algunos segundos y le tiende la pantalla a Ricardo.

—Ésta es la versión original del blasón colombino fechado en 1493 y una versión posterior con fecha de 1498.

Myrta hace deslizar la pantalla.

—Por comparar con las armas reales que aquí están.

—Virrey de Castilla y León. Increíble. ¿Y Fernando no concede los símbolos de Aragón, las barras amarillas y rojas de la actual bandera española?

—Naturalmente que no. El rey se enfurruña. ¡Y quizá tenga razón!

Reponiéndose de la sorpresa, Ricardo examina la parte baja del escudo.

—Y en los cuartos inferiores, ¿qué vemos?

—La carta de concesión indica que a la izquierda deben aparecer las islas descubiertas y que a la derecha aparecerán "las armas vuestras que solía de tener". Como si Cristóbal Colón fuese noble y poseyese un blasón de familia…

Myrta gira la pantalla de su iPad hacia Ricardo.

—¡Éstas son las armas "de familia" de Colón! Ahí te tengo una sorpresa.

—Veo cinco anclas recostadas. ¿Por qué cinco y por qué recostadas? Y, abajo, una cosa curiosa con forma de escudo invertido, la punta hacia arriba, con una banda diagonal.

—Esa cosa curiosa, como dices, hizo correr ríos de tinta. Y en el fondo, nadie sabe de dónde sacó Colón dicho glifo. Yo tengo mi idea: es la representación del paraíso terrenal.

Ricardo se ríe porque Myrta hace explotar su impávida seriedad. Siembra granadas de fragmentación bajo su conversación docta y pausada. Le encanta su manera irónica de exponer su saber.

—Tenemos que buscar la explicación en el relato del tercer viaje…

—Que sólo conocemos por una copia, me imagino —interrumpe Ricardo, sarcástico.

Sonrisa cómplice. El dueto ya casi está en su punto.

—En ese relato, Colón declara que el Paraíso Terrenal está en América y que lo conoció. Refiriéndose a Plinio, el Navegante sugiere que el Edén se encuentra en un monte que tiene forma "de una pera o de un seno de mujer". Y escribe esta magnífica frase: "Ahí donde digo que se yergue el pezón de la pera, ahí se sitúa, creo, el Paraíso Terrenal".

—Colón quedó hechizado por las jóvenes caribes de pechos desnudos. Y lo entiendo. Halla el paraíso en la languidez del clima que vuelve suave el cuerpo de las mujeres. Y para él, la desnudez se emparenta con un perpetuo deseo. Es propulsado a los albores del tiempo y se encuentra con

Eva antes de que caiga en el pecado original. Tiene razón: está en el Edén.

—No estoy yo para contradecirte. Sí, el seno de las mujeres lleva al Paraíso. Y por ende, es agradable ver en el cuarto cuartel del escudo de nobleza de Colón la representación de ese Edén en forma de seno de mujer.

—Por ahora conservo tu interpretación como la mejor de las hipótesis de tu clase de heráldica.

Ricardo hace una pausa.

—Propongo sin embargo una verificación experimental del acceso al Paraíso Terrenal.

Se echan a los brazos, riendo. Sus cuerpos entrelazados flotan en la ingravidez del deseo por encima del océano de luz que había engullido la ciudad.

27.
El reparto del mundo

Después de infinitas abrazadas, sus dos cuerpos terminaron por volver a la superficie del tiempo.

—Tengo sed —murmura Myrta.

—Tengo hambre —bromea Ricardo.

El español llama al servicio a cuartos y pide un refrigerio. Se dirige a Myrta:

—La pasta, ¿la quieres *a la putanesca*?

Myrta sólo sonríe.

—Para mí, unos huevos a la mexicana. Chile, cebolla, jitomate. Dos pájaros de un tiro. Honro los colores de la bandera nacional que también lo son de la italiana. Verde, blanco, rojo. La cocina siempre es simbólica.

—Y es poco decir. En el mes de septiembre, el de la fiesta nacional, todos los restaurantes de México proponen un platillo "patriótico", los chiles en nogada, creados en el siglo XIX para conmemorar la independencia del país. Combina lo verde del chile, lo blanco de la salsa de nuez y lo rojo de la granada.

—Otra vez con tu enciclopedia… En el fondo, uno jamás cambia.

El servicio a cuartos entrega la cena bajo tapas metálicas cuyo efecto es sobre todo psicológico. Se ponen las batas de baño del hotel. Devoran. Myrta sigue emborrachándose con agua mineral. Ricardo toma una cerveza Pacífico. Se reinstalan en la gran cama, acomodados entre cojines.

—Sigamos con nuestra historia —sugiere Ricardo—. Todavía tengo un montón de preguntas que hacerte. Si no te importa, retomemos en el momento de la llegada de Colón a Palos el 15 de marzo de 1493. Si entendí bien esa historia bastante rocambolesca, los reyes católicos se ven entonces involucrados en un conflicto diplomático con Portugal...

—Es perfectamente correcto. Saltándose a los reyes católicos, Colón en persona se encarga de informar al rey Juan II: le revela todo el trasfondo del expediente, le confía los parámetros técnicos y detalla los acuerdos financieros. El Descubridor infiel privó a "su" reina de lo que podría surtir un efecto de sorpresa. A los reyes de España ya sólo les queda un arma entre las manos: la rapidez de la ejecución. No perderán ni un segundo.

—¿Con qué empiezan?

—Por la información. El rey Fernando crea el primer "gabinete de comunicación" de la era moderna. La información pasará por la imprenta. Para dar a conocer el descubrimiento del Nuevo Mundo, España piensa publicar la carta que Colón preparó.

—Perdón, pero tengo una pregunta: ¿la escribió Colón mismo o la escribieron en su lugar?

—El original está perdido, pero creo que Colón es el autor; son reconocibles su estilo y su modo de pensar. En cambio, en el entorno del rey se realiza una corrección cosmética. La carta inicialmente dirigida a los soberanos va a cambiar de destinatario: Colón ahora le escribe a Luis de Santangel, quien le prestó fondos a la reina. En caso de complicación diplomática, los reyes católicos no quieren verse expuestos. Quien organizará la defensa será Santangel nombrado por Colón *escribano de ración*, es decir "notario oficial". Se gana la apuesta por la rapidez: sólo unos días después de la llegada de Colón en Cataluña, se imprime su carta narrando el descubrimiento. ¡Sale a la luz en Barcelona, en español, sin título, sin fecha, sin nombre del impresor y sin ningún indicio del lugar de publicación! ¡Ocho páginas plagadas de erratas! Se siente la presión por la fecha de entrega: el trabajo es precipitado y desaseado. Pero ahí está la información y puede desde entonces circular.

—La carta, por ejemplo, puede enviarse al Papa, que es español.

—Los servicios del rey preparan de hecho una versión en latín que será impresa en Roma un mes más tarde. Detalle interesante: en la versión latina, el destinatario ya no es Santangel, consejero de la reina, sino cierto Gabriel Sánchez, tesorero general de Aragón y consejero del rey. Se nota que Fernando está haciéndose cargo del asunto. Esta vez, el fascículo lleva por título: *Epistola Christofori Colom*. Esta edición latina goza de cierto éxito ya que tendrá siete ediciones únicamente para el año de 1493; en Basilea, Amberes, Roma y París.

—Cuatro páginas dobles... imprimirlo no debió costar mucho —pondera Ricardo, con cinismo forzado.

Myrta sonríe y consiente en silencio.

—Habiéndose revelado el asunto al mundo, el Papa entra en escena. El 3 de mayo, menos de dos meses después del regreso del Almirante, Alejandro VI publica la bula *Inter cætera* que le otorga las tierras americanas a los reyes de España a cambio de su compromiso por cristianizar a los indios.

—¿Habrase visto asunto tan redondo? Seré honesto: personalmente, me parece sospechoso. Colón llega a Palos, agotado, el 15 de marzo. Si le agregamos el tiempo de recuperación, el tiempo de cumplir con las promesas a la Virgen y a los santos y con las peregrinaciones, el tiempo material de circulación de la información, el tiempo de reacción de los diplomáticos, el tiempo de las citas, el tiempo de activación de la burocracia eclesiástica en Roma, es imposible ser tan eficaz en tan pocos días. Hay gato encerrado.

Myrta cabecea en signo de aprobación.

—Lo que dices no es del todo falso. Tal rapidez en la toma de decisiones no es nada común. Huele a maniobra. De todos modos, hay algo extraño en esta cronología.

—Excepto si el Papa tuvo seis meses para prepararse…

Myrta reflexiona.

—La fecha de la bula de donación, tan cercana al regreso de Colón, puede explicarse si América ya ha sido descubierta antes del viaje "oficial". La elección de Rodrigo Borgia, casi concomitante con la partida del Almirante, pudo haber sido manipulada por España. ¿Por qué su diplomacia no habría anticipado al resultado del viaje del Almirante preparando por adelantado la decisión papal? La bula quizá estaba ya lista unos meses antes y esperaba tranquilamente en un cajón el regreso oficial de Cristóbal.

Ricardo observa a la italiana hablarse a sí misma. Sus labios articulan palabras todavía mudas.

—Esa hipótesis tiene la ventaja de explicar la redacción de la primera bula.

—¿Habrá muchas más?

—Sí, cuatro. Pero viéndolo de cerca, la primera bula, la del 3 de mayo, es evasiva. Bien pudo haber sido preparada por adelantado. Recordemos que el papado le concedió derechos de tráfico marítimo en el Atlántico a Portugal en 1481. Al sur de las Canarias, es decir al sur del paralelo 28, todas las tierras pertenecen nominalmente a Portugal. Claro está, Portugal sólo se interesa en ese entonces por la ruta del sur, la que baja a lo largo de África, pero en el papel, esa línea divisoria extendida hacia el oeste le daría potencialmente a los lusos la posesión de gran parte del continente americano, ¡desde México hasta Tierra del Fuego! Y media Florida de premio. La redacción de la primera bula es, por lo tanto, prudente. Refiriéndose nominalmente al descubrimiento de Christoforus Colon, el Papa le da a España "islas y tierras firmes remotísimas", situadas "por las partes occidentales, hacia los indios", "por el mar donde hasta ahora no se hubiese navegado". El texto hace énfasis en que los privilegios concedidos a Castilla y Aragón son de igual naturaleza que los de Portugal "en las partes de África, Guinea y la Mina de Oro". Pero ese afán por el equilibrio no gusta a los portugueses y se lo hacen saber tanto a los reyes católicos como al Papa.

—¡Nadie se alegra cuando pierde un monopolio!

—Pero el asunto tendrá rebotes. Ante la bronca suscitada por la bula, Alejandro VI redacta otra desde el mes de junio. Con rodeos, como sugiriendo que la bula anterior era un borrador, el soberano pontífice le da a la segunda bula el mismo nombre que la primera, *Inter cætera*, y la data casi en la misma fecha: el 4 de mayo de 1493. Y el Papa decide. Traza en el mapa del mundo una línea meridional de polo a polo, pasando "a cien leguas de las islas que se llaman vulgarmente de las Azores y Cabo Verde, hacia occidente y mediodía". Al este de dicha línea mágica que corresponde más o menos al grado 38 de longitud oeste, todo es de Portugal; al oeste, todo es de España. Nueva ráfaga de protestas de Portugal.

—Si no es indiscreción, ¿por qué?

—Por Brasil.

—¿A qué viene Brasil en todo esto?

—Razonablemente, puede pensarse que los portugueses ya han descubierto la punta oriental de Brasil.

—¿Pero cuándo?

—En una fecha indeterminada, digamos que entre 1485 y 1492.

—Pero entonces... los portugueses descubrieron América... ya no entiendo nada.

—De acuerdo. Volvamos a las imágenes. Si tuvieras un mapa de América ante los ojos, comprenderías con sólo un vistazo. Es una cuestión de longitud. En nuestro sistema actual de localización, Natal y Recife, en Brasil, están situados aproximadamente en el meridiano 35 oeste. La isla de las

Bahamas adonde llega Colón se encuentra entre el 74 y el 75. ¡Cuarenta meridianos de separación! Alrededor de cuatro mil kilómetros de diferencia de este a oeste. En longitud, Brasil está a medio camino de las Antillas. Así que más fácil de alcanzar. A finales del siglo XV, los portugueses dominan perfectamente la *volta* del Atlántico sur. Para pasar por el Cabo de Buena Esperanza en 1488, Bartolomeu Dias no tuvo que hacer un laborioso cabotaje a lo largo de las costas africanas. Después de las islas de Cabo Verde, tomó rumbo al sur, por alta mar, siguiendo el meridiano 30 oeste hasta el trópico de Capricornio. A partir de ahí, bastaba con dejarse llevar por la corriente y el viento trasero para llegar exactamente al sur del Cabo de las Tempestades, futuro Cabo de Buena Esperanza. Poco después de haber pasado el ecuador, Dias se halló en cierto momento a cuatrocientos kilómetros de las costas de Brasil. Es perfectamente posible que poco antes o poco después del viaje de Dias, un barco portugués llevado por los vientos y las corrientes se haya visto obligado a hacer una vuelta más amplia. Esa mala maniobra lo habría llevado a la vista de las costas brasileñas. Estamos en la esfera de lo posible y de lo probable.

Acomodándose en sus almohadas, Ricardo se sorprende.

—Pero entonces, ¿por qué los portugueses no prosiguen? ¿Por qué no explotan ese descubrimiento?

—Porque no pueden estar en todos los frentes. Ser armador marítimo cuesta una fortuna. Y están a punto de hallar la ruta hacia las Indias orientales por la circunvalación de África: con perfecta lógica económica, se concentran en ese objetivo. Y con éxito, de hecho, ya que Vasco de Gama llega a las Indias en 1498. Es sólo después de haberse asegurado el monopolio de esa nueva vía comercial que los portugueses piensan en Brasil. Envían entonces a Pedro Álvares Cabral tomar posesión de éste.

—¿Cuándo?

—En 1500. Justo después del regreso de Vasco de Gama. Cabral, encargado de la segunda expedición de las Indias, da entonces oficialmente la *volta* por Brasil, al que llega en abril. Desembarca al sur del actual Estado de Bahía y toma posesión de ese nuevo territorio en Porto Seguro. Pero en 1493, los portugueses, habiendo guardado en secreto la información, no quieren hipotecar el futuro y perder sus derechos venideros sobre esas tierras occidentales. Pero sucede que la línea divisoria trazada por el Papa Borgia le da la totalidad de América a España. La situación es inaceptable para Portugal. El Papa vuelve a la tarea. En julio, elabora una nueva versión de su bula de donación, con fecha anterior del 3 de mayo. ¡Virtual regreso al punto de partida! El nombre de Cristóbal Colón, fuente de litigio, es borrado; la redacción tiende a ser más equilibrada....

—...y no satisface a ninguna de las partes.

Ricardo interrumpió a Myrta y terminó su frase.

—Eso mismo. Portugal propone entonces una negociación directa con Castilla. Las negociaciones dan inicio en septiembre de 1493 en Tordesillas, cerca de Valladolid, al mismo tiempo que Colón vuelve a echarse a la mar para su segundo viaje. Esta vez, encabeza una armada de diecisiete navíos que llevan a más de mil quinientas personas. Las negociaciones hispano-portuguesas van por buen camino. Pero en diciembre de 1493, el Papa Alejandro VI publica una cuarta versión de su bula, con fecha anterior: el 25 de septiembre, como un guiño a Colón, quien partió de Cádiz ese mismo día. Ese nuevo texto deja consternados a los negociadores.

—¿Y qué hay de particular en esa cuarta bula?

—Complica el asunto al introducir la cuestión del antimeridiano.

Sorpresa para Ricardo, quien jamás ha escuchado hablar de ese asunto del "antimeridiano", pero está dispuesto a saber más.

—Un meridiano de polo a polo es en realidad un semicírculo que posee una continuidad del otro lado del globo terráqueo. El concepto, y la palabra, ya existen en los cartógrafos del siglo XV. La continuidad de un meridiano más allá de los polos se nombraba antimeridiano. La pregunta que le había sido planteada al Papa consistía en el punto siguiente: ¿la línea que el Santo Padre había trazado en el Atlántico se prolongaba, o no, en lo que más tarde se llamaría Océano Pacífico? Pero la bula del 25 de septiembre precisaba que las posesiones españolas se extendían al oeste de la famosa línea de las cien leguas "hasta las regiones orientales de la India". Era una formulación demasiado vaga que potencialmente le concedía a España la propiedad de las Indias. De hecho, Portugal ya tenía la mirada puesta sobre esas mismas Indias a las que podían llegar por la circunvalación de África.

—Objetivamente, Borgia da muestras de un favoritismo pro español.

—Para eso está ahí. Es ahora o nunca.

—¿Y qué hacen los diplomáticos en Tordesillas?

—Suspenden los trabajos. Cada quien se va a festejar la Navidad por su lado. Se consulta, se delibera, se reflexiona. Y luego las discusiones retoman y se llega a un acuerdo. España y Portugal firman el Tratado de Tordesillas el 7 de junio de 1494. El documento ratifica un verdadero reparto del mundo. La línea divisoria de la Mar Océana fue reubicada a trescientos setenta leguas de las islas de Cabo Verde. Todo lo que se encuentra al oeste de esa línea pertenecerá a partir de entonces a España. Lo que está al este le corresponde por derecho a Portugal. Ese nuevo meridiano equivale aproximadamente a una longitud oeste de 46°30. Si proyectamos ese meridiano sobre el mapa de América, nos damos cuenta de que una amplia franja de la punta oriental de Brasil, desde el Maranhão hasta Sao Paulo, está del lado portugués. La geografía política de América queda sellada: Brasil, oficialmente descubierto seis años más tarde, será portugués. Se le agregará a África, India e Insulindia. Del otro lado del mundo, los españoles deberán conformarse con las Filipinas que cambiarán con los portugueses por las Molucas. Pero tendrán que llegar a esas posesiones asiáticas desde México, navegando siempre hacia el oeste.

—Esa dimensión cosmológica es de sorprender. No sólo el Tratado de Tordesillas reparte los mares entre España y Portugal, ¡sino le atribuye a cada una de las dos potencias marítimas un sentido giratorio!

—Eso es. Los barcos portugueses se acoplan al movimiento rotatorio de la Tierra mientras que los navíos españoles, lanzados hacia el sol poniente, remontan el tiempo. Con esas bellas consideraciones, buenas noches. No lo tomes a mal, pero me caigo de sueño.

Ricardo se levanta una última vez para contemplar el espectáculo de la palpitante ciudad a sus pies. Siente ondas, pulsaciones, energía, fuerza. Su mirada acaricia el cuerpo de Myrta. En sus adentros se dice feliz.

28.
Los jardines de Chimalistac

Myrta había renunciado a tomar cita con la directora de la biblioteca Platino, pero se presentan hacia las 10:15 en la sede de la fundación del hombre de negocios en el barrio de Chimalistac. Ocultos tras unos muros de cuatro metros de alto, en medio de un parque con árboles centenarios, se yerguen los edificios de la fundación, edificios bajos que albergaban oficinas, salas de trabajo para los investigadores, salas de lectura para el público, áreas de almacenamiento, bodegas, una sala de conferencias y apartamentos privados.

La italiana tiende una tarjeta de presentación y pide hablar con Beatriz Santamaría Morena, la directora de ese conjunto cultural. La joven de la recepción les contesta que no tardaría en llegar y que, si así lo deseaban, pueden esperarla. Les indica unos sillones para aguardar. No tienen que esperar más de un cuarto de hora. Una mujer de unos cincuenta años sale de un cuarto y va a su encuentro. Myrta presenta brevemente a su compañero y enfilan por un pasillo que los lleva hasta la oficina de la directora, ampliamente abierto sobre el silencio del parque. Myrta tiene palabras de agradecimiento, explica la urgencia de su diligencia, habla de su encuentro con Fred Morrison y empieza a contar la historia de la búsqueda del manuscrito de Colón desde el asesinato de Sevilla. Beatriz reflexiona, y luego les sugiere: —Estaría encantada de hablarles de este asunto que es de suma importancia, pero tengo una cita programada en quince minutos. Les propongo lo siguiente: ¿por qué no vernos en dos horas, digamos a las 12:30, aquí mismo? Podríamos hablar con toda tranquilidad; intentaré terminar con los asuntos inscritos en mi agenda lo más rápidamente posible. Pueden, si así gustan, pasearse por el barrio o instalarse en la biblioteca si por casualidad tienen libros que consultar. ¿Qué opinan?

—De acuerdo. Muchísimas gracias. Creo que aceptaremos su oferta de trabajar en la biblioteca. Aprovecharé para consultar su fondo del siglo XVI.

Salen y se instalan en la sala de trabajo dedicada a los investigadores. Cuando Beatriz los recibe dos horas más tarde, está en la mejor disposición y, sonriendo, comienza su relato.

—Como bien sabes, Myrta —ambas mujeres se tutean desde hace unos quince años—, Juan Carlos se jubiló hace tres años; y cuando le sucedí, retomé una serie de expedientes. Mi predecesor tenía una técnica: no aseguraba absolutamente ninguno de los tesoros de esta biblioteca. Tenemos seguros para terceros, ya que recibimos público, pero las obras como tales no están aseguradas. En realidad, es difícil establecer un valor patrimonial para originales irremplazables si son destruidos. Así que era una filosofía. Juan Carlos prefería organizar la seguridad en vez de pagar cuotas de seguros. Es una opción que comparto. Pero me di cuenta de que poseíamos en nuestro fondo unos tesoros que no han sido revelados al público. Así fue como descubrí, dos años después de haber asumido mi cargo, que Platino poseía no sólo uno, sino dos manuscritos de Colón: el *Diario de a bordo* en su versión autógrafa, considerada perdida, y el *Diario* en su versión "a dos manos" de la que tenemos conocimiento por una carta de Isabel la Católica. Para ser honesta, no tengo la menor idea de cómo esos dos manuscritos excepcionales llegaron hasta Platino, pero tomé la decisión, contrariamente a la práctica de este establecimiento, de asegurar esos dos inestimables manuscritos. Así que contraté con la más total discreción —vamos, lo que creía que era la más total discreción— una póliza de seguro con una prestigiosa compañía e incluso si la prima era muy elevada consideré como útil dicha precaución. En la práctica, fue una catástrofe. Puedo confesarlo puesto que soy la responsable. Fue una catástrofe porque para asegurar el objeto hay que describirlo. También hay que detallar las condiciones de su preservación, es decir, se está obligado a dar indicaciones sobre las medidas de protección tomadas para impedir el robo, el incendio, las inundaciones, el moho, etcétera. De alguna manera, es normal; de otra manera, es un riesgo considerable.

Beatriz retoma el aliento. Se le siente herida. Su confesión le cuesta, pero la libera.

—Pero la información fue pirateada. Los datos confidenciales que transmití a nuestra aseguradora fueron a parar a manos mal intencionadas y provocaron el robo simultáneo de los dos documentos. Muy concretamente, el manuscrito del que me estás hablando fue robado al mismo tiempo que el original del *Diario de a bordo* hace aproximadamente cinco meses. Claro está, nadie lo supo aquí. La existencia de esos manuscritos era un secreto absoluto y los servicios de seguridad que constataron el robo no saben lo que fue robado. No hablé de ello con nadie. Y no volví a saber del asunto hasta la llamada telefónica de nuestro colega Morrison, quien me llamó hace unos días. Por supuesto, iniciamos una investigación interna. Sabemos más o menos cómo tuvo lugar el robo. Sería demasiado largo de contar, claro; además, no deseo comentar nuestras fallas de seguridad; pero tenemos alguna idea sobre la identidad de los ladrones. Aparentemente, son tres: dos externos y un cómplice interno.

Beatriz no ha terminado del todo su confesión. Ricardo la envuelve con la mirada. Quiere saber más.

—Al probarse el robo, la aseguradora, que llevó a cabo una investigación por su lado aceptó reembolsar el valor declarado… —Beatriz hace una pausa—. Y les confieso que es considerable. Así que cuando recibí la llamada telefónica de Fred Morrison que parecía caerme del cielo, le di inmediatamente mi acuerdo. Concretamente, estoy comprando de nuevo el original del "manuscrito a dos manos" por medio de un arreglo con nuestra aseguradora.

Ricardo Luna se pone a balancear el torso de izquierda a derecha.

—Lo que significa que todavía no has recuperado físicamente el manuscrito —inquiere Myrta.

—A decir de Morrison, todavía está en Madrid. Él nunca lo tuvo entre sus manos. Debo decir que al estar tan feliz por enmendar mi tropiezo no intenté discutir las condiciones de Morrison y tampoco lo interrogué sobre la procedencia de su ejemplar. Me lancé al ruedo sin muleta. Pero claro que estoy interesada, ¿cómo decirlo?, en carne propia por la recuperación de alguna información susceptible de identificar a los ladrones y de aprehenderlos. ¡Sería mi expiación!

Ricardo se inmiscuye en la conversación y decide poner las cartas sobre la mesa. Emplea un tono ceremonial que no acostumbra.

—Soy el policía encargado de la investigación en Sevilla, donde se produjo el crimen que desató el viaje de nuestra búsqueda. Le propongo entonces toda mi ayuda para acopiar cualquier información e intentar remontar hasta los autores del delito.

Beatriz pronuncia unas palabras de agradecimiento. Prosigue con una pregunta:

—Pero, de casualidad, ¿no tienen conocimiento de la reaparición del otro manuscrito?

—Sí, Beatriz, sí —contesta Myrta.

La mirada de la directora traiciona una profunda sorpresa.

—Sí. Ahora que sabemos que los dos manuscritos desaparecieron al mismo tiempo de sus cofres, es bastante lógico que reaparezcan juntos en el mercado.

Pero Myrta, prudente, se conforma con decir que está en manos de la policía francesa y que por el momento la investigación se encuentra sumida en un profundo silencio. Existe por lo tanto una posibilidad, en teoría, de recuperar el manuscrito robado. Los tres interlocutores intercambian tarjetas de presentación, números telefónicos, y prometen mantenerse al tanto de la evolución de las investigaciones.

Ricardo y Myrta salen caminando por los empedrados de San Ángel. Se instalan en una mesa al pie de una iglesia barroca en la plazuela de San Jacinto donde un indio de Veracruz vende unos frijoles saltarines que tanto fascinaron a los surrealistas franceses. Comen unos tacos con guacamole. Ricardo se toma una Pacífico. La profesora y el policía. Su dúo es eficaz.

Están planeando un programa de turismo cultural para el día siguiente cuando suena el teléfono de él. Por la brusca seriedad de su compañero, Myrta comprende que un acontecimiento imprevisto se interpondrá en su idilio. Ricardo cabecea varias veces de arriba abajo, mudo y concentrado.

Cuelga.

—Era *Neandertal*. Miguelín. Mi jefe. Me estaba informando que Olibri fue asesinado anoche, en la calle, a las puertas de su edificio, poco antes de medianoche. De quince cuchilladas.

Me evadía de mí mismo, en deuda conmigo, pero sin hallar la paz. Quería lo que no me pertenecía. Deseaba ser el otro cuando era más rico o más poderoso; envidiaba a mi prójimo y había aprendido a vivir por poder. Me alimentaba de las cualidades de otro; imitaba, moldeado por la avidez. Mi vida falsificada se volvía veneno. Hasta el día en que pasé al acto. Maté a Alonso para apropiarme de su persona. Para acaparar sus documentos, robarle su información, robarle su alma, para que su aventura fuera mía, para que su secreto descanse en mí, acallado para la eternidad.

29.
La recámara de la reina

El programa turístico se pospone *sine die*. Ni hablar ya de subirse a una pirámide maya o de ir a las Barrancas del Cobre. El paréntesis existencial se ha cerrado. Toman el primer avión para Madrid, un vuelo de noche.

No quedaba claro que el segundo asesinato tuviera relación con el asunto de Colón, pero aumentaba la presunción. Era un crimen pasional —Ricardo pretendía que eso todavía existía— o un ajuste de cuentas. La segunda hipótesis daba susto: ya no se estaba en el mundo de los anticuarios sino en el de los traficantes. En ese caso, ¿por qué había muerto Olibri? Había múltiples posibilidades. La actividad oficial del anticuario podía ocultar otra; pudo intentar quedarse con el manuscrito después de haber embolsado el dinero; también pudo haber mentido sobre su vendedor panameño y estar implicado en el robo de México. Nuestros viajeros manejan las hipótesis hasta que la cena les es servida.

Myrta sorprende a su compañero al pedir una copa de Saint-Estèphe 2008.

—Sí, sí, para reponerme de las emociones —declara bastante satisfecha por mostrarse imprevisible.

Después del interludio de la cena y a pesar de la tentación de los asientos-cama de la *business class*, Ricardo reclama la continuación de la novela Colón.

—Es cierto. Nuestras mentes están algo sobreexcitadas. Eso nos calmará un poco.

—Así que retomemos por el lado jocoso. Ese Papa Borgia, ¿sí es el padre de Lucrecia y de César?

—Sí. Y de Giovanni, de Jofre, de Laura, de Gironela... sí es el hombre de los escándalos, de las orgías, de los incestos y de los asesinatos.

—Con sus bulas, vaya que le dio un buen empujón al poder español, por Dios...

—Por Dios... no sé si sea la expresión idónea —bromea Myrta—. Alejandro VI fue más bien un apóstol de la burla. Pero seguramente un eficaz agente de la Corona hispánica. Porque se aprovechará de Colón para satisfacer los deseos de Fernando y de Isabel: les va a confiar la responsabilidad de la iglesia española. Las bulas alejandrinas contienen una verdadera transferencia de soberanía. En contraparte a su compromiso de cristianizar las Indias occidentales, los soberanos reciben el derecho de nombrar a los titulares de los puestos eclesiásticos. El descubrimiento de Colón provoca un terremoto que se traduce en un reforzamiento considerable del poder real.

—¿Será razonable creer que esa serie de causales es fruto de una total improvisación?

—Quizá no. Pero es difícil saber si Colón fue manipulado o si él es quien mueve los hilos. Lo que está fuera de toda duda es que la obligación de cristianizar, pública y contractual, le complicará la existencia a Colón.

—¿En qué sentido?

Ricardo está encantado por el giro que está tomando la historia. Abandonando con entusiasmo sus recuerdos de clase, ahora con deleite observa la escena entre bambalinas. Le encanta cómo Myrta reconstruye la faz secreta de las cosas a partir de documentos oficiales, cómo hace hablar a los silencios, cómo saca a descubierto lo inconfesable tras unas palabras demasiado inodoras para ser ciertas. Por deformación profesional, el policía se apasiona ahora por esa historia que se puede trastornar, antedatar, manipular. Descubre que el secreto no resiste eternamente, que siempre hay un testigo sorpresa para disipar el enigma.

—Es sencillo: la obligación de cristianizar a los indios impuesta por el sorprendente Alejandro VI apunta a impedir la esclavitud. En aquella época, la esclavitud es legal, pero prohibida entre cristianos.

—¿Y qué con eso?

—Que eso contraría en mucho los proyectos de Colón, quien espera sacar provecho de sus descubrimientos por esa vía. Todos sus esfuerzos tenderán a no bautizar ningún autóctono y a reducir los indios a la esclavitud.

—¿Y lo logrará? —se inquieta Ricardo.

—Sí. Bastante bien. Como por ejemplo con la instructiva historia del vicario apostólico Bernardo Boyl.

—¿Vicario apostólico? Debo confesar que no estoy familiarizado con las jerarquías de la iglesia.

—Después de las bulas, los reyes católicos tienen la obligación de organizar la puesta en marcha de la cristianización de las Islas. La preparación del segundo viaje de Colón no puede concebirse sin presencia eclesiástica. Así que el rey Fernando, muy activo en esta lid diplomática, nombra a un religioso apellidado Boyl como jefe de la misión de evangelización con el título de "vicario apostólico". Es un catalán, letrado, quien ya ha llevado a cabo varias misiones diplomáticas por cuenta del rey de Aragón. Un antiguo benedictino vuelto ermitaño de la Orden de los Mínimos, pero ermitaño de la Corte, muy cercano al rey de Francia y al Papado. Primer acto: Colón se niega a llevarlo en el barco almirante. Segundo acto: Con sus diecisiete naves, Colón descubre y explora la Dominica, la Guadalupe, Marie-Galante, Montserrat, las islas vírgenes, Puerto Rico: a Boyl le está prohibido desembarcar. ¿Para no asistir a las batidas a las que se libran los hombres de Colón y que capturan exclusivamente mujeres? Tercer acto: Colón arriba a La Española; llega a la fortificación de Navidad de la que no quedan más que algunos vestigios calcinados. A Boyl todavía le está prohibido desembarcar. Colón se reserva el monopolio del contacto con los indios. Es probable que el Almirante no desee que el fraile conozca las infamias de los treinta y nueve hombres de la primera colonia que robaron las mujeres de sus anfitriones —tomaron cinco cada uno— y arrancaron brutalmente el oro de todos los aldeanos sin dar nada a cambio. Cuarto acto: En esa costa norte de La Española, Colón decide fundar una ciudad que nombra La Isabela. El 6 de enero de 1494, Boyl puede al fin dar una misa en tierra americana. Su primera misa en tierra después de noventa días de navegación y de encierro forzoso a bordo.

—¿Y el quinto acto? —inquiere Ricardo.

—Las relaciones entre Colón y Boyl, lejos de normalizarse, se vuelven sumamente tensas. Embriagado de poder, el Almirante está a la deriva. Explota vergonzosamente a los indios obligándolos a entregar cada semana una cantidad mínima de oro. Dichas cuotas son absurdas pues no hay prácticamente oro nativo en las islas. El poco oro que circula proviene de los Andes: el oro de los taínos es el resultado de una acumulación patrimonial de varios siglos. Las existencias no son renovables. Ello no impide que los esbirros de Colón corten narices y orejas a los indígenas incapaces de recolectar un oro que no existe. El Almirante le confía el gobierno de La Isabela a su hermano menor, Diego, desprovisto de toda legitimidad. La organización de la muy joven colonia se convierte en un fiasco absoluto. Hay que mencionar que Colón llega con caballos, vacas, cerdos y corderos, gallinas y patos, arrobas de centeno y de trigo con la intención de reproducir los modelos agrícolas en uso en España: pastoreo y cultivo de cereales. Sin embargo, nada está adaptado para ello. El trigo germina pero se marchita antes de producir espiga alguna. El ganado arrasa con los jardines de los indios, los *conucos*, que desconocían las cercas. Las ratas salen de las bóvedas de los navíos y se propagan por la naturaleza.

—¿No estás haciendo una descripción demasiado apocalíptica?

—¡Oh, no! Y eso no lo es todo. El verdadero problema de Colón es que no es apto para el ejercicio de la autoridad. Embriagado por su título de virrey, cree poder comportarse como déspota. Se regodea con saña condenando a los hidalgos a trabajos forzados. Éstos se rehúsan: los castiga con azotes. Escándalo. Como la comunidad española no logra la autosuficiencia alimentaria, vive a expensas de los indígenas, quienes además del oro deben proveer la alimentación de los invasores. La situación, como te darás cuenta, es insoportable. Colón ya no controla nada. Se encuentra completamente rebasado por los acontecimientos. Cerrando los ojos ante el fracaso, intenta proseguir con su exploración marítima. Con tres carabelas, reconoce la costa sur de Cuba, descubre Jamaica, lo expulsan a flechazos; sube hacia Cuba, explora los arrecifes que nombra Jardines de la Reina. Los habitantes huyen cuando se acerca. Las baratijas y los cascabeles ya no ofrecen ningún interés a los nativos que de ahora en adelante saben a qué atenerse.

Ricardo hace una pausa, sorprendido.

—Piensas que la información ha circulado entre las islas…

—Por supuesto. La reputación de los españoles los ha precedido. Todos esos insulares son maestros de la navegación. Se desplazan permanentemente. Tienen piraguas de dimensiones impresionantes. El Almirante dice haber observado una que medía noventa y seis pies de largo y ocho de ancho. Treinta metros, una vez y media más que La Niña.

Ricardo imagina la escena: la búsqueda del árbol que dará su tronco para la piragua. La marcha en fila india por la selva húmeda. La elección de la víctima, una ceiba de cuarenta metros de altura de tronco perfectamente liso. Respira el humo del incienso. Escucha las incantaciones de los hombres. La extraña polifonía ascendiendo por el bosque como un sordo murmuro amplificado. Los hombres sacan su herramienta de leñadores: cuerdas y arena. El árbol, vertical y telúrico, es un cautivo a punto de rendirse. Morirá sacrificado, pero tendrá una segunda vida, horizontal y acuática. Las cuerdas cortan la corteza y luego la madera que regurgita savia. Se cambian las cuerdas para rehacer los empalmes. Un oído atento puede identificar el avance del combate. Al principio, la cuerda es alegre y vibra son frecuencias cortas; luego, el sonido se vuelve más amplio, más maduro. La sección del corazón del árbol libera sonoridades mordaces. El quejido se vuelve desgarrador. De nuevo, la cuerda vuelve al tono grave para tensarse otra vez para la ejecución de la partitura final al ritmo de las cuñas hundiéndose. Concierto de vida y de muerte en la penumbra secreta del sotobosque.

El policía escucha la voz de su amiga decirle:
—Te dejo dormitar.
—Perdón. Me perdí algunos segundos. Pero no vayas a creer que la historia de Colón sea soporífica. No, no, sigue, por favor.
—Nos quedamos en la exploración de Cuba, en un momento extraño. Un buen día, mientras navega rumbo al poniente desde hace días, Colón echa anclas y decreta que ha llegado al continente. Al asiático, por supuesto. Y obliga a todos sus tripulantes a jurar que Cuba es tierra firme. Su notario redacta el acta: el Almirante de los Mares Océanos ha descubierto la extremidad de las Indias.
—¡Pero eso es surrealista!
—Sí, pero es auténtico. ¡Con un día de navegación más, habría alcanzado la punta occidental de Cuba y hubiera

podido darle la vuelta a la isla! De regreso a La Española, Colón se declara indispuesto. Oficialmente a las puertas de la muerte, permanece encamado en el castillo de popa de La Niña rebautizada Santa Clara (enfermedad *diplomática* o verdadero ataque de paludismo, no se sabe). Vuelve a la vida cuando se entera de que su hermano Bartolomé acaba de llegar de España para reunirse con él. Se apresura a nombrarlo *adelantado*, es decir, depositario de una delegación con poder absoluto. Colón se entera también de que la reina ha enviado cuatro carabelas en refuerzo con provisiones, vacas y cerdos, semillas y labriegos, cien gallinas y cinco gallos. Pero lo más extraño es el envío de un regalo personal de Isabel para Cristóbal...

—Los pequeños regalos mantienen la amistad —bromea Ricardo.

—Sí, pero ahí no se trata de un pequeño regalo. ¿Sabes lo que le envía la reina a su protegido? Una recámara. Completa. Con una cama matrimonial con dosel, seis colchones, tres pares de sábanas de tela de Holanda, cuatro almohadas, cobijas con bordados, cubrepiés de franjas. Para aislar la cama y crear un espacio de intimidad, tapices tejidos con representaciones de robles y de castaños. Le agrega una alfombra de pie de cama, un cofre y un baúl con fundas bordadas con las armas del Almirante... Una recámara, entenderás, es un regalo íntimo.

—Sin mencionar que el conjunto se encuentra totalmente inadaptado al clima. Esto me hace pensar en García Márquez.

—Y eso no es todo. La reina le envía a su bello virrey cuatro pares de manteles finos, seis docenas de servilletas, toallas, platos de plata, cacerolas, vasos, frascos, cucharas, candelabros y linternas con treinta libras de velas de cera. Queda claro: le está enviando su ajuar.

—¿El ajuar... de ellos?

—Simbólicamente, se le parece mucho. Más aún, Isabel la Católica le agrega al presente unas muy delicadas atenciones: agua de rosas, agua de azahar, jabón. Cantidad de golosinas: dátiles, cidra confitada, uva pasa de Málaga, almendras, membrillo, miel, azúcar blanca, rosa y morena.

—Hoy se tacharía esa conducta como "inapropiada".

—En todo caso revela un estado de ánimo. La reina está fascinada. Pero eso no durará eternamente. Bartolomé se ve obligado a decirle a su hermano que el padre Boyl se había evadido. El padre Boyl, quien había intentado poner orden en el actuar de los españoles y refrenar sus excesos, se encontraba preso en un barco y por orden de Bartolomé sólo recibía media ración de alimento; ese castigo de marinero hacia un dignatario eclesiástico molestó a su equipo de sacerdotes ya reducidos a la impotencia. Boyl, confidente del rey de Aragón, exasperado por el chasquido del látigo, decidió evadirse para denunciar las acciones del clan Colón. Contando con la complicidad del jefe del pequeño ejército del Almirante, Pedro Margarit, los opositores tomaron dos navíos y se hicieron a la mar rumbo a España.

En el momento mismo en que se entera, Colón decide enviar a su hermano Diego en misión con la reina para prender un cortafuego. A defecto de oro, el virrey de las Indias envía esclavos taínos. Se habló de quinientos. Con los precios del mercado en Sevilla, ¡por supuesto que quedaban reembolsados los gastos de la expedición!

Ricardo quiere conocer el final de la historia que se está tejiendo como un drama.

—¿Quién tendrá la última palabra, Boyl o Diego Colón?

—Se pospone el partido. Cincuenta-cincuenta. Boyl anota los primeros puntos; él, y todos los demás, les exponen tres verdades a los soberanos. No hay oro en las Islas: Colón es un cuentista. Colón no sabe ejercer el poder: por naturaleza, carece del arte de gobernar a los hombres. Finalmente, el Almirante es un esclavista y no respeta la carta de donación papal. Luego llega Diego para denunciar la maledicencia de los celosos y la calumnia de los envidiosos. Los esclavos gustan mucho a sus destinatarios. Incluyendo a la reina. La cuota de los reyes está a punto de ponerse a la venta para reabastecer los cofres de la Corona. Pero unas voces se alzan de los corrillos para recordar el compromiso de España: los habitantes de las Indias occidentales son hijos de Dios y deben ser bautizados. Isabel la Católica se desdice y ordena el reenvío de los taínos a su isla de origen. Para acallar al arcediano Fonseca, quien preside el Consejo de Indias bajo el nombre de Organizador General, ahora muy hostil hacia Colón, la reina acepta que el eclesiástico conserve sus veinte esclavos. Se les considerará oficialmente como futuros intérpretes.

—¡Ya habían inventado los convenios de prácticas!

—Contra viento y marea, la reina mantiene su confianza hacia el Almirante. Envía a Diego con cuatro carabelas, todos los esclavos taínos y un juez pesquisidor, Juan de Aguado, encargado de reunir las quejas de los españoles de La Española. Por si acaso, envía material destinado a la extracción de oro y un metalúrgico especializado en su aglomeración por azogue.

Aguado descubre una situación desoladora y redacta un informe de cargo contra el clan Colón que ha diezmado la colonia. El antiguo mayordomo de la reina, embriagado por su función, con maligno placer se venga de los poderosos. El Almirante siente que el poder se le escapa de las manos y decide volver a España con su acusador. Logra, sin embargo, convencer al enviado de la reina de que los culpables del desorden... son los indios. El 10 de marzo de 1496 sube a bordo al cacique del Cibao, Caonabo, con treinta y un miembros de su familia que mantiene presos con grilletes. Luego, en las dos únicas carabelas que se salvan de los huracanes invernales se amontonan doscientos veinticinco hidalgos y su gente de confianza autorizados a regresar a España para escapar de la tiránica locura de Colón. En lugar de los veinticinco días habituales de travesía, las naves tardarán tres meses para hacer el viaje trasatlántico de vuelta, con una extraña escala en las Pequeñas Antillas. Quinientos años después, seguimos sin saber lo que sucedió.

—Lo adivino: Colón quiere que sus oponentes desembarquen donde viven los caníbales.

—Anoto ese comentario malintencionado en el acta del juicio. En cambio, Caonabo y la mayoría de los jefes taínos no sobrevivirán a ese interminable viaje. Cuando el virrey desembarca en Cádiz, en realidad le tiemblan las piernas. Ignora si será aprehendido o no. ¿Sigue contando con el apoyo de la reina, o ella se cansó? Su vida pende de un hilo. En un primer tiempo, no da paso. Como postrado, deja el campo libre a sus detractores. Pasa un mes. Se le ve en Cádiz, luego en Sevilla, hirsuto, deambulando descalzo, vestido con el sayal de los franciscanos con su cordón a la cintura. Trata de engañar.

—Colón demuestra que el hábito hace al monje. ¿Y qué hace la reina?

—Vacila, y luego cede. Le pide finalmente reunirse con ella en Burgos. Y la historia de amor se reanuda. Se derrite de admiración y reinstala a su amado virrey en la corte. La historia de Colón no ha terminado: habrá un tercer y luego un cuarto viaje.

30.
El cofre de viaje

El avión aterriza sin mayor contratiempo en Madrid a media tarde del día siguiente. Algo atolondrados, ocupan el apartamento de Myrta. Con gran naturalidad, Ricardo Luna se vuelve a vestir con el traje de policía.

—Debes investigar la vida privada de Olibri —sugiere la italiana—. Quizá puedas hacer que su computadora hable. Hay que encontrar algún indicio que nos ponga sobre la pista del manuscrito. Por el momento, la verdad nos obliga a constatar que no hemos avanzado mucho.

—Soy menos pesimista que tú. Intuyo que el manuscrito no ha dejado Madrid, que se encuentra en casa de Olibri y que podríamos ponerle las manos encima.

—Ni en sueños, Ricardo mío. Sin pitazo, no tenemos la más mínima oportunidad de identificar su escondite.

—Te equivocas. Un escondite es como el matrimonio.

—¿Y qué más? —interrumpe Myrta.

Ricardo continúa.

—Cuando elegimos a nuestro cónyuge, siempre creemos que podemos escoger de entre la mitad del universo. Pero no es el caso. Los parámetros de la selección se concentran en unas pocas personas. Estadísticamente, sólo existe un número muy reducido de posibilidades. Todos los sociólogos saben eso. Pues bien, en cuanto a escondites se refiere, es lo mismo. La policía, acostumbrada a los truhanes, logra a menudo encontrar los botines a partir de los perfiles psicológicos. Algunos ladrones son altruistas y le tienen confianza a un cómplice; algunos están apegados a la familia y ocultan el producto de su hurto en la casa familiar; otros tienen relaciones en el extranjero, donde se sienten menos vulnerables. Algunos entierran, otros esconden en los muros, otros en los plafones; algunos lo conservan todo agrupado, otros lo dispersan. Casi siempre se logran localizar los escondites de los bandidos por la psicología.

—De acuerdo, mi Sherlock Holmes. Y en el caso de Olibri, ¿cuál sería su escondite predilecto?

—Un mueble. Estoy seguro de que disimuló el manuscrito en un mueble.

—Es posible. Pero nada fácil. ¿Cuántos muebles posee en su casa, en su tienda, en su bodega? ¡Nunca lo encontraremos! —comenta Myrta con mueca dubitativa.

—No, no. Elimino la bodega, poco segura, y el domicilio, comprometedor. Queda la tienda. No sé si lo notaste, pero está bastante bien protegida. Hay sensores y cámaras por todas partes, una alarma sofisticada. Es ahí. Su tienda le servía de caja fuerte.

—¿Y cómo haces para entrar en la caja fuerte?

—Lo voy a pensar —murmura Ricardo, enigmático.

—Y una vez en el lugar, Superman, ¿te guiará un dron, una varita mágica?

—Vana ironía. Tengo una idea.

—Y suponiendo que encuentras el objeto codiciado, ¿qué haces? ¿Lo robas?

—¡Qué palabras tan fuertes! Lo tomo para ponerlo en un lugar seguro.

—Eres una fiera, héroe mío —bromea la italiana.

Ricardo se dirige hacia las estatuas de la entrada, las acaricia como criaturas familiares y abre la puerta del apartamento.

—Voy a hacer unas compras —finge decirles a las obras de arte.

Se dirige a El Corte Inglés más cercano, pasa por el departamento de herramientas, luego por el de ropa para caballeros y termina por el de los *gadgets*.

Vuelve al apartamento, con una sonrisa en los labios.

—Me compré ropa. Me hacía falta.

Myrta abre las bolsas, ávida.

—Veamos, veamos.

Saca de la bolsa un suéter cuello de tortuga negro, un pantalón negro y una sudadera con capucha azul marino oscura.

—Ya entendí. Te volviste anarquista y te vas al Polo Norte.

—Exacto. Toma, te compré un regalito.

Myrta abre el pequeño paquete y saca una especie de rodamiento plano, de acero cepillado, de elegante diseño.

—¿Qué es?

—Un objeto útil…

—¿Es decir?

—Un *decididor*. La experiencia muestra que el hombre suele ser indeciso. Entonces, ese objeto trae la solución. ¿Ves?, en toda la circunferencia hay balines metálicos de acero brillante y una bola roja. Una sola. Y en la parte superior del balero se encuentra grabada una serie de *Sí* y de *No*. Haces girar la parte superior como en la ruleta y la bola roja te indica la decisión por tomar al posicionarse encima de un *Sí* o de un *No*.

Ricardo prosigue:

—Hagamos una prueba. ¿Quieres hacer el amor conmigo?

Myrta hacer girar el aparato y la bola roja se detiene en el *Sí*.

—¿Lo ves? Ya no necesitas escoger por ti misma. Te remites al azar.

—Gracias. Es un regalo inteligente. Y espérate a que lo haga girar muy a menudo —le murmura al oído acurrucándose en sus brazos.

*

Van a cenar a un restaurante para noctámbulos a diez minutos caminando de la oficina de Olibri. Ricardo está vestido completamente de negro. Poco después de medianoche, la pareja se levanta. Camina por las calles desiertas del barrio de Salamanca. Ricardo lleva a Myrta por la cintura. Le toca una letanía de preguntas por parte de la joven mujer cada vez más inquieta.

—¿Pero cómo vas a entrar? ¿Forzando la puerta? ¿Con un pase? ¿Con ganzúa? ¿Cómo neutralizar la alarma? ¿Cómo vas a desconectar las cámaras de vigilancia? ¿Cuánto tiempo tardarás en encontrar el escondite?

El policía conserva un sonriente mutismo que en nada tranquiliza a la joven mujer.

—Ya está. Aquí se separan nuestros caminos. Estamos de acuerdo: no te acercas a la tienda; te quedas en la esquina, a trescientos metros. Y cuando salga, no corras hacia mí para besarme. Me sigues a la distancia, de cuadra en cuadra.

—Hecho.

Ricardo abre la bolsa de El Corte Inglés que traía consigo. Para sorpresa de su compañera, extrae el casco comprado esa misma tarde.

—¿No me digas que vas a escuchar música durante el robo?

—¡Sí, pondré a Enya para estar zen!

Se coloca los auriculares en el cuello para luego sacar del paquete la sudadera azul marino con capucha para ponérselo. Se mete a los bolsillos una especie de llavero, una minilinterna y le deja la bolsa vacía a Myrta. Se aleja y la italiana ve una silueta encapuchada detenerse ante la puerta lateral de la tienda de Olibri. Es una puerta de madera maciza protegida por una cerradura de tres puntos de modelo clásico. Le toma aproximadamente cuatro minutos a Ricardo para que se rinda. De un vistazo se asegura de que la calle esté desierta para luego entrar sigilosamente. Se sube el cuello de tortuga hasta los ojos, se coloca el casco sobre las orejas y se ajusta la capucha. Se pone guantes de cuero. Ricardo está ahora en la oscuridad. La vitrina está oculta tras una cortina de acero y la luz que se filtra de la calle es insignificante. Diez segundos después de su intrusión, la alarma suelta en la noche sus ciento diez decibeles. Myrta se estremece. Debe controlar su pánico incipiente. Aterrada, espera la aparición en cualquier momento de una patrulla. Protegido por su casco antiruido de alta tecnología, Ricardo pone manos a la obra; sabe que dispone de poco tiempo, alrededor de veinte minutos antes de que la compañía de seguridad envíe un vehículo de reconocimiento. En el barrio, los vecinos están acostumbrados a las repetitivas alarmas; hay pocas posibilidades de que den aviso.

Ricardo había seleccionado sus objetivos: empieza por el escritorio de Olibri. Hace el inventario de los papeles dispuestos sobre la mesa de marquetería. El manuscrito no está ahí. Habría sido demasiado fácil, pero había que cerciorarse. Ricardo explora los cajones, su contenido, los espacios vacíos bajo los cajones, los marcos del mueble encima de los cajones. Nada. Insensible al ulular de las alarmas, prosigue con el segundo objetivo: un cofre de viaje francés de época Luis XVI. A la luz de su linterna que pasea un haz concentrado observa, escruta, palpa. Una rodilla a tierra, pasea sus dedos por la sutil marquetería con suma precaución. De pronto, siente: una minúscula clavija de palisandro se hunde. Busca el punto simétrico del otro lado del mueble y encuentra una clavija idéntica, elemento perdido en una composición de rombos de maderas preciosas. Presiona la segunda clavija y cerca del flanco del mueble una tablilla encorvada se desprende de la parte superior del cofre. Ahí está el escondite, súbitamente revelado. Los aristócratas del siglo

XVIII acostumbraban encargar a su ebanista unos muebles con secretos; las mujeres escondían las cartas de sus amantes, los hombres dinero o inconfesables pagarés por deudas de juego.

Ricardo siente el picor de la emoción. Levanta delicadamente la tapa: ahí está el manuscrito envuelto en papel cebolla blanco que deja transparentar el encuadernado de pergamino. Ricardo lo desdobla, lo abre con precaución. Sabe lo que tiene que comprobar. El principio debe empezar para esas palabras que tiene bien visualizadas. "In nomine domini nostri Jesus Christi. Porque, cristianisimos y muy altos y muy excelentes y muy poderosos principes, rey y reina…".

—Perfecto. Esto es.

Para cerciorarse, hojea el documento hasta su mitad. Sabe que debe encontrar un cambio en el estilo gráfico. Descubre sin dificultad la parte correspondiente al segundo copista, de escritura más adornada, más estética, más aireada.

"No hay duda. Se trata del original", piensa plácidamente el policía en medio de la estridencia de la alarma. De pronto, siente en su pecho la vibración de su teléfono. Es la señal acordada con Myrta. Lee el mensaje de la pantalla: "vecinos en ventana hartos de sirena lárgate tengo pánico".

"Tiene razón. No hay que tentar al diablo", piensa Ricardo. Envuelve el documento encuadernado en su protección de papel cebolla, a decir verdad puramente simbólica, y lo reacomoda en el compartimento secreto en el flanco del cofre. Baja delicadamente la tapa en su ranura. Escucha dos "clic" simultáneos, verifica la posición de las clavijas, se cerciora del ajuste perfecto de la parte superior y se levanta. Su linterna le abre camino hasta la puerta de entrada. De espalda a las cámaras, baja el cuello de tortuga y percibe el olor característico de la pátina de los muebles: una mezcla de polvo de madera y de cera discreta. Cierra la puerta tras de sí. Ricardo está de nuevo en la calle. Entrevé a Myrta lejos a la izquierda.

Camina hacia la derecha con paso tranquilo, capucha abatida, las manos hundidas en los bolsillos de la chamarra. No puede ver que a sus espaldas una cortina se entreabrió.

La sirena de la alarma sigue ululando cuando se presenta el coche de la empresa de seguridad. Ricardo ya está lejos; llega al Paseo de Recoletos asegurándose de que nadie lo sigue. Diez minutos más tarde, Myrta abre la puerta de su apartamento y Ricardo la recibe en camisa blanca y pantalón de tela cruda. Nada le queda de su silueta furtiva de agente secreto. Myrta está agitada.

—Casi me muero de miedo. Todavía estoy temblando. Era cierto.

—Eres un insensato —prosigue la joven mujer—. Entrar a robar con audífonos en las orejas para no oír el ulular de las sirenas es demencia pura. ¿No desactivaste los sistemas de seguridad?

—¡No! Siempre hay que irse por lo más sencillo.

—¿Y las cámaras?

—Una sombra en la oscuridad no impresiona mucho a los sistemas de video: en el mejor de los casos se verá una sombra en la oscuridad.

Ricardo está jubiloso. Muy contento por su truco de magia.

En los brazos del policía, Myrta se incorpora y le presenta un rostro interrogativo.

—¿Y finalmente, lo encontraste?

—Sí. Lo vi, lo toqué y hasta lo hojeé. Puedes darle las gracias a Riesener.

—¿A quién?

—Al ebanista de la reina María-Antonieta.

—¿Me perdí de algo? No estoy segura de comprenderte. Pero mi pregunta es simple: ¿lo tienes o no?

—¡No!

Myrta cabecea como diciendo: "Todo eso para eso". Sigue temblando. El policía siente que debe justificarse.

—Mira, estaba en plena operación cuando recibí tu mensaje de pánico. Así que seguí tu consejo: me largué lo más rápidamente posible. Y renuncié a llevarme el manuscrito bajo el brazo. Imagina que me hayan atrapado a la salida: mi caso se habría agravado.

—Sí. Puede que haya sucumbido al pánico. Ponte en mi lugar: la sirena ululando, los vecinos abriendo sus cortinas para ver lo que está pasando. Me dio miedo que llamaran a la policía...

—Hiciste bien. Pero no te traumes. Ahora que encontré el escondite puedo recuperar el manuscrito sin dificultad. Y lo más legalmente del mundo.

A Myrta le sorprende la serenidad de Ricardo.

—¿Y qué más vas a inventar?

—Nada. Basta con esperar el cateo. Es cuestión de días.

—Bueno —dice Myrta con voz dulce, por fin calmada—. Háblame de Riesener.

31.
Allanamientos

Myrta Pitti camina por la orilla del Jardín de Luxemburgo. La mañana es agradable y promete un cielo azul. Bruscamente, gira sin haberlo decidido siquiera. Está comprobando que no la sigan. No es una bocanada de paranoia; es un instinto. En ella, un estado de vigilancia aguda ha tomado sus fueros sin que su cuerpo le haya pedido autorización. ¿Puede llamársele miedo? Atraviesa el Boulevard Saint Michel, baja hacia la plaza de la Sorbona. Le cuesta trabajo aterrizar, encontrarse de nuevo con sus puntos de referencia, tanto ha cambiado de horizontes últimamente. En el pasillo que da acceso a la oficina de Jacques Castelnau se detiene en seco. La puerta de la oficina de su profesor está entreabierta. Se nota claramente que la cerradura ha sido violada. Una ligera palpitación enrojece sus mejillas. Empuja la puerta. El profesor está ahí, sentado en su mesa de trabajo y la recibe con efusión no fingida.

—Mi querida Myrta, mira lo que me está sucediendo...

—Buenas días, profesor. Lo compadezco. ¿Cuándo ocurrió el allanamiento? ¿Esta noche?

—Probablemente. La noche anterior, los maleantes estaban ocupados en otra parte —bromea Castelnau.

Myrta levanta la mirada hacia su maestro para comprender el significado de la alusión.

—Sí —prosigue el profesor—, el sábado por la noche tuvo lugar el concierto de Leonard Cohen en el Olympia. Con el título de *Nostalgia,* el cantante había incluido en su programa todas sus canciones de hace cuarenta años. Claro está, no me lo podía perder. Voy con mi esposa. Pasamos una buena velada. Digamos, más bien llena de emociones y de intimidad que de euforia. ¡Y cuando volvemos a casa, vaya sorpresa la nuestra al encontrar la puerta abierta! Sin ser un búnker como Fort Knox, debo decir que nuestro apartamento está bastante bien protegido. ¡Lo conoce, Myrta! El inmueble sólo abre con un código digital, hay un guardia, mi puerta principal está blindada, y con refuerzos en las bisagras, la cerradura es un mecanismo de buena marca de tres puntos de anclaje. Y sin embargo, nos hicieron una visita...

Myrta pone cara de consternación. Entiende. Siente subir en ella un sentimiento de pánico.

—Y claro está, los malhechores no se llevaron nada —aventura.

—Con la intrusión en mi oficina, el delito tiene firma. No son ladrones ordinarios.

El profesor echa una mirada circular por las bibliotecas que suben hasta el techo de su oficina. ¿Cuántos volúmenes tiene a la mano? ¿Cuatro mil? ¿Cinco mil? ¿Ocho mil? Imagina lo que hubiese sido un acto vandálico: todas esas obras tiradas al piso en un caos trágico. ¿Habría tenido el ánimo de volver a clasificar sus libros, de encontrar las temáticas originales? ¿Habría tenido fuerzas para memorizar de nuevo la ubicación de cada obra?

Myrta, en estado de alerta, se sienta por fin. Se esfuerza por mantenerse lúcida. Recapitula:

—Primera observación: sus visitantes del fin de semana buscan el manuscrito de Colón. Lo buscan en primer lugar en su domicilio y luego aquí mismo, en su oficina. La intencionalidad es evidente.

—Segunda constatación —prosigue Castelnau lanzándose en un diálogo improvisado—, mis visitantes del fin de semana no saben que el manuscrito ya ha sido robado. Así que estamos en presencia de dos grupos distintos. ¡En un asunto pretendidamente secreto, vaya que hay gente interesada!

Al entrar en el juego, Myrta observa:

—Por otro lado, el último *modus operandi* es diferente del primero. La primera vez, el robo tuvo lugar sin violación aparente de cerradura; la segunda vez, sea en su apartamento o aquí, la efracción parece haber sido deliberada. Sin las puertas abiertas, ¿habría tenido conocimiento de la intrusión? Es una técnica de intimidación, un grado por debajo del saqueo.

—Moraleja, me persiguen unos profesionales que saben entrar a mi casa cuando quieren y que se burlan de mí con toda impunidad. ¡Nada fácil de vivir! Y además, debo soportar la presión cotidiana de mi interlocutor de los servicios secretos que empieza a impacientarse.

—Si yo fuera usted, lo llamaría ahora mismo. Le cuenta esa doble efracción y le confiesa el hurto. La desaparición del manuscrito será más creíble en ese contexto.

—Y suponga que ellos fueron los que dieron el golpe, ¡quedaría en ridículo!

—Perdón, ¿pero piensa realmente que los servicios secretos franceses son capaces de exponerse en tales operaciones?

—Lo sé, me estoy volviendo algo paranoico, ¡pero admita que hay razones para ello!

—Me daría curiosidad saber lo que pudo haberles inventado para hacerlos esperar. Ya han pasado quince días desde que recibió usted el manuscrito en depósito. Es mucho tiempo para fingir tener dudas sobre la autenticidad del documento.

—Ni me lo diga. Eso me pone enfermo. Pero la desaparición del manuscrito me coloca en una situación insostenible. No puedo confesar; temo que sospechen de que yo mismo lo sustraje. Así que he inventado un cuento de hadas. Dije que estaba procediendo al análisis de la tinta y del papel.

Castelnau cabecea en un gesto de impotencia.

—Lo sé. Es absurdo. El manuscrito no volverá por arte de magia sobre mi escritorio. Pero es algo que me rebasa: no puedo confesar. Dese cuenta: el *Diario de a bordo* de Colón perdido desde 1493 reaparece milagrosamente; y vuelve a desaparecer unos días después en mi oficina, aquí mismo, en la Sorbona. Es un pecado contra el espíritu. Es mi culpa, mi grandísima culpa. Probablemente pueda usted imaginar la honda felicidad que me conmovió cuando tuve el manuscrito entre las manos. Nadie está preparado para ver la materialización de lo imposible...

Myrta aprueba con una mirada de complicidad.

—Pero el destino es versátil. Y ahora estoy viviendo una pesadilla.

—Seamos realistas. Oficialmente, si entendí bien, usted nunca vio ese manuscrito. Así que la comunidad científica no podrá reprocharle nada. Creen firmemente que el manuscrito de Colón está perdido para siempre. Basta con no desengañarlos. Para que esté usted tranquilo, debe sacrificar toda publicación del texto original. Permanece el problema de la policía, pero los etarras ya están tras las rejas. Que ahí los dejen por otros cargos. Como el manuscrito sale de la nada, es delicado acusarlos de robo. El asunto es más enojoso para la policía que para usted.

—Pero usted olvida que pueden sospechar que yo lo sustraje. ¡Y nadie me va a soltar!

Myrta tiene mucho cuidado en no revelar todo lo que sabe sobre el origen de los manuscritos de Colón. Beatriz Santamaría no le diría nunca nada a la policía mexicana. El secreto podía mantenerse perfecto.

Myrta insiste:

—¿Por qué no llama a su contacto en la DGSI para decirle que identificó el manuscrito, que es cosa de locos, que es la bitácora del primer viaje de Cristóbal Colón, que investigó la procedencia del manuscrito y que le confirma que no tiene origen declarado alguno? Ninguna biblioteca del mundo, ningún fondo de archivos de los cinco continentes está en situación de reclamarlo. No puede, por lo tanto, haber acusación alguna por robo calificado. Puede narrarle al agente sus propias intrusiones y le dice que quiere devolverle el manuscrito para escapar de la persecución de que es víctima, cuando su única falta es haber aceptado hacerle un favor.

—No la entiendo. Suponga que diga: "Muy bien. Pasaré mañana a su oficina para recuperar el objeto". ¿Qué hago?

—Frente a frente, de hombre a hombre, le dice la verdad.

—Mi querida Myrta, con angelical candor está describiendo el guion perfecto del acaparamiento: ninguna prueba material, ninguna denuncia. Me quedo con el manuscrito en un cofre y ya nadie más sabe de él. ¿Y cree que las cosas se quedarán así?

—¿Existe otra posibilidad?

Con un "Voy a pensarlo", Castelnau cambia de tema.

—¿Y qué hay de su *Diario a dos manos*?, ¿algún avance en su búsqueda?

Enigmática, Myrta confiesa con una sonrisa:

—Creo que lo he localizado. El policía de Sevilla desenmarañó el caso Andrade. Podría ser cuestión de días.

—Muy buena noticia. Así al menos no nos quedaremos con las manos vacías.

La asistente observa que el profesor dijo "nos" como si deseara apropiarse parte de *su* descubrimiento. Piensa para sus adentros: "No cuentes con eso, muchachito. Guardaré mi descubrimiento para mí".

32.
Neandertal

Doménico Miguelín recibió a Ricardo en su "caverna" a primera hora de ese lunes 9 de junio. La acogida del jefe de la policía de Sevilla es una inenarrable mezcla de torpe calidez y de refunfuños. Probablemente se esté esforzando por ser amable, pero su temperamento lo lleva a plantar banderillas a diestra y siniestra.

—¿Entonces qué, mi estimado Luna? ¿Descansó bien mientras yo estaba trabajando?

Ricardo está acostumbrado al poco tacto de su superior. No contesta nada, se mantiene estoico, perfectamente zen. Si además le contara la mirada verde de Myrta, la textura de su piel, su baja espalda, su irresistible andar, Miguelín se moriría de celos. De todos modos, ya que su jefe piensa que se tomó unas vacaciones, Ricardo no se siente obligado a contarle sus aventuras. Se limitará a escucharlo.

—Le hago un breve informe del caso Andrade. Desde el momento en que el marido nos dio el número telefónico del celular de su esposa, pedí tener acceso a las comunicaciones. Fue instructivo: la víctima casi nunca llamaba a su marido; había llamadas algo frecuentes a tres de sus amigas y a su hermana; identifiqué un número recurrente que corresponde al de un profesor de la Universidad de Reims; había llamadas del día a día a los proveedores, a las administraciones públicas, ¡cosas del montón, pues! Pero me intrigó la presencia de un celular español. La información conseguida reveló que se trataba de un anticuario madrileño de nombre Alonso Olibri

Mora. Después de haber investigado, descubro —agárrese bien, Luna— que Olibri es el amante de Philippine Andrade.

—¡Que la víctima, más bien bonita, haya tenido un amante no es en sí un hecho extraordinario!

—Sí. Porque de resultas había que explorar esa pista a expensas del asesino en serie.

Secretamente consternado, Ricardo finge aprobar con un movimiento de cabeza.

—Seguramente.

—Me informo. Divorciado, sin hijos. Se da muy buena vida. Negocio boyante en un barrio chic de Madrid. Muebles y cuadros de colección. La crema y nata. Se cambió el apellido después de su divorcio. Se apellidaba Olibrius y lo recortó a Olibri. No entendí muy bien por qué.

Ricardo se aventura a proponer una explicación.

—Quizá lo cambió porque su mujer conocía la historia del gobernador de las Galias y que detestaba su apellido.

—¿Cuál gobernador de las Galias?

A todas luces, *Neandertal* anda perdido.

—Paulus Tullius Olibrius, quien pasó a la historia como símbolo del diletante excéntrico, bravucón y pretencioso.

—¡No lo conozco! ¡Volvamos a lo nuestro! Así que el jueves pasado, a finales de la tarde, llamo a uno de mis colegas en Madrid que conozco un poco, para señalarle que ese Olibri quizá tenga algo que ver con el asesinato de aquí en Sevilla. Y ahí es cuando me dice: "Si querías interrogar a Olibri, es demasiado tarde. Tu cliente fue asesinado esta noche". Me cuenta entonces la escena del crimen, las quince cuchilladas, las huellas del Taser, la ausencia de testigos y todo lo demás.

Ricardo pregunta:

—¿Tenía antecedentes penales?

—No, aparentemente.

—¿No sería provechoso asociarnos en el cateo que tendrá lugar?

—Las grandes mentes siempre coinciden. Es exactamente lo que le pedí. Pero están desbordados. Los jueces se toman todo su tiempo. Me dijo que tendría lugar mañana o pasado mañana. Nos incluirán en el asunto.

Refrenando una sonrisa, Ricardo se fuerza por disimular un júbilo interno. El manuscrito es suyo.

Neandertal redacta. Siempre es un momento emocionante el verlo escribir puesto que su mano tiene su historia. Un buen día, el policía perdió un pulgar en un barco. El pulgar derecho. Triturado por un cabrestante durante una arriesgada maniobra en plena tormenta. Se tuvo que amputar. Pidió entonces que se le injertara el dedo gordo del pie derecho en su lugar. Y la intervención quirúrgica, que se llevó a cabo de emergencia en Mallorca, tuvo éxito. Recuperó el efecto de pinza que da el pulgar prensil. Pero el dedo gordo del pie es dos veces más gordo que el pulgar. La mano de *Neandertal* es por lo tanto un conmovedor prodigio, un símbolo de voluntad, pero también una ruptura del orden natural. Una discreta quimera —la anomalía no es perceptible a primera vista—, pero una quimera de todos modos.

—Estoy tomando notas... Ahora lo escribo todo o se me olvida. Es la edad.

Ricardo no capta lo que tenía que escribir su superior ya que prácticamente no ha dicho nada. La explicación está por venir.

—Apunto que está dispuesto a partir hacia Madrid mañana y pasado mañana. ¿Estamos de acuerdo?

Cuando Ricardo finge rebatir, *Neandertal* asume un tono paternalista.

—Mañana por la noche festejamos el cumpleaños de mi hija. Me importa estar presente, como usted entenderá. ¡Usted es soltero! ¿No tenía compromisos mañana? Gracias, Ricardo.

La junta que sigue es una rutina en la que a Ricardo le cuesta insertarse. Su mente vuela hacia Myrta. Extraña su presencia. Pero en lugar de rememorar la película de los últimos días, se proyecta en el futuro. Está con ella frente a las cascadas del Niágara, en los templos de Pagan en Birmania, en el atolón semidesértico de Mata-Iva. Hacen el amor en Huatulco, en Chang-Mai, en Singapur; en Venecia, en una suite del Danieli; en Luxor, cerca de los Colosos de Ramsés; en una cabaña de Namibia rodeados por gacelas y leopardos. Caminan, como si estuvieran solos en el mundo, por un sendero del Gran Cañón del Colorado; posan al pie del letrero de Ushuaia que apunta: Madrid, 13,161 kilómetros; se sumergen en la jungla de esponjas de Cebu, surfean la ola gigante de Waikiki. Sueña sus futuros periplos de enamorados; los segundos planos de fotografías desfilan en un vasto torbellino cósmico: el Mausoleo de Halicarnaso en Bodrum, los bazares de Mequinez, las columnas de Tipasa, la esfinge de Guiza al acecho bajo un sol de piedra. Y también la pirámide de Teotihuacán, el jardín zen de Kioto, el Domo de Florencia, el Taj Majal, Borodubur, Angkor, Machu Picchu, Petra.

Ricardo cierra los ojos esperando detener ese desfile. Los reabre, esforzándose por fijar la mirada en las lívidas paredes de la comisaría en las que se incrustan los rostros conocidos de sus compañeros de trabajo. Myrta sigue ahí, ahora desnuda, obsesivamente deseable. Ricardo se siente seriamente afectado por el mal de amores; se ha vuelto disfuncional. *Neandertal* le dirige la palabra y le hace una pregunta. Ricardo está desconectado. Percibe vagos sonidos salir de su boca. Sabe que está contestando. Pero no le presta ningún interés a lo que está diciendo. Acepta la realidad que se le impone: está enamorado y nada le importa más.

*

Esa tarde, Leticia Albornoz lleva lentes con armazones azules que hacen juego con la falda muy sencilla que lleva con elegancia.

—Te habías desaparecido, Ricardo. Te dejé no sé cuántos mensajes.

El policía se disculpa y resume a grandes rasgos su misión parisina. Omite a propósito hablar de Madrid, de Nueva York y de México.

—Fue más largo de lo previsto —le concede.

—Te quería ver por esto.

Leticia abre un cajón cerrado con llave y saca una laptop blanca.

—Es la laptop de Philippine Andrade. Como me has contado el tipo de relación que mantienes con tu jefe, preferí entregártela en propia mano. Le sacarás seguramente el mejor provecho. La dejó en su casillero. Aquí en los archivos le proporcionamos un casillero a cada titular de una credencial; los investigadores dejan ahí su celular, su tablet y su laptop, que están prohibidos en las salas de trabajo. La fui a recuperar antes de que el calamitoso *Neandertal* le pusiera las manos encima.

Leticia agrega:

—No me atreví a encenderla.

—Gracias. Constituye una prueba material. ¿Cuándo nos vemos? Hoy estoy bastante apurado, ¿pero por qué no el jueves? Te invito a comer y te cuento lo que encontré en la compu de la señora Andrade. ¿Te va bien?

—Con gusto.

Ricardo siente que ya no tiene el mismo ardor para hacerles la corte a las mujeres bonitas. Pero su sonrisa no revela nada de su perturbación interna.

El policía vuelve a casa, abre la ventana de su sala para dejar entrar el calor. En verano, no le desagrada sentir sobre su cuerpo la caricia de la canícula. Marca el número de Myrta quien toma la llamada de inmediato. Un gran silencio se instala, mutuo, simétrico. Tienen el sentimiento de que no les es necesario hablar para comunicar. Así que no hablan. Apenas si se escucha una respiración, un soplo. ¿Cuánto tiempo dura esa paz tranquila que desafía las palabras, esa palpitación acallada de la pasión? ¿Quién romperá ese encantamiento que los dispensa del "Te amo-te extraño-te adoro-querido-mi amor"?

Ricardo se lanza.

—Mañana participo en el cateo en casa de Olibri. Estamos por alcanzar el objetivo.

—¿Entonces no vuelves enseguida? —dice Myrta con tono de súplica—. Con tácito acuerdo, habían eludido el problema. Cada quien había vuelto a casa sin planear el futuro. Pero la falta del otro ya se deja sentir.

—Nos llamamos. Y de tu lado, ¿qué hay de nuevo?

Myrta cuenta las efracciones que sufrió Castelnau y la angustia del acosado profesor. Un gran silencio se instala en la línea, muy diferente al de hace rato.

—Vaya contrariedad ese asunto de las efracciones.

Y sin que tenga relación, Ricardo agrega:

—Tu Castelnau, ¿recibió un ultimátum, una fecha límite para la restitución del manuscrito a los servicios secretos?

—Hasta donde sé, es decir hace mediodía, dudaba en confesar el robo. No sé lo que haya decidido.

—¿Estás en situación de influir en lo que decida?

—Una cuestión indecidible, como dirían los matemáticos. Es un ser indescifrable.

—Intenta sugerirle que no diga nada.

—¡Pues te felicito! Durante toda la mañana abogué por la solución inversa. Le aconsejé confesarlo todo.

—Más vale no decir nada. ¿Quién sabe? El cateo en casa de Olibri podría echar nuevas luces…

—Esperaré a que me llame de nuevo y ya veré lo que me dice.

Los tiempos de silencio se han vuelto un juego. Pasan los segundos, mudos.
—¿Colgamos?
—Colgamos.
Ricardo siente ahora una punzada en el alma, un sentimiento de ausencia. Myrta le hace falta.

El policía posa la mirada sobre la computadora de Philippine. La conecta sin convicción. Ya analizó la computadora de casa de la víctima. ¿Qué más podría aportarle esa laptop? Y mientras recorre sin poner mucha atención los últimos correos recibidos por la señora Andrade, le llama la atención un apellido. Un apellido que le parece ya haber visto en alguna parte.

33.
Órdenes de cateo

El apartamento de Olibri se halla en el elegante barrio de El Viso, calle Pisuerga, una callejuela que desemboca en la prestigiosa calle Serrano, en el tercer piso de un edificio lujoso. No es un apartamento inmenso, pero es ideal para un soltero. Una buena sala, una oficina, una recámara. Y, por si fuera poco, un asombroso baño circular con un mosaico romano con la efigie de un cisne cerca de una fuentecilla. Leda debía aparecer inicialmente en el conjunto, pero quizá esté adornando otro baño del edificio. Ricardo se encuentra ahí como observador. El juez le delegó el poder a un oficial de la policía judicial, experto en la materia y que va directamente hacia el objetivo. Lleva una especie de casco con un minimicrófono colocado frente a su boca y dicta el resultado de las operaciones a medida que se van llevando a cabo. Tiene una grabadora en el cinturón de la que verifica el buen funcionamiento cada cinco minutos.

—Nada de computadora de escritorio. Nada de computadora portátil tampoco. La estamos buscando en el resto del apartamento. Papeles personales: dos cartones. Es poco. Debe haber más archivos. Ver sótano y estacionamiento.

Los hombres recorren las habitaciones golpeando las paredes y el piso para detectar eventuales escondites. Los policías se llevan una serie de fotos que serán tratadas ulteriormente por un software de reconocimiento. El policía judicial continúa con su letanía monocorde.

—Cuarto: nada que señalar. Nos llevamos una agenda. ¡Ah! Encontramos un escondrijo en la sala, bajo la alfombra y el piso de madera. Dimensiones: un metro por ochenta centímetros y quince de profundidad. Lleno de billetes.

El maestro de ceremonias palpa un fajo de pesos y sigue dictando.

—Pesos colombianos en billetes de 50,000. ¡Guau! Rublos en unos de 5,000. También hay euros y dólares. Estamos contando.

El recuento de los billetes se hace con la mayor concentración. Sería tentador quedarse con algunos fajos pero el policía judicial no bromea con eso. La contabilidad arrojará la cantidad de 105 mil euros, de 285 mil dólares estadounidenses, el contravalor de 120 mil euros en rublos y de 98 mil euros en pesos colombianos.

Mientras que la atención se concentra en la búsqueda del tesoro, Ricardo puede hojear las dos agendas decomisadas; una proviene de la oficina y la otra fue encontrada sobre el buró. En la de la oficina descubre el nombre italiano que vio el día anterior en la computadora de Philippine. Pero también nota que Olibri era prudente. Philippine no aparecía bajo su verdadero patronímico, sino con el alias de Marina. En cambio, el anticuario dudaba de su memoria; había anotado en las dos libretas el número del código de la alarma de su tienda de manera muy explícita. Oficina: 671 AB. Había dejado las llaves sobre una bandeja de la entrada, ¡haría el cateo más fácil! El equipo estaba radiante. La muerte de Olibri le haría llegar fondos al Estado español y habría una recompensa para los policías.

*

Los dos coches se estacionan delante de la tienda del anticuario con las cortinas cerradas. De nuevo el ritual del dictáfono.

Pero el policía judicial duda un poco. ¿Por dónde empezar? Los documentos sobre el escritorio Boulle quedan registrados prioritariamente y luego los de los cajones. La computadora es decomisada. Ricardo oye exclamaciones que forman un tejido sonoro entreverado por el azar de los descubrimientos.

—¡Ah! Estados de cuentas bancarias. Hum, mil 218 euros de depósito. Poca cosa. Debía tener otras cuentas más opulentas. Vaya, la factura de su último coche. ¿Qué tenía? Un Audi A6. Nada mal. Una póliza de seguro de la tienda: eso nos interesa. Lástima que no estén los valores de los objetos asegurados…

Ricardo finge interesarse en los muebles con mirada de experto. Se acerca al cofre de viaje, simula haber encontrado algo, se agacha, se levanta, se hace ligeramente para atrás. Palpa, se arrodilla y empieza a manipular las clavijas. Un clic. Ricardo levanta lentamente la tapa. El policía detiene el gesto en seco, boquiabierto: el interior del escondite está vacío. Introduce un poco más la mano, dudando de su vista. Pero el tacto le entrega el mismo veredicto. El manuscrito de Colón ha desaparecido. Ahí está la evidencia. Entre su expedición del sábado y el cateo de hoy, el documento ha sido hurtado.

—¿Encontraste algo? —inquiere uno de sus colegas madrileños.

—No. Nada. Falsa alarma.

Ricardo se esfuerza por mantener buena cara.

Las dos horas siguientes le parecen interminables al policía sevillano. Espera pacientemente el fin del cateo, firma el acta, se despide del equipo y lo mira alejarse por la calle… No es sino hasta varios segundos después que se le escucha soltar una palabrota fenomenal, enorme, pantagruélica.

En la acera de enfrente, una viejecita, intrigada por el vaivén de los policías, acude en busca de noticias.

—¿Qué encontró, señor comisario?

—Gracias por lo de comisario —Ricardo le informa de la muerte del anticuario que la chismosa ignoraba. Por conveniencia, finge consternación.

—La tienda permaneció cerrada jueves y viernes. Pero creímos que se había ido de vacaciones o de fin de semana. Jugaba golf. Se decía que era un campeón. El sábado, la alarma sonó a media noche durante al menos media hora. La empresa de seguridad privada llegó por fin a apagarla. Y volvieron ayer para revisar la instalación.

—Veo que es de este barrio: ¿dónde vive exactamente?

La anciana apunta un apartamento frente a la tienda.

—Ahí. En el 23, segundo piso.

Ricardo se esfuerza en tomar la actitud de un investigador interesado en el asunto.

—¿Y no vio nada sospechoso la noche del crimen, es decir, el pasado miércoles?

—No.

—¿Ni los días siguientes?

—No. Ni me preocupé por la alarma... suena a menudo. Siempre por nada. Pero al cabo de media hora, me levanté exasperada y vi llegar el coche de la empresa de seguridad con el logo rojo y su rayo en zigzag. Por fin terminaron con el escándalo.

—¿Era el mismo coche que volvió ayer?

—No, era una furgoneta blanca sin el logo de la empresa.

—¿Y cómo sabe que eran los de seguridad?

—¿Y quiénes quiere que sean? Dos hombres con ropa de trabajo con una caja grande de herramientas. Tenían las llaves. Al salir, me dijeron que habían reinicializado el sistema después de la falla del sábado. Se disculparon por el ruido.

—¿Qué hora era?

—Las doce. Más o menos las doce.

Ricardo explota.

—¡Ah, los muy cabrones! ¡Hicieron eso en pleno día! ¡Descarados!

—¡No le veo nada anormal trabajar de día!

Como la anciana tiene toda la razón en no comprender, Ricardo se ve obligado a mantener las apariencias. Saca una libreta de su bolsillo.

—Anotaré todo lo que acaba de decir. Es muy importante para la investigación.

Escribe. Si la viejecita hubiera podido leer por encima del hombro de Ricardo, hubiera visto lo que había escrito el policía: "Esos cabrones lo hicieron en pleno día".

34.
Lucie de Bellevue

Myrta hace algunas compras en el Bon Marché. A pesar de su nombre que significa "barato", esa tienda es de las más caras de París. Nacida en 1852 del genio visionario de Aristide Boucicaut, es el ancestro de todas las grandes tiendas del mundo. La sección de comestibles de la planta baja es un antro del lujo. Los mejores platillos, las mejores frutas, los mejores panes, los más raros productos venidos de todas partes, ahí están. Myrta viene a comprar pastas en la sección italiana. Pastas verdes a la albahaca, pastas amarillas al comino, pastas rojas al jitomate ahumado. Según el humor de las entregas de mercancía, suele darse gusto con chirimoyas de pulpa morada, mangostinos de Tailandia o también con rambutanes peludos como erizos.

—Buenos días, Myrta.

Una voz la saca de su contemplación de las etiquetas. La italiana se da la vuelta.

—¡Lucie! ¡Qué gusto verte! ¿Cómo te va? Hace ya algún tiempo que no asistes a los entrenamientos.

La mujer que acaba de saludar a Myrta se llama Lucie de Bellevue. Le lleva algunos años. Es una bella y alta mujer de la que se percibe que lucha por mantenerse delgada. El porte severo que le da el cabello rubio alisado hacia atrás se ve inmediatamente desmentido por una sonrisa de lo más natural. Lucie es galerista. Desde hace varios años se ha especializado en el arte africano y su tienda del Quai Voltaire es muy apreciada por los coleccionistas extranjeros. Lucie y

Myrta se conocieron en el gimnasio de moda del Boulevard Raspail. Desde hace varios años, cada martes por la mañana, comparte estiramientos, ejercicios abdominales y musculación de glúteos.

—Estoy bien. Los negocios no tanto, pero sobrevivo. ¿Y tú?

En lugar de contestar "Todo bien, gracias" y de seguir con las banalidades de uso, Myrta, sin pensarlo, inicia de lleno la conversación.

—Figúrate que estoy en una situación bastante excitante.

Lucie de Bellevue abre los ojos con interés.

—¡Estoy a punto de ponerle la mano encima a un manuscrito desaparecido desde hace quinientos años! Un manuscrito de Cristóbal Colón.

—¡Cuéntamelo todo! ¡Es apasionante!

Myrta, no sin cierta exaltación, se lanza en el relato de su búsqueda en el Archivo General de Indias. Surge el asesinato de Philippine Andrade. Lucie, pensativa, interviene:

—Es increíble. Sabes que conocí bien a Robert Andrade. Estudiamos juntos historia del arte, calle Michelet. De hecho no se llamaba así en aquel entonces.

Myrta queda sorprendida. Lucie prosigue:

—Y por mí, entiendo bastante que haya cambiado de patronímico. Ni te imaginas cómo se apellidaba.

La conversación es amistosa, el humor jovial cuando, con fondo de fetuccini multicolores y frascos de salsa italiana, Lucie suelta un apellido:

—Vertizini.

—¿Vertizini, como el ilustre mafioso, el socio de Al Capone?

Myrta no lo puede creer.

—Eso mismo. Además, creo que es de la familia. Pero cuando conoció a su mujer, rica, de buena familia de provincia, ésta no quiso dar la impresión de casarse con un mafioso y exigió que cambiase de apellido. Se hizo llamar Robert Andrade y todo el mundo olvidó sus raíces italianas. Pero yo lo conocí siendo Gionata Vertizini. Y de eso no hace mucho —agregó sonriendo.

Sus miradas se cruzan. Myrta se esfuerza por mantenerse estoica.

—Si te entiendo bien, ejerces un oficio de alto riesgo —concluye Lucie—. ¿Quién lo hubiera dicho?

Myrta decide continuar con su relato. Aporta algunos detalles sobre los elementos de la investigación, cuenta la aparición del "manuscrito a dos manos", expresa su emoción por ese milagro. Las dos mujeres se separan después de abrazos. La italiana paga sus pastas sin mucha atención y se pone en piloto automático para volver a casa. Su mente se resiste a obedecerla. Sus pensamientos salen disparados en todas direcciones. Mira a su alrededor, otea más allá de la multitud. Debe llamar a Ricardo.

—¡Ah! ¡Myrta! Ya terminamos el cateo. Iba a llamarte. Te tengo una mala noticia. El pájaro voló.

Como buen policía experto en escuchas telefónicas, desconfía del aparato. Ojalá Myrta no pronuncie palabras comprometedoras. Pero ella comprende. Se ha arrimado a buen árbol. Calla. Encaja el golpe. Habla con voz baja y lenta que el policía no le había escuchado nunca.

—Ricardo, acabo de saber algo importante. Andrade: ¡no es su verdadero apellido! En realidad se llama Vertizini. Gionata Vertizini.

—Guau. Eso puede cambiarlo todo. Mira, regreso a Sevilla en un rato con el último avión. Investigo y te mantengo al tanto.

Viene la respuesta de Myrta, breve, como chasquido.

—Te amo. Tengo miedo.

Myrta cuelga. Ricardo siente que no debe llamarla pronto. La joven mujer espera actos, no palabras.

35.
Gionata Vertizini

Quisiera la lista de todos los pasajeros de los vuelos que aterrizaron en Sevilla entre el 23 y el 25 de mayo. Sí. Todas las compañías. De acuerdo. Le envío el requerimiento por fax en menos de diez minutos. ¿A qué número? Gracias.

Ricardo se dio a la tarea de interrogar a los servicios de seguridad del aeropuerto de Sevilla. Redacta el requerimiento. Está obligado a ampliar el abanico para no despertar sospechas. Elabora otro documento de la misma naturaleza para las compañías de alquiler de coches. Es un poco más complicado: hay que interrogar a todas las empresas, una por una...

Un primer resultado llega una hora después: la lista de los pasajeros de Iberia con destino a Sevilla en las cuarenta y ocho horas antes del asesinato de Philippine Andrade. El policía revisa febrilmente las listas de los vuelos provenientes de Madrid. Las lee de arriba abajo, las vuelve a leer de abajo hacia arriba con calma y concentración: nada. El apellido que busca no aparece. El vuelo directo desde París tampoco arroja resultado alguno. Unas horas después, las listas de Vueling y de Ryanair permanecen igualmente mudas.

Ricardo reflexiona: Andrade es quizá excesivamente prudente. Puede haber llegado por Málaga, apenas a dos horas en coche. El policía lanza una nueva salva de requerimientos hacia el aeropuerto de Málaga-Costa del Sol y de las compañías de alquiler de automóviles. Sólo resta esperar.

Vale decir que Ricardo se parece más a un león enjaulado que a un funcionario de la policía. En su mente, la posible culpabilidad de Andrade va adquiriendo peso. Podría perfectamente haber utilizado un pasaporte francés y haber conservado un carnet de identidad italiano que le habrían permitido desplazarse en Europa bajo su antiguo nombre.

Las listas van llegando poco a poco a su computadora. La búsqueda es fastidiosa. A media mañana, resalta en pantalla el tan esperado nombre. Un pasajero G. Vertizini está registrado en el vuelo Barcelona-Málaga del 24 de mayo. Bingo. Sin esperar las respuestas de las empresas de alquiler, Ricardo inicia una nueva búsqueda en el aeropuerto de Madrid. Cierto nerviosismo lo invade. Golpea la mesa con una goma de borrar con gesto incontrolado. No le quita los ojos de encima a la pantalla. Avis y Hertz enviaron listas de clientes sin relación alguna con el caso. Ricardo revisa minuciosamente el correo de la compañía Sixt. Con fecha 24 de mayo aparece un nombre que estremece al policía: Roberto Andrade.

Ricardo se dice a sí mismo: "Eso significa que conservó un carnet de identidad italiano pero que su permiso de conducir, su tarjeta de crédito y su cuenta bancaria son franceses. Que Andrade se encuentre en Málaga el día anterior del asesinato lo incrimina claramente. Viajar bajo un nombre, alquilar un coche bajo otro, evitar el aeropuerto de Sevilla son precauciones que implican una absoluta premeditación. Habría también una lógica intrínseca en ver la mano asesina de Andrade/Vertizini en el crimen de Madrid: el adulterio, el manuscrito de Colón, las quince cuchilladas…".

Pero probar la implicación del anticuario en el asesinato de Olibri será más complicado, piensa Ricardo. Pudo haber llegado a Madrid desde Francia por carretera —no hay controles en la frontera— o por tren, con escasas posibilidades de rastreo. Será difícil establecer su presencia en Madrid el 4 de junio por la noche.

El policía entra en razón.

"Pero esperemos las respuestas de las aerolíneas".

Ricardo abandona repentinamente su oficina con un "Ahora vuelo" y regresa a casa. Enciende su computadora y abre la carpeta de la orden internacional en contra de Andrade. Conecta el disco duro externo en el que grabó los datos de la computadora del anticuario y navega sin rumbo fijo por los archivos. Un espectador de la escena podría escuchar algunos suspiros y borborigmos entreverar periódicamente un sostenido silencio. Ricardo está concentrado; husmea en busca de cualquier indicio sin saber exactamente lo que está buscando. Recorre a tientas el árbol de la máquina cliqueando aquí y allá, un poco al azar. Pero el azar se resiste a ser domesticado.

Ricardo se levanta, da unos pasos, pensativo. Vuelve a la carpeta donde había colocado las pocas evidencias decomisadas: una factura sospechosa, las cuentas de la mansión de Casa de Campo. Habrá que corroborar: ¿Tiene Andrade cuentas bancarias en República Dominicana? El tiempo apremia. El policía busca una evidencia, una revelación inmediata. Llega a sus manos una libreta telefónica con el membrete del Grand Hotel Tremezzo del lago Como. El español se lo había llevado al vuelo para tener un ejemplo de la grafía del sospechoso. Tiene varias palabras garabateadas, de ésas que se escriben en automático cuando un hombre está llamando por teléfono. En la primera página, Andrade había escrito, ligeramente en diagonal: "Intermedio, Roger Guérin, urgente". La palabra "urgente" estaba subrayada.

"Esas cuatro palabras no harán avanzar mucho la investigación", piensa Ricardo, mientras le da vuelta a la primera hoja. En la siguiente observa una serie de cifras acomodadas en cuadrado.

492
357
816

De entrada, sigue la pista colombina: 492 lo lleva a pensar en 1492, en el primer viaje de Colón, en el relato de Myrta, en los ojos de Myrta, en el cabello de Myrta, en el cuerpo de Myrta. Debe luchar un par de minutos para abstraerse de esa visión obsesiva. Vuelve en sí.

"¿Qué querrá decir?".

Bruscamente, una operación mental inconsciente, quizá surgida de un antiguo automatismo escolar, lo lleva a sumar las tres cifras de la primera línea; 4 + 9 +2 = 15. ¡Quince! ¿Por qué tuvo la idea de aplicar dicha lectura a la segunda línea? El hecho es que repite la operación. 3 + 5 + 7 = 15. Su mente se agita. Prosigue. 8 + 1 + 6 = 15. Increíble. Pero eso no es todo. Continúa con las columnas verticales: 4 + 3 + 8 = 15; 9 + 5 + 1 = 15; 2 + 7 + 6 = 15. Hace la suma de las diagonales: también da como resultado la cifra 15.

—¡Es una confesión! —grita Ricardo, al contemplar el sol azul de su cuadro de Bido.

Balancea los hombros de izquierda a derecha, perturbado. Se conecta a su correo electrónico para revisar el envío de listas. Todavía sacudido por su descubrimiento, cumple con la tarea sin mucha convicción. Diez minutos más tarde, pesca el apellido Vertizini en una lista de pasajeros de un vuelo Roma-Madrid de Air Italia. Fecha: 4 de junio. Todo coincide. Ya entendió. Loco de contento.

Apenas le da tiempo de echar alguna ropa en una maleta. Su taxi ya va camino al aeropuerto cuando suena su teléfono. Aparece el número de Myrta. Ricardo es lacónico, pero su voz es firme.

—Ya voy. Estaré ahí esta noche. Te mando un beso.

36.
El cuadrado de Saturno

Ricardo Luna llega al final del día a París. El horario de verano estira las últimas sombras de la jornada. Las calles están calientes; los peatones deambulan; la animación de las terrazas de los cafés da la falsa impresión de un Mediterráneo a orillas del Sena. Los últimos rayos de luz iluminan unas fachadas que le son familiares al policía: Notre-Dame, la Conciergerie, la Coupole de la Academia Francesa. El taxi deja la orilla del Sena y pasa por un arco; da algunos rodeos por callejuelas escondidas, fuera del tiempo. Un árbol centenario se yergue en el centro de una plazuela cuadrada obligando a los coches ir a vuelta de rueda. Myrta vive muy cerca de aquí.

Bruscamente, Ricardo se da cuenta del que se fue como ladrón sin avisarle a nadie y sin darle ninguna explicación a su jefe. Llama a *Neandertal*. ¿Qué le inventará ahora? Opta por esgrimir un fulminante cólico nefrítico: está encamado, inmóvil, sufriendo un verdadero martirio. Sí, está bien, es creíble. Su patrón le expresa algunas palabras de falsa compasión. Ricardo le promete un certificado médico que le entregará a su regreso.

—No se preocupe. Es sólo una crisis. Nunca dura más de dos días…

Así estará tranquilo el fin de semana. Pero por precaución prefiere apagar su teléfono celular.

Ricardo toca a la puerta de Myrta y se le sale el corazón. La italiana le salta al cuello y lo abraza con apetito infantil. A todas luces está de excelente humor. Está vestida —podría decirse— con un pareo que deja transparentar un cuerpo en excelente forma. Ricardo sólo tiene ganas de una cosa: tumbarse en un sillón. La joven mujer lucha para tratar de impedírselo y luego renuncia.

—Estoy agotado. ¡No he parado desde nuestro regreso de México! Voy de emoción en emoción. En cinco días secreté mi dosis anual de adrenalina. *Ma chérie*, si me sirves una copa, te haré un informe sobre los acontecimientos de hoy.

En eco con los hielos sonoros de su whisky-soda, la voz de Ricardo se instala en la sala.

—Es increíble que te hayas encontrado por casualidad con tu amiga del gimnasio. Porque su información nos aporta la solución del enigma. Tras la respetable fachada de un Andrade anticuario de notoria reputación, foco de la buena sociedad, tenemos a otro hombre de inconfesables impulsos encerrado en el secreto de su doble vida.

—¿Él mató a su mujer? ¿Encontraste pruebas? —pregunta Myrta, inquieta.

—Las dos veces que tomó el avión bajo el apellido Vertizini fue la víspera de un asesinato. Alquiló un coche en Málaga el 24 de mayo, un día antes del asesinato de Philippine, con el apellido Andrade.

—Eso prueba que estaba en Málaga el 24 de mayo. Pero no prueba que se encuentre al día siguiente en Sevilla. Quizá fue a la playa. ¿En qué lugar devolvió el coche?

—Todavía no lo sé. Me fui a toda prisa para estar contigo. Dejé la investigación en suspenso. Pero todo coincide, créeme. Toma, mira lo que encontré en su casa.

Ricardo busca en su portafolio y saca la pequeña libreta del hotel Tremezzo. Le tiende la hoja a Myrta, la hoja en la que aparecen las nueve cifras formando un cuadrado.

—¿Esto te suena?

Seguro de la sorpresa, Ricardo se levanta para echar otros hielos a su copa. Vuelve la musiquilla del tintineo.

—¡Claro que sí! —contesta Myrta—. En la literatura especializada, es decir ocultista, eso se llama el cuadrado de Saturno. Es al menos una de sus posibles formas porque en realidad existen ocho variantes.

—¿Cómo, cómo? ¿Hay otras maneras de construir un cuadrado con cifras del 1 al 9 en que la suma de cada columna dé 15? ¡Haber encontrado sólo uno ya es extraordinario!

Myrta va por una hoja de papel.

—Mira, permuto las columnas verticales de la izquierda con la derecha. Nos da esto:

```
4 9 2    2 9 4
3 5 7    7 5 3
8 1 6    6 1 8
```

"Ahora cambio la línea horizontal inferior con la superior: se obtiene otra variante.

```
4 9 2    8 1 6
3 5 7    3 5 7
8 1 6    4 9 2
```

—De acuerdo. Tenemos siempre el 15 en todos los sentidos de lectura.

—Mira. Puedes cambiar todo: de abajo hacia arriba, de izquierda a derecha, verticalmente y horizontalmente.

Myrta escribe cinco cuadrados suplementarios:

```
6 1 8   8 3 4   4 3 8   6 7 2   2 7 6
7 5 3   1 5 9   9 5 1   1 5 9   9 5 1
2 9 4   6 7 2   2 7 6   8 3 4   4 3 8
```

La joven mujer hace notar:

—Sólo hay una constante: el 5 permanece en el centro; pero cada cifra puede sucesivamente ocupar los otros ocho lugares en el cuadrado. Tenemos entonces ocho versiones del cuadrado de 15. Es la magia de la permutabilidad de las cifras.

El policía queda atónito. En el fondo, le irrita la parsimonia de la italiana que no parece impresionada por las virtudes del cuadrado de Saturno. Intenta una pregunta:

—Tomas mi descubrimiento con cierta indiferencia. Escúchame. Tengo una interpretación: ¿la cifra 15 no te remite a nada?

Myrta aprueba con la cabeza y se precipita en los brazos de Ricardo que suelta el vaso de puro malt.

—Sí, amor mío, tienes razón.

Retoma la seriedad.

—Las cuchilladas…

Con mirada maliciosa, el policía brinda su explicación.

—De entre los que se apasionan por el esoterismo hay bastantes iluminados. Andrade debe ser uno de ellos. Que haya escrito de su puño y letra consciente o inconscientemente un cuadrado mágico de 15 en una libreta telefónica es una confesión. Quiso vestir de esoterismo un vulgar asesinato. Simplemente para evitar ser sospechoso. Pero se traicionó. Escribiendo.

—No está nada mal —dice la joven mujer.

Myrta se pasea semidesnuda con singular desparpajo.

—¿Qué tal si pasamos a cosas más interesantes? —sugiere apuntando al paradisiaco entrepiso.

Refrenados sus impulsos por una suerte de sobreexcitación, mucho se buscaron antes de encontrarse. El chirriar de una gaviota extraviada desgarró la noche. Exhausto, Ricardo se dejó llevar por el sueño, brazos en cruz a media cama.

37.
La mano del rey

Muy cerca de Saint-Germain-des-Prés, ese banco pasa inadvertido para los peatones que transitan por delante de su entrada. Sólo se aprecia su fachada tomando distancia. Hay que colocarse en la acera de enfrente, ligeramente de lado. Se descubre entonces un conmovedor edificio de los años veinte, sobreviviente de la arquitectura metálica de esa época. El frontón es admirable, construido alrededor de un falso rosetón de metal gris, radiante y aéreo.

Ricardo toca el timbre de la puerta de seguridad. Luz verde. Entra. Esta sucursal podría parecerse a una iglesia con sus pilares en hierro colado sosteniendo tribunas y balcones mediocremente transformados en cubículos. Pero la mirada del policía se dirige hacia los sótanos donde se encuentra la sala de las cajas fuertes. Se tiene la sensación de estar en la cripta de una basílica. Las cajas fuertes, como perdidas en el volumen del espacio, sólo ocupan una cuarta parte de la altura hasta el techo. Ricardo se presenta con el personal de seguridad.

—Próximamente aplicaremos la identificación biométrica. Aprovecho su visita para tomar la huella de su iris. No se mueva... ya está, y de sus dos índices... mano derecha, gracias, y mano izquierda, gracias. Para hoy, basta con su firma.

El guardia de servicio toma un pase y un manojo de llaves cilíndricas. Debe insertar dos llaves al mismo tiempo para abrir la puerta con barrotes. Cierra tras de sí. Ricardo está en el templo.

—Usted primero —dice el empleado.

El policía hace slalom entre las filas de armarios blindados y se planta frente a uno de ellos. Con la manija y la combinación, el encargado abre la puerta del armario que da acceso a una serie de cofres de varios tamaños.

—La 159, por favor.

Ricardo introduce su llave; el empleado introduce otra, a un lado, la hace girar un cuarto de vuelta y el mecanismo se libera.

—Llámeme cuando haya terminado.

—No tardaré mucho.

Ricardo retira un paquete envuelto en papel kraft de color café, grueso y tosco. Lo coloca en su maletín y llama al empleado. Se cerciora de que esté bien cerrado el cofre, toma su llave y el rito de salida se repite como el de entrada.

Ricardo sube unos peldaños, atraviesa la nave con columnas de hierro colado y se reencuentra con el aire fresco de la mañana. De espaldas a la entrada del banco, analiza todo lo que aparece en su campo visual. Hacia la izquierda, luego hacia la derecha. No observa nada sospechoso. Con el corazón alegre, entra a una pastelería y compra unos croissants.

*

Myrta se había despertado temprano. Se había acurrucado en el cuerpo de su amante y, al sentirse segura, se había vuelto a dormir. Una hora más tarde, cuando estira el brazo hacia Ricardo, encuentra la cama vacía.

Myrta recorre el apartamento para darse cuenta de que está sola. Optimista, analiza la información:

—Fue a comprarnos unos croissants.

El tiempo se hace largo. Las nueve, las nueve y media: la joven mujer empieza a preocuparse, aguza el oído, acecha cualquier ruido de pasos. Hacia las diez, tocan a la puerta. Coquetea.

—No sé si te abro. Espera, voy a consultar al decididor.

Hace girar el disco de metal que le ofreció el español.

—¡Dice que sí!

Le abre a un Ricardo enigmático con maletín en mano.

—Te tengo un regalo —le dice como saludo.

Entra, algo torpe, tímido como adolescente. Prosigue:

—Un regalo efímero.

Abre su maletín y saca un paquete que le tiende a Myrta.

—Es tuyo veinticuatro horas.

La italiana abre le envoltura de papel café y palidece.

—No me digas que...

Lo que Myrta tiene entre manos no es más ni menos que el ejemplar del *Diario de a bordo* robado al profesor Castelnau.

—No me digas que fuiste tú quien lo robó...

—No lo robé. Lo protegí. Mira. Me pareció que tu profesor era algo ligero, algo tierno. Al aceptar ese trato se expuso personalmente al peligro.

Myrta lo interrumpe.

—Es alguien que no le teme al riesgo. Y hasta le agrada.

Ricardo retoma:

—Pero cuando me dijiste que había colocado el manuscrito en un cajón de su escritorio entendí que no lo guardaría por mucho tiempo. Pero a ti te importaba sobremanera. Así que quise darte gusto. Salvé "tu" manuscrito para beneficio de la ciencia.

Ricardo tomó una pose teatral para pronunciar la última frase. Myrta cabecea, incrédula.

—Eres increíble. Pero no estaría de más escuchar el relato de tu expedición comando.

—Es sencillo. Era un sábado por la mañana. Era el día en que nos fuimos a Madrid. Lo hice a las nueve. A esa hora no había nadie en los pasillos. Encontré la oficina S 127 que me habías descrito.

Myrta recuerda que la había interrogado a ese respecto.

—La abrí con esto —Ricardo le muestra una especie de extraño llavero con finas laminillas—. La cerradura del cajón era un puro adorno. Salí con el paquete en mi maletín sin llamar la atención.

—¿Y qué hiciste con él, adorado monstruo?

—Ya te dije que en una vida anterior viví en París. Teníamos una cuenta bancaria en una sucursal que tenía cajas fuertes. Sigo siendo titular de esa cuenta y me quedé con la caja fuerte. Toma, también te compré unos croissants.

Myrta no se lo puede creer. Ricardo sigue.

—Tienes veinticuatro horas para estudiar en paralelo las dos versiones del *Diario de a bordo*. Pienso devolverle a Castelnau su manuscrito mañana por la mañana a primera hora. ¿Eso te va bien? Toma, también te doy esto: la copia del ejemplar Olibri. Encontré esta versión digital en la computadora de su oficina durante el cateo. De una calidad pasmosa; me adentré largo rato en el trazo de las letras, con ampliaciones increíbles; como espectador alucinado tuve acceso a todos los misterios de la escritura con pluma. Se ve todo, las redondas rebeldes, las bajadas demasiado cargadas, la tinta derramada, los arrepentimientos, las tachaduras. Se ve la mano trabajando, casi se oye el rasgado de la pluma sobre el papel. ¡Qué apasionante oficio tienes!

—Bien, bien. Me pongo a trabajar.

—No te preocupes. Te dejo trabajar. Yo tengo que seguir investigando. No me verás hasta esta noche.

Ricardo toma su maletín y, en la puerta, se da vuelta.

—Cierra con llave cuando salga y no le abras a nadie. ¿Lo prometes?

—¡Lo prometo! —le susurra Myrta en un beso.
Cierra con llave y toma por asalto los croissants.

*

Ricardo se dirige al domicilio de Andrade. Llega de improviso. Toca sin muchas esperanzas de ver la puerta abrirse. Se puso una corbata para darle un toque más oficial a su visita. La puerta abre y queda sorprendido. Descubre una mujer de bella prestancia que Ricardo identifica de inmediato. Dado el parecido con Philippine, sólo puede ser una hermana, incluso una hermana gemela.

Ricardo improvisa.

—Tengo cita con Robert Andrade. Soy Ricardo Luna Gómez, el policía a cargo de la investigación del asesinato de su esposa.

Por cortesía, Ricardo le entrega su tarjeta de presentación profesional.

—Debió olvidar la cita —dice la mujer con sonrisa franca— porque se fue temprano de mañana a Inglaterra. Estoy aquí por pura casualidad. Soy Violaine, su cuñada. Me llevé a Diego y a Fernand y...

Un destello de sorpresa pasa por los ojos del policía.

—Sí, sus dos hijos. ¡Pobrecitos! ¡Perder a su mamá de manera tan horrible! Como Robert no estaba en condiciones de ocuparse de ellos, me los llevé a mi casa. Pasé por aquí para llevarme algo de ropa y algunos libros escolares que habían olvidado.

La hermana de Philippine duda, pero se decide al fin.

—¿Puedo preguntarle si la investigación está avanzando?

—Tenemos una pista muy sólida. Estamos verificando.

Ricardo aprovecha la ocasión para informarse.

—¿Usted y su hermana mantenían una buena relación?

—Sí. Nos veíamos sobre todo en verano, en Casa de Campo, en Santo Domingo. Tenemos una casa que compramos juntas. Vaya desgracia la que le sucedió. Todavía no me repongo.

—Alonso Olibri. ¿Le suena ese nombre?

El español está atento al rostro de la mujer, al acecho de su reacción.

—No. Robert tiene primos italianos; tenemos amigos italianos en Casa del Campo pero Olibri... no, nunca escuché ese nombre.

—A pesar de la consonancia de su nombre, se trata de un español...

La hermana de Philippine repite:

—Nunca escuché ese nombre.

A todas luces no conocía la vida amorosa de Philippine.

Como hombre galante que es, Ricardo le propone a su interlocutora ayudarla a bajar sus paquetes. La acompaña hasta su coche y le hace un gesto con la mano cuando arranca. Ricardo vuelve al domicilio de Andrade y toca la puerta de la conserje.

*

Ricardo se encuentra con una Myrta sobreexcitada al volver a casa.

—Estoy exhausta, pero loca de alegría. ¡Ya entendí!

—Me ves más que impresionado. Ardo en deseos por escucharte.

La historiadora se concentra. Sin quitarle la vista a su mesa de trabajo donde están los manuscritos, inicia una suerte de monólogo en el que la palabra cristaliza el pensamiento a medida que avanza su elocución.

—Estoy muy emocionada porque es la primera vez que un investigador puede comparar las tres versiones existentes del *Diario de a bordo* de Colón: el original autógrafo, la "copia a dos manos" y el "resumen" que hizo de éstas Las Casas en 1553. Hasta entonces, ese documento publicado por primera vez en 1825 era el único en haber llegado hasta nosotros. En realidad, mezcla citas entrecomilladas extraídas de la copia a dos manos y párrafos de enlace de la pluma del dominico. Desde siempre, es decir desde la publicación del resumen de Las Casas, los investigadores estaban intrigados por algunas referencias judaicas de las que ya te he hablado. El debate era el siguiente: si Colón no era judío, ¿por qué se expresa como tal? Y si es de religión o de cultura judía, ¿cómo pudo dejar escapar indicios que revelaban sus orígenes conociendo perfectamente el ambiente de intolerancia prevaleciente en Castilla a partir de 1492? El análisis comparativo de los dos documentos arroja la explicación. En el *Diario de a bordo* original no hay ni una sola mención equívoca. Todo es cristiano. Los nombres de los días se asocian piadosamente con su santo patrón. En varios pasajes, el Descubridor le da gracias al Creador o le agradece al Salvador. Hoy diríamos: todo es "políticamente correcto". A decir verdad, bastante más llano que francamente cristiano. Pero los estudiosos más avezados no tienen concretamente tela de dónde cortar. En cambio, en el *Diario a dos manos* la tonalidad cambia. El texto está repleto de sobreentendidos cuando no de explícitas alusiones. Tenemos que ver con patentes interpolaciones que tienen por objetivo evidenciar el judaísmo del texto. Una manera de recordarle a Colón su situación con el fin de limitar sus reivindicaciones. Ahora entiendo por qué, durante toda su vida, el Descubridor hizo hasta lo imposible para recuperar su original. Ese documento lo redimía.

"La pregunta que podría ahora plantearse es la siguiente: ¿por qué el rey Fernando conservó el original en vez de destruirlo? Porque no todo se resume al asunto del judaísmo de Colón.

Myrta hace las preguntas y contesta, y Ricardo se cuida mucho de no interrumpirla por tanto fervor en la voz de la joven mujer.

—El *Diario* original contiene notables precisiones sobre los territorios descubiertos con descripciones de gran fidelidad que permiten identificar con certeza las islas encontradas. Conservar la bitácora de esa navegación era una carta mayor a la vista de posibles negociaciones diplomáticas con Portugal. Era una prueba. Fernando no quería destruir la prueba; le bastaba con un artilugio para no honrar su contrato con Colón. El *Diario a dos manos* dice a medias tintas: "Sé quién eres. Recuerda de dónde vienes. No me vengas ahora con eso". El documento también revela a un Colón prometiendo las perlas de la Virgen a los soberanos españoles: todas esas bellas declaraciones no figuran en el original. Las obsesivas referencias al oro son introducciones del rey Fernando. El original, menos insistente, mucho más prudente, asocia casi siempre las minas de oro con "las muchas especierías" que hay en las islas. En cuanto a especias, sólo hay chile, el ají de los taínos. Cristóbal lo trajo, el rey lo probó; y no le gustó. No quiere recibir cargas de chile; sólo quiere oro. Entonces se lo hace saber con insistencia.

La italiana se toma un tiempo para respirar. Toma un vaso de agua y prosigue, inmersa en su tema.

—Dicho lo cual, hay gran similitud entre el original y el texto que conocemos por medio de Las Casas. Noté que gran parte de la "carta a Santangel", el vector que escogió el rey para anunciar el Descubrimiento al mundo entero, es un extracto del *Diario* original que no fue transcrito en el manuscrito a dos manos para no repetir. La transcripción de Las Casas es honesta sin ser escrupulosa. Modificó sin embargo una característica bastante sorprendente del documento: el dominico lo convirtió en bitácora hecha y derecha. Ahora bien, se trata de una larga carta dirigida a los reyes católicos, una suerte de informe del día a día. Un relato claramente destinado a los soberanos. Por lo tanto, todos los términos son pensados, sopesados. Da gusto entonces ver a Colón insertar en ese documento algunos toques de emoción personal. Todas las noches cree escuchar el canto del ruiseñor "y de otros pajaricos de mil maneras". Se extasía por la diversidad de especies de palmeras "que es admiración verlas". Contempla emocionado los "árboles de mil maneras y altas, y parece que llegan al cielo". Escribe: "La Española es maravilla… Ésta es para desear, y vista, para nunca dejar".

"Claro, se dirá que alaba su descubrimiento. No se le vería haciendo lo contrario. ¡Que sueñen los soberanos! Sin embargo, creo que en ese momento es sincero y habla de corazón.

Myrta deja pasar un tiempo en que entran los olores de humaredas de poblados caribes. Ricardo cree oír el roce de las palmas, el grito de las guacamayas, el chapoteo de las olas calmas.

—También, lo veo en su escritura —prosigue la historiadora—. Se distinguen tres grafías bastante características en el manuscrito. Una es de un secretario o de un notario: Cristóbal sólo dicta. Son sobre todo pasajes escritos en alta mar. Las letras se marean con el balanceo del barco; aquí, la tinta salpica, esparcida por un ventarrón; allá, se pierde una palabra, arrastrada por una ola. Y hay dos escrituras de Colón: una torturada, la otra serena. Se perciben muy bien grafológicamente hablando los cambios de humor del Descubridor. Cuando describe las tensiones que preceden la llegada, las protestas de los marineros o la tormenta del regreso, su escritura se acuesta y se enrosca. Pero cuando describe el Nuevo Mundo se le siente que está en tierra, bien instalado en una mesa; traza unas letras perfectas, las palabras están espaciadas con armonía. Se siente el placer de escribir.

Myrta corrige de inmediato:

—No estoy diciendo que Colón es un escritor talentoso. Su español es caótico, su sintaxis es aproximativa y su vocabulario es limitado. Pero percibo en él un júbilo secreto en su manera de escribir cuando describe el mundo tropical.

Ricardo, paciente hasta el final, se levanta de su sillón.

—Para resumir la situación, estás bastante contenta de tu día…

Ella se cuelga a su cuello.

—Lo que más me ha impresionado es tu capacidad para hacer que un manuscrito hable. Ahora mismo ya no eras historiadora sino una verdadera grafóloga. Que logres sacar información psicológica de un trazo, de una ligadura, de una puntuación es bastante fascinante.

—Sabes, un manuscrito es un documento viviente. Lo impreso solamente salva el pensamiento.

Myrta desaparece en la cocina.

—Según tus instrucciones, no he salido en todo el día. Así que ahora me merezco hacer una pausa.

Se oye el descorche de una botella; la puerta del microondas se cierra. Instantes después, la alarma del horno suena. Myrta vuelve con una botella de Chianti y unos soufflés de queso bruscamente descongelados. Brindan amorosamente. En ese juego de escuchar al otro, Colón se ha convertido en puro pretexto. Saborean esos instantes que terminarán en la cama.

Es en ese momento que Myrta exclama:

—¡Tengo una idea!

Ricardo entiende la idea: se precipita hacia Myrta para abrazarla. Pero la joven mujer sigue en su viaje colombino. Reclama más tiempo.

—Tengo que comprobar algo.

Ricardo la intercepta, la captura en sus brazos. El cuerpo de Myrta le notifica que reportará la comprobación a mañana.

38.
Encantadora entrega

Una joven muchacha de cabello largo con falda veraniega y mirada pícara llega a la Plaza de la Sorbona. Ricardo la citó. Son las nueve y media de la mañana. El policía le hace una señal al verla. Se dan un caluroso abrazo, hablan unos minutos. La joven muchacha de cabello largo parece estudiante. Hay algo simpático en cómo se balancea sobre un pie y luego sobre el otro. Ricardo abre su maletín sobre una rodilla y saca un sobre grueso. Se lo entrega. La joven muchacha asiente varias veces con la cabeza. Queda claro que el español le hace algunas recomendaciones al oído. Ella escribe en el sobre: "Para el profesor J. Castelnau de parte de Magali Ducos". Se separan con una sonrisa.

La joven muchacha se dirige a la recepción de la universidad y se presenta.

—Soy Magali Ducos, una estudiante del profesor Jacques Castelnau. Estaba previsto que pasaría esta mañana para entregarle mi tesis. ¿Podría pedirle que la deje en su casillero?

—Pero con mucho gusto, señorita. Lo haré ahora mismo.

El guardia, un ex infante de marina, era amable y jovial. Adoraba su función de contacto con la juventud. La estudiante espera un poco, lo ve colocar el sobre en el casillero del profesor, le manda un efusivo *merci* y se da la vuelta. Con toda naturalidad, vuelve sobre sus pasos como para enmendar un olvido.

—¿Le molestaría avisarle al profesor que acabo de traerle mi trabajo? Es algo urgente. ¡Creo que está esperando ese texto para preparar la defensa de mi tesis doctoral!

—Cuente conmigo. Me encargo ahora mismo.

—Gracias de nuevo —dice la estudiante alejándose con paso seguro.

Afuera, en la calle, Ricardo escogió un punto de mira que le permite observar la escena. Ve a la joven muchacha salir sin voltear y dirigirse hacia el Boulevard Saint-Germain. El guardia toma su teléfono. Ahora sólo basta esperar.

—Profesor, una de sus estudiantes acaba de traer un sobre para usted. Una tesis. Dice que es urgente.

—¿Le dijo su nombre?

—Espere, ahora se lo digo. Sí. Magali Ducos.

—Gracias. Ahora bajo.

El profesor Castelnau sabe que su estudiante está en misión en San José de Costa Rica y que por lo tanto es materialmente imposible que se haya apersonado en recepción. Sospecha que se trate de un acontecimiento imprevisto, quizá de una complicación. Toma los pasillos y baja por la escalera D1. El guardia le entrega el sobre. Entiende inmediatamente que no es una tesis. Verifica:

—Gracias, César. ¿Es linda mi estudiante, verdad?

Con ese plan, Castelnau confía en la memoria visual del guardia.

—¡Ah, muy bonita muchacha! ¡Con ese cabello rubio cayendo sobre sus hombros! Es inmensa; tiene unas piernas que no acaban. Las estudiantes de hoy son mucho más altas que antes.

Castelnau sonríe para terminar la conversación. No hay equivocación posible. Magali Ducos, la verdadera, es una chaparrita de cabello corto y castaño.

*

—Hola, Myrta. ¿A que no adivina lo que me está pasando?

La voz de Castelnau es pausada, indescifrable.

—Buenos días, profesor. No me diga que un tercer equipo de buscadores de tesoros acaba de saquear su oficina...

—No, no. Al contrario. Acabo de recuperar el manuscrito original.

Myrta se esfuerza por conservar la naturalidad.

El profesor le cuenta entonces cómo, de mañana, una joven muchacha desconocida que se hizo pasar por una de sus estudiantes dejó el documento con el guardia.

—Le diré que son muy buenos en lo que hacen. Saben todo de mí. Hasta conocen los nombres de mis estudiantes.

—Eso no es ninguna hazaña —le contesta la asistente—. Basta con ir al sitio de la Sorbona, dar un clic en nuestro Centro de Investigación y la lista de los doctorantes aparece. Escogieron un nombre al azar.

En la línea, Castelnau sigue circunspecto. Myrta detecta un tono de vaga suspicacia del profesor.

—Sigo sosteniendo que quienes robaron y luego restituyeron el manuscrito están vinculados con la universidad. Sobre todo, la restitución es incomprensible, tanto en el fondo como en la forma.

—¿Y yo qué sé? Quizá los servicios secretos quisieron poner a prueba sus reacciones tanto en la recepción del paquete como en su desaparición. Ahora están acechando su actitud y escuchando nuestra conversación. Por mi parte, no concibo que uno de sus estimados colegas le gaste una broma de tan mal gusto.

—Le diré lo que siento. Ese documento, que usted conoce, no es negociable fuera del mundo mafioso. Si se me restituyó es que no encontró comprador. Para quien lo detentaba se volvía peligroso conservarlo. Ello implica que mi ladrón no está conectado con la delincuencia a gran escala. Si no, nunca hubiera recuperado el *Diario* en mi casillero, dejado amablemente como si nada.

Myrta acepta como para terminar con la conversación. Pero el universitario prosigue:

—Dicho esto, mi arrepentido ladrón me saca de un tremendo apuro. Por fin podré deshacerme de ese regalo comprometedor y devolvérselo a mi policía. Ya después estaré tranquilo.

—¿Cuándo lo verá?

—Tengo cita con él a las dos. Le diré que se alegró mucho de que lo llamara. Ya le contaré. Adiós, Myrta.

—Adiós, y mucha suerte con el epílogo.

*

—Lo escucho.

El hombre del traje azul fue fiel a su dogma vestimentario. Conservó su traje todo propósito, sobrio y recatado. Está sentado frente al profesor Castelnau quien le entrega verbalmente su peritaje, obviando prudentemente el episodio de la desaparición del manuscrito. "Al fin y al cabo, lo que quería la DGSI era un peritaje, pues ya lo tiene. Todo lo demás es pura novela", piensa. Castelnau explica la autenticidad del manuscrito, indiscutible; su valor en el mercado, incalculable; su interés científico, excepcional. Hace notar la especificidad del estatus jurídico del documento que no tiene propietario desde hace quinientos años; le recuerda al policía la regla del derecho: " La posesión de cosas muebles vale título". El profesor se jacta de su abnegación y finge sugerir que fue tentador conservarlo en nombre de la ciencia.

—Será compensado —se atreve a precisar el hombre de los servicios secretos, sin saber bien a bien si Castelnau está bromeando o mendigando.

El interlocutor del profesor hace algunas preguntas técnicas, reclama una breve luz histórica, vuelve al asunto de la propiedad del manuscrito, hace que le precise su valor en el mercado.

—Esto es lo que haremos —dice finalmente—. Se lo devolveremos a la ETA. Pondremos en libertad a las dos parejas detenidas explicándoles que las verificaciones resultaron ser negativas y que nadie aparentemente está reclamando ese manuscrito. Claro está, los estaremos siguiendo. No los soltaremos ni un momento. Eso nos permitirá llegar hasta el comprador y saber de qué red de delincuentes se trata. Podríamos aprehender a toda la banda en el momento de la transacción.

—¿Y cuáles serán los cargos ya que son libres de poseer ese manuscrito? Ninguna biblioteca pública, ni de España ni de otra parte, está en condiciones de presentar una demanda por robo. Además, los poseedores actuales del documento procedieron seguramente a una o dos ventas ficticias bajo contrato privado para aparecer como "tercera persona compradora de buena fe". Porque en el derecho europeo el tercer comprador siempre es considerado como de buena fe. Si les devuelve el manuscrito, estará perdido. Por sorprendente que parezca, esos vascos tienen el derecho de su lado. ¡Al menos mientras que el ex dueño del tesoro no se manifieste! ¿Pero cómo quiere saber quién le robó a quién?

—Si logramos organizar la flagrancia al menos tendremos el cargo de blanqueo de dinero. Le pasaremos la papa caliente a la sección financiera que con mucho gusto identificará las cuentas bancarias *off-shore* de tan linda gente. Eso tomará algún tiempo. Durante el proceso, el manuscrito quedará embargado y bajo buen resguardo. Incluso podríamos imaginar que lo publicara usted para volverlo invendible bajo el agua. Y más aún, podría ser depositado en préstamo, por ejemplo, en la Biblioteca Nacional de Francia.

A Castelnau le divierte mucho el giro que está tomando la situación.

—Bonitas escaramuzas diplomáticas a la vista por la posesión del manuscrito. Italia lo pedirá en nombre del derecho de sangre, Francia en nombre del derecho de suelo, España en nombre de los derechos de la Corona. Y estarán todos los coleccionistas diciendo: "Estaba en mi caja fuerte". Ya lo estoy viendo. Ya me estoy riendo.

El hombre de los servicios secretos concluye fingiendo darle un giro interrogativo a sus frases.

—¿Así hacemos? ¿Es un trato?

Hace desaparecer el *Diario de a bordo* en su maletín.

—Quisiera pedir una cosa más —dice Castelnau—. Quisiera que se me mantuviera al tanto de los acontecimientos futuros.

—De acuerdo. En mi opinión, no tardará mucho. Estamos siguiendo una sólida pista en Chartres, con un potencial comprador; creo habérselo mencionado. Es posible que el plan inicial, interrumpido por nosotros, sea reactivado pura y llanamente. En dicho caso, sería cuestión de días. En cambio, si ellos decidieran cambiar radicalmente de plan, otro asunto sería. Mire, si la transacción se lleva a cabo, se lo informaré en cuanto tenga lugar.

El policía posa la mirada sobre la foto del profesor Castelnau a un lado de Bob Dylan. Siempre se lamentó haber nacido demasiado tarde para conocer los primeros conciertos de Los Beatles o de los Stones, el festival de Woodstock, la aventura del Fillmore East. La voz firme del profesor lo regresa a la realidad.

—Cuento con usted. No quiero perderle la huella a ese escrito —Castelnau añade—: Utilizar un cebo de ese precio me parece una locura. Pero bueno, es idea suya… y es su botín.

El policía le dirige unas palabras tranquilizadoras, un fuerte apretón de mano, una mirada franca. Castelnau finge creerle.

39.

Broadway

Myrta y Ricardo toman el avión para Birmingham. El policía español había logrado una buena cosecha de datos de la conserje del inmueble de Andrade. Al cruzar la información con la facilitada por servicios de inteligencia amigos, consiguió seguir la huella del anticuario prófugo. Gracias a lo revelado en los archivos digitales decomisados durante la orden internacional de cateo, había además identificado y localizado un contacto de Andrade en Inglaterra. Conocía incluso el lugar de su cita mantenido altamente secreto; pero eso no se lo había revelado a Myrta. Con actitud de contrabandista, le había dicho que se llevara ropa elegante. La historiadora tuvo que encontrar a toda prisa una túnica de lentejuelas y zapatos de tacón. Él mismo había alquilado un smoking en calle del Odéon.

Desembarcan en Birmingham vestidos como gemelos: pantalón blanco, saco azul marino. Ricardo lleva una pañoleta sobria, Myrta un lindo collar de perlas muy de moda. A la salida de los pasajeros un hombre sostiene una pequeña pancarta.

—Es para nosotros —murmura Ricardo.

Muerta de risa, Myrta lee: "Sir Richard Moon".

—¿Qué estás tramando? ¿A qué viene toda esta puesta en escena?

Ricardo se mantiene mudo. Saluda al hombre con la pancarta, quien los invita a seguirlo. Los hace subir a un Vauxhall y carga las maletas.

—Vamos por el coche de alquiler —explica finalmente Ricardo.

—¿Y por qué no lo tomamos en el aeropuerto?

—Porque hice una reservación bastante especial…

El Vauxhall se detiene frente a un hangar en los límites de la zona aeroportuaria. Un control remoto levanta una cortina metálica.

—Rolls Royce Silver Shadow II de 1977. ¿Le conviene a usted?

—¡Estás completamente loco, mi amor! ¿Quieres realmente alquilar un Rolls de colección? ¿Pero por qué? Si es para seducirme, ni falta hace.

—¡No! Es para la investigación. Termino con los trámites y te cuento todos los detalles.

Ricardo rodea el coche para admirar las líneas de su carrocería bicolor, gris perla y canela. Acaricia los asientos de cuero color miel en señal de aprobación.

—¿Me pudo instalar el GPS?

—Por supuesto. Le puse de lo mejor.

Por cortesía, el inglés se expresa en francés. Con resultados aproximativos, pero lo que cuenta es la intención. Arranca el motor que ronronea silenciosamente. El famoso silencio Rolls Royce.

—¡Perfecto!

—Lo voy a sacar.

Myrta no lo puede creer. Ricardo mete las maletas en la inmensa cajuela para luego introducir algunas coordenadas en la pantalla del GPS fijado por una ventosa en el tablero de nudo de nogal. El aparato se pone al mando de las operaciones. "Dé vuelta a la izquierda".

El coche está rápidamente en el campo. Para un no iniciado, el manejo a la izquierda requiere de cierta concentración, así que Myrta se mantiene en silencio. Pero no se aguanta mucho tiempo.

—Creo que ahora tengo derecho a compartir tu misterio.

—Claro que sí, querida, vamos a Broadway.

—¿A Broadway?

—Es un pueblito encantador, según dicen. Asistiremos a la reunión anual del club de coleccionistas de Rolls Royce, el BRROC, el British Rolls Royce Owner's Club.

—¿Y por qué esta fantasía?

—Estamos acorralando a Andrade. Te explico: nuestro anticuario-traficante contactó un comprador potencial de nacionalidad británica, un tal Dwight Stonehouse.

—¿Estamos seguros de que tiene el manuscrito?

—Ahí es donde se vuelve interesante. Andrade contactó a Stonehouse el martes pasado, el 10 de junio. Es decir, el día siguiente al robo del manuscrito en la tienda de Olibri. Así que hay fuertes sospechas de que el manuscrito esté en su poder. Tomado por sorpresa, Stonehouse, un personaje muy ocupado, le dio cita en Broadway donde debe asistir a esta gran reunión anual de los fans de Rolls Royce. Sé incluso que lo invitó a su mesa para la cena de gala de mañana por la noche…

—Cena de gala a la que asistiremos…

—Pero no fue fácil. Ayer me pasé toda la tarde arreglando el asunto. Me he convertido oficialmente en miembro del club bajo el nombre de Sir Richard Moon. Para ser admitido en ese círculo cerrado tuve que describir el Rolls, dar muchos detalles y por supuesto el número de la placa. Finalmente, todo salió bien. Nos están esperando.

Ricardo agrega de golpe:

—También tuve que poner más de mil libras por delante. ¡Estamos en una excursión de lujo!

—¿Y el gobierno español te está ofreciendo todo esto? —pregunta Myrta sin mucha convicción.

—Espero que se me reembolse la mayor parte. Eso si tenemos éxito… Además, creía que Rolls Royce eran tus terrenos. Me dijiste que eras accionista.

—Accionista, no. Recibo regalías de una patente, es diferente.

Myrta respira sacudiendo la cabeza y se pega al conductor.

—Estás loco de remate. Pero te adoro.

El coche bicolor rueda lentamente por el campo inglés donde las praderas rivalizan con los bosques. La carretera se abre camino por las parcelas de unos propietarios que en el siglo XIX se negaron a ser expropiados. El itinerario es un verdadero laberinto que ofrece vistas siempre cambiantes. El GPS es una necesidad absoluta. Los innumerables cruces casi nunca tienen señalización. De vez en cuando, sin embargo, por misericordia para el viajero perdido, surge un nombre conocido escrito en blanco sobre fondo verde acompañado por una flecha: Stratford-upon-Avon lleva a la casa de Shakespeare, Warwick al castillo de Guillermo el Conquistador, Worcester despierta recuerdos de la salsa inglesa y su mezcla de anchoas, cebollas, vinagre y pulpa de tamarindo.

El GPS lleva ahora el Rolls entre colinas de suaves pendientes. Un anuncio pide bajar de velocidad para dejar el paso a los carritos de golf. Nos estamos acercando. Pronto aparece una discreta indicación invitando a tomar un camino en pendiente a la derecha. Un anuncio minimalista indica: Green Fox Manor. Ricardo y Myrta han llegado.

El hotel, apartado para la ocasión, es una verdadera fortaleza. El primer control es del hotel: hay que mostrar la reservación. El segundo control es del club; hay que probar el pedigrí del vehículo. El comité de recepción le atribuye un número de lugar en el área de estacionamiento. Ricardo recibe el número 92 por su inscripción tardía. Acompaña a Myrta a la recepción, hace que le lleven las maletas y estaciona personalmente el coche. El estacionamiento es un museo a cielo abierto. El español, cuya formación especializada apenas empezó el día anterior, se complace en analizar la evolución de las formas de carrocería en sesenta años. Los ángulos de la famosa parrilla desaparecen en los años 2000 para ceder el paso a líneas más ágiles; la bicromía mantenida durante cuarenta años desaparece bruscamente en 1990. Pero lo que sobre todo impresiona a Ricardo es la diversidad de colores y de equipamiento. Se nota que la marca siempre ha construido sobre medida. El encargado del estacionamiento le enseña el antiguo Silver Cloud rosa de Elton John, el Silver Shadow amarillo canario de un famoso diseñador de moda, el cabriolé Corniche azul claro que perteneció a Ringo Starr, mucho más sobrio que el Phantom V psicodélico de John Lennon, como se lo hacen notar. Ricardo no ha visto nunca el Phantom de John Lennon, pero asiente con la cabeza cual conocedor.

Su cuarto, orientado hacia el oeste, da sobre el valle más abajo. De su ventana se ve un estanque invadido por juncos, una arboleda de robles, un recodo de la carretera que baja hacia Broadway. Bucólico a más no poder. Les da tiempo de ver el sol desaparecer tras las generosas praderas. Ayer, como historiadora, Myrta estudiaba el original del *Diario de a bordo*; hoy, como adjunta de policía, persigue a un ladrón asesino.

"La vida es curiosa", piensa.

—Te propongo lo siguiente —dice Ricardo—. Ya que Andrade no te ha visto, podrías darte una vuelta por los pasillos para medir el ambiente; podrías por ejemplo localizar el salón de la cena de gala de mañana por la noche o también tratar de identificar el número del estacionamiento de Stonehouse...

—A sus órdenes, señor comisario. Pero te hago notar que yo tampoco conozco a Andrade.

El policía abre su laptop y con algunos clics abre la carpeta Andrade/Vertizini.

—¡Aquí está!

Ricardo hace desfilar varias fotos.

—Hum, hum. Interesante. Con carácter. Entonces voy a explorar los alrededores, escucho tras las puertas, hablo con el recepcionista. ¿Y después?

—Me presentas tu informe, cenamos como enamorados y terminas la novela Colón. Porque llevamos una vida tan agitada que hemos dejado de lado tu historia. Me urge conocer el siguiente capítulo.

—¡Concedido!

Myrta desaparece.

40.
El Almirante de los mosquitos

Myrta toca a la puerta. Vuelve con su cosecha de información.

—Empiezo por lo más importante: figúrate que escuché a unos puristas burlarse de un excéntrico que fijó su GPS con una ventosa en el tablero de su Rolls. Debería darte vergüenza.

—De acuerdo, ¡un error, un mal gusto imperdonable!

—Ya más en serio: Stonehouse es el presidente del club. Como tal, su número de estacionamiento es el 1. Mañana estará en la mesa central. Habrá veinte mesas de ocho personas y dos de seis. Hice una reservación en una de seis en un ángulo que no nos expondrá y nos dará la mejor visión de conjunto. Esta es la invitación para asistir a la cena —divertida, Myrta le tiende una tarjeta a nombre de Mr. and Mrs. Moon. Prosigue—: El programa de mañana es el siguiente. A las 3:30, desfilan todos los Rolls presentes, atraviesan Broadway y luego dan una vueltecita por el campo. A las seis, asamblea general del club. A las nueve de la noche, cena de gala con traje de noche. El domingo a mediodía, justo antes de la despedida, será el rito de salida: distribución de las fotos del recuerdo y proclamación de la ciudad que acogerá la reunión del año próximo. El club, como es de prever, es bastante selecto. Es una mezcla de descendientes de viejas familias, de políticos y de celebridades de moda...

Myrta cita algunos nombres conocidos y Ricardo asiente.

—¡Ah! Una cosa importante: Andrade no está hospedado en el hotel, ni en el edificio principal ni en el anexo. No está inscrito ni con su nombre actual ni con el anterior.

—Te lo dije —sonríe Ricardo—. Sin Rolls no hay cuarto.

—Según el de la recepción, el mejor hotel del pueblo es el Porter House, un hostal de lujo de viejo cuño. Debería estar ahí.

Ricardo toma su iPad y consigue las coordenadas.

—Quisiera hablar con el señor Robert Andrade.

El español deletrea. La persona del conmutador se mantiene en silencio seguramente consultando la lista de clientes.

—Un momento, se lo paso.

Ricardo cuelga bruscamente asintiendo con la cabeza.

—Tienes razón. Ahí está.

*

Apenas colgado, el teléfono suena. El servicio a cuarto informa su próxima llegada.

—En tu ausencia pedí la cena. Para ti unas pastas al cheddar con agua simple.

Myrta provoca al policía.

—¿Cómo adivinaste de lo que tenía ganas?

Imperturbable, Ricardo prosigue:

—Yo opté por la comida local: cordero con salsa de menta y tarta de ruibarbo.

La cama domina el centro del cuarto. Para dar la idea de que el hotel es una antigua mansión campestre, el gerente impuso un falso mobiliario rústico. La madera de la mesa fue amartillada con un punzón para imitar los agujeros de la polilla; las sillas plegables con las patas en equis parecen salidas del decorado de una obra de teatro isabelina. El conjunto es más chusco que elegante. Pero Myrta y Ricardo se sienten a gusto. Espesas colgaduras entre el morado y el violeta parecen protegerlos del mundo exterior.

—Dejamos a Colón en 1497 en Burgos, viéndose a los ojos con su muy querida reina. ¿Qué sucede entonces? ¿Eso lo aprecia el rey?

Ricardo se picó al juego de la novela algo alucinante del Descubrimiento. Le encantan esas intrigas de cambios inesperados, esos conciertos de celos, esas sangrientas *vendettas* en que la delación reemplaza el puñal. Lo ve como un concentrado de humanidad donde el orgullo capitula ante el deseo, donde la codicia perturba la razón más educada, donde el gusto por el poder zozobra en lo irrisorio, donde el abandono de las almas cae en lo patético.

—¿En verdad lo quieres saber todo? —se aventura Myrta.

—¡Por supuesto! Quiero entender el meollo de la historia.

—Entonces me lanzo... Colón, acusado por todas partes, está en graves aprietos. Claramente, debe consolidar su posición ante los reyes católicos. La reina Isabel acepta reintegrarlo a la corte. Pero lo que obtendrá Cristóbal es sólo una victoria a medias: es cierto, logrará conseguir la confirmación de su contrato monopólico, pero fracasará en su intento por eliminar a Fonseca.

—Recuérdame quién es Fonseca. Quizá nos lo hayamos cruzado, pero estoy algo perdido en todas esas historias de cortesanos.

—Juan de Fonseca es una especie de figura maligna de la vida política española de aquella época. Al principio, es un religioso de confianza de la reina Isabel; converso de origen portugués, supo atraer su estima durante la guerra de sucesión al trono pronunciándose a favor de Isabel y en contra de su rival, *La Beltraneja*, apoyada por Portugal. Un poco por defecto, la reina le encarga a Fonseca, quien en ese entonces es el arcediano de la catedral de Sevilla, la organización del segundo viaje de Colón. La enemistad entre los dos hombres surge de inmediato. Fonseca le ha tomado gusto a sus funciones y se considera a partir de 1493 como una especie de ineludible ministro de las Indias. Toda su vida va a militar a favor del monopolio real y del control del comercio con América. En 1497 es obispo de Badajoz y aboga por la destitución de Colón. El Almirante contraataca e intenta que sea destituido de sus funciones. Está a punto de conseguirlo: el candidato del virrey, su compañero de exploración Antonio de Torres, es escogido en un primer tiempo. Fonseca queda despedido. Pero el joven obispo conoce el punto débil del expediente de Colón: su intimidad con la reina. Libra entonces una batalla en toda regla con Fernando de Aragón para que renuncie a nombrar el candidato de Isabel... y de su amante. El argumento surge efecto. Fernando se retracta. Se rompen las cartas de nombramiento de Torres y se rehacen nuevas para Fonseca. El obispo, artista en el arte de la prevaricación, se volverá inamovible como secretario del Consejo de Indias. Conservará sus funciones hasta su muerte en 1524.

—Lo estoy viendo como si estuviera ahí —se ríe Ricardo—. Me imagino los pleitos de pareja entre el rey y la reina. Qué relajo por culpa de Colón.

—Te felicito por la trivialidad —finge ofuscarse Myrta—. Pero los triángulos amorosos son tan viejos como el mundo.

—¿Qué obtiene el virrey a cambio de la permanencia de Fonseca?

—Una nueva carta de privilegios.

—¿Aumenta el porcentaje de su remuneración?

—No.

—¿Entonces cuál es el interés?

—¡Perlas!

—¿Perlas?

—Ya entenderás. Aparentemente, la carta de privilegios firmada por los reyes católicos en Burgos el 23 de abril de

1497 es una reformulación idéntica de las "Capitulaciones de Santa Fe". A priori no presenta ningún otro interés más que ser una ratificación actualizada. Sin embargo, hay un detalle perturbador. Hay que saber leer entre líneas. Colón es llamado "almirante y visorrey y gobernador de las islas y tierra firme *descubiertas* y por descubrir en el mar Océano en la parte de las Indias".

—Ya veo. El tiempo del verbo ha cambiado. En las capitulaciones de 1492 había un futuro. Aquí estamos en el pasado. Esa tierra firme se está discretamente constituyendo en una realidad. En pocas palabras, los reyes le dan todo el continente americano a Colón.

—Quizá no todo el continente, pero sí buena parte.

—Pero si entendí bien —prosigue Ricardo como alumno falsamente aplicado—, ¡la tierra firme todavía no ha sido descubierta en 1497!

—Exacto. Te ganaste una noche de amor… pero conociendo el lado retorcido del Almirante, puede pensarse que hace ratificar uno de sus descubrimientos anteriores hasta entonces celosamente ocultado. Si no, esa carta perdería mucho de su interés.

—¿Y a qué vienen las perlas en todo esto?

—Durante el segundo viaje de Colón hay unos tiempos muertos que nos son difíciles de explicar. Particularmente entre mayo y agosto de 1494. Varios autores afirman que el continente había sido descubierto en ese momento por el Almirante o al menos por uno de sus capitanes como Vespucci u Hojeda. Las cinco carabelas de esta expedición secreta salida de La Española habrían tocado el continente americano a la altura del Golfo de Paria y habrían descubierto los yacimientos perlíferos de Cumana y de Margarita sobre la costa actual de Venezuela. La exploración habría alcanzado incluso la actual Cartagena en Colombia para luego volver a La Española después de cuarenta y cinco días en el mar.

—Y Colón guardó sus municiones en el bolsillo. Le ofrece perlas a Isabel y le promete cargamentos a cambio de la ampliación de su campo de acción. La tierra firme reivindicada por el Almirante es la costa de las Perlas.

Ricardo se da una pausa y prosigue en modo meditabundo.

—Con esta aclaración, el asunto del juramento de Cuba tiene bastante explicación. Colón necesita hacer creer que encontró tierra firme pero no quiere revelar la localización de los bancos de perlas que encontró.

—Eso es seguro. Hace creer que es más loquillo de lo que es. El juramento de Cuba justifica que Fernando le conceda derechos sobre tierra firme. Única en saberlo, Isabel puede intervenir sin exponerse.

Myrta se da una pausa, moderando su efecto.

—Ahora vas a entender la razón de ser del tercer viaje. Colón sigue a la reina a Medina del Campo en mayo de 1497. Todavía obtiene de los reyes algunas cartas importantes; una confirma su monopolio; otra ratifica el nombramiento de su hermano Bartolomé como adelantado de La Española; una tercera conmina a Fonseca a ponerse a disposición del Almirante y fletar seis navíos. Pequeño consuelo: Fonseca obedece. La expedición sale de Sanlúcar de Barrameda el 30 de mayo de 1498. Pero... sorpresa. El itinerario es atípico. El Descubridor decide ir a Porto Santo donde vivió con su esposa Felippa y luego a Madeira: ¿qué irá hacer en tierras portuguesas? Luego baja hacia las Canarias donde se separa de tres carabelas que envía directamente a La Española por la ruta ya convertida en rutina. Con los tres navíos restantes, baja todavía más al sur, hacia las islas de Cabo Verde, posesiones portuguesas. Visita los leprosos de Boa Vista enviados allá para ser tratados con sangre de tortuga. Intenta comprar bovinos en la isla de Santiago pero los portugueses, inquietos a la vista del pabellón español, se rehúsan a tratar con el Almirante.

Myrta ve que Ricardo frunce el ceño.
—Pero todo esto me parece incoherente...
—Sólo a medias. La continuación aporta alguna explicación.
—Entonces te escucho.
—Figúrate que Colón iza velas finalmente hacia el suroeste. Pero la isla de Santiago está situada en el paralelo 15. ¡El Almirante decide entonces atravesar el Atlántico bordeando el ecuador!
—¡Y escoge la vía difícil! Las lluvias, las calmas ecuatoriales sin viento...
—Claro, pero opta por la discreción. Nadie lo verá por esa ruta equinoccial, nadie lo espera por ahí. Por otro lado, ¡esta vez no escribe bitácora! ¡Es una señal!
—De acuerdo. Si tú lo dices. ¿Y dónde llega? ¿A Brasil?
Sonrisa de Myrta.
—A desembocadura del Orinoco, en el paralelo 10 norte. Al sur de un isla que nombra Trinidad.
Sorpresa de Ricardo. Myrta prosigue:
—Es decir, exactamente ahí donde había identificado la costa de las Perlas. Ahora que es virrey y gobernador de esa tierra firme, toma oficialmente posesión de ella ante notario. Se adelantó a todos sus perseguidores en sus barbas.
—¿No me digas que tiene perseguidores?
—Sí. A eso voy.
Ricardo se queda pensativo. Esa historia de carreras por el tesoro y de expediciones secretas se vuelve rocambolesca. Pero sabrosa. Es una epopeya que huele a mar caliente, a embate y a calafate. Pasamos del aire de mar adentro a la atmósfera confinada de los corrillos. Escuchamos el choque de las espadas, el crujido de la arena, la zambullida de las anclas. Nos alcanzan las tempestades, nos azotan las olas. Desfilan, intercambiables, los traidores, los lameculos. Reverencias, negociaciones, amenazas. Se brinda con copas de tempranillo, se fornica en las alcobas, resuenan los portazos,

los abrazos esconden dagas listas a desenvainar. Se miente, se burla, se engaña. La gloria le sonríe a los lacayos, el instinto se impone al saber.

De vuelta de sus ensueños, Ricardo se siente invadido por cierta admiración por el marinero y por el estratega.

—Según tú, el azar nada tiene que ver aquí. Colón sabe adónde va y sabe cómo llegar…

—No es un descubridor por azar sino un planificador —le concede Myrta.

—¿Y qué hace Colón en la costa de las Perlas? Me imagino que anda de compras. Algunos recuerditos para la reina…

—Sí. Y diserta. Piensa que las perlas nacen de una gota de rocío tragada por los ostiones que bostezan en la arena de mañana. Elucubra sobre la altitud del Paraíso Terrestre. También le intrigan las impetuosas aguas del Orinoco que se niegan a mezclarse con las olas saladas del océano. Se imagina en la boca de un dragón.

—Es un gran poeta, tu Colón.

—Un poeta que no se tarda en su redescubrimiento. Con más o menos suerte, toma contacto con los habitantes locales, intercambia con ellos algunas baratijas; pero los indígenas son reacios a separarse de sus orejeras de oro. Esta vez, la magia de los cascabeles de cobre ya parece inoperante. Colón iza las velas hacia el norte y en quince días alcanza la costa sur de La Española. El Almirante estrena el nuevo puerto de Santo Domingo recientemente fundado por su hermano Bartolomé. La costa es rectilínea y la desembocadura del río Ozama sólo ofrece un frágil refugio, pero la costa sur de la isla es innegablemente la más protegida. Al norte, La Isabela, la ciudad del primer contacto plantada en medio de la nada, se sumirá poco a poco en el letargo.

—Háblame del comité de bienvenida que espera a Cristóbal.

—Primera sorpresa: la flota de tres carabelas que envió desde las Canarias no ha llegado aún. Y estamos a 31 de agosto de 1498... los barcos salieron de Hierro el 21 de junio.

—No encontrar vientos en la ruta de los alisios, ¡toda una hazaña!

—De todos modos llegarán un poco más tarde. Pero en aquella época el riesgo de perder una flotilla en la mar era bastante alto. Las carabelas siguen siendo pequeñas y frágiles embarcaciones de difícil maniobrabilidad en caso de tormenta.

—¿Hay más sorpresas? —inquiere Ricardo.

—La isla de La Española está en llamas. Bartolomé y Diego no son capaces de gobernar. Se enfrentan a una oposición generalizada pero dividida en una multitud de facciones incontrolables. Todos los grupos se despedazan entre sí, pero la enemistad del ayer puede convertirse en alianza del mañana. Un tal Francisco Roldán intenta sustituir el poder del virrey; otro grupo de españoles hostiles a los hermanos Colón toma el control de Xaragua, al suroeste de la isla; un hidalgo de buen ver, Fernando de Guevara, se enterca en querer desposar a la reina Anacaona para convertirse en rey de los taínos. Cada quien ve al futuro según le convenga a sus intereses inmediatos. La situación es incontrolable. El Almirante intenta primero expulsar a los contestatarios hacia España ofreciéndoles un salvoconducto que les garantiza la integridad física y que los autoriza a quedarse con su oro y con sus esclavos. Las negociaciones duran seis meses. En un primer tiempo, los seguidores de Roldán aceptan; pero en el último momento, a la hora de abordar los barcos, se niegan. El virrey no tiene otra alternativa más que recurrir a la violencia. Acaba con la rebelión en un baño de sangre. Victoria pírrica. Otro frente se abre inmediatamente. El de Hojeda.

—¿Qué tal si me lo presentas? —bromea Ricardo.

—Lo sé, lo sé. Es una historia de mil personajes. Lo que complica el asunto es que ciertos personajes secundarios se convierten bruscamente en principales. Es el caso de Hojeda. Durante su viaje secreto a Cumana y Margarita en 1494, Colón es acompañado por un trío de choque: Alonso de Hojeda, Américo Vespucio y Juan de la Cosa, propietario de la Santa María. Esos tres socios de Colón deciden traicionarlo, de seguir por su cuenta y apropiarse de los bancos de perlas. Si fácil es traicionar, más difícil es sacarle provecho. Sin embargo, los tres cómplices lo logran. Sobornan al inmoral Fonseca, quien les firma bajo la mesa un permiso de exploración.

—Eso amputaba el monopolio de Colón —observa Ricardo.

—¡Claro que sí! Quizá sea el rey Fernando quien anime al obispo de Badajoz a actuar así. Divide y vencerás.

Vespucio es un hombre de las sombras, Juan de la Cosa, un armador astuto. Pero Hojeda es un noble originario de Cuenca que sorprende al jugar un papel de aventurero sin escrúpulos. El trío parte de Cádiz con cuatro carabelas el 18 de mayo de 1499, se dirige directamente a Trinidad, compra perlas, sigue la costa todavía poco conocida de Venezuela para finalmente tomar rumbo a La Española para tomar el poder. Después de las perlas, el almirantazgo. Eso era sin contar con los caprichos del destino y la perfidia del rey.

Hojeda y su camarilla desembarcan en una bahía al oeste de La Española y le ofrecen sus servicios a Roldán para eliminar al clan Colón. La unión hace la fuerza. Los hombres de Roldán se someten a la autoridad de Hojeda quien se dice investido de poder legal. Roldán comprende el peligro; pronto cambia de bando: se alía entonces con los hombres de Colón para echar a Hojeda, ahora su rival.

—Qué solito debe sentirse el Almirante —hace notar Ricardo.

—Tan solo que el día de la Navidad de 1499 los tres hermanos Colón suben a bordo de una carabela e intentan zarpar para salvar sus vidas. En su contra tienen a los indios, en masa, y a los españoles, ya casi todos en la oposición. Pero los vientos no son favorables y la embarcación es empujada hacia la ribera. Cristóbal, Diego y Bartolomé se ven obligados a desembarcar. En eso, Roldán expulsa a Hojeda cuyos seguidores no tienen más alternativa que aliarse con Colón.

—Estamos en el más absoluto melodrama.

—Melodrama que se verá enriquecido por un cambio inesperado en forma de epílogo —prosigue Myrta—. Manipulado por el obispo Fonseca, el rey Fernando, bajo pretexto de alteración del orden público en la joven colonia ultramarina, decide retirarle el gobierno de las Indias a Colón y sustituirlo por un tal Bobadilla, hermano de la dama de compañía de la reina Isabel. Esta vez, el golpe es duro para el Almirante porque involucra al primer círculo de los allegados a la reina. Cristóbal tiene la impresión de haber perdido su protección. Nombrado en mayo de 1499, Bobadilla, poco presto a interponerse en un conflicto abierto, sólo llega a Santo Domingo en agosto de 1500. Pero al desembarcar, golpea con dureza. En el momento mismo de su llegada, encarcela a los hermanos Colón y les coloca grilletes. Confisca todos los bienes del Almirante, su casa, su oro, su mobiliario…

—… la recámara enviada por la reina…

—… la recámara enviada por la reina. Todo. Y Bobadilla autoriza, sin restricción alguna, la esclavitud de los indios, lo que lo vuelve popular entre los españoles de la isla, en grave detrimento de la población indígena. Colón y sus hermanos son expulsados de inmediato y hacen el viaje de regreso con grilletes. Yacen en lo más hondo de las desgracias. Toda la corte se burla del virrey caído llamándolo "el Almirante de los mosquitos" o "el Descubridor de espejismos".

—Fin del capítulo. Pero no fin de la historia. Sin embargo, el Almirante está en un trance porque, aparentemente, esta vez ya no cuenta con el apoyo de la reina.
—No. Las historias de amor no terminan nunca.
Myrta, sentenciosa, manda una mirada cómplice a Ricardo, que le sonríe.

41.
El eclipse

Tenemos entonces a nuestro Almirante de vuelta a Cádiz con grilletes a bordo de La Gorda, la carabela de Bobadilla. Si entiendo bien, lo ha perdido todo: su gobierno, su oro, sus esclavos, su monopolio comercial, su honor y su libertad. ¿Cuál podría ser el camino de la salvación?

—Tienes razón. El bello Cristóbal ha caído a lo más bajo. Envejeció veinte años, sufre de oftalmia, le cuesta caminar. La artrosis lo paraliza y su futuro es incierto. Sobre todo, ignora si ha perdido o no el apoyo de la reina. Así que no se atreve a escribirle directamente. Entonces el Almirante con grilletes le escribe a Juana de la Torre, hermana del secretario de Isabel la Católica. Colón está en estrecha relación con toda esa familia de conversos. Juana fue la nodriza del príncipe heredero Juan, fallecido prematuramente en 1497, a los diecinueve años. Es por ello que la carta de Cristóbal Colón a doña Juana se conoce con el nombre de "carta a la nodriza".

—Carta cuyo original ha desaparecido pero del que tenemos una copia…

—Aprendiste bien tu lección —bromea Myrta—. Como estaba previsto, la carta llega a manos de Isabel, emocionada. De inmediato, se da la orden de liberación. El 17 de diciembre de 1500, los tres hermanos Colón son recibidos en audiencia pública por los reyes en Granada.

—Me imagino muy bien la escena: "El rey: Almirante, sepa que estoy consternado por lo que le ha sucedido. La reina: Nunca fue nuestra intención atentar a su honor y a sus privilegios...". ¿Pero al final, tras esas palabras, cuáles son los actos?

—Cristóbal es recibido al día siguiente por la reina en *tête-à-tête*. Y al día siguiente... y al día siguiente... su idilio es tenaz.

—Eso ya francamente es sadomasoquista. ¡De la cárcel a la alcoba de la reina, y Colón quiere más!

—Sí. Es obstinado. Obtendrá tres cosas más de suma importancia para él: la destitución de Bobadilla, la restitución de sus bienes confiscados y el financiamiento de un cuarto viaje.

—¡No me digas que la reina lo volverá a nombrar gobernador de La Española! —se indigna Ricardo.

—Por supuesto que no. Los reyes proponen el nombramiento de un "gobernador interino" por dos años, Nicolás de Ovando, candidato de compromiso. Es un alto dignatario de la orden militar de Alcántara que hasta ese entonces se mantuvo apartado de los asuntos de las Indias. Solamente con la idea de vengarse de Bobadilla, Colón aceptaría hasta un caballo tuerto. Queda cerrado el trato.

—En cuanto a la orden de restitución de los bienes del Almirante, ya lo estoy viendo. Colón compartirá el oro y las perlas con la reina. Pero para la nueva expedición, ¿cómo logra arrancarle tal concesión?

—¡Nunca adivinarás lo que le vende! La circunvalación del globo terráqueo.

—¿El viaje de Magallanes veinte años antes? ¡Tu Colón es un vendedor de ilusiones!

—La ruta de las Indias, siempre la ruta de las Indias por el oeste. Es perseverante. Pero ahora tiene argumentos: el acuerdo con Portugal postula que España puede ir a las Indias con la condición de tomar la vía occidental. Así que promete. Clavos, moscada, canela, pimienta, jengibre. Describe la delicadeza del azafrán y la embriaguez de la savia de amapola, alaba el azúcar de Malabar, la porcelana de China, el arroz de Sumatra, el incienso de Guyarat. Adorna. Inventa el sabor sublime del mirobálano, la sabrosura nunca paladeada de la manzana del Paraíso. Fantasea, fanfarronea, embauca, enreda. Una vez más la reina se deja conquistar y sucumbe a la exótica musiquilla del aventurero. Éste finge conocer el paso hacia el mar del Sur…

—¡Paso secreto, claro está, conocido sólo por él!
—Pobre, necesita exagerar, construir castillos en el aire, porque ahora lo persigue una jauría: Alonso de Hojeda, Américo Vespucio, Rodrigo de Bastidas, Vicente Yáñez Pinzón, Peralonso Niño. Todos buscan el famoso paso y andan rondando por el istmo de Panamá.

—El monopolio de Colón hace agua por todas partes.
—Es por ello que el Descubridor prefiere tomar la delantera y lanzarse hacia nuevas tierras. En su escape, consigue aventajar a sus perseguidores.

—¿Logra armar su flota?
—Sí, la reina le adelantó fondos a cuenta de la restitución de sus bienes. Parte a finales del mes de abril de 1502 con cuatro pequeñas carabelas de poco tonelaje, ideales para la exploración, con ciento cincuenta personas, de las cuales ciento treinta y cinco marineros y su hijo menor Fernando, de trece años. Sale de Palos para luego hacer una escala imprevista en Cádiz. De ahí llega a Arzila, un presidio portugués en costas marroquíes al sur de Tánger. Se reúne, dicen, con los Moniz, la familia de su mujer Felippa.

—Sigue siendo un hombre extraño —comenta Ricardo—, como hablándose a sí mismo.

—Pasa finalmente por las Canarias. Y ahí, otra sorpresa: Colón toma rumbo a Santo Domingo.

—Es absurdo. Creía que había aceptado nunca más volver a pisar esa tierra. ¿Qué espera? ¿Reconquistarle el poder a Ovando?

—No tiene la más mínima oportunidad. El rey se dio a la tarea de "pacificar" la isla de La Española. Ovando, el nuevo gobernador designado, partió unos meses antes con una impresionante armada y dos mil quinientos hombres. De hecho, cuando los barcos de Colón se presentan el 23 de junio ante el puerto de Santo Domingo, reciben prohibición formal de anclaje y de desembarco. El Almirante es *persona non grata*.

—Y se entiende.

—Colón insiste. Experto en meteorología, esgrime la inminente llegada de un huracán y pide refugiarse en el puerto por razones humanitarias. Ovando se niega. Está en otro frente: la destitución de su predecesor, Bobadilla. Aceptó que el anterior gobernador partiera con "su oro" y sus seguidores. Su oro es, naturalmente, el que le robó a Colón. Cuenta la leyenda que Bobadilla alimentó cierto fetichismo por una gigantesca pepita que permanentemente llevaba al cuello. Ovando sube a toda esa buena gente a los veinticuatro barcos de su armada con la totalidad de sus bienes y gran cantidad de esclavos. Y los apremia a que leven anclas rumbo a Castilla.

—A pesar del huracán que Colón anuncia.

—A pesar de la furia de los elementos.

—¿Amateurismo o diabólica perversión?

—Determinación y realismo. Para Ovando es peligroso mantener a los veteranos de la colonización encarcelados en tierra. Está a merced de un soborno a los guardias. La menor chispa puede hacer estallar el polvorín. Así que expulsa sin hilar fino a todo partidario de Colón, de Roldán, de Bobadilla y otros efímeros capitanes. Le prepara un inmenso regalo al rey: candidatos a la horca, pepitas como huevos de gallina, plumas preciosas, incienso, cargamento de rencores, calas repletas de decepción.

Myrta hace una pausa.

—Y el huracán se aproxima. Los barcos ya están en alta mar, en el corazón mismo de la tempestad. En su demente violencia, el viento quiebra mástiles, arranca velas y timones. El mar enfurecido traga navíos. De las veinticuatro naos de la flota que lleva a Bobadilla, diecinueve se hunden; cuatro logran regresar al estuario del Ozama, maltrechas. Sólo un navío podrá seguir su camino hasta Cádiz. Bobadilla se fue a pique con sus pepitas.

—Impresionante índice de pérdidas: setenta y nueve por ciento.

—Hablas como agente de seguros de Mapfre.

—Con ese huracán perdimos de vista a Colón...

—No. Sus barcos por un momento dispersos también se enfrentan a la tempestad con todas las velas arriadas, pero se reencuentran, dañados, en la ensenada de Puerto Escondido, refugio secreto del Almirante al oeste de Santo Domingo. Sanan sus heridas fuera de las miradas indiscretas. Retrospectivamente, el Almirante ve en el huracán la mano de Dios, una mano bíblica que castiga a los impíos. Pero seguramente también mucho añoró el oro amasado con tanto esfuerzo esfumarse así.

—Esta historia me parece contener una moraleja. Ya no hay buenos por un lado y malos por el otro. Todo el mundo es malo y todo el mundo es castigado. Y el oro de la codicia desaparece en el abismo del mar. Hay que pasar página.

Myrta recibe lo dicho con escepticismo.

—No estoy segura de que esa justicia meteorológica haya cambiado algo para los indios... un invasor saca al otro.

Bruscamente arrojado por Myrta a la otra cara de la moneda, Ricardo oye el grito de desamparo de los indios. Ve la devastación del oro, la marca de los azotes en los cuerpos, la huella del hierro al rojo vivo sobre los rostros. El dolor y la desesperanza de los taínos, seres quebrantados, desposeídos de sus tierras y de sus dioses, apretujan el corazón. ¿Cómo pudo esa imagen de paraíso terrenal en el que los hombres vivían desnudos en la exuberancia de la naturaleza transformarse tan rápidamente en una pesadilla administrada por la codicia? ¿Quién en Europa estaba listo para comprender al Otro? ¿Al Otro Mundo?

*

Colón deja La Española el 14 de julio de 1502. Navega hacia el oeste, pasa entre Jamaica y la costa sur de Cuba. A la altura de la Isla de los Pinos, a orillas del estrecho de Yucatán, baja pleno al sur rumbo a tierra firme y llega al Golfo de Honduras, en las cercanías de las islas Guanajes. No lo sabe pero acaba de entrar en territorio de Mesoamérica. A estribor, a dos días de navegación, se habría encontrado con las tierras mayas. De frente, a medio día de navegación, habría entrado en contacto con los nahuas de la costa de Honduras, primos de los poderosos aztecas de México. El Almirante elige ir a babor, hacia el este. No será el descubridor de México. Pasó a un lado de su destino.

La suerte le envía, sin embargo, una señal. Las tropas de Colón avizoran una embarcación maya, "una canoa tan larga como una galera, de ocho pies de anchura, toda de un solo tronco...la cual venía cargada de mercancías". Esa inmensa piragua con veinticinco remeros dotada de un toldo que protegía a las mujeres, a los niños y al cargamento, a todas luces provenía del oeste. Colón, siempre brutal, intenta apoderarse de la embarcación. Atentar contra el libre comercio en Mesoamérica es un *casus belli*. Los hombres de la canoa se lo explican. El Almirante hace el inventario de las riquezas transportadas y su hijo Fernando toma nota; hay ropa de algodón (blusas bordadas y taparrabos), macanas incrustadas con obsidiana de cantos filosos, hachas de cobre, cascabeles, crisoles para fundir metal, cargas de maíz y mucho cacao cuyas almendras servían de moneda en Mesoamérica. Finalmente, Colón deja ir la canoa de los mayas y prosigue su ruta hacia el este.

Se encuentra obsesionado con la idea de encontrar el acceso al Pacífico para llegar a las Indias. Quiere hacer cabotaje, explorar todos los deltas, todas las bahías profundas; quiere hallar el escurridizo paso. Bordea de nuevo el istmo de Panamá. A vuelo de pájaro, está a ochenta kilómetros de su sueño. Pero el Almirante es un marinero. Sólo sabe vivir en el mar. No se atreve a lanzar una verdadera expedición terrestre. El sueño se desmorona. Colón estaba diez años adelantado a Balboa, el descubridor del mar del Sur; no supo aprovechar la oportunidad. Toma posesión sin embargo de una tierra del oeste del actual Panamá que bautiza como Veragua, "la verdadera agua". Incluso en tierra se siente marinero. Veragua es una extensión de su almirantazgo. Al licuar simbólicamente el istmo de Panamá, lo convierte en el paso que se le negó.

Después de nueve meses en las entrañas del mar caliente, Colón decide abandonar la partida: su alivio le cuesta renunciar a Asia. Toma rumbo al norte, atraviesa el Mar Caribe y acosta al sur de Cuba, en Macaca. Los cascos de los barcos están carcomidos por los moluscos. El agua se infiltra constantemente y lastra las embarcaciones. La aventura de Colón llega a su fin. Ya perdió dos barcos. Con los dos restantes ya no puede ni navegar ni maniobrar. Es llevado por los vientos, o las corrientes, hacia Jamaica, isla que aún no cuenta con presencia española. Divisa la costa el 25 de junio de 1503. Colón está exhausto; sus barcos son verdaderas coladeras; paralizado por la artrosis, también sufre de gota; más aún, está casi ciego. Jamaica no es una promesa de salvación, sino la tumba de sus ilusiones. El Almirante no tiene alternativa; precipita sus dos carabelas restantes en la primera bahía que encuentra y las encalla en la playa, acoplándolas.

Los castillos de popa se transforman en fortalezas improvisadas. Fiel a su manía de nombrar al mundo, Colón bautiza el lugar de su naufragio como Bahía de la Santa Gloria, hoy Saint Ann's Bay. En un principio, los autóctonos aceptan trocar alimentos por baratijas; pero rápidamente las relaciones se tensan. Los náufragos ven la realidad de frente: son prisioneros de una playa perdida, amenazados por los indios, olvidados por Castilla, condenados a la hambruna. Único consuelo del extenuado Almirante, las azulinas aguas de la laguna le rememoran los ojos azules de Isabel la Católica. La muerte está rondando.

Habrá, sin embargo, un último acontecimiento inesperado. Una hazaña y un milagro. La hazaña fue obra conjunta de dos hombres. Dos sansones que resistieron todas las vicisitudes del último viaje, las fatigas, las angustias, el agua contaminada, la ausencia de higiene, el calor opresivo, la disentería, la tifoidea. Uno es el notario de la expedición Diego Méndez de Segura, el otro "un gentilhombre genovés" de nombre Bartolomé Fieschi. Son prácticamente los dos últimos hombres en pie del grupo. Con valentía, para buscar auxilio aceptan intentar una travesía para llegar a La Española… en canoa. A vuelo de pájaro, los náufragos se encuentran a más de ochocientos kilómetros de Santo Domingo. Entre la punta noroeste de Jamaica y la extremidad occidental de Haití se extienden no menos de ciento veinte millas de alta mar. En teoría, la hazaña es imposible. Pero los dos españoles lograrán, no obstante, alcanzar La Española. Saliendo con dos piraguas sólo para cabotaje y seis remeros indígenas por embarcación, tardarán cuatro días y cuatro noches para desembarcar en la isla deshabitada de Navassa, a dos terceras partes del recorrido. Uno de los indígenas muere en esa travesía de cien horas, remo en mano, en el oleaje de alta mar. Les hará falta un día y una noche más a los dos españoles para pisar tierra en Cabo Tiburón, en la punta extrema de La Española. Y un mes más, de cala en cala, para llegar a Santo Domingo. Para mayor desgracia, Ovando no está de humor para recibir a Méndez; tiene otras preocupaciones. Habiendo fingido aceptar una invitación a cenar de la reina del Xaragua, la sublime Anacaona, acaba de mandarla quemar viva en su palacio de palmas rodeada por todos sus dignatarios. El gobernador no quiere saber nada de Colón y Diego Méndez es mantenido en arresto domiciliario. El Almirante y los náufragos de Jamaica están condenados.

Y es en esa Semana Santa de 1504 cuando aparece una pequeña flota que ancla en Santo Domingo. De uno de los barcos desembarca un hombre joven, de buen parecer, nativo de Extremadura: Hernán Cortés. Su milagrosa llegada le salva la vida a Colón. En efecto, el armador de esa flotilla quiere deshacerse de un navío que no soportó la travesía. Diego Méndez lo compra y, a toda costa, lo hace navegar hasta Jamaica. El salvamento de los sobrevivientes tomará todavía tres meses. Colón vuelve el 13 de agosto de 1504 a Santo Domingo. Apenas tiene tiempo para fletar una carabela para su última travesía. Se despide de las tierras caribes el 12 de septiembre. El 7 de noviembre, su nave hace una lastimosa entrada en el puerto de Sanlucar de Barrameda, con aparejos improvisados, el mástil principal roto y su castillo abierto a los cuatro vientos. La gloria del Descubridor ya no es más que un recuerdo.

*

—¿Sabes cómo pudo Colón sobrevivir durante un año a Jamaica?

—No. Pero me gustaría saberlo —dice Ricardo, con mirada pícara.

—Imagina la escena. El virrey titular se enfrenta a la adversidad de la naturaleza y a la hostilidad de los autóctonos que sólo acechan la primera oportunidad para transformar a los náufragos en cabezas-trofeos. Debe además hacer frente a la rebelión de sus hombres que se quejan por el fracaso de la misión y que también quieren matarlo.

—Siempre acaba uno asesinado por su guardaespaldas —observa filosóficamente Ricardo.

—Precisamente, Colón por poco es víctima de un intento de asesinato el 1º de enero de 1504. El oficial del fisco del rey Fernando, un tal Francisco de Porras, está a nada de lograr su cometido. La tentativa fracasa, pero la mayoría de los hombres en pie, exasperados, abandonan al virrey. Su guardia pretoriana se reduce a una veintena de individuos maltrechos. El hombre de las "Capitulaciones de Santa Fe" es para ese entonces una especie de sublime vagabundo sin dinero, sin autoridad y sin poder. Un muerto en vida. Así que debe imaginar algo. Y lo hace.

Ricardo se deleitaba por cómo Myrta contaba la historia.

—¿Qué imagina?

—Hizo el truco del eclipse.

—¿Del eclipse?

—Sí. Seguramente habrás leído los álbumes de *Tintín*, una tira cómica belga, consagrada como parte de la literatura mundial.

—Sí, sí.

—Entonces conoces el "Templo del Sol"…

—Sí, sí.

—En cierto momento, Tintín, el capitán Haddock y el profesor Tornasol se encuentran atados a una hoguera que un pseudosacerdote de un neoculto solar se apresta a prender con la ayuda de un espejo. Hay que precisar que, como última voluntad, Tintín había pedido ser sacrificado junto a sus compañeros tal día y a tal hora ya que sabía, por un pedazo de periódico encontrado casualmente en su celda, que el eclipse tendría lugar exactamente en ese momento.

Entonces Tintín invoca al Sol y le pide que manifieste su desacuerdo con el sacrificio en curso. Un eclipse de sol hace cundir entonces el pánico entre los fieles seguidores de Helios. Y Tintín se hace pasar por el amo del movimiento cósmico. Los tres prisioneros son liberados y reverenciados.

Myrta hace una pausa para aumentar su efecto.

—Ese episodio fue tomado prestado de la historia de Colón.

—De la historia legendaria —querrás decir.

—Tal vez no. El Almirante tiene entre sus libros de navegación —porque sí, tiene algunos— las *Efemérides* de Regiomontano. Es un clásico para los navegantes portugueses. Al echarle un ojo, su hijo Fernando descubre que un eclipse lunar aparece en las tablas de previsiones con fecha de 29 de febrero de 1504. Colón aprovecha la información para hacer un cálculo e imagina una puesta en escena. Convoca a todos los jefes indígenas, a todos los españoles, disidentes o no, y ante ese grupo heteróclito lanza una amonestación que pretende hacerles entender a los autóctonos que el dios de los cristianos está iracundo contra ellos y que decidió demostrarlo esta noche. Finge hablarle a la Luna que se va ocultando lentamente. Y contra una promesa de buen trato, implora al cielo que retire el disco negro que poco a poco va devorando la Luna. El truco de magia les garantizó a los españoles un trato de favor y las rebeliones cesaron. El eclipse permitió al Almirante aguantar cuatro meses más hasta la llegada del barco enviado por Diego Méndez.

—Es apenas creíble... —murmura Ricardo, dubitativo.

—Fue Tintín quien desacralizó ese episodio —dice una Myrta divertida—. Pero como la historia de Cristóbal es una verdadera mina para los guionistas, a final de cuentas ya no se sabe discernir entre lo histórico, lo legendario y lo imaginario. En cuanto a mí, me quedaría con la escena del eclipse que su hijo nos relata como auténtica.

—¿Esa genial jugarreta logrará empero salvarlo por mucho tiempo? —se preocupa Ricardo.

—Para su desgracia, el tiempo cumple con su cometido. Cuando el Descubridor vuelve a Castilla después de su último viaje se entera de la peor de las noticias: Isabel, su querida Isabel, está en su lecho de muerte. Colón se instala en un hostal de Sevilla donde permanece encamado, vencido por el mar, las privaciones y las desilusiones. Planea ser transportado en camilla hasta Medina del Campo donde la reina agoniza. ¡Para ello solicita en préstamo la litera mortuoria del último arzobispo de Sevilla!

—Mórbida idea —sentencia Ricardo.

—El préstamo de la litera le es acordado durante una sesión capitular el 26 de noviembre de 1504. ¡Demasiado tarde! Ese mismo día, Isabel muere en Medina del Campo por complicaciones de una enfermedad venérea. Colón ya no tiene protector. El frío del invierno estruja su corazón. Su cuerpo zozobró en el dolor. Debe ahora prepararse para la muerte. Desde Sevilla, escribe —o manda escribir— carta tras carta al rey. Éste no se digna contestarle. El Almirante intenta transmitir mientras vive su título hereditario a su hijo Diego. Fernando hace oídos sordos. El Almirante se da cuenta que debe ir a la corte y entrevistarse con el rey. Su salud ya le permite viajar. En mayo de 1505, parte a Segovia a lomo de su legendaria mula.

—Objetivamente, nunca entendí por qué ese episodio de la mula se volvió tan legendario.

—En aquella época, los nobles tenían la obligación de poseer un caballo ya que en tiempos de guerra eran los nobles quienes aportaban su propio caballo para formar la caballería.

—¡Los reyes siempre fueron pobres, cualquiera lo sabe!

Myrta prosigue, imperturbable:

—Así que los nobles tenían prohibido montar mulas, que a pesar de costar la décima parte del precio de un caballo no eran aptas para el galope ni para entablar batalla. Los comentaristas consideraron así que Cristóbal Colón montado en su mula era el símbolo de su pobreza y de haber caído en desgracia ya que su montura no correspondía a su rango. En realidad, al final de su vida, Colón era incapaz de montar a caballo por razones de salud. Así que pidió la autorización excepcional, por medio de su hermano Bartolomé, de desplazarse en mula habida cuenta de su avanzada edad. Y habría recibido el acuerdo del rey para proceder de manera tal. La necesidad se imponía en detrimento de la imagen del Almirante que se exponía así al escarnio de sus detractores.

—Admitamos que él mismo se colocó en muy enfadosa situación. Pero convengamos que tiene a la salud por excusa. Ya se encuentra en Segovia. ¿Y qué pasa?

—El rey acepta recibirlo una primera vez. Le propone entregar el expediente de los litigios relacionados con sus privilegios a manos de un árbitro. Contactado el arzobispo de Sevilla, éste se niega. El monarca le propone entonces a Colón con total impudicia intercambiar su vapuleado monopolio contra un feudo en Castilla. El Almirante se rehúsa. Pero ve la realidad tal cual es. El rey pretende quedarse con todos los ingresos provenientes de las Indias occidentales. Nunca pagará el diez por ciento previsto en el contrato de Santa Fe. Presionado por Colón y sus abogados, el rey regatea por última vez: dos por ciento en vez del diez por ciento.

—¡La monarquía no es la amiga del derecho! —se ofusca Ricardo—. Pero dime, hay algo que se me escapa: fallecida la reina de Castilla, ¿su marido hereda el trono?

—¡Claro que no! Habiendo perdido a sus dos primeros hijos, es la mayor de sus tres hijas sobrevivientes quien hereda la corona: Juana, es decir, Juana la Loca. Se casó en 1496 con Felipe el Hermoso, hijo del emperador Maximiliano de Austria y de María de Borgoña. Por testamento, Isabel la Católica le legó la Corona proponiendo asimismo que, en caso de impedimento de su hija, el rey Fernando fuese regente. El problema es que Juana está loca. Vivía hasta entonces en los Países Bajos encerrada en sus apartamentos. La sucesión engendra una sutil guerrilla. Felipe el Hermoso pretende reinar a la par con su esposa convertida en "reina propietaria". Obtiene el acuerdo del Parlamento español. Fernando, su poder perdido, está furioso y entabla una venganza dinástica. Se casa en segundas nupcias con Germaine de Foix, sobrina del rey de Francia Luis XII, de dieciocho años de edad, de la que espera firmemente tener descendencia. Ya que no lo conceden Castilla, retira Aragón de los bienes de la Corona. El 27 de junio de 1506, Felipe el Hermoso sube al trono de Castilla bajo el nombre de Felipe I. Tres meses más tarde, el 25 de septiembre, muere providencialmente de un resfriado después de un partido de juego de palma: el veneno cumplió con su cometido. Fernando encerrará a su hija Juana en Tordesillas y así ejercerá el poder hasta su muerte en 1516. El hijo de Germaine de Foix, muerto en 1509, hará que Aragón quede atado a Castilla.

—Así que en el fondo, al final de su vida, Colón discute con un interlocutor cuya legitimidad es prácticamente nula.

—Podría pensarse así. Fernando es verbalmente afable pero evita firmar cosa alguna porque sabe que sus actos pueden ser invalidados.

—De todos modos, ya vimos lo que vale su firma —bromea Ricardo.

—¡Claro! Sin embargo, Colón se empecina. Cuando la Corte se traslada a Valladolid, la sigue. No desespera. Pero cuando el 15 de abril de 1506 el rey Fernando viaja a La Coruña, Cristóbal está agonizando. En una Valladolid abandonada por la Corte, el Descubridor fallece en el más misterioso anonimato. Treinta años más tarde, su hijo Fernando sólo dedicará algunas líneas elípticas a la muerte de su padre:

Rindió su alma a Dios el día de su Asunción, el 20 de mayo de 1506, en la villa de Valladolid, habiendo antes recibido con mucha devoción todos los sacramentos de la Iglesia y dichas estas últimas palabras: *In manus tuas, Domine, commendo spiritum meum* (Señor, pongo mi alma en tus manos).

"Es todo. Es la única oración fúnebre de la que disponemos. ¡Observemos sin embargo que en 1506 la Asunción cae el 21 de mayo! Probablemente haya que leer: *el día anterior* a la Asunción en lugar de *el día* de la Asunción.

—Colón repite con el enigma de su vida. Se va como vino. Por sorpresa y en completo misterio.

El tiempo de los conquistadores está por venir. Balboa descubrirá el Pacífico en 1513, Cortés tomará México en 1519, Elcano terminará la circunvalación de Magallanes en 1522 y Pizarro se apoderará de Perú en 1532. Colón era un precursor.

42.
Cena de gala

Para el pueblo de Broadway, que se resume a una gran calle de estilo semimedieval, el paso de los Rolls Royce es una atracción. Ricardo se colocó al final del desfile. Los coches avanzan a vuelta de rueda. A Myrta le da tiempo apreciar las fachadas restauradas de hermoso estilo. Por todas partes, boutiques, pubs, restaurantes. Aprovechando el día soleado de este sábado, algunos establecimientos abrieron terrazas. El cortejo pasa por delante del Porter House, el hotel en el que Andrade se hospedó. Hoy Ricardo está veraneando. Por ahora no tiene ánimos para incursionar en su cuarto. La operación está prevista para esta noche, en el Green Fox Manor. Por ahora, los dos enamorados aprovechan el día.

Apenas salido del pueblo, Ricardo deja el convoy y se adentra en la campiña inglesa para visitar jardines, casas históricas, iglesias de la época de los Tudor; se pasean por los muelles rehabilitados de Gloucester, entran a la catedral de San Pedro para admirar los arabescos de las inmensas bóvedas góticas. Deambulan con paso ligero, sin rumbo fijo. De regreso, se detienen en la torre de Broadway, una fantasía arquitectónica de principios del siglo XIX construida en un estilo neomedieval. Torre de vigía sin castillo, el monumento está situado en el punto más alto de los Costwolds y domina la llanura alrededor. Ricardo tiende el brazo hacia el sur.

—¿Ves ahí? Es la ciudad de Cheltenham.

Myrta ve efectivamente una ciudad a mitad del campo. El espectáculo es algo banal. Ricardo prosigue:

—¿Y ves, al borde de la ciudad, esa amplia estructura en forma de anillo?

—Sí.

—Es la estación de escuchas de la red Echelon, el GCHQ. Desde ahí, los británicos y los estadounidenses interceptan las conversaciones de toda Europa.

Myrta no pudo evitar sentir un extraño malestar. Mientras que un instante antes pensaba estar al fin del mundo, perdida en la campiña inglesa, en comunión con la naturaleza, descubría bruscamente que la envolvía un mundo interconectado y que podía ser vigilada, seguida, perseguida hasta en este paisaje de paz bucólica.

*

—Tengo una pregunta —dice Myrta—. ¿Cómo harás para que Andrade no te reconozca? Porque si te ve, huirá y adiós a nuestro caso.

—Lo he pensado. Inicialmente, no quería hacer nada partiendo del principio de que no espera en lo absoluto verme aquí, en este lugar súper protegido. Es poco probable entonces que me relacione como el policía del mandato judicial internacional. Pero para mayor tranquilidad, traje esto…

Ricardo saca de una pequeña caja de su maleta un falso bigote.

Carcajada de la sorprendida historiadora.

—¿Por qué haberla escogido de color gris? Tu cabello es castaño…

—Porque también usaré esto…

Muestra una pequeña botella de plástico blanco común y corriente.

—Es una especie de talco que utilizan los jóvenes actores para encanecerse el cabello y parecer de más edad en escena. Con el cabello gris se envejece diez años. Así que combiné el color del bigote con mi nueva edad. Esta noche, ¡serás la compañera de un cincuentón!

—¡De un cincuentón bigotudo, querrás decir! ¡Veamos tu pinta!

En su habitación, transformada en camerino de teatro, explotan risas. Se libran a unas payasadas antes de que sus cuerpos rueden sobre la cama. Myrta reprime sus gritos cuando la tierra se pone a temblar. De esos temblores de la carne que acompañan los sismos del placer. Toman por asalto el goce, abrazan la voluptuosidad. En ese impetuoso torbellino que desplaza los linderos del mundo, son el ojo del huracán, fundidos, confundidos, fusionados. Saben que se aman.

Mr. and Mrs. Moon llegaron antes de tiempo para poder elegir su lugar en la mesa asignada. Se sientan uno al lado del otro, de espaldas a la pared y frente a la asistencia. Así pueden observar a placer la entrada de los comensales. Los miembros del club constituyen una muestra humana bastante heterogénea. A pesar de que un cantante de moda viste un smoking verde manzana con camisa negra y pajarita blanca, en términos generales los invitados han respetado la etiqueta y las mujeres son elegantes. La túnica de Myrta está perfectamente acorde. Sir Dwight Stonehouse es un hombre que debió ser guapo. Pero sus frecuentes rondas por los pubs y por los buenos restaurantes abotagaron sus rasgos y le moldearon una silueta de *bon vivant*. Su buena estatura le confiere sin embargo una fuerte presencia y su rostro jovial atrae simpatías. Par en la Cámara de los Lores, es un acaudalado hombre de negocios del sector inmobiliario. También preside una fundación dedicada al mecenazgo artístico. Stonehouse recibe efusivamente a sus amigos que vienen a saludarlo a la mesa de centro.

—Ahí viene —murmura Ricardo.

Andrade, en smoking arrugado, ¿de dónde lo habrá sacado?, se dirige hacia el presidente del club con paso rígido y postura refrenada.

—No está a gusto —hace notar Myrta.

Stonehouse lo invita a sentarse a su izquierda. Ricardo observa que el presidente acomodó a su derecha una bella mujer. Myrta siente subir su nivel de adrenalina al ver que el anticuario lleva consigo un maletín que podría perfectamente contener el manuscrito de Olibri. Stonehouse da inicio a un discurso del tipo "Tranquilícense, no hablaré mucho…". Algo de cumplidos para sí mismo, unas trivialidades, una lluvia de agradecimientos; se vuelve a sentar en medio de aplausos. Sin esperar, Andrade se le acerca para hablarle. Inicia la conversación. Ricardo nota que permanentemente comprueba la presencia del maletín pegado a su pierna. Stonehouse sale de vez en cuando de la conversación con el anticuario para dirigirse cortésmente a su vecina o a los demás comensales.

La cena era servida con extrema lentitud para que durase la reunión. Los invitados acababan de terminar el plato fuerte y el nivel sonoro empezaba a subir considerablemente por los efectos del vino. A decir verdad, Myrta y Ricardo se aburrían bastante pero no se atrevían a relajar la vigilancia. Cuando de repente tuvo lugar una escena imprevisible.

Sin despedirse de su vecino de la derecha ni de la izquierda, sin manifestar la más mínima emoción, ni contrariedad, ni satisfacción, Andrade se levanta, empuja su silla con delicadeza, toma su maletín y sale del salón sin mirar atrás. Myrta pregunta en voz baja:

—¿Qué hacemos?

—Voy. Tú quédate.

El policía se levanta a su vez sin dar la impresión de que está persiguiendo a un peligroso asesino. Se esfuerza por pasar inadvertido. Como se encuentra cerca de la salida, la alcanza en pocos pasos. Se topa con una fila de camareros que traen los postres. Obligado, tiene que dejarlos pasar. Cuando llega al pasillo, sólo puede constatar que Andrade ha desaparecido. Para cerciorarse, revisa los baños: nadie. El comedor cuenta con un acceso exterior directo; el policía se precipita: nadie. La recepción del hotel está vacía. Ricardo interroga al guardia que está de servicio en la entrada. Le confirma la salida del anticuario.

—Un Rolls Royce lo estaba esperando. Tenía prisa. Llevaba un maletín en la mano. Es todo lo que le puedo decir.

Ricardo balancea los hombros de izquierda a derecha, observando el acceso al hotel que permanece desesperadamente oscuro. Ya no tiene alternativa. Su única esperanza está puesta ahora en Stonehouse. Cuando el español vuelve al comedor, Myrta comprende que Andrade se le escapó. Lo ve acercarse a la mesa central y sentarse con determinación en el lugar del anticuario parisino. Ricardo le da un apretón de manos a Stonehouse e inicia la conversación. "¿Cómo lo hará?", se pregunta la italiana. Poniendo las cartas sobre la mesa: "Soy el policía a cargo de la investigación en España. Andrade es buscado por dos asesinatos". Jugando la carta Rolls Royce: "Soy el 92. El gris-perla y canela. Soy un nuevo miembro". Haciéndose pasar por otro coleccionista: "No compre su manuscrito, fue robado". O, ¿por qué no?, como dueño del manuscrito: "Se lo advierto: ese manuscrito me fue robado".

Ricardo logra que su intercambio quepa entre el postre y el café. El policía, a decir verdad irreconocible con su bigote, se reúne con Myrta en su mesa. Sin que se note su confusión, comparten los pastelillos de las otras dos parejas presentes para luego levantarse y salir al mismo tiempo que los demás en medio del bullicio de los finales de veladas.

De vuelta a su habitación de colgaduras moradas, Ricardo puede por fin desahogarse. Myrta lo escucha soltar varias andanadas de groserías, demostrando una excelente competencia lexical en ese registro lingüístico. No le conocía esa faceta.

—Cálmate y cuéntame —le susurra, ansiosa por conocer los acontecimientos.

Todavía conmocionado, Ricardo describe con voz fatigada la huida de Andrade, escapándose en el Rolls Royce puesto a disposición por Stonehouse. Tiene que contener su ira para proseguir con su relato.

—Logré que Stonehouse hablara, quien por cierto parece simpático. Me dio mucha información. Te resumo lo esencial. Para empezar, Andrade le había inicialmente propuesto el manuscrito autógrafo de Colón, es decir, el de la ETA, el que Castelnau tuvo en sus manos. Y hoy, justo antes de la cena, Andrade le mostró el documento. Stonehouse localizó de inmediato la mano de varios escribanos. El inglés empezó por negarse argumentando que no era el original que se le había prometido. Con ello estamos seguros de que Andrade está en posesión del manuscrito de Olibri. Pero éste lo convenció que el original autógrafo había desaparecido desde siempre y que ese documento sí era "el original" que Las Casas había conocido.

—Por el momento, te entiendo. Andrade es el contacto de la ETA. Se anticipa a la entrega y le vende el manuscrito a Stonehouse "como primicia", así como los viñadores bordeleses venden su cosecha antes de su vinificación. Hasta ahí, todo bien. Pero Andrade se entera de alguna manera de que el manuscrito que la ETA le había prometido ha desaparecido. Eso lo tiene molesto. Pasa al plan B y resuelve robarle el manuscrito a Olibri en su tienda entre mi primera visita y el cateo. Debía saber por su esposa dónde lo escondía Olibri. La operación suponía una complicidad con la empresa de seguridad, pero era factible: de eso ya tenemos pruebas.

—Eso mismo. Sigo. Andrade le pide a Stonehouse los diez millones de libras previstos para la transacción con depósito en Santo Domingo a la cuenta de una empresa dominicana, Larimar Ltd. La intención de Stonehouse era ofrecerle ese tesoro a la Biblioteca Bodleiana de la Universidad de Oxford donde hizo sus estudios. A cambio, la universidad se comprometía a ponerle su apellido al manuscrito que pasaría a la posteridad con el título de Códice Stonehouse.

—O cómo un asqueroso robo se cruza con el sueño de un mecenas.

—Estoy absolutamente convencido de que Stonehouse es un hombre hecho y derecho. Es más, me dijo haberle exigido a Andrade un acta de compra para asegurar la trazabilidad de la procedencia. Andrade se había comprometido a traérsela hoy. No hizo tal cosa. Stonehouse no cedió y le dejó en claro que bajo esas condiciones no podían llegar a acuerdo alguno. "Sólo compro ese manuscrito si conozco su procedencia", le dijo.

—De hecho, cuando interceptaste el manuscrito de la ETA, desestabilizaste seriamente a Andrade. Se le nota perturbado; ya no parece ser el amo del juego. Activó su plan secundario improvisando. A propósito, ¿tuviste tiempo de preguntarle sobre el experto que autentificaba el documento?

—Sí. Karpov. Expidió el mismo certificado que el que recibimos de manos de Morrison.

—Eso pone en duda la verdadera naturaleza de la relación Andrade-Olibri. Quizá haya sido más turbia de lo que parece.

Pero Myrta quiere una última aclaración.

—¿Qué hiciste para sacarle toda esa información? ¿Bajo qué disfraz te presentaste?

El policía se ríe a carcajadas.

—No tuve necesidad de hacer el trabajo. Te había identificado perfectamente. Me saludó diciéndome: "Ah... ¿es usted el marido de la mujer más guapa de esta noche?". Te favorecí un poco más por tu relación con Rolls Royce y los motores de avión. Le dije que yo también era coleccionista y que había tenido una mala experiencia con Andrade. Y me lo contó todo.

Ricardo levanta los brazos en un gesto de impotencia.

—Andrade se nos escapó.

—Ya que sabemos que se registró en el Porter House, quizá podríamos ir y sacarlo de la cama.

—Demasiado tarde. Ya se fue. Con dos asesinatos en la conciencia, no puede eternizarse aquí. Es un prófugo. En cuanto llegue a Sevilla, veré si podemos intentar interceptarlo. Pero hay pocas posibilidades de que podamos seguirle la pista. A menos que…

La frase de Ricardo queda en suspenso.

—Terminaré tu frase:… a menos que la ETA ya lo haya contactado.

—Si la operación se lleva a cabo, será casi de inmediato. Digamos la semana próxima. A partir del lunes, Andrade será puesto bajo estricta vigilancia. Ya no podrá volver a casa ni ir a su oficina. Su teléfono será intervenido. Ya no tendrá muchas posibilidades de maniobrar. Según yo, buscará viajar a República Dominicana.

Ricardo se acerca al espejo del baño para quitarse el bigote.

—¡Ah! Te tengo otra noticia de sumo interés.

—Te escucho. ¿De qué se trata?

—Brighton.

—¿Qué con Brighton?

—Pues bien, como muestra de una confianza y de una intimidad de no más de una hora, Stonehouse me reveló, adelantándose medio día y bajo el más absoluto secreto, el lugar de la próxima reunión del club. Será en Brighton. Y agárrate: cuenta absolutamente con nosotros para estar a su mesa el año próximo.

43.
La catedral de Chartres

Un bip muy discreto le señala a Jacques Castelnau la llegada de un mensaje a su iPhone. Normalmente, no le hace caso al timbrado de su teléfono. De hecho, sólo se digna contestarle a un puñado de interlocutores y eso dependiendo de su humor. ¿Por qué entonces le echa un ojo a la pantalla? Lo que ve lo toma desprevenido. El mensaje de un número privado sólo contiene una palabra: *peonía*. Castelnau sabe lo que significa pero no esperaba recibir ese mensaje en texto. Permanece pensativo largo rato y luego decide dejar su oficina y volver a casa.

*

En cuanto fue liberado, el grupo de la ETA se había refugiado en una granja aislada de Picardía. Para no revelar su dispositivo de vigilancia y de seguimiento, los policías no habían escatimado en el número de sus efectivos. Los etarras se mostraban sumamente desconfiados y multiplicaban las medidas precautorias. Sus teléfonos se habían mantenido prácticamente silenciosos. La DGSI había logrado sin embargo interceptar el único mensaje que habían enviado: "Protocolo validado. Martes 17 junio 4 PM hora local". Los servicios secretos captaron un sobrio "OK" de respuesta enviado desde un celular inglés que no pudieron identificar. Un segundo error de la célula vasca permitió establecer el lugar probable de la transacción. Habían ido a un cibercafé de Noyon y habían imprimido información sobre la catedral de Chartres así como los mapas de la ciudad. El único elemento desconocido de los policías franceses era la identidad de los compradores. En ese punto, Myrta y Ricardo les llevaban una ligera ventaja. Quizá por ello previeron para Chartres un dispositivo de intervención probablemente sobredimensionado.

A partir de las seis de la mañana, el dispositivo de vigilancia está dispuesto. Un helicóptero de la gendarmería fue incluso puesto a disposición para la redada. Los policías apostados en los alrededores de la granja situada en el paraje "Les Fossés" se impacientan. Hacia la una de la tarde, por fin ven salir un vehículo: un Opel gris de modelo antediluviano con placas del departamento del Aisne con "Romeo" y "Julieta" a bordo. En esta ocasión, los cuatro vascos habían recibido unos alias poco originales. Un cuarto de hora más tarde sale otro coche, un Renault Clio blanco con placas de Marne, departamento muy cercano. "Tristán" está al volante al lado de "Isolda". También se les sigue sigilosamente. Los dos vehículos no toman el mismo itinerario; el Opel rodea París por el este, el Clio por el oeste. Ambos se integran a la circulación en total anonimato, respetando escrupulosamente los límites de velocidad. Hacia las tres, el equipo de vigilancia tiene la certeza de que ambos vehículos se dirigen hacia Chartres. El coordinador de la "Operación Cristóbal" es un joven oficial, alto, de cuerpo atlético. Se llama Charles Bouqueyran. Por el momento, deambula delante del pórtico norte de la catedral; se colocó a la sombra para resguardarse del calor. Lleva discretos auriculares que podrían confundirse con unos EarPods. Se mantiene sin embargo en estado de alerta.

—El Opel entró a un estacionamiento subterráneo de las afueras, en la Grande Combe.

—Entendido.

Consulta su reloj: las 3:28.

Su interlocutor va describiendo los acontecimientos:

—Romeo y Julieta acaban de salir... se dirigen hacia los taxis... toman uno. Los estamos siguiendo... van rumbo al sur de la ciudad... ya no entiendo... se bajan en el supermercado de la carretera a Patay... entran al supermercado.

El jefe del equipo ya entendió. El Opel es un señuelo. Sus auriculares se lo confirman.

—Están haciendo compras. Están en la sección de embutidos.

El oficial a cargo de seguir el Clio también se pone en contacto.

—El coche se estaciona en la calle Bourgneuf en una zona de parquímetros. Estamos al norte, a más de un kilómetro de la catedral.

Bouqueyran mira su reloj: las 3:47. Es probable que no se trate del equipo operativo. Quizá un apoyo para el escape, piensa.

—Tristán le puso monedas al parquímetro y se sentó al volante.

—Romeo y Julieta siguen en el súper; se han separado. Yo sigo a Romeo y Marc a Julieta.

—Isolda acaba de salir del Clio. Camina hacia el centro. La seguimos.

Bouqueyran hace mentalmente un resumen de la situación. O el lugar de la cita ha sido modificado sin que la policía se enterara y el asunto está perdido. O la hora de la cita simplemente fue retrasada y todavía existe la posibilidad de controlar la situación. O el intercambio tendrá lugar a las cuatro en la catedral como estaba previsto y ahí el asunto se complica. Porque con ese nuevo escenario en el que no participa ninguno de los cuatro etarras, la policía no conoce a protagonista alguno. Ni al comprador ni al vendedor. Bouqueyran decide fiarse a su instinto; rodea la catedral y entra por el pórtico sur. Sin contar su equipo de vigilancia externa, sólo ha visto algunos paseantes y algunos turistas: una mujer joven de pelo corto que lleva una mochila que toma fotos con aplicación; una pareja de mediana edad con una pequeña maleta con ruedas; dos adolescentes que parecen atravesar la plaza frente a la catedral; dos japoneses; un grupo de cuatro alemanes con un guía. Nada sospechoso.

Una vez en el interior, Bouqueyran es alcanzado por la consistencia de una luz desconocida, suave, indecible, fractal. Los vitrales del gran rosetón, en lucha contra el sol apenas oblicuo, dejan filtrar unos colores rosas y azules con tintes extraterrestres. El policía podría creerse en una nave espacial que habría retrocedido en el tiempo. Está en pleno siglo XIII. Y, al mismo tiempo, los rosetones, las lancetas y las vidrieras lo transportan en una suerte de ingravidez animada por indescifrables constelaciones.

Colocó a sus hombres un poco al azar en la catedral pues resulta difícil anticiparse al modo operativo escogido por los vascos. Bouqueyran avanza por los pasillos y decide tomar el deambulatorio que rodea el altar y que oculta a la vista el famoso cercado del coro con doscientas esculturas. Por mucho que ese conjunto arquitectónico, agregado durante el Renacimiento, sea una joya de la escultura francesa, no deja de entorpecer singularmente la labor de los policías. Erigido para preservar la sacralidad del coro reservado al clero, esta construcción de seis metros de altura aísla el deambulatorio del cuerpo de la iglesia. Es imposible mantener bajo vigilancia ese vasto arco desde la nave sentado tranquilamente en una banca. Pero por otro lado, hacer rondines alertaría a las partes que bien podrían renunciar al intercambio.

Bouqueyran analiza a las personas presentes en la catedral. No es una multitud, pero poco falta. El policía cuenta tres grupos de visitantes, uno más bien concentrado en los vitrales, los otros dos en la arquitectura. Muy cerca de él, el policía escucha el relato del incendio de 1194 que destruyó la catedral a excepción de la Virgen de la Bella Vidriera.

Sin contar con un hombre de traje sentado cerca del pórtico real con un maletín a sus pies, todas las demás personas parecen turistas vestidos para el verano. Bouqueyran localiza a uno con una gran bolsa de deportes: ¿por qué no él? La mitad de los visitantes lleva mochila: ¿hay que sospechar de todos ellos? Muy cerca del altar algunos fieles rezan de rodillas: ¿piedad o disimulación? Bouqueyran ya no sabe qué hacer.

Las cuatro. En el paseo del coro, dos visitantes están de pie ante el Velo de la Virgen. Otro está sentado en una de las cuatro bancas colocadas frente a la reliquia. El Velo de la Virgen le fue obsequiado a Carlomagno por el emperador de Oriente. Su nieto, Carlos el Calvo, dividió la reliquia en dos; una mitad permaneció en Aquisgrán y la otra mitad fue obsequiada a Chartres. Y desde el año de 876 esa antigua pieza de seda no ha dejado de atraer multitud de peregrinos. Pero hoy es el lugar de la cita que los poseedores del manuscrito le fijaron a Andrade. El anticuario se vistió de turista, con una camisa de fantasía, un saco de lino y un pantalón de mezclilla. Colocó los fajos de billetes en una mochila fluorescente, verde y negro. Espera. Finge concentrarse en el relicario trilobulado presentado por dos ángeles descendidos del siglo XIX. Salido de la nada, un hombre se desliza sobre la banca y se sienta a su lado. Sólo dice: "Cristóbal". Luego se levanta y se retira recorriendo el deambulatorio con una mirada lateral. Afuera, la joven fotógrafa de pelo corto que acaba de terminar su reportaje sobre el pórtico sur aborda el pórtico real. Toma un montón de fotografías del Dios del Juicio Final en su mandorla y de los cuatro vivientes del Apocalipsis que se convertirán en los símbolos de los cuatro evangelistas: el toro, el águila, el león y el hombre. Más allá, dos policías de paisano a la mesa de una terraza se funden en el paisaje.

Bouqueyran recibe información sobre los vascos que están siguiendo. Romeo y Julieta continúan de compras en el supermercado. Isolda entró en una librería y hojea obras sobre historia del cine. Tristán sigue en el Clio estacionado calle Bourgneuf.

—Nos están viendo la cara —murmura el policía.

El que dijo "Cristóbal" al oído de Andrade es un hombre de rostro cerrado y barba de tres días. Está vestido "de onda", imitando con cierto ridículo la moda masculina publicitada en las revistas. Se sienta cerca del pórtico norte bajo el rosetón obsequiado por Blanca de Castilla. Después de un tiempo de espera, Andrade lo alcanza fingiendo apreciar las vertiginosas bóvedas que supieron resistir los incendios, las devastadoras ventiscas y las tormentas políticas. La mochila verde y negro está en el piso entre los dos hombres. El anticuario la empuja discretamente hacia su vendedor. Éste la abre sin cuidado como buscando una botella de agua o una servilleta de papel. Entrevé los billetes, cierra la mochila.

—El manuscrito estará aquí en dos minutos.

Andrade descubre que su vendedor lleva un minúsculo micrófono colocado en el primer botón de su camisa. Le da la señal a su cómplice que espera afuera: "Puedes venir".

En ese preciso momento, Bouqueyran también da la señal: "Adelante, pero con discreción". El etarra ve entonces un hombre girar hacia él tres bancas más adelante. Y en su campo de visión surgen las miradas de otros hombres que se separan de los grupos de visitantes. Ya entendió.

—Lárgate —ordena por el micrófono.

De diversos puntos de la catedral, policías de civil inician un movimiento de convergencia hacia los dos hombres sentados a un lado de la mochila verde y negro que vale una fortuna.

Rápidamente, la escena da un giro. El hombre con barba de tres días eructa:

—Cabrón. Nos delataste.

Su voz refleja el furor absoluto, la rebelión visceral. Se levantó, sacó un arma y le apunta a Andrade. Rebasado por el cambio de situación, el anticuario recula un paso e intenta una huida haca el pasillo central. Pero el vasco no le deja la menor oportunidad.

—Lo vas a pagar.

La detonación llena la nave, sube, resuena, alcanza los tubos del órgano que transforman el disparo en una larga espiración sonora. Andrade fue abatido de un solo disparo en la espalda. Se derrumbó, la cabeza al borde del laberinto circular del adoquinado de la nave. Un hilo de sangre duda en seguir una pendiente, luego forma un charco, sombrío, opaco.

Consumada su venganza, el tirador se dejó arrestar sin oponer resistencia. Pero en el interior de la catedral hay gran desorden. Con el disparo, todos los policías de paisano apostados en el exterior se precipitaron al interior. El incidente hizo que los turistas huyeran. La joven fotógrafa de pelo corto guardó su cámara y se está alejando hacia la plaza Châtelet. Toma la avenida Jehan de Beauce y en menos de cinco minutos está en la estación de ferrocarril. Delante del edificio de la estación, cerca del estacionamiento, se encuentra un enorme buzón de correos. La joven mujer saca un sobre grande ya estampillado de su bolsa con una dirección escrita con plumón; le inserta otro sobre y luego deja el paquete en el buzón. Boleto en mano, aborda el primer tren que entra en la estación.

*

Castelnau contesta la llamada. El policía de la DGSI, con ironía en la voz, se presenta como "Jérémie O'Brian". El profesor sonríe y va directo al grano.

—¿Dígame, cuáles son las noticias? A propósito, gracias por haberme avisado de la operación.

El policía se queda frío.

—¿De qué me está hablando? No veo por qué le habría avisado nada de nada. Le dije que le informaría posteriormente si el intercambio tuviera lugar. Pero después, no antes. Una operación secreta es una operación secreta y no se anda divulgando por ahí.

—¿Pero entonces, el mensaje encriptado con el calendario republicano? Supe que el asunto tendría lugar el 17 de junio porque al día anterior recibí un mensaje comunicándomelo. En el sistema de Fabre d'Églantine, cada día del año lleva un nombre particular. El 17 de junio, es Peonía. El día siguiente hubiese sido Carreta. Cinco días antes, ¡me hubiera tocado Galium! Para serle franco, pensé que la información provenía de usted.

—Mire, todo esto me parece una broma. Pasemos a cosas serias.

—Lo escucho —se esfuerza por articular Castelnau, desconcertado.

—Primer hecho notable: el comprador del manuscrito era Robert Andrade a quien debe conocer. El asunto salió mal y fue abatido.

—¿Por ustedes?

—No, por su contacto de la ETA. Cuando vio que estábamos interviniendo y que estaba acorralado, acusó a Andrade de haberlo delatado y lo ejecutó a sangre fría frente a nosotros.

—La duplicidad de Andrade quizá no sea una mala hipótesis. No tenía la reputación de ser un hombre recto.

—Era un hombre extraño. Figúrese que estaba armado. Le encontramos un puñal. Para ser más preciso, una daga de caza de montería utilizada para rematar ciervos y jabalíes.

—¿Está pensando que tenía previsto matar y así evitar el pago del manuscrito…?

—No es imposible. Unas horas antes de su muerte, una orden de arresto internacional fue girada por España por asesinato. Era sospechoso de doble asesinato perpetrado con arma blanca, precisamente.

Castelnau escucha, incrédulo. Andrade tenía una reputación más que dudosa, pero de ahí a imaginarlo siendo un asesino...

—Habría asesinado a su esposa... —prosigue el policía.

—Habría asesinado a su esposa —repite Castelnau en voz alta, con tono dubitativo.

—Sí. Y a uno de sus colegas anticuarios, un tal Alonso Olibri, de Madrid.

—Philippine. Alonso. Es increíble.

El policía cambia de tema.

—Otro punto de importancia. Detuvimos al hombre que debía entregarle el manuscrito a Andrade. Un pez gordo. Muy buscado. Se le creía prófugo en Sudamérica. La investigación sin duda será interesante.

—Me alegro por usted. Pero a mí lo que me interesa es el manuscrito. ¿Ya lo pudo recuperar?

Silencio en la conversación. Castelnau sabe que no es así. El policía se lanza entonces en el relato detallado de la fatal tarde.

—Nuestros cuatro sospechosos sirvieron de señuelo y la operación se llevó a cabo con dos actores desconocidos por nosotros. Un hombre y una mujer. Dos criaturas furtivas. Dos profesionales: el hombre arrestado no hablará nunca, pero recuperamos cierta información sobre la mujer. Estaba en la granja donde se habían refugiado los etarras. Escapó a nuestra vigilancia al viajar acostada en los asientos traseros de un viejo Opel. Jugó a ser turista fotógrafa. Llevaba el manuscrito en su mochila. Aprovechó la confusión que provocó el disparo para desaparecer. La encontramos gracias a las cámaras de seguridad de la estación de ferrocarril. Se le ve mandar por correo un sobre grande y comprar un boleto. Luego espera tranquilamente un tren para Le Mans adonde nunca llega. Se volatiliza en camino.

—¿Y no intentó algo con Correos para localizar el manuscrito?

—Sí, por supuesto, pero la recogida del correo se hace todos los días a las 4:30. Así que el paquete salió a correo central ese mismo día. Pero nos tomó dos días de trámites para tener acceso a las imágenes de las cámaras. La jugada era imparable, desgraciadamente.

Castelnau se rasca el lóbulo de la oreja.

—No estoy seguro de seguir vivo cuando reaparezca el manuscrito Colón —murmura—. No fue un buen día para mí. En cambio para usted resultó ser una jugosa operación. ¿Cuánto había en la mochila de Andrade?

—Una fortuna, le concede el jefe de la DGSI. Todavía no sé de dónde pudo haber conseguido tanto efectivo. Y suponemos que sólo se trataba de un anticipo. Nunca hubiera imaginado que un manuscrito pudiera valer tanto.

—Piense que el manuscrito autógrafo del *Viaje al final de la noche* de Céline se vendió, hace diez años, en dos millones de euros. Vale decir que los manuscritos aumentan de valor con el tiempo, como los buenos vinos. Más aún siendo Colón una leyenda, un misterio. Ese manuscrito que se le escapó de las manos era salido de un sueño. Créame, los mitos no tienen precio.

El profesor cuelga el teléfono para luego sacar de un cajón la copia escaneada del *Diario de a bordo*. Tiene la impresión de sentir el oleaje de alta mar, el balanceo del barco del Descubrimiento, aunque quizá ese vértigo no era más que el efecto de su propia decepción, una baja de presión, un vacío de ánimo. Por mucho que admire esa copia perfecta, nunca reemplazará el original perdido. Se siente triste y desposeído.

44.
Calle de Las Damas

Lo ves? Estamos aquí en el epicentro de la primera ciudad hispanoamericana: en la encrucijada de la calle de Las Damas y de la calle del Conde. Las Damas, con eje norte-sur, bordea el río Ozama; El Conde, perpendicular, sigue la línea de la ribera del Caribe. Fue Nicolás de Ovando, sucesor de Colón en 1502, quien hizo el trazado en forma de tablero de esta primera ciudad.

—Pero creía que Colón tenía derecho de anterioridad por haber levantado una ciudad en la costa norte, La Isabela.

—La Isabela nunca tuvo nada que ver con las representaciones que de ella hizo el cine. Por ejemplo, en la película de Ridley Scott, con Depardieu en el papel de Colón, se ve una obra colosal: se construye a toda velocidad, ante el asombro de los espectadores, una ciudad completa con calles, magníficas casas, ¡una iglesia monumental con campanario e incluso campana! Puro invento. De ciudad, La Isabela sólo tuvo el nombre. Las excavaciones arqueológicas permitieron encontrar las verdaderas proporciones del sitio: la capilla de adobe es minúscula; las "casas" no eran sino chozas de palma; y no hubo jamás la más mínima urbanización.

—¿Qué quieres que te diga? ¡Colón despierta sueños! —hace notar Ricardo, divertido.

—En realidad, poca gente percibe la historia de Colón tal cual es, es decir, como un mito. La leyenda suplantó toda la verdad y ahora es realidad.

Myrta vuelve a su tema.

—La Isabela no tenía puerto y sufrió los embates de huracán tras huracán. Quedaba periódicamente devastada. Bartolomé Colón resolvió muy rápidamente abandonar el lugar y decidió en 1498 instalar a los españoles aquí, en Santo Domingo, donde el estuario del río Ozama podía proporcionar protección a los barcos. Pero el adelantado tampoco tenía madera de urbanista. Intentó fundar un primer asentamiento en la orilla izquierda del Ozama, del otro lado del río. Pero sólo fue un campamento improvisado y temporal.

—Si entiendo bien, no había ciudad indígena en ese lugar.

—Por supuesto que no. Los taínos no estaban locos; no vivían en las costas, demasiado expuestas a los vientos y a las iras del mar. Sus pueblos estaban situados más tierra adentro.

Myrta retoma su papel de guía. Ricardo la toma por el hombro.

—Esta calle de Las Damas es una maravilla. En quinientos metros, pasas de la Edad Media al Renacimiento. Todas las casas que ves en esta calle fueron construidas entre 1502 y 1510. Todavía es una arquitectura medieval: los muros miden ochenta centímetros de espesor; moldean fachadas lisas y austeras; las ventanas son aspilleras con bancas integradas en la piedra que permitían ver sin ser visto. Mira, por ejemplo, la casa de Cortés que hace esquina con las dos calles.

—¿La casa de Cortés? —se extraña Ricardo.

—Sí, lo que estás viendo es la casa de Cortés. La mandó construir hacia 1506. Se instaló en el corazón mismo del poder, a veinte metros del gobernador Ovando que se encuentra justo enfrente.

—Inocentemente creía que era el conquistador de México...

—Sí, pero antes vivió en Santo Domingo durante siete años y luego en Cuba por ocho años. Acá entre nos, fue porque poseía una larga experiencia del mundo amerindio que pudo llevar a bien su conquista de México.

Ricardo descubre cuán inciertos son los prejuicios.

—Ovando llega de hecho con una nueva generación de colonizadores. Como seguramente te habré mencionado, Colón y Cortés se cruzan en Santo Domingo en 1504. Pero uno llega joven e impetuoso y el otro se va cansado y rebasado. Sin embargo, esos dos mundos, el de finales de la Edad Media feudal y el de inicios del Renacimiento coexisten brevemente aquí mismo. Y esta calle es el símbolo. Mira: la casa de Cortés casi es un castillo fortificado; la piedra pulida perfectamente emparejada no ofrece ninguna aspereza, ninguna saliente, ninguna decoración.

—A mí me conmueve esa simplicidad. La piedra coralina es magnífica y se basta a ella misma. Las líneas son puras. Me gusta.

—Sí. Pero es un momento de la estética europea mientras que al final de la calle desembocamos en pleno Renacimiento. Ven.

Myrta lleva a Ricardo de la mano. Recorren lentamente la calle de Las Damas; se abre sobre una extensa plaza en la que se eleva un edificio de bella estética, una construcción maciza adornada con una fachada de líneas aéreas. Cinco arcadas de medio punto coronadas por cinco arcos bajos. Un balcón calado con elegantes balaustres. Tres filas de *genovesas* bailando con el sol soportan un techo plano.

—Éste es el Alcázar de Colón. El palacio del virrey Diego Colón. Se inició en 1510, terminado en 1512.

A los lados, dos esbeltos cocoteros le dan un toque caribeño al edificio a caballo entre la estética conventual española y la arquitectura palaciega de la Europa renacentista.

Myrta agrega un matiz:

—Castelnau pretende que antes de la restauración realizada en 1957 había seis arcadas. No estamos seguros de estar frente al edificio original.

Ricardo admira. Pero su curiosidad persiste.

—¿Cómo demonios logró Diego recuperar el virreinato de las Indias? ¿Cómo pudo embaucar al rey Fernando, enemigo jurado de su padre?

—La historia tiene cambios inesperados que valen la pena ser contados —responde Myrta con mirada maliciosa—. El destino es retorcido.

La pareja decide instalarse a una mesa de un café del otro lado de la plaza. Ricardo pide una cerveza Presidente; Myrta, una Bohemia. "Para comparar", dice.

—¡Adelante con unos cuantos episodios de lo más novelescos! Cristóbal Colón muere en mayo de 1506 en la más absoluta indiferencia. Al año siguiente, le roban el estrellato y América es bautizada con el nombre de pila de Vespucio.

—Como Colón no tiene en realidad un nombre definitivo, entiendo que sus contemporáneos hayan vacilado. ¿Cuáles eran las posibles soluciones? ¿Colonia? Y con su nombre: ¿Cristobalia?, ¿Cristoforia?, ¿Cristofórica? Estarás de acuerdo en que no suena nada bien.

—Ricardo mío, eres desconcertante. En lugar de tu explicación eufónica, esperaba algunas preguntas de tu parte. Por ejemplo: ¿qué hizo Vespucio para expulsar la memoria de Colón?

—Exacto. Y como eres brillante en ese juego de preguntas y respuestas, tienes la palabra. Te escucho.

—Lo que marcó la diferencia fue el marketing de un editor que supo asociar una historia de sexo con un título comercial.

—No cambiarás nunca —se carcajea Ricardo.

—En 1504, un editor alemán de Augsburgo publica en latín una larga carta de Vespucio dirigida a Lorenzo de Medici presentada como una descripción del "Nuevo Mundo". ¡Adiós a las Indias! La expresión "Nuevo Mundo" alcanza un éxito rotundo y empieza a formar parte del vocabulario erudito. ¡El navegante florentino describe un viaje que habría hecho a Brasil entre el mes de abril de 1501 y el mes de septiembre de 1502 por cuenta de la Corona portuguesa!

Ricardo frunce el ceño.

—Sí —interrumpe Myrta—. Tienes razón en no creerlo. Es casi seguro que se trata de una impostura y que Vespucio se para el cuello. Pero su texto es placentero. Porque, en vez de ser una laboriosa descripción geográfica, detalla la vida de los tupinambas con cierto brío. Describe una sociedad sin fe, ni ley, ni rey, sin dios, sin estructuras sociales, sin preocupación alguna por el futuro. No desmiente el canibalismo de aquellos hombres que viven en su estado de naturaleza. Además, insiste en la total libertad de usos y costumbres de las mujeres que exhiben en permanencia su belleza y su desnudez. Desde ese punto de vista, ese texto es el sueño de todo explorador.

—Dicho de otro modo, Vespucio se vuelve mundialmente famoso al apropiarse de un texto que no escribió, describiendo un viaje que nunca realizó.

—Exactamente. Pero su mistificación tendrá consecuencias desproporcionadas. Las doce hojas de su carta sobre el Nuevo Mundo se reeditan de inmediato en Venecia, en París, en Viena, en Amberes y circulan por todos los círculos eruditos. El opúsculo llega hasta Saint-Dié, en los Vosgos, donde el duque de Lorena financia un grupo de sabios dados a la cartografía. Y es en ese pueblito, en 1507, que será elaborado el primer mapa en el que aparece el nombre *America*. Esta mención figura más o menos a la altura de la actual Argentina sobre un continente sudamericano de trazo todavía incierto pero con la costa atlántica perfectamente reconocible. Y el autor del mapa, el alemán Martin Waldseemüller, justifica ese nombre de bautizo al considerar que Américo Vespucio fue el descubridor del "Nuevo Mundo". Cuando sólo había inventado la expresión.

—¿Y qué mosca le picó a Waldseemüller?

—Nadie lo sabe. A partir del año siguiente, elabora otro mapa donde no aparece la mención "America": Brasil se convierte en *Terra incognita* y en un comentario a modo de remordimiento el autor precisa que el descubrimiento de "Tierra Firme" y de las islas adyacentes le corresponde al "genovés Columbus". Alguien debió jalarle las orejas y hacerle ver su error. Pero nada se pudo hacer. Un año después de la muerte de Cristóbal, América tenía su acta de bautizo y se lo quedaría *ad aeternam*.

—Francamente inmoral, pero sabroso. Nos lleva a pensar sobre el poder de las palabras. A propósito, ¿cuál es ese extraño nombre con el que se atavió Vespucio? No conozco a ningún amigo llamado Américo.

—Es una variante florentina de Alberico, del latín Albericus y del gótico Albéric. Pero en el actuar de Waldseemüller, canónigo de Saint-Dié, aparece el espíritu renacentista; le da preferencia al idioma regional a expensas del latín. En un círculo más tradicionalista, América se habría llamado "Albérica".

Ricardo le roba un trago de Bohemia a Myrta al tiempo que admira el juego de sombras en la fachada del Alcázar.

—Ello demuestra la debilidad del lobby colombino una vez fallecido el Descubridor. El rey Fernando le tiró una cáscara de plátano. Abrió las Indias a la competencia salvaje y aventureros como Vespucio se pararon el cuello. ¿Cómo se las arreglará el hijo?

—Pues mira, en un contexto tan confuso, el hijo triunfará ahí donde el padre fracasó.

—¡Qué extraño! ¿Cómo tuvo lugar la vuelta al estado de gracia?

—No lo sabemos bien a bien. En 1508, es decir dos años después de la muerte de su padre, Diego, ya con dos hijos naturales —un Cristóbal y un Francisco—, contrae nupcias espectaculares. Desposa a la hija del Gran Comendador de

León, María de Toledo, en relación tanto con la familia real como con el círculo de conversos. El 9 de agosto de 1508 es nombrado gobernador en lugar de Nicolás de Ovando. Todos los analistas de aquel periodo relacionaron la boda con el nombramiento. En él vieron el fruto de la intervención del Duque de Alba, su nuevo tío político. Es probablemente correcto, pero no explica lo que motivó el rey Fernando para aceptar el matrimonio de Diego Colón, ya que una unión marital con la familia reinante debía necesariamente pasar por el aval del rey. Ahora bien, en vida de Cristóbal, Fernando se había opuesto con vehemencia a la boda de Diego con una hija del muy poderoso duque de Medina Sidonia. No quería ver a esos arribistas de Colón entrar en el círculo de los grandes de España. Así que, ¿cuál fue el motivo del cambio de opinión del año de 1508?

—Me doy. Pero presiento que no tardaré mucho en conocer la respuesta. Ardes en deseos por darme tu explicación.

Myrta sonríe.

—Mi hipótesis se forjó el día en que pude comparar los dos manuscritos. ¿Recuerdas que descubrí que el *Diario de a bordo* original era en todo "políticamente correcto", es decir, cristiano? En cambio, el rey Fernando, celoso, no tuvo empacho en *rejudaizar* el *Manuscrito a dos manos*. Disponía así de un medio para presionar. En una España vuelta intolerante e inquisitorial podía en todo momento mandar de regreso a Cristóbal hacia sus orígenes judíos y calmar sus exigencias. Así pues, mi idea es que a principios del año de 1508 Diego logró recuperar el original del *Diario de a bordo* privando al rey de su arma secreta.

—¿Y cómo robar un documento de tal importancia de los archivos de la Corona de Castilla?

—A pesar de las desventuras de su padre, Diego estaba familiarizado con la Corte. Fue paje del infante y luego de la reina Isabel. Conocía a todo el mundo. Y su futura familia política pudo ayudarlo. Siendo conversos, comprenden lo que está en juego. Y siendo una familia aliada a partir de entonces, les interesa mucho que el oro de las Indias fluya hacia el matrimonio de Diego.

—Me agrada bastante la idea. Cuando los historiadores no tienen explicaciones racionales que ofrecer hay que buscar por la vertiente de lo irracional o de lo inconfesable. Y éste es el caso del reviro del rey Fernando a favor del clan Colón que resulta incomprensible.

Ricardo resume mientras termina su cerveza:

—Moraleja: un buen robo vale más que un largo juicio.

—Oh —pondera Myrta—. Diego no logrará evitar el juicio. Sería demasiado sencillo. Porque el rey se limita a nombrar a Diego Colón "gobernador de las Indias" en un escrito de apenas tres líneas. Ese nombramiento todavía no es un reconocimiento de sus derechos de herencia. Diego debe ampararse ante la justicia y esperar hasta el 5 de mayo de 1511 para que una sentencia del Consejo Real le restituya sus derechos. Se convierte entonces en virrey hereditario y segundo almirante de los mares océanos. Como la geografía americana había evolucionado desde 1492, la sentencia precisa, por supuesto, que los derechos económicos derivados de las "Capitulaciones de Santa Fe" sólo se aplicaban a las islas descubiertas por su padre: La Española, Cuba, Puerto Rico, Jamaica y las Pequeñas Antillas. Diego, furioso, apela: quiere recuperar sus derechos sobre América Central y la tierra firme que su padre había llamado Veragua. Las relaciones con el rey se deterioran gravemente. El monarca se las ingeniará para hacerle la vida imposible a Diego. Al virrey, que gobierna con sus dos tíos, se le asigna un temible inspector del fisco, Miguel de Pasamonte, un tribunal llamado "Audiencia" y una multitud de enviados especiales que lo privan de cualquier autoridad.

"El almirante intenta crear una corte de opereta en La Española devastada por la fiebre del oro y los malos tratos infligidos a los indios. Los dominicos denuncian esa situación humanamente deplorable. Con su famoso sermón de diciembre de 1511, el fraile Antonio Montesinos prende la mecha. El virrey está en ascuas. Vuelven los más sombríos días de la administración de Cristóbal. Diego se disputa con su contralor de finanzas por el reparto de los esclavos capturados en las razias de las islas Lucayas: la Corona le confiere sin embargo el diez por ciento de ese deshonroso tráfico a Diego de acuerdo con la carta de Capitulaciones. El virrey lanza operaciones de conquista en su potencial dominio: Cuba a partir de 1511; luego Puerto Rico y Jamaica. El fiasco es inmediato. Los indígenas no soportan la servidumbre; se suicidan en masa; las mujeres abortan o matan a sus recién nacidos. El encuentro de dos mundos se convierte en genocidio. En diciembre de 1514, el rey decide llamar a Diego, quien deja a su mujer y a su familia en el Alcázar rodeadas de cortesanos para volver a España en abril de 1515.

—¿Siguen ahí los tíos para cuidar a María de Toledo y los intereses de la familia?

—No, 1515 marca un giro. Bartolomé, el adelantado, murió un año antes en Santo Domingo y el menor de los hermanos de Cristóbal, Diego, acaba de fallecer en Sevilla. Ambos sin descendencia. Heredero del clan, el joven virrey está a partir de ahora en primera línea.

—¿Y qué tipo de recibimiento le da el monarca al virrey destituido?

—Sigue con la misma idea: hallar un arreglo cualquiera para deshacerse de una buena vez de los compromisos consentidos en 1492. Pero algo ocurre. El rey Fernando muere el 23 de enero de 1516 en un pueblo perdido de Extremadura en los brazos, según se dice, de una sirvienta de hostal.

—Se jugará con baraja nueva —observa Ricardo, al acecho del siguiente capítulo.

—Sí, pero las luchas por la sucesión al trono generan una situación confusa. El viejo cardenal Cisneros, quien asume la regencia, urde un complot para eliminar de la competencia al hijo mayor de Juana la Loca, Fernando, y para entronizar a su hermano menor, el joven Carlos, de dieciséis años. Finalmente, éste es proclamado rey de Castilla y Aragón en Bruselas el 13 de marzo de 1516. Llega un año más tarde a España, donde nunca había puesto un pie, rodeado por sus consejeros flamencos, sin hablar ni gota de español.

—Pues claro... Como nunca ha pisado Castilla...

Myrta continúa, inmersa en su tema:

—Destituye inmediatamente de todos sus cargos a los españoles. Nombra a uno de sus compañeros de veinte años arzobispo de Toledo y le otorga Yucatán apenas descubierto al almirante de Flandes como su feudo. La rebelión abrasa a España. En eso, Maximiliano de Austria, abuelo del joven Carlos, muere el 12 de enero de 1519. El joven rey decide pretender a la Corona del Santo Imperio Romano Germánico. Es una locura por encima de sus posibilidades. Para comprar a los electores palatinos tiene que competir con Francisco I. Pero Francia, en 1519, posee la mitad de las reservas de oro del mundo y puja en la subasta. Carlos I de Castilla hipoteca el porvenir de su reino al pedir en préstamo sumas irracionales a los banqueros alemanes, sumas que nunca podrá reembolsar. Los Wesler y los Fugger se cobrarán con Venezuela donde los bancos de perlas generan fortunas.

—¡Las famosas perlas del tercer viaje! Así que el nuevo rey, acorralado financieramente, ignora las "Capitulaciones de Santa Fe" y hace jirones los bienes de los Colón...

—Le encantaría poder hacerlo. Pero he ahí que en mayo de 1520, Diego gana su apelación: una sentencia emitida en La Coruña confirma sus derechos hereditarios limitándolos a las islas. Para respetar esa decisión de la justicia, el rey debe, en contra de su voluntad, restituirle a Diego el gobierno de La Española. El 10 de noviembre de 1520, el segundo almirante y virrey de las Indias vuelve a tomar posesión de su cargo. En Santo Domingo, se reencuentra con su mujer y sus cuatro hijas pero también con todos los problemas inherentes a su función. Debe enfrentar la rebelión de Enriquillo, un joven jefe taíno, antiguo alumno de los franciscanos, que se echó al monte y hostiga a los españoles. Debe hacer frente a la primera rebelión de los esclavos negros que trabajan en sus tierras. El conflicto con los enviados de la Corona es permanente. La vida en la isla es objetivamente caótica. En la gobernanza de los hombres, tan malo el hijo como el padre.

—Las mismas causas producen los mismos efectos —resume Ricardo.

—Tanto así que Carlos Quinto decide llamar de nuevo a Diego en 1523. Está de regreso en Sanlucar de Barrameda el 5 de noviembre. Tuvo tiempo de hacerle otros tres hijos a su mujer: después de cuatro hijas, tres varones. El porvenir de la dinastía está asegurado. Una vez más dejó a toda su familia en Santo Domingo.

—Es señal de que tiene la esperanza de volver pronto.

—Seguramente. ¡Pero aun así, redactó su testamento antes de partir! Bastante esquizofrénico, se reintegra a la Corte al tiempo que reactiva su juicio contra la corona. Se obstina en rechazar cualquier arreglo financiero que se le propone a cambio del abandono de los derechos derivados de las "Capitulaciones de Santa Fe". Quiere ser el hijo heredero de su padre, punto y aparte. ¿Será que su orgullo, su acritud y su obstinación lo enferman? Lo cierto es que su salud está declinando. El cuadragenario contrae un "resfriado", es decir, probablemente una pleuresía. Muere bruscamente cerca de Toledo en 1526.

—¿En 1526?

—Sí. El 23 de febrero, aparentemente. ¿Por qué pareces sorprendido?

—No, no estoy sorprendido. Pero ahora comprendo por qué Philippine Andrade estudiaba los archivos del año de 1526. Estaba explorando los papeles de la sucesión de Diego. Le estaba siguiendo la pista al *Diario*. Debía estar buscando una eventual mención en un inventario o algo así, una huella, una señal.

—Tienes razón. Pero en la práctica todos los papeles de Diego pasarán a manos de su medio hermano Fernando. Él es el archivista de la familia.

Se levantan y deambulan ahora por el casco viejo de la ciudad de Santo Domingo, un verdadero concentrado de historia del siglo XVI. Pasan por la Atarazana, la antigua aduana colonial que ahora alberga tiendas de antigüedades y por la Casa del Cordón cuya construcción se le atribuye al muy oscuro Francisco Garay, compañero de Cristóbal Colón y primer gobernador de Jamaica; hoy es un banco. Cada paso remite al pasado; aquí, una ventana gemela evoca la fortuna de un dueño de hacienda azucarera, allá, un escudo con el Vellocino de Oro revela la ostentación de una microsociedad española luchando por implantarse en tierra ajena. El deambular de Myrta y de Ricardo cruza el recuerdo de Roldán, de Ovando, de Bastidas, compañero de Colón. Las fortificaciones que rodean la ciudad rememoran los tiempos de filibusteros, los ataques de los corsarios, la invasión de Francis Drake. Pero todas esas casas primigenias son ahora galerías de arte contemporáneo, comercios, embajadas, museos. Vibra la ciudad en el espeso calor tropical.

Ricardo se siente llevado por una energía secreta. Porque ahora conoce su historia, esos vestigios vivientes le parecen familiares. Tiene la impresión de caminar por los pasos de Diego Colón que Myrta hizo salir para él de las páginas de un libro.

45.
El Faro a Colón

Podría ser una cruz. Como derribada por los vientos, caída al suelo por el peso de la historia. Acostada en la orilla izquierda del río Ozama, algo retirada de la ribera. Partida a todo lo largo. Podría ser una pirámide maya con sus siete cuerpos escalonados conquistando el cielo. El Faro a Colón es en realidad un monumento actual que alberga tanto un faro como un museo y un mausoleo. Inaugurado en 1992 en ocasión del Quinto Centenario del Descubrimiento de América, el Faro a Colón materializa el deseo de la República Dominicana por honrar al Descubridor. Los planos del monumento se quedaron mucho tiempo en un fondo de cajón. Para luego resurgir, idénticos, dos generaciones más tarde.

Ricardo y Myrta se cruzan con *joggers* en el parque contiguo; el aire todavía es ligero.

—Peregrinación obligatoria —justifica Myrta.

El sevillano no parece admirativo pero la sigue de buena gana.

—Entiendo tu confusión —argumenta la italiana—. Pensabas tener la sepultura de Colón en casa, en Sevilla. Mala tarde: está aquí.

En realidad, a Ricardo poco le importa lo que está en juego en esta disputa secular. El mausoleo de Colón le sirvió de pretexto para viajar con Myrta a República Dominicana. Nada más allá. Pero la historia de la tumba del Almirante no deja de ser perturbadora. Quinientos años después de su muerte persiste el enigma: no se sabe dónde está enterrado.

—Te diré esto —resume el policía—. Para mí, el asunto es sencillo: los españoles *creen* que Colón está enterrado en la catedral de Sevilla y, por su parte, los dominicanos *creen* que está enterrado aquí, en su faro. Es un conflicto psicológico-político. ¿En tal debate puede haber arbitraje con argumentos científicos?

Myrta aprueba, sonriendo.

—Lo divertido es ver cómo Colón, una vez más, se le escapó de las manos a la historia. Es un perpetuo prófugo. Incluso en el más allá.

La historiadora retoma la seriedad.

—En el fondo, Colón siempre poseyó un fuerte valor afectivo que se refleja en los viajes de sus restos mortales. Mira las fechas. 1506: Colón, marginalizado, recibe provisional sepultura en Valladolid, en un lugar desconocido. 1509: su hijo Diego, convertido en gobernador de Santo Domingo, manda enterrar a su padre con los cartujos de Las Cuevas, en Sevilla, de noche y en total clandestinidad: se percibe que la reliquia estorba. 1544: la antigua virreina, María de Toledo, viuda de Diego, transporta los ataúdes de su marido y de su suegro a Santo Domingo. Recibió tierras en la isla y quiere *criollizar* sus bienes raíces trayendo al Almirante y a su hijo Diego. Luchó para tener el derecho de enterrarlos en la catedral de Santo Domingo. Pedirá ser inhumada al lado de su marido. Asistimos al inicio de la sacralización del linaje Colón. 1795: el tratado de Basilea le da La Española a Francia. Los españoles salen de la isla. Surge un interesante debate: ¿deben evacuarse o no los restos de Colón? Unos consideran que el Almirante le pertenece a la tierra que descubrió. Otros ven ahora en Colón un símbolo de la hispanidad que ya no tiene razón de permanecer en una tierra ahora francesa.

—¿Y qué tendencia ganará?

—No se sabe. Oficialmente, el féretro del Almirante fue embarcado, transportado a La Habana e inhumado en la catedral. En 1898, en el momento de la independencia de Cuba, los españoles evacúan la isla… con el ataúd de Colón. Éste es depositado en la catedral de Sevilla donde rápidamente se le erige la tumba que conocemos hoy. Pero en 1877, en ocasión de unas obras en la catedral de Santo Domingo, los obreros hallan fortuitamente dos cámaras abovedadas contiguas: una contiene las cenizas de un nieto de Cristóbal Colón llamado Luis; la otra encierra una caja de plomo en la que están los restos del Descubridor, identificados gracias a una inscripción. ¿Cuál fue entonces el ataúd exhumado en 1795? ¿Hubo confusión entre los féretros de Diego y de su padre? ¿O hubo intencionalidad en dejar los restos del Descubridor en tierra dominicana?

—¿Y qué hacen los dominicanos después del descubrimiento de 1877?

—Un mausoleo. Mandarán erigir un elegante monumento en el interior de catedral, todo de mármol blanco. Y para que el Almirante ya no se escape de su tumba las autoridades harán que un militar vestido de gala lo vigile día y noche.

—Un marinero, supongo.

—Naturalmente. Y cuando en 1992 los restos del Almirante sean transferidos a este nuevo escenario de piedra y cemento no perderá su guardia de honor.

Es extraño que un vagabundo de los mares que se dejaba empujar por los vientos se convierta en un símbolo terrenal. Ricardo mira el pebetero que corona el monumento. Se había preguntado por qué los dominicanos quisieron transformar una tumba en faro. Ahora entendía. Tenían que agregar el cuarto elemento para que Colón fuese plenamente cósmico y universal.

*

El taxi los espera. Vuelven a pasar por el puente sobre el Ozama y toman por el malecón transformado en vía rápida. A su izquierda, el Caribe resplandeciente se estrella suavemente en los acantilados coralinos; a su derecha, los casinos adormecidos esperan volver a la vida nocturna.

A la vez que observaban el paisaje, Myrta y Ricardo reanudan el diálogo.

—¿Qué sucede con la sucesión cuando muere Diego? —pregunta el español—. ¿Caen en manos de su hermano los títulos y las ventajas financieras correspondientes?

—No. En 1520, en La Coruña y en el momento en que el Consejo de Indias reconoce la legitimidad de los derechos hereditarios contenidos en las "Capitulaciones de Santa Fe", los dos hermanos firman un acuerdo notariado. Fernando renuncia a sus derechos de sucesión a favor de Diego a cambio de unas rentas más que espléndidas. Debo decir que Fernando es soltero, que no tiene descendencia y que no es el más adecuado para encargarse del proyecto dinástico de su padre. Es más, ayudó mucho a Diego en ese pleito. En esto, los dos hermanos nunca fueron rivales. Fernando no tiene ningún apetito por el poder. Es más bien un esteta y gusta de los estudios.

—Después de 1520, fecha en que renuncia a sus derechos, ¿qué hace?

—Inmediatamente después de haber firmado ese acuerdo con Diego, se embarca en La Coruña con el rey Carlos I, quien parte para recibir la Corona de Alemania. Lo acompañará a su coronación en Aquisgrán integrándose durante dos años a la vida cortesana. Pero en realidad en ese entonces está trabajando en un proyecto más personal y bastante desconcertante: ¡prepara la primera guía turística de España!

—No. ¡Es broma!

—¿Te parece que estoy bromeando? —protesta Myrta soltando la carcajada—. Mientras que la isla Española es una maraña de conflictos, mientras que los aventureros de todo tipo se disputan los extensos territorios de América, Fernando Colón, el hijo del Descubridor, se dedica tranquilamente desde 1517 a la redacción de una guía turística. Es la absoluta verdad. Dispone de un permiso oficial del Consejo de Castilla y recibe financiamiento público. No puede descartarse que él mismo se lo haya propuesto al joven rey Carlos recientemente llegado.

—¿Y lo hará toda su vida? —pregunta sorprendido el policía.

—No. Pronto se dedicará a una nueva pasión: los libros. Compra incunables y ediciones raras por toda Europa y empieza a formar una biblioteca de primera categoría que instala en Sevilla. Pero tiene otra actividad permanente: la defensa de los intereses de su familia. Después de la muerte de su medio hermano Diego, será el incansable abogado del respeto de las "Capitulaciones de Santa Fe". En 1536 tiene lugar el epílogo novelesco de los juicios colombinos. El arbitraje final se da el 28 de junio en Valladolid: las "Capitulaciones de Santa Fe" quedan anuladas. Luis, el hijo mayor de Diego, nacido en 1522 en Santo Domingo, es investido duque de Veragua y marqués de Jamaica. Esos nuevos títulos son hereditarios por línea masculina. El virreinato desaparece. El título de Almirante se vuelve meramente honorífico. Pero las rentas pagadas por la Corona en compensación por esa ruptura de contrato son considerables. Y acompañadas por extensas tierras. La virreina María de Toledo, que no dejó de batirse por sus hijos, y Fernando, que tanto la ayudó, pueden estar contentos. Salen más que bien librados, y con honores.

—Así que en 1536 Fernando se jubila...

—En realidad, sucede algo bastante curioso. En ese preciso momento se convierte en memorialista y redacta la biografía de su padre. Como si la supresión del virreinato lo obligara a pasar a la forma escrita para volver eterno el recuerdo del Descubridor. Fernando muere en julio de 1539 en Sevilla. Su magnífica biblioteca de 15,000 volúmenes, legada a la catedral de Sevilla, se conservará tal cual y perdurará por siglos hasta hoy sin ser dispersada. Ironía de la historia: no se encontró entre sus papeles el texto de la *Vida del Almirante* que había escrito para desafiar al tiempo.

—¿Y qué sucede con la dinastía después de la muerte de Fernando?

La italiana levanta la mirada al cielo antes de contestar. Su mímica es tan graciosa que Ricardo no puede contener la carcajada.

—Don Luis, el tercer almirante, es todo un caso. Para evitar que reclamase el gobierno de Santo Domingo, la Corona le había otorgado en 1537 un título honorífico remunerado, el de "Gran alguacil de la Cancillería de La Española". Parece haber recibido sus emolumentos hasta 1551, fecha en la que se instala en España. Pero sobre todo, fue la comidilla debido a su vida sentimental. Se casa en primeras nupcias en 1542 en Santo Domingo con una tal María de Orozco. Se cansa de ella y toma una nueva esposa cuatro años más tarde: María de Mosquera con la que procrea dos hijas. El problema reside en que sigue casado con la primera esposa. Y que sigue manteniendo con ella una vida marital.

—¡Así que los españoles inventaron la *casa chica*!

Myrta prosigue, intentando mantener la seriedad.

—Primera demanda por bigamia. Primer juicio. Parece huir de la isla Española para escapar de esa situación ambigua por decir lo menos. En Valladolid, en 1554, seduce a Ana de Castro Osorio, hija de la condesa de Lemos e intenta desposarla. ¡Olvidó precisar que ya estaba doblemente casado! Conmoción de la futura familia política cuando se descubre la verdad. El asunto se torna judicial. Luis intenta anular su primer matrimonio ante el tribunal eclesiástico del Papado. La iglesia se niega. Se le condena por bigamia y es encarcelado. En 1563 es condenado a diez años de exilio al norte de África. Corrompe a sus guardias y se escapa para casarse con Ana de Castro, todavía enamorada.

—¡Vaya perseverancia!

—Oh, y eso no es todo. Ana le da una hija que muere prematuramente. Se apasiona entonces por otra mujer, Luisa de Carvajal.

—¡No me digas que también se casará con ella!

—Sí, en 1565, en Madrid. Clandestinamente, por supuesto. Tiene un hijo con ella, un Cristobalito, quien más tarde intentará recuperar el título de su padre. La sentencia de deportación se ejecuta finalmente y Luis es exiliado por poligamia en Orán en 1567. Ahí morirá en febrero de 1572.

—Suena como a final de novela —constata Ricardo—. Luis no tiene herederos legítimos. ¿Cuál será ahora el giro que dará el asunto?

—No habrá milagros —confiesa Myrta—. Antes de morir, Luis dispara su último tiro. En su testamento, manifiesta el deseo de transmitirle sus títulos y sus beneficios, que siguen siendo considerables, a su sobrino Diego.

Ricardo protesta.

—¡Todos se llaman Diego o Cristóbal en esa familia... ya no sé quién es quién!

—Este Diego es un hijo de su hermano menor Cristóbal, nacido de su unión con una tal Ana de Pravia. Pero hay una condición: que ese Diego Colón y Pravia se case con su hija Felipa, nacida de su unión con María de Mosquera. En nombre de la defensa de los intereses de la familia, los dos primos se casan y Diego Colón y Pravia se convierte en el cuarto y último almirante de las Indias y en el segundo y último duque de Veragua. No tendrán hijos. Felipa muere en noviembre de 1577 y su esposo dos meses más tarde, en enero de 1578. Ya no hay herederos en línea directa masculina y legítima. La "dinastía Colón" sólo habrá perdurado ochenta y seis años.

—Por simple curiosidad: ¿la competencia por los títulos llega así a su fin?

—No, no. Las ramas femeninas se manifiestan, es decir, los herederos de las hermanas de Luis. También hay reclamos del lado de las hermanas del cuarto almirante. Más sorprendente aún, unos ligures desconocidos tocan a la puerta para hacer valer hipotéticos derechos colaterales: dicen llamarse todos Colombo y descender de la familia del Descubridor. Finalmente, el título de duque de Veragua pasa a Portugal en el siglo XVII.

—Justa vuelta a los orígenes —sentencia Ricardo.

—Y la rama se extingue. Incluso si, en 1790, un tal Mariano Larreátegui, quien hizo valer que estuviera casado con una bisnieta del segundo almirante, logró comprar ese título.

—Y por curiosidad, ¿por qué todos los Colombo italianos fueron apartados de la sucesión?

—Cierto es que unos Colombo ligures intentarán recuperar la herencia de Cristóbal. Pero, en 1578, en lugar de alimentar el expediente con documentos notariados en toda regla justificando su parentesco, ¡exhiben documentos falsos!

—¿Falsos?

—Célebres falsificaciones, pero falsificaciones a fin de cuentas. En particular, mandan elaborar una falsa acta de donación a Diego, el hijo mayor de Colón, y un falso testamento. El primer documento fechado en 1498 parece establecer el mayorazgo de Diego y enlista las compensaciones que deberá desembolsar para los otros miembros de la familia. El segundo documento es un "codicilo" con fecha 19 de mayo de 1506, el día anterior a su fallecimiento, que valida el supuesto mayorazgo de 1498. Ahora bien, ¿qué encontramos en esos textos? Colón se presenta como originario de Génova y lega una parte de su fortuna... a la ciudad de Génova. ¡Y el codicilo precisa que el Almirante entrega su alma a Dios rodeado de amigos genoveses!

—¿Y en qué te basas para decir que se trata de un documento falso?

—Para empezar, ¿no te parece sospechoso que esos documentos no se conozcan antes de 1578? Aparecen como por milagro en esa fecha en manos de los Colombo de Génova, precisamente en el momento en que se extinguen los derechos de los herederos directos del Descubridor... nunca nadie sabía de su existencia. Por otra parte, para instituir un mayorazgo, es decir, para transmitirle a su hijo mayor el conjunto de títulos y de bienes familiares se necesitaba la autorización del rey. Y sabemos que el monarca español se opuso toda su vida a la transmisión de los títulos de Cristóbal a su hijo. ¿Cómo pudo haber aceptado en 1498? Si lo había aceptado en esa fecha, sus negativas futuras no tendrían sentido alguno y las incesantes solicitudes del Almirante para obtenerlo mucho menos: ¿por qué Cristóbal habría asediado al rey para pedir lo que ya tenía? Además, un mayorazgo fija las contrapartes que el beneficiario debe entregar a sus hermanas y hermanos no herederos, la mayoría de las veces bajo forma de rentas. Si tal documento hubiese existido en 1498, Diego y su hermano Fernando no hubieran tenido que firmar en 1520 un acta notariada para convenir mutuamente su propia sucesión.

—Todo esto me parece lógico —acepta Ricardo.

Pero a Myrta le quedan todavía algunos tiros.

—A mitad del texto del pseudotestamento que supuestamente instituye el mayorazgo de Diego, hay una frase que puedo citar de memoria por lo mucho que se ha discutido: "E ansí lo súplico al Rey e a la Reina, Nuestros Señores, y al Príncipe don Juan, su primogénito, Nuestro Señor". Presunta fecha del documento: 22 de febrero de 1498. Pero sucede que el infante, el príncipe Juan, murió el 4 de octubre del año anterior. ¿Cómo podría el Almirante, en un texto oficial, dirigirse a un muerto? Y más aún sabiendo que Colón asistió al entierro del príncipe. No puede esgrimirse como excusa el desconocimiento. Y además, Colón hace suyas todas las tierras situadas al oeste de la línea meridiana tal como había quedado definida por la primera bula alejandrina, ignorando el Tratado de Tordesillas. ¿Cómo habrían los reyes de España consentido que el Almirante le transmita Brasil en herencia a su hijo Diego? ¿Lo ves? Hay tantas anomalías en ese texto que no puede tomársele en serio. El codicilo de 1506 es del mismo calibre. Esos dos textos fueron forjados en paralelo para acreditar el origen genovés del Descubridor y legitimar la reivindicación del ducado de Veragua por los Colombo. Y luego la leyenda se adueñó del testamento y terminó por popularizarlo.

—Perdón por insistir, pero también se dijo que Colón había abierto una cuenta en el Banco de Génova, lo que probaría sus vínculos ligures.

—Mi querido Ricardo, ese cuento de la cuenta *off-shore* es rocambolesco. Para empezar, la Compañía de San Giorgio a la que te refieres no es un banco en sí, más bien es lo que hoy llamaríamos un fondo de activos tóxicos. A principios del siglo XV, Génova, incapaz de reembolsar su deuda pública, estaba en quiebra. Los dirigentes de la ciudad decidieron entonces privatizar esa deuda; para ello, algunos burgueses influyentes, mercaderes y armadores constituyeron una especie de empresa por acciones, la Compañía de San Giorgio, y aceptaron encargarse del reembolso de la deuda genovesa a cambio de percibir los impuestos. Se trata de una organización propia de la República de Génova. Y no hubo ninguna transacción pública entre 1445 y 1530. Convertir a Colón en un "cliente" de ese "banco" es anacronismo puro. En cuanto a la pretendida carta de 1502 que el Almirante le escribe a la Compañía, ¡apenas hizo su entrada en los archivos de la ciudad de Génova en 1821! Y lleva una firma altamente fantasiosa.

—¿De qué tipo?
—Espera, te doy la versión exhaustiva.
Hace una rápida búsqueda en su Kindle.
—Ya... Aquí está. Colón firma:

> El almirante mayor del mar oceano y visorey y gobernador general de las islas y tierra firme de asia e indias del rey y de la reina mis señores y su capitan general de la mar y de su consejo.

A ver quién le entiende.
—Me queda claro: estamos en pleno delirio. Colón, gobernador de Asia... ¡con qué cara!

*

Myrta para un taxi frente a un mercado. Tiene ganas de frutas, de una orgía de frutas tropicales. Y se la pasa en grande porque los puestos proponen infinitas variedades. Palpa, sopesa, escoge. Ricardo lleva un abigarrado cargamento de bolsas multicolores. El taxi los deposita en el Hotel Embajador.
—¿Prefieres compartir mi festín de frutas en el cuarto o echarte una langosta solito en el restaurante?
—Lo compartimos todo. Que la langosta espere.
Myrta se destaca por satisfacer sus repentinos antojos. No imagina que su compañero prefiera la compañía de los crustáceos.
La habitación parece planear en cielo abierto con el Caribe al horizonte. Myrta desempaca, prepara, rebana, pela. El pequeño salón pegado a la vidriera se transforma en sala para refrigerio.
—Como sólo se puede tomar agua helada con la fruta, empezaré por un aperitivo cerveza-cacahuate.
—Muy bien. Aprovecho para presentarte.

Myrta, con tono inenarrable:

—Mamey: pulpa roja, sabor de maderas finas, persistente en boca. Chirimoya: carne blanca con toque gelatinoso, reflejos morados, sutilmente azucarada, elegantes armonías. Guayaba: poderosa y entusiasta, ataque franco, delicado final.

La italiana imita perfectamente los comentarios a menudo pretenciosos de los catadores de vinos finos.

—Claro está, no tendrás derecho al mango, una fruta asiática. Te haré comer sólo las frutas autóctonas tal como las encontró Colón a su llegada.

Prosigue con mirada pícara.

—Tuna: rojo sangre, refrescante, apenas azucarada, sabor a frutas rojas. Pitaya: delicada textura, pulpa blanco-beige llena de minúsculas semillas, de calmas tonalidades. Son frutas de dos tipos de cacto: del nopal y del pitayo, una especie de cacto candelabro.

—Adelante pues. ¡A comer cactos y que viva lo exótico!

—Espera. También te presento una piña silvestre absolutamente sublime. Un concentrado de jugos y de azúcares. He aquí la inevitable papaya que era la fruta prehispánica de base: con un chorrito de limón agrio es suculenta. Descarga garantizada de caroteno. Te volverás nictálope.

Ricardo señala una fruta oscura de aspecto bofo, abollado.

—¿Y eso? ¿Para qué compraste una fruta podrida?

—Podrida no, madura. Es zapote negro. Dicen que proviene de México.

La fruta que Myrta corta en mitades revela una sorprendente pulpa negra, pastosa, casi líquida.

—Hay que agregarle ron, jugo de naranja, un poco de azúcar y mezclarlo todo con un tenedor. Esta pulpa es sublime. De una indescriptible finura. Apoteósico.

El teléfono de Ricardo interrumpe el encanto. Tres timbrazos que lo obligan a bajarse de su nube. El policía contesta. Contesta en inglés. Su interlocutor parece lejano porque Ricardo se ve obligado a forzar la voz. Myrta nota que una amplia sonrisa invade el rostro de su compañero al tiempo que le dirige un misterioso gesto. Ricardo cuelga.

—¿Y qué te puso tan feliz? —cuestiona Ricardo.

—Espera, espera.

Sin levantar la mirada hacia la joven mujer, Ricardo teclea en la pantalla de su iPhone. Espera un poco, ansioso por ver aparecer el contenido de un archivo. Le sigue una explosión de alegría. Ricardo se echa a los brazos de Myrta que no deja de reclamar el subtitulaje de la escena.

—Te daré la gran noticia. No quería decírtelo pero tomé una decisión importante. Renunciaré a la policía.

—¿No me digas? ¿Ya no quieres ser policía?

—Me acabo de enterar que ya tengo contrato con Riskart. Eso es. Juzgué que no podíamos vivir eternamente separados, yo en Sevilla, tú en París. Entonces decidí cambiar de profesión. Me contrató una empresa inglesa especializada en seguros de objetos de arte: cubren el transporte, la pérdida accidental, parcial o total y sobre todo el robo. Tendré a mi cargo el departamento de los objetos declarados como robados. La empresa debe comprobar cada vez que no se trata de un fraude al seguro. Como te imaginarás, hay más declaraciones de robo que robos. Así que mis competencias les interesan.

—Y te vas a instalar en Londres... —se arriesga Myrta con voz emocionada.

—Me dieron a escoger el lugar de residencia porque estaré a menudo en misión. Escogí París. ¿Qué opinas? Podríamos vivir juntos...

Ricardo siente que el cuerpo de Myrta acepta. Con un consentimiento físico a manera de una declaración de amor. Un vértigo los lleva a la cama suspendida entre el cielo y el trazo azul del mar a lo lejos. Se entregan el uno al otro, prendados de sus carnes. Esos instantes de deseo se coaligan en un eterno futuro más allá de las palabras, más allá de los gestos. Pronto queda una sola respiración, un solo éxtasis, un soplo solo. Sus cuerpos se hunden en mutua felicidad. El sudor perla su piel. El agua y el fuego, el sol y el mar. Arden, se consumen. Queda sellado el pacto.

46.

En horario estelar

Myrta Pitti, usted es historiadora, americanista, y hoy publica *El original del Diario de a bordo de Cristóbal Colón. Historia de un manuscrito perdido*, en el que nos cuenta la extraordinaria historia de la reaparición de un manuscrito que se daba por perdido para siempre.

"Jacques Castelnau, usted es profesor de la Sorbona, es especialista del siglo XV y del siglo XVI, publicó una obra sobre los conquistadores que se ha vuelto referencia y más recientemente una biografía de Alonso de Nebrija, el autor del primer diccionario de la lengua española, biografía que le permitía una nueva mirada a los círculos del Renacimiento español. Hoy publica *Un santo sin reliquias*, una biografía de Cristóbal Colón que subtitula como "novela". Ya nos dirá por qué quiso escribir una novela sobre Cristóbal Colón.

"Carlo Montes, usted es profesor de historia de las ciencias en la École Normale Supérieure, tiene doble formación de filósofo y de matemático, es el autor de una *Historia del positivismo* y de un panfleto sobre la enseñanza de las matemáticas en la escuela llamado *El anillo Z*. Hoy nos propone un libro intitulado *Heisenberg y la historia* y nos explicará cómo el principio de incertidumbre de Heisenberg se aplica, según usted, a las ciencias humanas y en particular a la historia. Gracias a ustedes tres por participar en este programa.

"Jacques Castelnau, me dirijo a usted. Es un historiador de gran renombre, miembro de la Academie des Inscriptions et Belles-Lettres, miembro de la Academia Real Española y ahora, vaya sorpresa, publica una novela. ¿Por qué una novela?

—La casualidad tocó a mi puerta. Un día y con mucha discreción, se presenta en mi oficina un representante de los servicios secretos franceses. Pone un sobre en mi mesa y con un máximo de precauciones saca un antiguo manuscrito. Me pide que le practique un peritaje. Pronto me doy cuenta de que se trata del texto original del *Diario de a bordo* de Cristóbal Colón, la bitácora de su primera travesía, la de 1492. Imagínese mi estupor: ¡nunca nadie había visto ese documento! ¿Cómo no ver en él una señal? Además de que gracias a un bello paralelismo en las fechas, mi colaboradora Myrta Pitti —aquí presente y que les hablará al respecto— descubre otra versión muy antigua de ese *Diario de a bordo* de Cristóbal Colón de 1493 igualmente considerada como perdida desde hace quinientos años. Estarán de acuerdo en que había un llamado del destino. Pero volviendo al asunto Colón… es un expediente en el que ya había trabajado en varias etapas de mi vida pero que había dejado de lado porque está muy enredado, es muy complejo, científicamente peligroso. Pero con esto, no podía más que ir hasta el final. Así que con Myrta Pitti nos dividimos la tarea: ella se encargó de publicar este estudio crítico sobre los manuscritos que acaban de reaparecer y yo decidí escribir la biografía con la que soñaba desde hace mucho. A decir verdad empecé por escribir una biografía, digamos clásica, y muy rápidamente me di cuenta de que la parte dedicada a la discusión de las fuentes que me permitían escribir la vida de Cristóbal Colón era mucho más importante que la parte propiamente biográfica. Todo ello estaba conectado, claro está, con la dimensión legendaria del personaje que en el correr de los siglos había generado multitud de interpretaciones, además de una proliferación de falsos documentos que perturbaban mi discurso. La pregunta que me vi obligado a plantearme es: ¿puede hacerse una biografía de un mito?

—La respuesta es positiva, pues lo ha logrado...
Castelnau sonríe con falsa modestia.

—No sé si lo he logrado pero tuve el sentimiento de que el intentar hacer una biografía tradicional sería bastante molesto para el lector. En el fondo, con el método clásico, el autor exhibe pruebas de sus dichos. En el caso preciso de Colón, en ausencia de pruebas, hubiera tenido que presentar en permanencia unas hipótesis susceptibles de ser mutuamente contradictorias. Así que decidí dos cosas: primero, escoger una interpretación, seleccionando una multitud de datos y privilegiando la coherencia psicológica; y luego darle a este estudio un giro novelesco, ya que la vida de Cristóbal Colón es una novela en sí. Ello también me evitaba caer en la discusión sobre miles de referencias. No podía imaginarme ver la biografía del hombre-Colón devorada por un sabihondo estudio epistemológico o por una pesada exégesis de las fuentes disponibles. Hice entonces ese trabajo crítico remontando las fuentes con el fin de entregar una versión decantada de la vida del Descubridor.

—Observemos por otra parte que la trayectoria de Cristóbal Colón fue una poderosa fuente de inspiración para la literatura. Muchos de los grandes escritores se han interesado en ese personaje... pienso naturalmente en Paul Claudel o en Alejo Carpentier, el escritor cubano.

—Sí, Claudel escribirá para el teatro un drama que al poco tiempo se transformaría en un oratorio agregándole música de Darius Milhaud. Claudel tiene una idea original: desdobla al personaje y recurre a dos actores. Uno encarnará al Colón de la historia, el otro representará al héroe mítico que asiste al transcurrir de su propia vida. Antes que Claudel, Lope de Vega fue el primero, durante el siglo XVII, en dedicarle una obra de teatro al Descubridor. En el siglo XIX cuenta con varios y célebres biógrafos: Lamartine, Jules Verne, Léon Bloy. Más reciente, está el libro de Érik

Orsenna, *La empresa de las Indias*, donde el personaje principal ya no es Colón sino su hermano Bartolomé, cartógrafo en Lisboa. Y en la vertiente hispanoamericana tenemos por supuesto *El arpa y la sombra*, el magnífico libro de Alejo Carpentier. Por su lado, Carlos Fuentes girará alrededor del mito de Colón en varias de sus obras, entre otras en *Terra Nostra y Cristóbal nonato*.

El presentador interviene para abreviar la enumeración.

—No podemos citarlos a todos. Háblenos más bien de su libro.

—Sólo permítame precisar algo… todo lo concerniente a la parte biográfica atañe al trabajo de un historiador, es decir que la traté con la exigencia científica en uso en el mundo universitario. Pero me permití darle al conjunto una forma novelesca. Estimé que el tema y el contexto daban para ello.

—Siendo así, al leerlo como historiador, le diré una cosa: ¡vaya campanada! ¡Según usted, Jacques Castelnau, Colón ya no es genovés! Literalmente, hace trizas la leyenda. Hasta ahora, estábamos todos convencidos de que el Descubridor era genovés.

—Sí. Tal es la leyenda. Pero para ser honesto, a un historiador le cuesta mucho hallar elementos probatorios para apuntalar esa creencia. Cuando estaba vivo, entre 1492 y 1506, nadie parece haberle atribuido a Colón un origen genovés. La primera afirmación en ese sentido parece surgir del cronista milanés Pietro Martir de Anghiera, quien mantuvo una relación epistolar en latín con numerosas personalidades de aquella época. En una carta publicada en 1507 en Venecia, define a Colón como "ligur". Es la primera pista palpable de ese origen genovés. ¡Pero un año después de la muerte del Descubridor! En los años siguientes, esa presentación se volverá efectivamente la vulgata por razones que explico en mi libro. Pero quisiera insistir en un hecho: ningún cronista del siglo XVI dijo, y ni siquiera sugirió, que Colón fuese tejedor o de una familia de tejedores. Bernaldez precisa que vendía "libros de estampas", Gómara que fabricaba mapas para la navegación; todos los demás autores dicen que había sido marinero a temprana edad. La leyenda del Colombo genovés, tejedor de seda, se tejió —valga el término— esencialmente a lo largo del siglo XIX.

—Pero si no es de Génova, ¿de dónde viene?

Ante la pantalla de su televisión, Ricardo sonríe al encontrar en el discurso del profesor los interrogantes de sus diálogos con Myrta. Castelnau juega con las hipótesis, disecciona los argumentos, siembra la duda. El español da rienda suelta a sus recuerdos. Cuando vuelve a prestar atención al programa, el conductor ya había pasado a otro tema.

—En su obra, no rebate ninguna de las interpretaciones alternativas que pululan por internet donde hay defensores de un Cristóbal Colón gallego, catalán, polaco, inglés... Hasta tenemos a un Cristóbal Colón suizo: los historiadores "oficiales" se habrían equivocado al confundir Génova con Ginebra...

—Para serle honesto, de ninguna manera le di tratamiento a esa profusión de interpretaciones en mi obra porque carecen de todo sustrato científico. Provienen más bien de reivindicaciones regionalistas, por no decir localistas.

—Jacques Castelnau, por supuesto que debemos leer el título de su libro *Un santo sin reliquias* en segundo grado puesto que las reliquias de las que habla son los textos. Usted hace evidente que Cristóbal Colón no dejó prácticamente ningún escrito. ¿No se abre así la puerta a lo imaginario?

—Las fuentes colombinas deben efectivamente tomarse con sumo cuidado por la existencia de numerosas falsificaciones, antiguas o modernas. El historiador se encuentra además enfrentado a sorprendentes lagunas, a inverosímiles ausencias. Pero tanto vale en la historia como en la astronomía: ciertos astrofísicos escudriñan los astros brillantes, otros se interesan por la materia interestelar. Yo más bien soy un historiador de los hoyos negros si me permite la expresión. Intento precisamente darle una interpretación a esos faltantes, a esas ausencias, a esas lagunas; intento sacarles información. Además, y sobre todo, me esfuerzo por trabajar la coherencia psicológica del personaje, en su inserción en el entorno social y profesional de aquella época. Puede reconstituirse la historia de Colón con otras fuentes que las del fondo directamente colombino, ya que un personaje siempre está en relación con su tiempo, siempre está en relación con otras personas y esas personas no tienen las mismas razones que el propio Colón para borrar sus huellas tras de sí.

—No siendo Colón un santo, tal como nos lo muestra, ¿cómo explicar que haya engendrado una leyenda tan universal?

—Le daré dos explicaciones. Creo que Colón fue sobre todo el hombre de un momento clave. El descubrimiento de América que por poco tiempo precede al descubrimiento de las Indias por los portugueses arroja al Antiguo Mundo a la modernidad. Ese Antiguo Mundo saldrá de la Edad Media para entrar en otra dimensión… la de la globalización. Después del viaje de Magallanes, una generación más tarde, el mundo curiosamente empezará a parecerse al que conocemos hoy en día. Los problemas que entonces se plantean provienen de una universalidad todavía actual: la cuestión de la alteridad, del choque de culturas, de la legitimidad de la ocupación territorial, de la avidez por la ganancia, de la disparidad de los niveles de vida, de los cambios radicales por el modo de representación del mundo. Simbólicamente, es Cristóbal Colón quien articula a finales del siglo XV el paso de un mundo a otro. A ello se debe de alguna manera su aura legendaria.

"La otra explicación es un poco más paradójica. Generalmente, los hombres luchan por el poder, por la gloria; luchan por dejar huella en la historia. Pero al indagar un poco más, se descubre que sólo son hombres con sus obsesiones, sus mezquindades, sus achaques, sus cálculos. Colón hace exactamente lo contrario. Con sumo cuidado oculta su parte humana, a sabiendas de que resultará soso, incluso sombrío; se confunde con el paisaje, a propósito se rodea de misterio. Por eso mismo su biografía se reduce a su acción: poco importa que sea pelirrojo o de piel manchada. Es el hombre que descubrió América. El inventor del Nuevo Mundo. Estoy absolutamente convencido de que su voluntad de no inscribirse en la historia lo convirtió en leyenda.

—Myrta Pitti, está publicando un emotivo libro que nos sumerge en 1492, un libro dedicado al manuscrito original del *Diario de a bordo* de Cristóbal Colón. Nos presenta un estudio crítico acompañado por un notable facsímil. Cuéntenos cómo encontró ese documento que se consideraba perdido.

—Primero hay que explicar que en realidad existen dos versiones "originales".

—No cabe duda que con Colón nada es sencillo —bromea el conductor.

—Una es verdaderamente la bitácora que lleva Cristóbal Colón en su travesía para anotar día a día todos los detalles de su navegación. Ese documento toma forma de una larga carta dirigida a los reyes católicos, sus patrocinadores. A su regreso a España, en abril de 1493, le entrega ese original al rey Fernando. Colón no lo volverá a ver jamás. Alrededor de seis meses más tarde, la reina le da una copia hecha por dos escribanos que se habían dividido la tarea. Ese manuscrito llamado "a dos manos" será el único documento que permanecerá en posesión de Cristóbal.

El conductor del programa vuelve al misterio de la desaparición.

—¿Se tiene alguna idea de cómo esos dos manuscritos desaparecieron privando a los historiadores de una fuente primordial?

—Los dos manuscritos tuvieron diferente destino. El original de puño y letra de Colón parece haber sido recuperado por su hijo Diego en 1508, es decir, dos años después de la muerte del Descubridor. Lo guardará celosamente en sus propios archivos hasta su muerte en 1526. Sus papeles pasarán entonces a los archivos de su medio hermano Fernando quien morirá en 1539. El hijo mayor de Diego se llama Luis. Heredero de los títulos y de los bienes del linaje, él es quien recuperará el conjunto de los papeles de la familia una vez fallecido su tío Fernando. Ese Luis Colón, tercer almirante, es un personaje de la novela; escandaloso, fiestero, jugador, bebedor, vive una vida desenfrenada. Para financiar su turbulenta vida, un día decide vender el *Diario de a bordo* original de su abuelo. Tenemos en nuestro poder elementos que confirman que intentó cederlo en 1554 mientras se encuentra en España e intenta desposar a una joven mujer relacionada con la casa real portuguesa aunque ya fuera bígamo. Cuenta la tradición que esa venta finalmente no se llevó a cabo. Pero también es de suponer que el comprador anónimo no quiso oficializar la compra. A juzgar por su nivel de vida, es perfectamente creíble que Luis cobró el monto de la cesión por ese manuscrito para dilapidarlo sin reparo. Un hecho es seguro: en ese momento, el documento desaparece de los radares de los historiadores.

—Entre 1554 y hoy, es una muy larga ausencia. ¿Y el otro manuscrito?

—Del otro manuscrito le seguimos la huella gracias al cronista Bartolomé de las Casas, el primer obispo de Chiapas. El dominico mantuvo siempre relaciones con la familia Colón; su padre acompañó a Cristóbal en el segundo viaje del que había traído varios esclavos. Mantenía asimismo buenas relaciones con Diego y con su esposa María de Toledo. A partir de 1551, fray Bartolomé se da a la tarea de escribir su monumental *Historia de las Indias* en el Colegio de San

Gregorio de Valladolid. Necesita, claro está, de archivos y de documentos para fundamentar su obra. ¿Solicitó en préstamo archivos colombinos o decidió apropiárselos? No lo sabemos. ¿Cómo pasó ese fondo del convento de San Pablo de Sevilla donde estaba resguardado a los papeles personales del dominico? Tampoco lo sabemos. Pero es absolutamente seguro que Las Casas tuvo posesión de los archivos de Colón y en particular del famoso *Diario de a bordo* en su versión llamada "a dos manos". Lo sabemos porque mencionó abundantes extractos entreverados con resúmenes de su propia cosecha. Las Casas legó en testamento sus archivos y sus manuscritos al Colegio San Gregorio, exigiendo sin embargo que dicho fondo permaneciera inaccesible hasta finales del siglo XVI. El antiguo obispo de Chiapas fallece en 1566. Sus manuscritos autógrafos llegarán hasta nosotros pero sin los archivos colombinos originales que utilizó para escribir su *Historia de las Indias*. Ahora bien, necesariamente debían estar entre sus papeles en el momento de su muerte.

—Esto es en cuanto a desaparición. Ahora, la reaparición.

—El original que apareció por pura casualidad en el escritorio del profesor Castelnau provenía de España. Es todo lo que sabemos. En cuanto al otro, alguna idea tenemos de su origen. Mi investigación reveló que la desaparición del fondo colombino en posesión de Las Casas tuvo lugar poco después de su muerte. Así que decidí buscarlo en los archivos del fiel secretario de Las Casas, fray Rodrigo de Ladrada. Éste, hombre de confianza del cronista, era el más indicado para poner a buen resguardo los delicados archivos del ardiente dominico después de su partida. Estoy profundamente convencida de que fue ahí, en los archivos de Ladrada, de donde se robó el manuscrito a dos manos. Según el análisis de los registros de consultas, pienso que el robo tuvo lugar hace una veintena de años. El año pasado, una copia circuló clandestinamente entre los anticuarios y los coleccionistas. Tengo una en mi poder, muy reciente, perfectamente escaneada y que sirvió para esta edición. Pero esos dos documentos llegaron a manos de los historiadores por vías digamos... extracientíficas.

—Aparecen discretamente para desaparecer de nuevo casi de inmediato: los documentos colombinos viven decididamente un extraño destino. Parecen estar condenados a la clandestinidad —observa el presentador—. Esa mítica aura de Cristóbal Colón seguramente lo apasiona, Carlo Montes, porque se halla en el corazón mismo de su reflexión sobre la historia de las ciencias llamadas humanas. Pero quizá, para nuestros telespectadores, podría explicarnos el título de su libro. ¿Quién es Heisenberg?

—Werner Heisenberg es un físico alemán, uno de los fundadores de la física cuántica. En otros términos, se interesó por la física de lo infinitamente pequeño. A finales de la década de 1920, descubrió una regla fundamental de la física cuántica que se llamó "Principio de incertidumbre". Concretamente, demostró que no puede conocerse al mismo tiempo la velocidad y la posición de un cuerpo en movimiento. Por esos trabajos recibirá el Premio Nobel de Física en 1932. Pero también descubre algo fascinante: toda observación modifica el fenómeno analizado. Para observar un fenómeno físico en laboratorio hay que instalar equipos que permitan una medición; pero lo que demostró Heisenberg es que toda medición tiene un impacto sobre el fenómeno observado. Tomemos un ejemplo muy concreto: supongamos que quisiéramos tomar una foto por medio de un microscopio electrónico ultrapotente; para poder ver tenemos que alumbrar, es decir, utilizar fotones; ahora bien, los fotones son partículas susceptibles de interactuar con las partículas que se quiere observar; así que lo que estamos observando finalmente no es el fenómeno en sí, su esencia, sino el producto de nuestra observación sobre éste, lo que genera incertidumbre. Heisenberg convirtió esa incertidumbre en un principio.

—Hasta aquí, se entiende.

—Existe otro fenómeno que perturba la observación que los físicos llaman "ruido de fondo". Acabo de usar la metáfora de la iluminación; aquí estamos hablando de lo auditivo. Para observar, necesitamos grabar; en toda grabación, al fenómeno observado se mezclan otros elementos "parásitos". Una parte de esos ruidos es generada por el propio dispositivo de análisis; otros corresponden a perturbaciones o a interferencias externas. Para observar un fenómeno, para grabarlo, para captarlo, se está obligado a grabar otros sonidos adjuntos que, muy a menudo, perturban el análisis. Tuve por idea aplicar ese principio de Heisenberg a la historia, algo así como la metáfora de la relatividad y de la incertidumbre.

—Debo mencionar que en el epígrafe de su obra cita usted a san Agustín: "Cuando la verdad es oscura, la duda vale más que una sutil discusión que no lleva a ninguna certeza". ¡Vaya declaración!

—Expongo cierto número de hechos que muestran que ahí donde pensábamos tener certezas en realidad existe una profunda duda. Erigimos nuestras representaciones del pasado sobre bases que carecen de toda solidez.

—Denos algunos ejemplos.

—Pues bien, toda nuestra cultura clásica reposa en el estudio de los autores antiguos, de los autores griegos, de los autores latinos, sean filósofos, poetas, oradores, autores de comedias o de tragedias. Ahora bien, al investigar notamos por ejemplo que el manuscrito más antiguo de Platón data de finales del noveno siglo de nuestra era: está en la Biblioteca Nacional, en París. Pero Platón muere hacia 348 a. C. Por lo tanto tenemos, entre las enseñanzas de Platón y el texto más antiguo de sus obras, un intervalo de 1,250 años. Doce siglos y medio en que la tradición se abre paso sea por vía oral sea por textos que nunca llegaron hasta nosotros. En consecuencia, es difícil hablar de Platón pensando que se trata del Platón del siglo cuarto antes de Cristo. Nuestro Platón es un Platón de finales del siglo nueve. El manuscrito más antiguo de Aristófanes se encuentra en Rávena; contiene las once comedias que llegaron a nosotros; data del siglo XI. El manuscrito más antiguo de Sófocles, que también se encuentra en París, en la Biblioteca Nacional, es un manuscrito del siglo XIII. Lo mismo en cuanto a los grandes textos religiosos. El decano de los manuscritos de la Biblia en hebreo es el *Códice de Leningrado* fechado en el año de 1009 de nuestra era. Por supuesto, existen fragmentos más antiguos pero sólo fragmentos. En cuanto a los textos cristianos, tenemos dos versiones en griego del Antiguo y del Nuevo Testamento que aparentemente fueron transcritas en el siglo IV; pero el *Códice Sinaiticus* cuenta con veintitrés mil correcciones posteriores; y en esta versión, el Evangelio de Marcos no habla de la resurrección de Jesucristo. Tampoco tenemos el texto original de la Vulgata de san Jerónimo, sólo copias de copias, la más antigua del siglo VIII.

—Es usted un apóstol de la duda…

Carlo Montes se lo concede con una sonrisa y prosigue su relato.

—A este problema de los manuscritos antiguos que no son tan antiguos como se pretende se agrega el problema de su autenticidad. ¿Qué nos prueba que el texto de *El banquete* de Platón que nos ha llegado sea fiel al original? ¿Qué lugar ocupan los agregados, las interpolaciones, las modificaciones? ¿Cómo desenmascarar las manipulaciones profundas o incluso las falsificaciones?

—Eso mismo: ¿cómo tratan los historiadores la problemática de la autentificación de los textos?

—Esa pregunta está exactamente en el meollo de mi libro. La comunidad científica no puede continuamente repetir la comprobación de las fuentes. Por ejemplo, la mayoría de los filósofos que comentan a Platón no se remontan hasta los manuscritos de la Bibliothèque Nationale; utilizan versiones sumamente cuidadas y elaboradas con mucho esmero publicadas por destacados especialistas que les dedicaron toda una vida. Esas ediciones presentan todos los elementos de la cientificidad y fungen como libros de referencia. Pero no es menos cierto que cada vez que un autor decide comprobar la fuente por su cuenta vuelve con la idea de que dicha comprobación era necesaria. Porque siempre se está a merced de un error de transcripción o de una grafía mal interpretada. También existe la posibilidad del haber considerado un texto como válido cuando apenas ofrece garantías suficientes. Y de ello hemos tenido la prueba esta noche con Colón: es muy difícil juzgar la veracidad de un escrito. Sugiero que se considere que el problema de la incertidumbre tal como lo había imaginado Heisenberg se plantee también para las ciencias humanas. La necesaria intervención del experto o del recolector de información es de igual naturaleza al rayo que percute el blanco que se observa; esa intermediación puede falsear la comprensión.

—¿Y en cuanto al "ruido de fondo"?

—El ruido de fondo de los físicos tiene su equivalente en historia. Es todo aquello que emana de los prejuicios, de la presión de las ideologías, del marco intelectual del momento. Le es muy difícil a un hombre abstraerse de su tiempo. Un investigador del siglo XX utiliza las herramientas del siglo XX sin sospechar que dicho contexto engendra incertidumbre. Lo que aprecio del libro de Jacques Castelnau es precisamente el hecho de que explica en qué contexto Colón se volvió genovés y artesano tejedor, en qué contexto se le convirtió en candidato a la canonización cuando no existe elemento probatorio alguno para convertirlo en santo o en artesano tejedor. Ahí vemos en la obra los efectos de la contaminación del ruido de fondo.

—No podemos leer todo su libro aquí, Carlo Montes. Pero en él nos encontramos con enormes cantidades de detalles a menudo jocosos sobre la caprichosa construcción de nuestras tradiciones, sobre el recorrido de obras que arribaron hasta nosotros en extrañas circunstancias. Entre paréntesis: tendrá que añadir un capítulo para integrar la saga del *Diario de a bordo* de Colón. Todo esto es apasionante, pero le tengo una última pregunta: ¿su libro puede considerarse como una incitación a dejar de hacer historia, ya que la historia es siempre imperfecta?

—De ninguna manera, de ninguna manera. Es, al contrario, la pereza y su doble, el conformismo, los que crean la más grande incertidumbre. La repetición engendra la distorsión. El historiador debe seguir siendo un explorador. Debe buscar nuevas vetas de información, intentar nuevos acercamientos. Nunca decir que la historia concluyó su trabajo: siempre escuchar la musiquilla tras el ruido de fondo.

—Bien. Gracias a los tres por haber participado en este programa. Nos despedimos con un extracto del *Libro de Cristóbal Colón*, la ópera de Paul Claudel y de Darius Milhaud. Ésta es la escena de la tormenta que amenaza con hundir el barco que trae a Colón encadenado de vuelta a España. Muy buenas noches.

Veo ahora las sombras alargarse sobre mi vida. Del dolor que me abraza, ya no sé muy bien lo que le debo a los tormentos del alma o a las miserias del cuerpo. ¿Por qué cerrar los ojos ante la evidencia? Soy un impío. Toda mi vida he hecho trampa. Me mentí a mí mismo y abusé de la credulidad de mis semejantes. Mi único éxito respecto a mi conciencia fue el creer que era otro. Piedad. He ahí la palabra. Reclamo piedad. Imploro el perdón de los hombres para que me sea otorgada la indulgencia del cielo...

Disimular. He ahí mi palabra clave. Disimular mis bajezas, mis pulsiones. Borrar las huellas de ese otro yo mismo que envilece al que tenía sed de grandeza. Realzar la parte pública de mi vida para así mejor callar la íntima, la inconfesable. Construirme una máscara, jugar con las apariencias, marcar las cartas, despistar, he ahí lo que supe hacer. Borrar las huellas, borrar las huellas: ésa fue mi obsesión. Ahora, debo confesar. Las sombras se vuelven imprecisas; la noche, pronto ya, caerá. Si te maté, mi querida Felipina, es porque sabías. Sabías quién era yo. Sabías de qué era capaz. Conocías mi secreto. Tu mirada me aterrorizaba y disolvía mis sentimientos. Entonces te alcé la mano. Y tu soplo que se escapaba me liberaba. Y tu sangre que corría me apaciguaba. ¡Maldito sea por esa infamia!

Me evadía de mí mismo, en deuda conmigo, pero sin hallar la paz. Quería lo que no me pertenecía. Deseaba ser el otro cuando era más rico o más poderoso; envidiaba a mi prójimo y había aprendido a vivir por poder. Me alimentaba de las cualidades de otro; imitaba, moldeado por la avidez. Mi vida falsificada se volvía veneno. Hasta el día en que pasé al acto. Maté a Alonso para apropiarme de su persona. Para acaparar sus documentos, robarle su información, robarle su alma, para que su aventura fuera mía, para que su secreto descanse en mí, acallado para la eternidad.

Soy un mentiroso compulsivo. Inventé las Indias, el oro de Cipango, las cartas del Gran Kan. Imaginé cuentos para obtener mis capitulaciones. Hice correr por la mirada de mi reina ríos de maravedíes. Soborno deshonesto. Armé un batallón de argumentos, contando leguas imaginarias, citando a Tolomeo, a Séneca, a Toscanelli y al profeta Isaías. Desenrollé portulanos en Salamanca, en Toledo, en Córdoba, en Granada. Sin embargo, sabía. Sabía que encontraría hombres desnudos de cabello lacio. Disfracé en palacios de oro unas chozas de tierra y paja.

Me habían hablado del encanto de las madrugadas, del resplandor barnizado de los grandes árboles, de la dulzura de las mujeres, del azul del mar. ¿Pero cómo vender el paraíso terrenal? ¿Qué valor conferirle a un sentimiento, aunque fuese de felicidad? ¿Cómo retener el fugaz placer? ¿Preservarlo, almacenarlo, transportarlo? Sabía que dos mundos iban a encontrarse que no podían coexistir: el mundo creado por Dios y el que habían construido los hombres, allá, bajo el sol perpendicular. El inamovible instante contra la flecha del tiempo. El placer inmediato contra el goce diferido. La efímera belleza de la flor contra el poder del oro que nunca se marchita.

A decir verdad, por mucho tiempo pensé en ir allá y nunca volver. Pero los mercaderes que hacían sonar las monedas sólo pensaban en el movimiento, en el comercio. En el incesante vaivén que duplica, triplica, cuadruplica el valor de los objetos transportados.

Por mucho tiempo, me soñé siendo un tránsfuga. Desaparecer para existir en otra parte. Establecerme. Gozar del presente. Pero era marinero. Y un marinero navega. Entonces tuve que navegar. Con los mapas marítimos del pobre Alonso Sánchez que asesiné para robárselos. Lo hice todo para ser desdichado y para ser condenado el día del juicio final. Mi Felipa, mi Felipina, mereces el Paraíso. Atenté contra tu beldad, traicioné tu confianza. Tu muerte me perseguirá más allá de las flamas de la Gehena.

Viajero impenitente, no conocí reposo alguno en la Tierra; tampoco lo tendré en el más allá. Pueda el desprecio que me inspiró disolver mi memoria y borrarla para siempre del recuerdo de los hombres.

Agradecimientos

Deseo expresar mis agradecimientos a las instituciones de España que conservan la mayor parte de los documentos colombinos y que facilitaron mis investigaciones a lo largo de los años: la Biblioteca colombina de la catedral de Sevilla que alberga la famosa biblioteca de Fernando Colón desde 1552; el Archivo General de Indias, también en Sevilla, donde fue depositado el fondo del duque de Veragua a principios del siglo XX; la Biblioteca Nacional de Madrid que preserva los manuscritos de Bartolomé de las Casas y Andrés Bernáldez, así como los antiguos impresos de los cronistas del siglo XVI, Pedro Mártir, Gonzalo Fernández de Oviedo y Francisco López de Gómara.

Mi deuda va a todos los hombres de letras que, atraídos por el mito, no vacilaron en tomar a Colón como modelo de sus creaciones literarias: Félix Lope de Vega (1604), Pietro Ottoboni (1691), Jean-Jacques Rousseau (1740), Luciano Francisco Comella (1791), Népomucène Lemercier (1809), Felice Romani (1828), Friedrich Rückert (1845), Francisco José Orellana (1858), Eugène Mestépés et Eugène Barré (1861), Alphonse de Lamartine (1862), Juan de Dios de la Rada y Delgado (1863), Léon Bloy (1884), Jules Verne (1886), Paul Claudel (1933), Salvador de Madariaga (1940), y más cercanos a nuestra época, Alejo Carpentier, Carlos Fuentes, Homero Aridjis, Augusto Roa Bastos, Herminio Martínez, Erick Orsenna. Me convencieron en adoptar la vía novelesca.

Pocos historiadores se dedicaron a intentar reconstituir la vida de Colón. Por eso no existe una verdadera biografía del Almirante, sino más bien discusiones en torno a las fuentes. Por eso quiero agradecer a mis editores, Marcela González Durán, Laura Lara y Jorge Solís, por su constante apoyo al presente proyecto que mezcla la seriedad más exigente de la historia crítica con la libertad de la ficción, lejos de las teorías especulativas.

Por fin, me gustaría expresar mi gratitud a mi hijo, Cédric, por su valiosa relectura que me fue de gran ayuda.

Referencias cronológicas

1402: El francés Jean de Béthencourt, financiado por la Corona de Castilla, toma posesión de las Canarias.
1434: El portugués Gil Eanes llega al Cabo Bojador (sur de Marruecos).
1439: Los portugueses empiezan la colonización de las Azores.
1456: Instalación de los portugueses en las islas de Cabo Verde.
1469: Matrimonio de Fernando de Aragón e Isabel de Castilla en Valladolid (18 de octubre).
1474: Muerte del rey de Castilla Enrique IV el Impotente (11 de diciembre). Isabel es proclamada reina de Castilla en Segovia (13 de diciembre). Inicio del conflicto de sucesión: lucha entre partidarios de la alianza con Aragón (partido de Isabel) y partidarios de la alianza con Portugal (partido de la Beltraneja).
1479: Derrota de Alfonso V de Portugal y triunfo de Isabel de Castilla. Tratado de Alcaçovas (4 de septiembre): Castilla reconoce los derechos de Portugal sobre las Azores, Madeira, las islas de Cabo Verde y sobre el Atlántico al sur de las Canarias.
1480: Instalación de la Inquisición en Castilla.
1481 Bula del Papa Sixto IV que atribuye a Portugal todos los territorios al sur de las Canarias (21 de junio).
1482: Los portugueses establecen el fuerte Sao Jorge da Mina en el actual Ghana.

1487: El portugués Bartolomeu Dias da la "gran vuelta" en el Atlántico sur y dobla el cabo de las Tempestades (cabo de Buena Esperanza).

1492: Caída del reino moro de Granada (2 de enero). Fin de la reconquista. Elección del Papa Alejandro VI (Rodrigo Borja). Expulsión de los judíos de España (31 de marzo). "Capitulaciones de Santa Fe" entre Isabel la Católica, Fernando de Aragón y Cristóbal Colón (17 de abril). Salido del puerto de Palos con tres carabelas el 3 de agosto, Cristóbal Colón descubre América el 12 de octubre. Llega a las Lucayas [hoy Bahamas], luego a Cuba (28 de octubre) y más tarde a La Española [hoy Haití] (6 de diciembre).

1493: Regreso de Cristóbal Colón a Portugal (4 de marzo). Regreso a España (15 de marzo). Por medio de la bula *Inter caetera*, el Papa Alejandro VI otorga América a España (4 de mayo).
Cristóbal Colón sale de Cádiz para su segundo viaje a la cabeza de diecisiete navíos (25 de septiembre).

1494: En la Isla de Haití, fundación de La Isabela, primera ciudad española del Nuevo Mundo. Tratado de Tordesillas entre Portugal y Castilla (7 de junio): Portugal obtiene que sea desplazada hacia el oeste la línea de división del Atlántico trazada por Alejandro VI. Esa división del mundo otorga a Portugal todas las tierras por descubrir al este de la línea y a España, todas las tierras por descubrir al oeste.

1496: Regreso de Cristóbal Colón a Cádiz (11 de junio).

1498: Tercer viaje del Almirante: sale de Sanlúcar el 30 de mayo; explora el continente americano, a la altura de la desembocadura del Orinoco (agosto). Fundación de Santo Domingo en la costa sur de Haití por Bartolomé Colón. El portugués Vasco de Gama llega a las Indias por la ruta marítima del este.

1499: Viaje de Américo Vespucio, Alonso de Hojeda y Juan de la Cosa hacia la tierra firme. Cristóbal Colón, virrey de las Indias, es destituido; lo remplaza Bobadilla.

1500: Nacimiento de Carlos de Gante, el futuro Carlos V. Portugal ocupa oficialmente Brasil (viaje de Pedro Álvarez Cabral, abril-mayo). Bobadilla echa a los hermanos Colón a la cárcel. Llegada del Almirante encadenado a Cadix (noviembre)

1502: Nicolás de Ovando, nombrado gobernador de las Indias, sale para Santo Domingo. Colón inicia su cuarto viaje (mayo) y reconoce la tierra firme.

1503: Colón naufraga en Jamaica (junio).

1504: El Almirante regresa salvo a Santo Domingo (13 de agosto) y reembarca para España. Llega agotado a Sanlúcar el 7 de noviembre. Muerte de Isabel la Católica (26 de noviembre).

1505: Colón en la corte en Segovia (mayo).

1506: Cristóbal Colón muere en Valladolid (20 de mayo). Felipe el Hermoso, nuevo rey de Castilla, muere en Burgos (septiembre). Juana la Loca es encerrada en Tordesillas.

1507: Nacimiento de la palabra *América*.

1508: Ovando es revocado y Diego Colón, el hijo de Cristóbal, es nombrado gobernador de las Indias.

1509: Cristóbal Colón recibe sepultura en el convento de cartujos de Sevilla. Su hijo Diego se traslada a Santo Domingo.

1511: Diego Colón nombrado virrey de las Indias. Inicio de la conquista de Cuba.

1513: El 29 de septiembre, después de haber cruzado el istmo de Panamá, Vasco Núñez de Balboa toma posesión del mar del Sur (el Pacífico).

1514: Muerte de Bartolomé Colón, hermano mayor de Cristóbal.

1515: Muerte de Diego, hermano menor de Cristóbal.
El virrey Diego Colón, segundo almirante, es llamado a España.

1516: Muerte del rey Fernando el Católico (23 de enero). Carlos de Gante es proclamado rey de Castilla en Bruselas (13 de marzo).

1517: Descubrimiento de Yucatán. Llegada de Carlos I de Castilla a España (17 de septiembre).

1518: Juan de Grijalva explora el Golfo de México.

1519: Hernán Cortés desembarca el 22 de abril en la ensenada de Veracruz, luego marcha hacia México-Tenochtitlan donde entra el 8 de noviembre.
Carlos I de Castilla se convierte en emperador de Alemania con el nombre de Carlos V (28 de junio). Magallanes emprende su viaje y sale de Sevilla (10 de agosto).

1520: Diego, segundo almirante, regresa a Santo Domingo y retoma su cargo de virrey de las Indias (10 de noviembre).

1521: Magallanes descubre Filipinas y muere allí (27 de abril). La capital azteca México-Tenochtitlan cae el 13 de agosto.

1523: Diego Colón pierde su cargo de virrey y regresa a España.

1526: Diego Colón muere cerca de Toledo (23 de febrero).

1527: Cortés envía tres navíos a las Molucas (31 de octubre).

1529: Tratado entre Portugal y España que atribuye las Molucas a Portugal y Filipinas a España (22 de abril).

1532: Cortés lanza desde Acapulco la primera expedición de exploración de las costas mexicanas hacia California.

1533: En Perú, los españoles toman Cuzco (15 de noviembre): Pizarro es el nuevo amo del Imperio inca.

1536: Luis, el hijo mayor de Diego, es designado duque de Veragua y marqués de Jamaica. Desaparece el título de virrey de las Indias.

1539: Fernando, hijo menor del Almirante, medio hermano de Diego, muere en Sevilla (julio).

1543: El 13 de mayo, Carlos V abandona definitivamente España después de haber confiado la regencia a su hijo Felipe, de dieciséis años.

1544: El féretro del Almirante viaja hasta Santo Domingo para ser reinhumado en la catedral.

1558: Muerte de Carlos V (21 de septiembre). Su hijo, Felipe II, lo sucede.

1571: Publicación en Venecia de la biografía del Almirante escrita por su hijo Fernando.

1572: Muerte de Luis Colón, tercer almirante, nieto de Cristóbal e hijo de Diego.

1578: Diego Colón y Pravia, cuarto y último almirante de las Indias, segundo y último duque de Veragua, muere sin descendencia.

1821: Independencia de México, seguida el año siguiente por la de casi todos los países latino-americanos.

1825: Primera publicación, en Madrid, del *Diario de a bordo* de Colón en la versión resumida de Las Casas.

1856: Inicio del proceso de canonización de Cristóbal Colón en el Vaticano.

1877: Erección de un mausoleo a Colón al interior de la catedral de Santo Domingo.

1892: Celebraciones del cuarto centenario del Descubrimiento de América. Se interrupe el proceso de canonización del Descubridor.

1898: Erección del monumento funerario de Cristóbal Colón en la catedral de Sevilla.

1992: Celebración del quinto centenario del Descubrimiento de América. Inauguración del Faro a Colón en Santo Domingo. Primeras protestas anticolombinas.

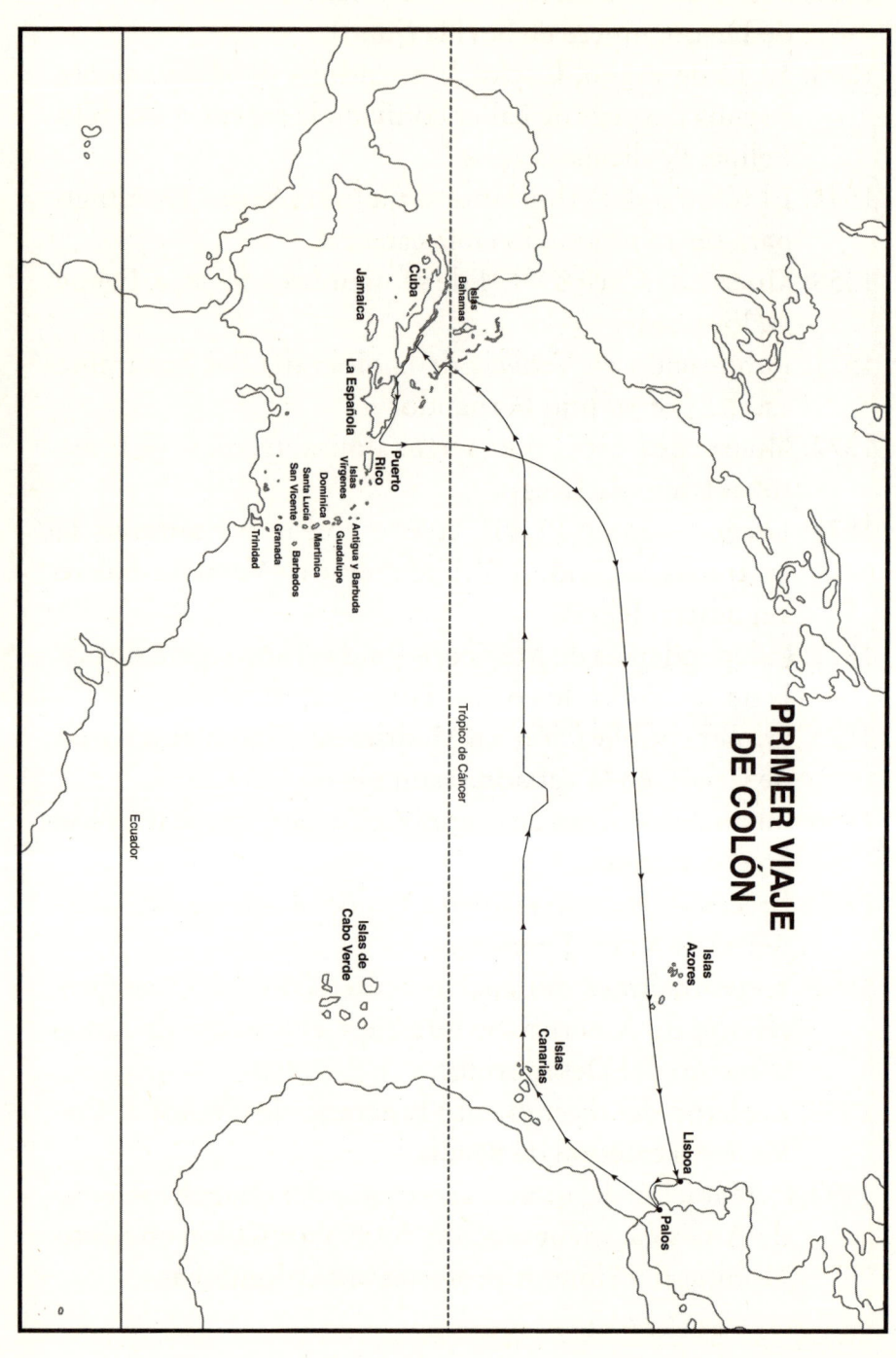

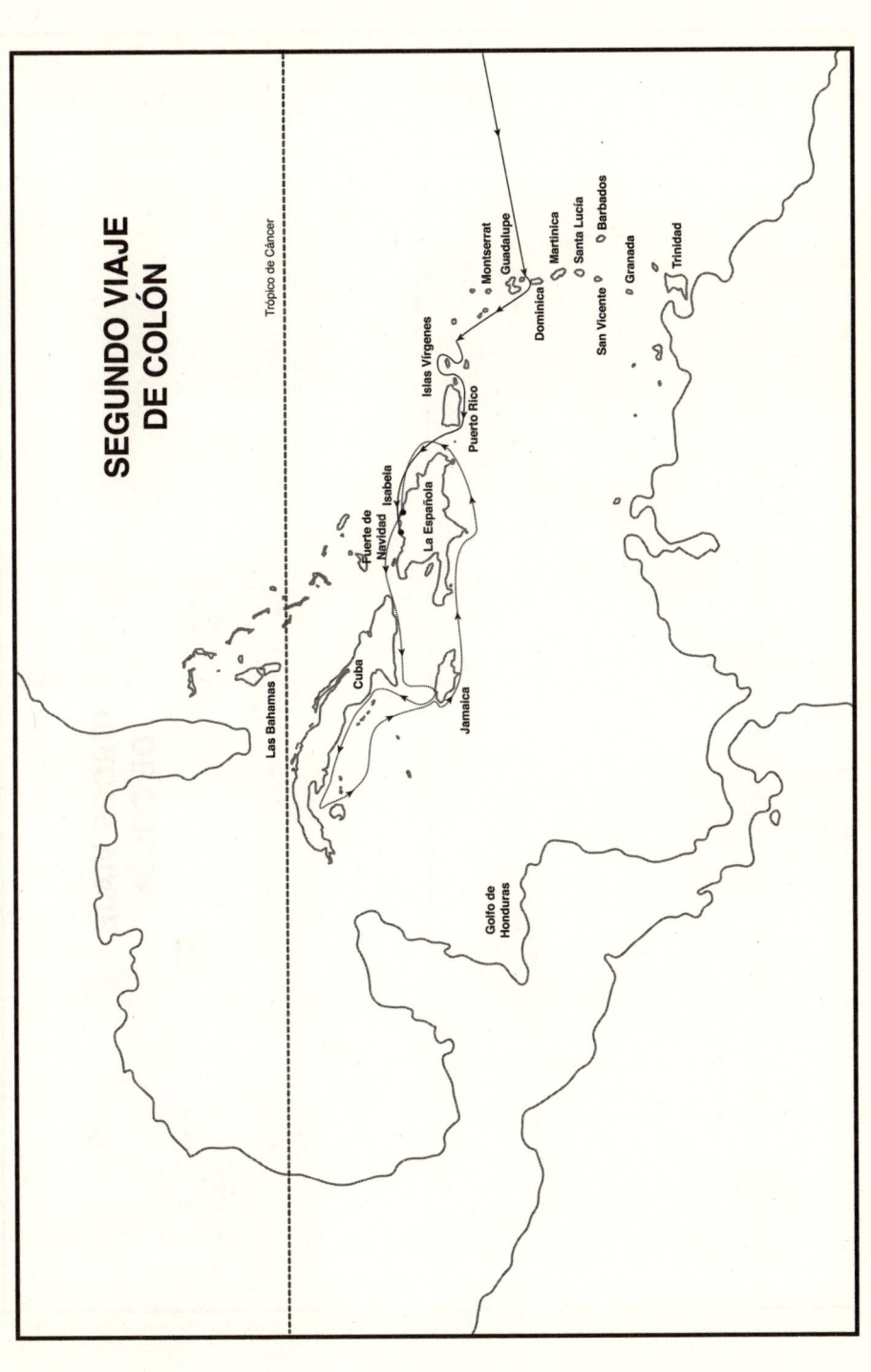

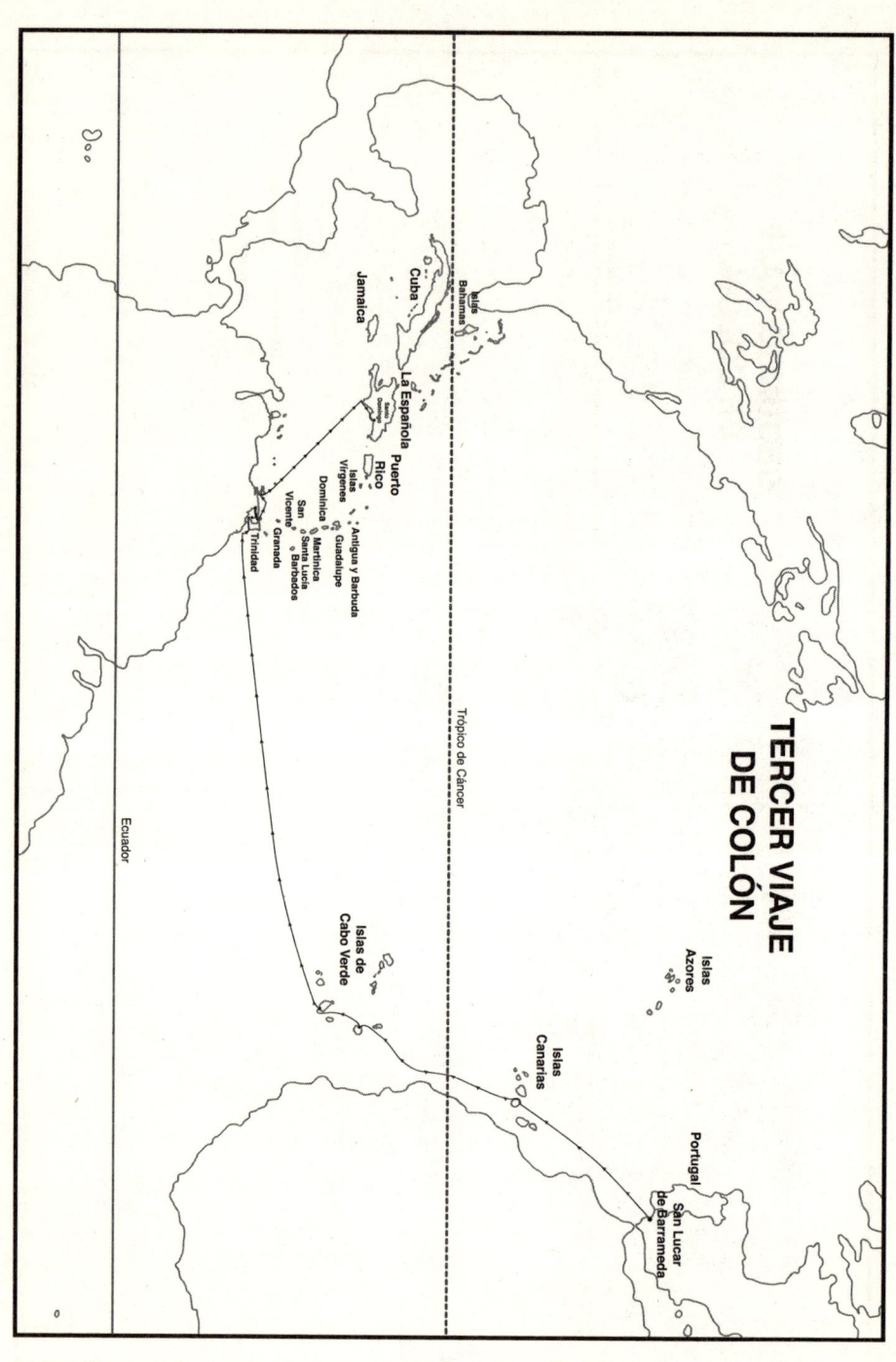

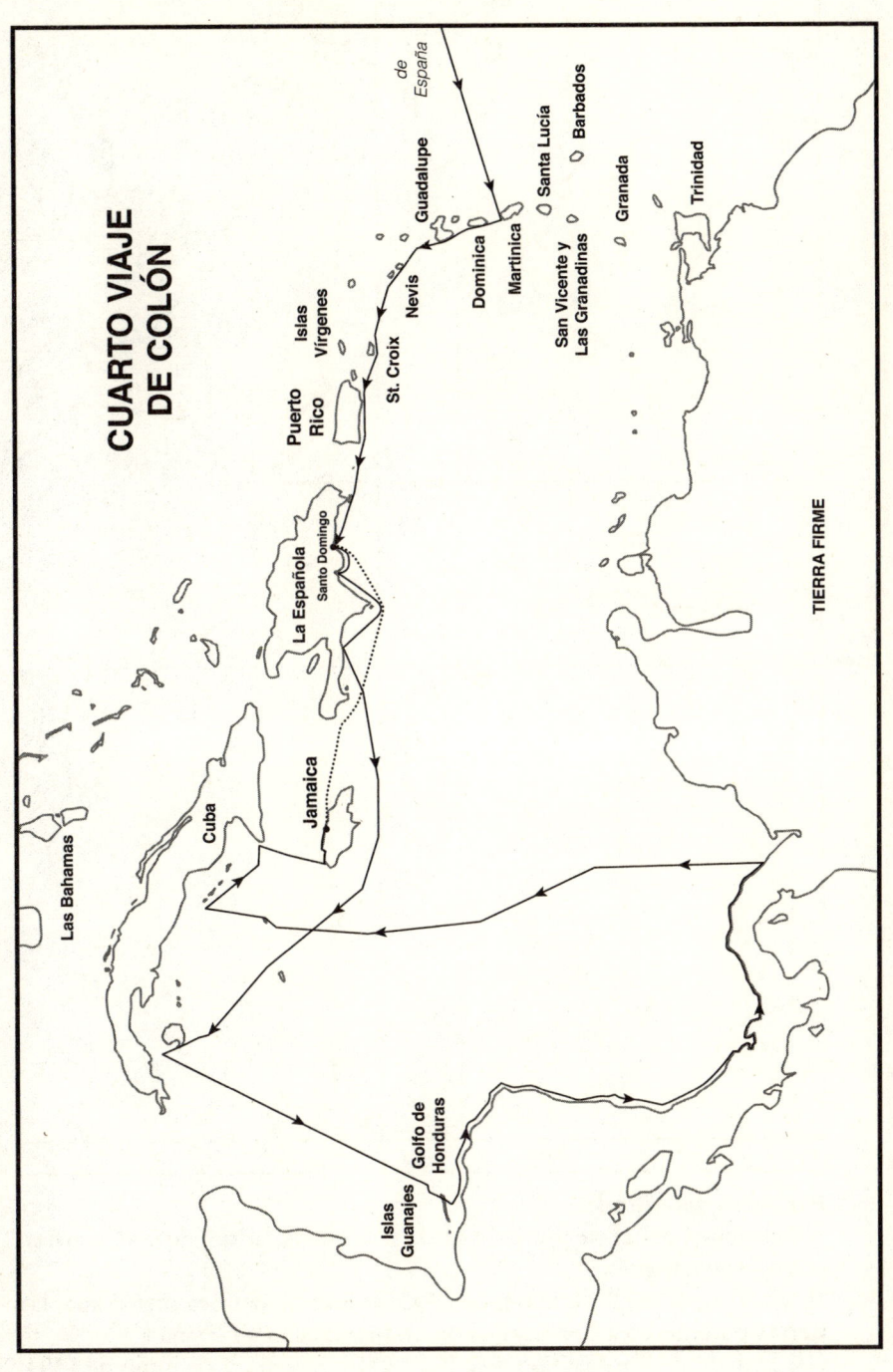

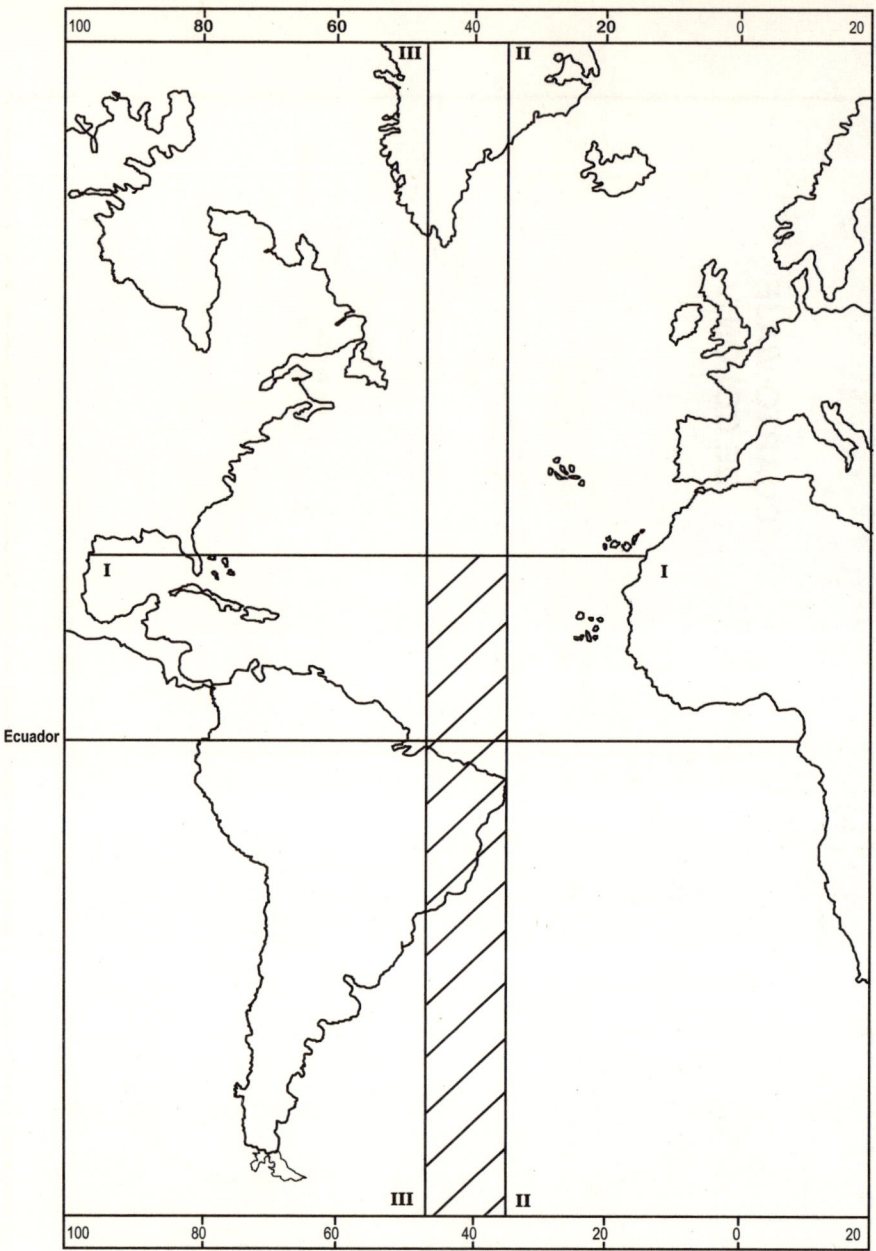

Partición del mundo.
I: Bula papal del 21 de junio de 1481: al sur de la latitud de las Canarias, el mar es portugués.
II: Bula papal del 3 de mayo de 1493: al este de la línea meridiana, las tierras pertenecen a Portugal; al oeste, pertenecen a España.
III: Tratado de Tordesillas entre Portugal y España, 7 de junio de 1494: la nueva línea meridiana, más occidental, permite la instalación potencial de los portugueses en Brasil.

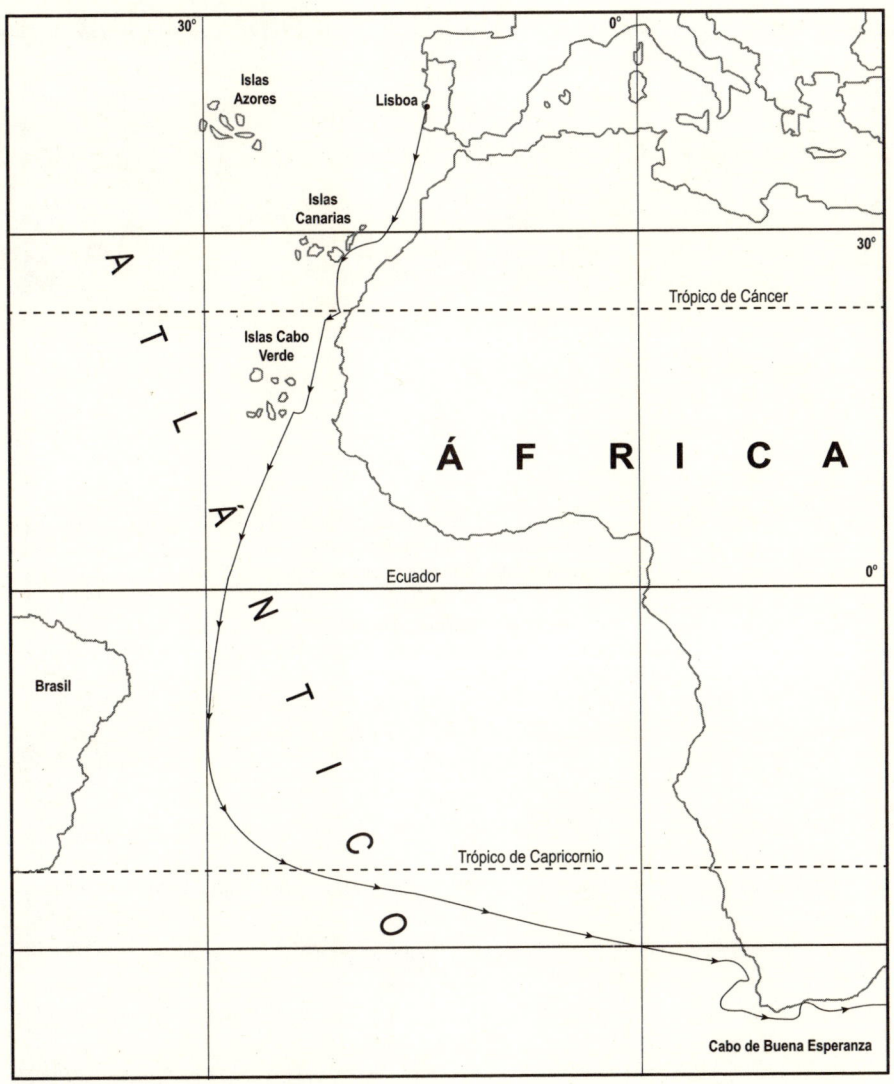

La "gran vuelta" de los portugueses.
Itinerario de Vasco de Gama para ir a la India (1497)

El ancla de arena de Christian Duverger
se terminó de imprimir en enero de 2016
en los talleres de
Litográfica Ingramex, S.A. de C.V.
Centeno 162-1, Col. Granjas Esmeralda, C.P. 09810 México, D.F.